〈主な登場人物〉

ホープ・ロング……十六歳《さい》の少女。殺人罪に問われる兄の無実を信じ、真相をさぐろうとする。

ジェレミー・ロング……十八歳。ホープの兄。殺人事件の容疑者《ようぎしゃ》。

リタ・ロング……ホープとジェレミーの母親。奔放《ほんぽう》な性格。

ジョン・ジョンソン……オハイオ州グレインの野球チームの監督《かんとく》。ジェレミーをかわいがる。

TJ……本名トマス・ジェームズ・バウアーズ。ホープの親友。野球チームのメンバー。

チェイス・ウェルズ……野球チームのメンバー。ホープのあこがれの人。

マシュー・ウェルズ……保安官。チェイスの父親。

レイモンド・マンロー……ジェレミーの弁護士。

ケラー検察官……ジェレミーを告発する検察官。

キャロライン・ジョンソン……ジョンソン監督の妻《つま》。

1　神様の歌

　ジェレミーがはじめて神様の歌を聴《き》いたとき、わたしたちはおんぼろのフォード車の中で風にゆさぶられていた。雪が窓《まど》をたたいて入ってこようとしていたけれど、車の中が外よりましだなんて思えなかった。ジェレミーはたぶん九歳だった。わたしは七歳。それでもいつも、自分のほうが年上に感じていた。ジェレミーのほうが大きかったのに。

　わたしはジェレミーのわきにぎゅっと身をよせ、リタがもどるのを待った。リタは自分のことを〈ママ〉や〈母さん〉や〈お母さん〉ではなく、〈リタ〉と呼《よ》ばせる。ジェレミーもわたしも、それでかまわなかった。ジェレミーがかまわないことは、たいていわたしだってかまわない。

　ずっと車のうしろの席にすわっているうちに、フロントガラスに霜《しも》のカーテンがおり、運転席のカップホルダーに残された紙コップの中で、リタの飲みかけのコーヒーに薄氷《うすごおり》が張った。

　ジェレミーはあまりにも静かで、まるで眠《ねむ》ったか凍《こお》りかけたかでもしたようだった。どっちにしても、骨《ほね》の芯《しん》まで冷えきって、がちがち歯を鳴らしていたわたしほど、つらくはなさそうだったけれど。

　そのとき、音が聞こえてきた。

それは車じゅうに響《ひび》きわたった。ひとつの音なのに、すべての音がちょうどよく合わさったように感じられる音。どこから聞こえてくるのかなんて考えもしなかった。とにかく頭の中はその音と、このままいつまでもやまないでほしいという願いでいっぱいになった。すると、本当にその音はずっとつづいていったから、わたしは願いがかなえられたと思った。人は死ぬとき、白い光のトンネルを見る前に音を聞くというけれど、きっとこれがその音なんだ、と。

音は響きつづけ、つぎの音にうつり、さらにべつのいろんな音へとつながった。それぞれの音が言葉をともなっていた。でも言葉の意味は、音楽の意味にのみこまれ、どの音にどの言葉がついているのかわからなかったし、そんなことはどうだっていい気がした。

ふいに、この歌を発しているのがジェレミーだと気づいた。わたしは赤ちゃんのように大声をあげて泣きだした。うちでは誰《だれ》も泣いたりしない。リタは泣き声に耐《た》えられず、止めるにはひっぱたくしかないと思いこんでいる。

ジェレミーは最初から最後まで歌いきったみたいだった。口をとじたとき、ちょうど歌が終わった感じがした。

わたしは言葉を口に出せるようになると、すぐにジェレミーの顔を見あげてささやいた。「ジェレミーが歌うの、はじめて聴《き》いた」

ジェレミーはにっこり笑った。まるで誰かにぽかぽかになるまで暖《あたた》めてもらい、マシュマロをのせたココアを手わたされたみたいに。「ぼくが歌うのは、はじめてだから」

「でも、その歌、どこで覚えたの？」

「神様」ジェレミーはあっさりと答えた。まるで〈ウォルマート〉とでもいうように。ディスカウントストアで買ったんだよ、とでも。

歌を聴いたばかりのわたしには、〈神様〉という答えは〈ウォルマート〉なんかより納得《なっとく》のいくものだったけれど、そう認《みと》めてはいけない気がした。なぜなら、わたしは〈ふつう〉のほうのきょうだいで、〈特別〉な〈支援《しえん》〉はいらないことになっていたから。

「ジェレミー、神様は歌なんて教えてくれないよ」

ジェレミーはちょっと眉《まゆ》をひそめ、ジェレミーらしく体をゆすった。「ホープ」まるで自分がリタより年上で、わたしがうんと小さい子になったような口ぶりだった。「神様は教えてくれていない。神様は歌を歌った。ぼくはまねをしただけだ」

トレーラーのドアがガラッとあいて、ビリーという男が出てきた。リタはビリーと別れるつもりだったけど、ビリーはそれを知らないようだった。リタは町を出ていくとちゅうでここに立ちより、自分の持ちものを引きとるついでに、〈元〉だと自覚していない〈元ボーイフレンド〉から、できればお金をいくらかせしめようとしていた。ビリーはチェック柄《がら》のトランクス姿《すがた》で立っていた。ゴムの上からおなかがつき出し、まるでくさったジャガイモに輪ゴムを巻《ま》いたようだった。あんなに寒くなければ、わたしはジェレミーを笑わせようとしたかもしれない。

リタは体をちぢめ、ジャガイモ男の横をすりぬけてドアから出ようとした。でも男はリタのバッグをつかみ、もう一度ぶちゅっとキスをした。リタはすべてがゲームだというように笑い声をあげた。それから手の甲《こう》で口もとをぬぐいながら、トレーラーの階段《かいだん》をおりてきた。

わたしには持ちものなんかほとんどなかったけれど、ジェレミーと神様の歌をもう一度聴《き》けるなら、すべてを手放してもいいと思った。

リタは真っ赤なハイヒールのエナメルブーツで、雪をザクザクふみつけながら、車に向かってきた。ロープから落ちないようにする綱《つな》わたりの人みたいに、両腕《りょううで》を横に広げて。そして運転席のドアを勢いよくあけて、席につくと、乱暴《らんぼう》にドアをしめた。風にゆさぶられるよりはげしく、車がゆれた。

ひとこともいわずに、リタはキーをまわしてエンジンをかけ、何度も空吹《からぶ》かしをした。それから霜取《しもと》りスイッチをおし、ワイパーが窓《まど》をきれいにするのを待った。こわい顔をしているところを見ると、期待していたお金を〈融通《ゆうずう》〉してはもらえなかったようだ。

ジェレミーは筋《すじ》ばった手で前の座席《ざせき》の背《せ》もたれをつかむと、身をのりだしてこういった。「リタ、神様が歌を歌うなんて知らなかった」

いきなり、リタがなぐりつけてきた。ガラガラヘビがかみつくように。それも何の前ぶれもなく。ジェレミーのほっぺたを打った音は、エンジンのうなる音よりも大きかった。「神様は歌なんか、歌わないんだよ！」リタは絶叫《ぜっきょう》した。

ジェレミーが口をきいたのは、そのときが最後だった。

ときどき、自分がもっとすばやく動いていれば、ジェレミーのやわらかいほっぺたと、リタのかたい手の間に割《わ》りこめたんじゃないかと思うことがある。そうしていれば、すべてがちがっていたんじゃないかと。

2　法廷《ほうてい》

「裁判官《さいばんかん》、異議《いぎ》あり！」

検察官が勢いよく立ちあがり、椅子《いす》がキーッと法廷の床《ゆか》をこする。検察官は銀色がかったスーツを着て、青いネクタイをしめている。この人がわたしの兄を殺そうとしているのでなければ、整った顔をしていると思ったかもしれない。平凡《へいぼん》な紙人形が整っているように。茶色い髪《かみ》は州裁判所の机《つくえ》をたたくときさえ、みだれない。茶色い目は弾丸《だんがん》を思わせる。年はジェレミーと十歳《さい》も離《はな》れていない気がする。そのジェレミーは、被告人席《ひこくにんせき》にすわっている。野球チームのジョンソン監督《かんとく》をバットでなぐって殺害した容疑《ようぎ》で裁判にかけられ、まだ十九歳にならないのに、この検察官によって死刑《しけい》にされようとしている。

検察官はわたしをやりこめようと、証言台に迫《せま》ってくる。弾丸の目でにらみつけられ、わたしは思わず椅子にすわりこんだ。「証人が約十年前にできなかったことを後悔《こうかい》する発言は、本件と無関係で不適切であります！」検察官が叫《さけ》ぶ。

「ケラーさん、すわってください」裁判官の女の人は、このせりふを今週もう千回もくりかえしてきたかのように、うんざりした声でいった。

本当に千回くりかえしたのかもしれない。わたしがこの法廷に入るのは今日がはじめて。兄の証人になっているため、自分の証言が終わるまで、公判を傍聴《ぼうちょう》させてもらえなかった。だからこれまでにこの法廷で何が起こったか、〈真実を、何ごともかくさずに、何ごともつけくわえずに〉述《の》べなさいといわれたって、わかりっこない。

「異議を却下《きゃっか》します」裁判官がいう。「ロングさん、つづけてください」

裁判官はこっちを見ていないけれど、わたしは微笑《ほほえ》みかける。あの黒い法服の下には、ふつうのいい人がいるんじゃないかと思いながら。法服の下の服装《ふくそう》をあれこれ想像し、すそを切ったジーンズと、〈グレイトフル・デッド〉（アメリカのヒッピー文化を象徴するロックバンド）と書いたTシャツだと決めた。以前、リタの女友だちが裁判にかけられたときに着ていた黒いシャツに、そう書いてあった。その人は〈誘惑行《ゆうわくこう》為《い》〉で訴《うった》えられたのだけど、それはああいう仕事を上品にいういい方らしい。「裁判官、ありがとうございます」わたしはいった。

被告人の弁護人、レイモンド・マンローがわたしに微笑む。でもそれは体重四十キロのひ弱な子が、いじめっ子に砂《すな》の上になぐりたおされるかわりに見逃《みのが》されたときに見せるような、はんぱな微笑みだった。かわいそうに、公選弁護人のレイモンドさんは、わたし以上に場ちがいに見える。うちにきて、リタとわたしに証言の練習をさせたときも場ちがいに見えた。ウェイン郡裁判所でジェレミーの横に立ち、〈無罪および心神喪失《しんしんそうしつ》を理由とする無罪〉の申し立てをするのを助けたときもだ。声がかすれていた。

わたしはひとりですわっているジェレミーのほうを見る。たえず体を動かしていて、まるでハチドリみたい。両手で机《つくえ》を軽くたたいたり、ひざをはねあげたり、腕《うで》をひくつかせたりしている。いつもこうなるわけじゃなくて、気分が落ち着かないときだけ。小さい頃《ころ》、ジェレミーはハンサムな顔をしていた。それがだんだんと角《かく》ばっていった。まるで頭の外側の骨《ほね》が、内側にある考えをつかみきれずに反乱《はんらん》を起こしたかのように。

「ホープ」レイモンドさんはわたしではなく、陪審員《ばいしんいん》たちを見ている。「あなたは以前から……お兄さんのことを……その、どこか〈変〉だと思ってはいませんでしたか？」

兄がわたしをじっと見つめる。口が少しあいていて、上の歯茎《はぐき》が出すぎている。ジェレミーはわたしが〈真実を、何ごともかくさずに、何ごともつけくわえずに〉述《の》べるのを待っている。それがジェレミーのやり方だから。

でも、わたしのやり方ではない。もうかなり前から。

だから、兄のことを〈変〉と思ったことなんか一度もないのに、うなずいた。

「声に出して」裁判官《さいばんかん》が机に身をのりだす。でも怒《おこ》ってはいない。「身ぶり手ぶりは記録できないの」説明してくれる。「だから言葉で答えてください」裁判官は大きな椅子《いす》に深くすわり、言葉を待つ。

「すみません」わたしは兄をもう見ないようにする。「ジェレミーは昔からずっと、人とはちがってました。だから、レイモンドさんがいうように、〈変〉なんだと思います」

証言のこの部分をレイモンドさんと練習したのを思い出そうとした。こういう答え方じゃなかった。それだけは覚えている。

わたしは記憶力《きおくりょく》がいいけど、言葉はよく思い出せない。映像《えいぞう》だけだ。たとえばレイモンドさんが、うちの台所のべたっとしたテーブルについて、たくさんの書類と黄色いメモ用紙を前にしている姿《すがた》は思《おも》い浮《う》かぶ。メモ用紙の横で、リタのあまったるいアイスティーでいっぱいのコップから、水滴《すいてき》がたれ落ちて輪をつくっている様子も浮かぶ。レイモンドさんは、わたしが弁護人の法廷《ほうてい》戦略《せんりゃく》にどう協力したらいいか、説明してくれていた。その戦略とは、ジョンソン監督《かんとく》殺害の罪でオハイオ州法によって死刑《しけい》にできるほど、ジェレミーは頭がまともではないと、陪審員を納得《なっとく》させることだった。オハイオ州法では十八歳《さい》以上の人は、よっぽど頭が変でないかぎり、誰《だれ》でも死刑判決を受ける可能性があることを、レイモンドさんはわたしたちにきっちり理解してもらいたがっていた。

レイモンドさんとリタとわたしがテーブルを囲む様子が、今もそこにくりひろげられているかのように、ありありと思い浮かぶ。ジェレミーも記憶力がいい。そして細かいことに気づく。たとえばわたしのひたいのしわの変化に気づき、わたしが感じるよりも早く、偏頭痛《へんずつう》がくるのを察知できる。ジェレミーは、神様がみんなに同じ映像を電送してくるのだといっていた。といっても、それは話すのをやめてしまう前のことだけど。つまりジェレミーが話すのをやめる前のこと。でも神様も話すのをやめてしまったのかもしれない。少なくとも、わたしには。

レイモンドさんが顔をしかめてこっちを見ながら、わたしが練習したとおりのせりふをいうのを待っている。レイモンドさんのスーツの光る裏地《うらじ》と、細くて黒いベルトが目に入る。ちらっとジェレミーを見ると、被告人席《ひこくにんせき》で体をゆすっている。顔の角《かく》ばった骨《ほね》をおおう皮膚《ひふ》が、やけにぴんと張りつめている。その二列うしろの席には、わたしの高校の先生が三人すわっている。ならんではいなくて、町のほかの人たちの間にとけこんでいる。その中にTJがいる。同じクラスの男の子で、この町でわたしの唯一《ゆいいつ》の友だちかもしれない。TJのうしろの列に、記者たちがもたれあうようにならんでいる。

そして、チェイスがいた。ウェルズ保安官の息子《むすこ》で、おおぜいの中にいても、ひときわ目立つ。チェイスはどこにいても目立つ。生と死が梁《はり》からぶらさがっているこの法廷《ほうてい》の中でも。チェイスの顔――顔のつくりのすべて――を見ていると、レイモンドさんのほうに向きなおるのが苦しくなる。

レイモンドさんは咳払《せきばら》いをして、陪審員《ばいしんいん》に目をやってから、またわたしを見た。「お兄さんがほかの人とどうちがうのか、例をあげてもらってもかまいませんか」

かまわなくなんかない。レイモンドさんが何をいわせたいのか、はっきりわかっている。ジェレミーが十歳《さい》のときに起きたあることを、陪審員に話してほしいのだ。話す練習もした。だけど、その話はしたくない。ジェレミーを――ジェルを――傷《きず》つけるのがわかっているから。

でもわたしが話さなければ、リタが話すだろう。しかも全然わかっていないで話すだろうから、わたしがちゃんと話すより、ジェレミーにとってつらいはずだ。

それに、ちゃんと話すのは重要なことだ。なぜなら、わたしが話さないで、陪審員がジェレミーのことをわかってくれなければ、オハイオ州はジェレミーに注射《ちゅうしゃ》を打って永遠に眠《ねむ》らせてしまうから。そこまでしなくても、大人と同じ刑務所《けいむしょ》に入れて、ジェレミーらしさを完全につぶしてしまうか、つぶそうとして殺してしまうだろう。

3　シカゴで起きたこと

「ホープ、ジェレミーが十歳《さい》のときにシカゴで起きたことについて、話してくれませんか？」レイモンド弁護士がたずねる。うちの台所のテーブルで、わたしはその質問に六回くらい答えさせられていた。

「わたしは八歳で、ジェレミーは十歳でした」わたしは話しはじめる。目をとじて、思い出す。リタが何かを取ろうと手をのばすのが見える。リタの手だとわかるのは、昔持っていた大きな緑色の指輪をはめているから。リタのうしろにジェレミーがいて、そのうしろにわたしがいる。わたしはぼさぼさの金髪《きんぱつ》で、大きな青い目が幽霊《ゆうれい》のようで、サイズが小さすぎるキルティングのスキージャケットを着せられている。ひとかたまりのパンから湯気《ゆげ》が立ちのぼる。黄色と緑の格子柄《こうしがら》のテーブルクロスをかけた細長いテーブルのはしに、プラスチックのフォークが積まれている。

「シカゴに着いてはじめての夜でした」わたしはつづける。「リタがミネアポリスの景色《けしき》は見飽《みあ》きたから引《ひ》っ越《こ》すと決めたのですが、雪はどこも同じに見えました。リタは〈風の町〉を見てみたかったそうです。それと、スレーターという男がいて、わたしたちをさがしていたから、見つかりたくなかったんです。そこに着いた日、〈風の町〉ってなんてぴったりの呼《よ》び名《な》だろうと思いました。

風で雪があちこちに吹《ふ》き飛《と》ばされて、できるだけ早く町から逃《に》げ出そうとしているみたいでした。ジェレミーとわたしは手をつないで、リタのあとをついていきました」リタが薄《うす》ピンクのウールのコートを着て、赤いハイヒールをはいているところが思《おも》い浮《う》かぶけど、陪審員《ばいしんいん》にはいわないでおく。「ミネアポリスからはひと晩《ばん》じゅうバスに乗ってきました。バスの中で、リタはセールスマンだという男に話しかけてました」

レイモンドさんが証言台に近づいてくる。時計をちらっと見て、陪審員に目を向け、最後にわたしを見る。「警察が呼ばれてきたところを話してください」

それを聞いて、検察官がまた飛びあがる。

「裁判官《さいばんかん》！　弁護人が証人を誘導《ゆうどう》しています」

レイモンドさんが誰《だれ》かを誘導するなんて想像できないけれど、裁判官はうなずき、ケラー氏に同意する。「認《みと》めます」それからレイモンドさんのほうを向く。「質問だけしてください、マンローさん」

レイモンドさんが、なんだかかわいそうになった。さわってはいけない場所に手をのばし、手をはたかれた子どもみたいに見える。

「シェルター（支援施設）にいったとき、何が起こったか話してくれませんか？」レイモンドさんがたずねる。

要点をいわなきゃ《カット・ザ・チェイス》、と自分にいいきかせた。でもそのとたん、チェイスのことを思い出した。あのチェイスが、この部屋にいて……わたしの話を聞いて、わたしの姿《すがた》を見ている。なのに食べものをもらいにシェルターにいった話をしないといけないなんて。

わたしは咳払《せきばら》いをした。「ただで食事をもらうために長い行列ができていました。焼きたてのパンなんかもあって、いい食事でした。リタがお皿をくれて、いっぱい取るようにいいました。リタとセールスマンもそうしました。いいそびれましたが、その人はバス停からいっしょにきたんです。その人が無料で食事をくれる場所を知ってたんです」

わたしの頭の中は先に進んでいき、ジェレミーがパンに手をのばすところが思《おも》い浮《う》かぶ。それがうれしかったのを覚えている。兄は靴《くつ》ひものようにやせ細ってきていたから。

「それで?」レイモンドさんがうながす。

わたしは深く息を吸《す》いこみ、一気につづきを話した。「ジェレミーはお皿にどんどんパンをのせていきました。リタが怒《おこ》って、やめろって顔をしても。骨《ほね》つきチキンもあったから、それもどんどんのせていきました。それから、本来は自分で食べるものなのに、そうしないで部屋じゅうを歩きまわって、みんなに配ったんです」

「みんなに配った?」レイモンドさんがくりかえす。

わたしはうなずき、それから言葉で答えないといけないことを思い出した。「はい。チキンをお年寄《としよ》りや小さい子やお母さんたちにあげたんです。自分のお皿にのせたパンも配ってまわりました。パンをもう持っている人にもです。お皿が空《から》になるとテーブルにもどって、またどんどんのせてから配ってまわりました。人にあげつづけるのをやめられないみたいでした」

「ほかの人たちの反応はどうでしたか?」レイモンドさんが予定どおりにたずねる。

「最初は、黙《だま》って受け取っていました。ジェレミーのことを変な目で見るだけで。そのうち、だんだん盛《も》りあがっていったんです。みんな大声で『おい、こっちだ!　もっとくれよ!』なんて呼《よ》んでました。ジェレミーはずっと配りつづけ、とうとうあげるものがなくなってしまいました」

「そのあとは?」レイモンドさんがたずねる。

「そのあと、ジェレミーは靴《くつ》を脱《ぬ》ぎました」

「靴を?」陪審員《ばいしんいん》をふりかえったレイモンドさんは、すごく驚《おどろ》いた顔をする。でも本当は話のつづきを知っている。だから、わたしに話させたいのだ。

「ジェレミーは真新しい雪靴を脱いで、ぼろぼろのスニーカーをはいてた子にあげたんです。それから靴下も脱いで、それもあげてしまいました」

「その間、お母さんはどうしていたのですか?」レイモンドさんがたずねる。知らないかのように。

「リタはやめろって叫《さけ》んでました。その靴にはえらいお金をつぎこんだんだよって、何度も。本当はスレーターが買ったものだし、それも、そんなにえらいお金だったかわからないですけど」

「お母さんがやめろとどなったとき、お兄さんはどうしましたか?」レイモンドさんがきく。

わたしは練習したとおりに答える。「聞こえてないみたいでした。ジェレミーは、赤い髪《かみ》を長い三つ編みにして背中《せなか》にたらしていた女の子に、自分のコートをあげました。それからシャツのボタンをはずしました。リタに手をつかまれても、もう片方《かたほう》の手でボタンをはずしつづけました。だから、リタはジェレミーをひっぱたいたんです」

「ひっぱたいた？」レイモンドさんは、そんな話は聞いたことがないというような反応をした。

「頭のうしろをぶっただけです」わたしは説明する。「でも、ジェレミーはやめませんでした。シャツを脱《ぬ》いでそのまま人にあげました。そのあともどんどん脱いではあげつづけていきました。とうとうトランクスだけになったとき、警官《けいかん》につかまったんです。そこで止められていなかったらどうなってたかと思うと、ぞっとします」わたしはレイモンドさんと練習したとおりのせりふをいう。

でもこんなふうにこの話をして、裏切《うらぎ》り者《もの》になった気がした。ジェレミーのほうに顔を向けられない。だけど、ジェレミーがどんな顔でわたしを見ているかは想像できる。怒《おこ》ってはいない。きっと、がっかりしている。あの日、わたしがジェレミーを理解していたと思っていたのに、今はそうでないことがわかって、残念だというように。――そして残念なのはわたしであって、ジェレミーではないというように。

本当のことをいうと、警官が止めに入ったとき、ジェレミーは頭がおかしいようには見えなかった。あの部屋にいて、ジェレミーの頭がおかしいと思っていた人は、ひとりもいなかっただろう。その頃《ころ》には誰《だれ》もが静かになっていた。わたし以外は。わたしは警官に向かって、お兄ちゃんを放して、と叫《さけ》んでいた。

そのとき、小さな男の子がジェレミーの前にやってきて、自分の上着をさしだし、着るようにうながした。ジェレミーはその上着を着た。すると今度はものすごく大柄《おおがら》な女の人が、スーパーの袋《ふくろ》から何かを取り出した。ジェレミーにぴったりのサイズの靴《くつ》だった。女の人はジェレミーに靴をくれただけでなく、はかせてくれた。その前に、小さな女の子が駆《か》けよってきて、自分の靴下をくれた。白い靴下で、靴の中にもぐりこまないように、うしろに毛糸玉がついていた。べつの人がジーンズを持ってきてくれた。警官のひとりが、靴の上からそのジーンズをはくのを手伝ってくれた。その頃にはジェレミーの両腕《りょううで》は背中《せなか》におさえつけられていたから。

シェルターを出ていくとき、みんながさようならと手をふってくれた。そしてジェレミーは、きたときよりずっといい状態になっていた。

わたしたちみんながそうだった。

体の底から気分が悪くなる。わたしはこれまで、ジェレミーのことを頭がおかしいといったり、変人あつかいしたりする人がいたら、かならず闘《たたか》ってきた。なのに今、自分でそういうことを、それどころかずっとひどいことをしてしまったのだ。こんなにおおぜいの人の前で。しかも聖書《せいしょ》に手をのせて宣誓《せんせい》したあとで。

「時間がなくなってきました」裁判官《さいばんかん》がいう。「今日は閉廷《へいてい》し、明日の朝九時に再開します」裁判官は陪審員《ばいしんいん》のほうを向き、本件についてたがいに話しあったり、他人にしゃべったりしないように指示した。それから小槌で机《つくえ》をたたいた。みんなは家に帰るために立ちあがった。

ジェレミーをのぞいて。

4　無罪および心神喪失《しんしんそうしつ》による無罪

わたしは、ころげるように証言台からおりて、ジェレミーに追いつこうと急いだ。ジェレミーとレイモンドさんは立ちあがっていて、法廷《ほうてい》の係官がひとりジェレミーのほうに近づいている。ここの規則は知らないけど、どうしてもジェレミーと話をしたかった。

「ジェレミー！」誰《だれ》にも止められないうちに駆《か》けよったけれど、机《つくえ》にはばまれてしまう。ジェレミーにふれられない。本当は抱《だ》きしめてあげて、ジェルがぎこちなく腕《うで》をまわしてきて、あごを頭にのせてくるのを感じたかったのに。「ごめんね。ああいうふうに話さないといけなかったの」本当は大声で、ジェルの頭がおかしいなんて思ってないよっていいたかったけど、それはできない。誰にもそういってはいけない、とくに法廷ではいけないと、レイモンドさんに止められている。

「帰りなさい、ホープ」レイモンドさんがいう。書類やファイルをかばんにつめこんでいる。

わたしは無視《むし》する。ジェレミーに話さないと。「ジェレミー、やってないって伝えて。紙に書くの。お願い。何が起こったか、紙に書くだけでいいんだから」ジェレミーは字は書ける。少なくとも、監督《かんとく》が亡《な》くなるまでは、しょっちゅうメモを書いていた。とんがったりうずまいたりする美しい文字、ジェレミー独特《どくとく》のかざり文字で。

　ジェレミーはふりむいて、悲しそうに、がっかりしたように、それでいて心からゆるすように微《ほほ》笑《え》んだ。わたしは胃がむかむかしてくるのをおさえこんだ。ジェレミーは係官にガチャンと手錠《てじょう》をはめられ、目を大きく見ひらく。手首はあざだらけで、腕《うで》には黄色や青の指の跡《あと》がついている。皮《ひ》膚《ふ》があざになりやすいのを知っていなければ、ぎょっとしたかもしれない。それはリタにとっては呪《のろ》いだった。ジェレミーが小さいとき、リタがかんしゃくを起こすと、それがすべて紫《むらさき》や青の印となってジェレミーの皮膚にくっきりうつしだされ、誰もが目にすることになったからだ。オクラホマ州の暑い夏の間でさえ、リタはジェレミーにスウェットシャツやジーンズを着せていた。でも、あざの多くは、じつはジェレミーの不器用さのせいだった。〈自然のかざり〉って、わたしは呼《よ》んでいたっけ。

「待って！」わたしは食いさがる。「兄と話をさせてください」

　手錠をかけられた兄は、長くて骨張《ほねば》った両手の指をからみあわせ、しきりにねじっている。

「落ち着くんだ、ぼうず」係官がいう。小さいメタルフレームのメガネをかけた、がっしりした体つきの男の人だ。おだやかな目つきをのぞけば、アリゾナ州でリタがウェイトレスの仕事をクビになったあとに好きになった、はげた用心棒《ようじんぼう》の男に似ている。「こっちにくるんだ」

　ジェレミーの両方の手首はますますせわしなくはげしく動く。手錠がこすれあってガチャガチャ音を立てる。ジェレミーが肩越《かたご》しにこっちを見る。真剣《しんけん》に、必死に。

「ジェル、またね」わたしはジェルに別れを告げる。ジェルの状態を悪化させたこと、ジェルを動《どう》揺《よう》させたこと、そして神様と法廷《ほうてい》の全員の前で兄は頭がおかしいと証言した自分に腹《はら》を立てながら。

そのとき、気づいた。ジェレミーは手錠《てじょう》をはずそうとしているのではない。手ぶりをしているんだ。瓶《びん》のふたをあける動作をまねているんだ。瓶がほしいんだ。ジェレミーはガラス瓶を集めているけど、そのひとつを今ほしがっている。必要としている。

「ジェレミー、やってみるね。約束する。それと、ジェレミーの集めたガラス瓶は大事にしておくから。ね？」

ジェレミーの手の動きが止まる。体がだらんとなる。

係官がジェレミーの腕《うで》をとる。「そうだ、いい子だ」そういってジェレミーをつれていく。「帰る時間だからな」

ジェレミーが出ていった横のドアを、まるまる一分間見つめていた。あのドアの向こうがどうなっているのか、考えたくもない。ジェレミーは今夜もそこですごすことになる。

わたしはレイモンドさんのほうをさっとふりかえった。「こんなの、まちがってます。ジェレミーはやってないのに」

レイモンドさんはつめこみすぎの書類かばんから顔をあげない。「ホープ、もうこの話は何度もしているよ。きみのお母さんといっしょに法廷戦略《せんりゃく》を決めたんだ」

「でも〈心神喪失《しんしんそうしつ》による無罪〉だけでなく〈無罪〉も主張したんですよね？」わたしはレイモンドさんとリタが裁判《さいばん》の話をするのを、ゆるされるかぎり聞いていた。ジェレミーはやっていない、とはっきり主張してほしかったのに、聞きいれてもらえなかった。リタは、ジェレミーはやったけど、やるつもりはなかったんだと信じこんでいるから、〈心神喪失〉の申し立てに大賛成だった。するとレイモンドさんが、オハイオ州では、〈無罪〉と〈心神喪失による無罪〉の両方を主張できるといった。だから、そうすることになった。それで万全の準備を整えられるらしいから。陪審員《ばいしんいん》たちに、〈わたしの依頼人《いらいにん》は人を殺していません。でも、もしやっていたとしたら、それは依頼人の精神状態がおかしくて自分が何をしているのかわかっていなかったからです〉というようなものなのだ。

レイモンドさんは忍耐《にんたい》が切れかかっているように、ため息をついた。「そのとおり。〈無罪および心神喪失による無罪〉を主張したよ。精神状態にかかわる審理《しんり》では、ジェレミーは裁判を受けられる状態にあり、自分で自分の弁護ができると判断された。ホープ、わかってくれていたじゃないか」

「わかってました！　でも、その審理で精神状態がおかしくないと判断されたなら、どうして今さら頭が変だってことにしようとしてるんですか？」

「そのふたつはまったく関係ないんだ」レイモンドさんが説明する。「あの審理とこの公判はまったく別なんだよ。陪審員は審理にはいなかった。この法廷ではまだ〈心神喪失による無罪〉の申し立てができる」

「やってません、おしまい、って立証したらどうなんですか？　どうしてそうしないんですか？」

大声になっていたけど、自分をおさえられない。

レイモンドさんがさっとまわりを見てから、声を落としていった。「それだけの証拠《しょうこ》がないんだ」

わたしは口をつぐむ。証拠がない。あるのは、兄に不利な証拠ばかりで、それがどんどん積みあがっている。自分がまだ証言していなかったから、今まで法廷《ほうてい》に入れてもらえなかったけれど、新聞は読んでいた。検察側の証人が、ジェレミーが馬小屋から血だらけのバットを持って走り出てきたと証言したのだ。しかもそれはジェレミーのバットだった。

うしろで誰《だれ》かの気配がして、声がした。「悪いが、法廷《ほうてい》を出ていってもらわないとな」マシュー・ウェルズ保安官の声は、昔の西部開拓《かいたく》時代の保安官のように太くしゃがれている。

わたしはふりかえる。保安官はリタと同じくらいの年で、背《せ》が高く、ビール腹《ばら》をしている。薄茶《うすちゃ》のシャツのそでをひじまでまくりあげていて、紫《むらさき》のタトゥーが見える。星だかバッジだかの形。黒い髪《かみ》がぐるりと一周くぼんでいるのは、法廷の外でかぶっている帽子《ぼうし》の跡《あと》だろう。ホルスターには銃《じゅう》が入っている。「諸君《しょくん》、もう出ていってくれないか」

「ええ、もちろん」レイモンドさんがいう。「すみません、保安官」書類かばんをパタンととじて、わたしを見る。「ホープ、また今晩《こんばん》会おう。だいじょうぶだね？」

わたしはうなずく。でもまたさっきのように胃がむかむかしてきた。レイモンドさんはわたしに明日の準備をさせようとしている。今日の主尋問《しゅじんもん》のつづき。そのあとの検察官による反対尋問。そんなの、どうやって準備するというんだろう。

「おじょうさん」ウェルズ保安官に腕《うで》にふれられ、反射的《はんしゃてき》に身を引いた。「今すぐ帰るんだ」

足音が聞こえた。応援《おうえん》部隊が呼《よ》ばれたんだろうか。捜索隊《そうさくたい》とか？　特別機動隊とか？

ちがった。ＴＪだ。助けにきてくれたんだ。「保安官、ホープはお兄さんの弁護士と話がしたかっただけです」ＴＪことトマス・ジェームズ・バウアーズはわたしより五センチ背が低く、体の大きさは保安官の半分くらいだ。身長以外は何もかも長すぎる感じがする。鼻もあごも長方形のフレームの頑丈《がんじょう》そうな眼鏡《めがね》にばさばさ落ちかかる髪の毛も。ＴＪはこの裁判《さいばん》の間ずっとわたしを応援すると誓《ちか》って、本当にそうしてくれている。

「話なら法廷の外ですればいい」ウェルズ保安官がきつくいう。

レイモンドさんが法廷を出ようと正面の扉《とびら》をあけたとたん、たくさんの叫《さけ》び声《ごえ》がワーッと聞こえてきた。マスコミがレイモンドさんを取り囲む。扉がしまる前、レイモンドさんがまるで投げつけられてくるトマトをよけるように、身をかがめるのが見えた。

「ホープ、いこう」ＴＪがいう。「帰りの足を確保したからさ」

わたしはうなずく。ありがたかった。今朝はリタの車できたけれど、帰りはむかえにこないといわれている。今から七ブロック先の駅まで歩いてグレインゆきのバスに乗る気もしなかった。しかもバスの本数は少ない。

ＴＪのあとについて、レイモンドさんをのみこんだ大きな扉に向かう。背中にウェルズ保安官の視線《しせん》を感じる。リタもわたしにいうことを聞かせるとき、こうやって無言の圧力をかける。

法廷《ほうてい》から廊下《ろうか》に出たとたん、カメラのシャッターがカシャカシャ鳴った。わたしは顔をふせたまま裁判所《さいばんしょ》の中を走った。記者が五、六人追いかけてきて、質問を叫《さけ》ぶ。「ホープ、お兄さんはどうしてしゃべらないんですか?」「お兄さんがやったことを知っていたんですか?」「お兄さんは何を……」

わたしは記者たちの声をしめ出して、かたい床《ゆか》を鳴らす自分たちの足音に意識を集中させようとした。足音は高い天井《てんじょう》に響《ひび》き、大理石の壁《かべ》にこだまする。裁判所の正面玄関《げんかん》にたどりつくと、外が暗くなっていて驚《おどろ》いた。それに気温が十度くらいさがった気がする。八月はからからに乾燥《かんそう》して暑いものだし、このあたりはだいたいそういう天気になるのに、灰色《はいいろ》の雲が出て西風が吹《ふ》いていて、今にも雨がふりそうだ。

裁判所の外の階段《かいだん》のてっぺんで立ち止まり、TJをさがす。マスコミの群れにまぎれこんでしまったのかもしれない。そのうちのふたりがすっと近づいてきた。ひとりがきれいな赤い髪《かみ》を肩《かた》のうしろにおしやりながら、となりのカメラマンに合図する。「ホープ、WTSNテレビのモー・ペントよ。聞かせてくれないかしら……」

わたしはその人をおしのけた。頭がくらくらして肩からはずれて浮《う》いていきそう。吐《は》き気《け》がする。吐いてしまったらどうするの、WTSN?

クラクションが鳴った。青いクライスラーのストラトスが階段の下に停車している。窓《まど》があいて、チェイス・ウェルズが顔をのぞかせた。緑色の瞳《ひとみ》。太陽のように輝《かがや》く金髪《きんぱつ》。お父さんと少しも似ていない。チェイスのすべてが東海岸らしさを発散している。カーキパンツからネイビーブルーのポロシャツまで。チェイスはかっこいいなんてものじゃない。本物の美形なのだ。

背中《せなか》に、誰《だれ》かの手を感じた。「ごめん」TJだ。うながされて階段を一、二段おりる。「人ごみで動けなくなってさ。だいじょうぶ?」

「わたしたち、どこにいくの、TJ?」まわりがうるさいから大声できく。記者たちがまた包囲してくる。汗《あせ》と香水《こうすい》と煙草《たばこ》のにおいがする。

「あ、あそこにいる!」TJが叫《さけ》んで、わたしをうしろから強くおす。階段から転げ落ちないようにふんばった。

「誰が?」TJが助けようとしてくれているのはわかる。TJはいつも助けようとしてくれる。でも自力で逃《に》げたほうがよかった気がする。今頃《いまごろ》、バス停に着いていたかもしれない。

チェイスはまだ階段のふもとに車を停めている。またクラクションを鳴らし、うしろのドアをあけた。TJがチェイスに手をふり、ひたすらわたしをおしながら車に向かう。

階段のいちばん下の段で、わたしは立ち止まった。「待って。誰に……」

「おれ、あのさ、グレインまで送ってほしいって、チェイスにたのんだんだ」TJは階段の下までおりたけど、わたしはついていかなかった。「ホープ?」

わたしは首を横にふる。

ＴＪはチェイスに笑いかけ、わたしに小声でいう。「チェイス、知ってるよな？　野球でいっしょの」さらに小声になる。「親父《おやじ》さんが保安官」

知ってるよな、だって？　ふた夏もチェイスのことを目で追っていて、夏以外もチェイスのことを考えていたというのに。

「ホープ？」赤い髪《かみ》の記者が、顔にマイクをつきつけてきた。「お兄さんがなぜあんなことをしたのか……」

わたしはＴＪの手を取った。ふたりで車まで走って、うしろの席に飛びこみ、ドアをしめるやいなや、チェイス・ウェルズは車を発進させ、タイヤが痛《いた》がっているような悲鳴をあげた。

5　チェイスの車

チェイスが裁判所《さいばんしょ》から発車したとたん、わたしは大きなまちがいをおかしたことに気づいた。すぐに車をおりないと。「あの、わたしたち……わたし、ここからバス停まで歩けるから。ありがとう」

ＴＪがひじでつついてきて、顔をしかめた。わたしたちはうしろの席にすわっていて、運転してもらっている。

チェイスはスピードをゆるめない。「いいんだ。どうせグレインに帰るから。ふたりとも送っていくよ」

「ありがとな。ほかにたのめる人がいなくてさ。親父は仕事からぬけられないし」ＴＪはシートベルトをしめ、わたしにもしめるようにせっつく。

「本当に歩きたいの」わたしはもう一度いう。声がちょっとするどくなる。金属がこすれあうように。ドアハンドルに手をのばす。

「二十四キロも歩きたいって？」ＴＪが、じょうだんにしようとしている口調でいう。

「そういうことか」チェイスがアクセルをゆるめる。「ごめん」

でも、わたしがこわいのはスピードではない。運転の仕方ではない。ウォッカの瓶《びん》を半分あけたあとのリタよりひどい運転なんてありえない。そうではなくて、彼《かれ》なのだ。チェイス・ウェルズ。いつも遠くからあこがれていた男の子――というか、寝室《しんしつ》のカーテンのうしろから見つめていた男の子。というのは夏の間、チェイスはうちの前をランニングしているから。毎朝、日がのぼるように。

「父親にいつもスピード出しすぎだっていわれるんだ」チェイスが打ち明ける。

父親。あの保安官が、父親。ウェルズ保安官の証言は聞いていないけど、レイモンドさんの話では、わたしたちにとって大きな打撃《だげき》だったそうだ。その保安官の息子《むすこ》の車に乗っているなんて、わたしは何をしているんだろう。TJは何を考えているんだろう。

「おまえたちさ、パンサーズの試合で会ったことあるよな?」TJがシートベルトをしめてくれようと、わたしの前に手をのばす。わたしはされるがままにした。TJは声が弱々しく、緊張《きんちょう》しているときにするように金属的な笑い声をあげた。「ホープ、こちらはチェイス。チェイス、こちらはホープ」

チェイスはわたしの名前を知っているはず、と思いあたる。聖書《せいしょ》に誓《ちか》って、ホープ・レスリー・ロングと名乗るのを聞いたばかりなのだから。

ぎゃくに、グレイン郡の住人で、チェイス・ウェルズを知らない人はいない。試合や練習のときに、ジェレミーがジョンソン監督《かんとく》にたのまれてバットやボールを集めるのを待っている間、ちらちらチェイスのほうを見たことがある。チェイスは見落としようがない。ブリー・ダニエルズがいつもべたべたくっついているし、スティーヴやマイケルやそのほかの仲間が五、六人、いつもそばで応援《おうえん》しているから。

チェイスはバックミラー越《ご》しにわたしたちのほうを見た。にっこりする。深くくぼんでくっきりとした目は、緑色のシーグラスのような色。わたしの机《つくえ》の引き出しに入っている、波に洗《あら》われて美しい形になった、半透明《はんとうめい》のすべすべしたガラスのかけらのよう。

わたしはシーグラスを集めている。少なくとも、以前は集めていた。TJと出会ったきっかけがシーグラスだった。

窓《まど》の外を見つめ、今日のように雨がふっていたある日のことを思《おも》い浮《う》かべる。TJとはじめていっしょにすごした日。今から三年くらい前、わたしがグレインの学校に転校してきて一か月たった頃《ころ》だ。TJが、クリーブランドの近くのエリー湖のほとりで拾ったシーグラスをいくつか学校に持ってきた。理科の自由研究に使ったのだ。わたしはシカゴに住んでいた頃、ジェレミーとふたりで湖畔《こはん》を歩いてシーグラスをさがしていたから、シーグラスにはくわしい。人魚の涙《なみだ》、とふたりで呼《よ》んでいた。TJは、昔の難破船《なんぱせん》のランタンだった赤いのや、大恐慌《だいきょうこう》時代のガラス食器だったピンク色のを持っていた。長い年月をかけてはげしい波や粗《あら》い砂《すな》にもまれ、すべすべに磨《みが》かれた歴史のかけら。授業のあと、わたしはありったけの勇気をふりしぼって、TJに集めたシーグラスのことをたずねた。それからシーグラスでアクセサリーをつくっている話をすると、TJはそれを見たがった。そのうち、材料に使えないかとシーグラスを持ってきてくれるようになった。今でもときどき持ってきてくれる。もうアクセサリーづくりはやめてしまったのに。

「じょうだんぬきでさ」TJがバックミラーに向かって話す。「助けてくれてありがとな。さっきはもう、しっちゃかめっちゃかだったよ。じつは昔さ、記者になりたいって思ってたんだ。もうやめたよ。いやだね」TJはまたひじでつついてくる。

「うん、ありがとう」わたしはすわりなおして、また窓《まど》の外を見つめる。こまかい雨粒《あまつぶ》がフロントガラスに斑点模様《はんてんもよう》をつけているけど、チェイスはワイパーを動かしていない。ピシャンと落ちた雨がガラスをつたいおり、ふるえながらたくさんの筋《すじ》に分かれていく。車の中はオレンジのにおいがする。それともこれがチェイス・ウェルズのにおいなの？

「いいって」チェイスがつぶやく。

「じゃ、これで貸し借りなしだな」TJがいう。

わたしはわけがわからなくて、TJに向かって顔をしかめる。

「前にいったよな、ローダイとの試合で、チェイスにピッチャーをやらせてほしいって、おれが監《かん》督《とく》を説得した話」TJが説明する。また金属的な笑い声をあげる。「おれがいなかったら、チェイスはセカンドのままだったんだ。だよな、チェイス？」

「ああ」チェイスが答える。バックミラーを見ないで。

TJに黙《だま》ってほしかった。今でも、なぜTJが監督にたのんであの試合をチェイスに投げさせたのかわからない。ふたりはべつに親友でもないのに。ＴＪがチェイスを通じて〈人気者グループ〉に入ろうとしたのかな、と思ったこともあった。もしそうだったとしたら、うまくいっていない。

わたしはタイヤが路面にこすれてブンブン、ヒューヒュー鳴る音に耳をかたむけた。勢いが増《ま》してきた雨のパチャパチャ、バチャバチャ鳴る音にも。

「ホープ？」チェイスがわたしの名前を呼《よ》んで沈黙《ちんもく》をやぶる。「こういうことになって、気の毒だと思ってる。――きみもジェレミーも。ご家族も」

気の毒だって？　わたしはどうすればいいの？　わたしは肩《かた》をすくめた。

「父親がどんなだかわかってる。――まあ、この世でもっとも思いやりのある保安官とはいえないよな」

いくらでも反論《はんろん》を思いつけた。ウェルズ保安官がいなければ、兄は今のように、檻《おり》の中にとじこめられ、殺人容疑《ようぎ》で裁判《さいばん》にかけられていなかっただろう。保安官がうちにおしかけてきてジェレミーを逮捕《たいほ》したときのことは、一生忘《わす》れられない。

見たことのない一車線の道に入った。聞こえるのは車の屋根にパタパタあたる雨の音と、雷《かみなり》のうなりと、動きはじめたワイパーのブーンという低い音だけ。雷が落ちそうなのに、木の下に群れあつまっている、十頭くらいの白黒の牛の横を通りすぎる。

みんなの沈黙がぎこちなく、居心地《いごこち》悪くなってきた。ＴＪが、チェイスに乗せてほしいとたのまなければよかったのに。

バックミラーに映《うつ》るチェイスをちらっと見ると、目が合った。視線《しせん》をはずす前に、チェイスがにっと笑った。

「あんまりしゃべらないんだね、ホープ」チェイスがいう。

「ジェレミーよりはしゃべるけどね」自分をおさえるまもなく、口走ってしまった。今の言葉を引っこめたい。兄のことを、敵の息子《むすこ》にしゃべるなんて、いけない気がした。それにチェイス・ウェルズのような人には、ジェレミーのことなんかわからない。そういう人たちは、わたしのことだってわからない。新しい場所に引《ひ》っ越《こ》すたびに、わたしはじょうだんみたいにあっというまに人気者になってしまう。初日から、男の子たちは教室でわたしのとなりにすわりたがる。人気者の女の子たちはお昼をいっしょに食べようと誘《さそ》ってくる。わたしを仲間だと思っている。自分たちと外見が似ているから。——金髪《きんぱつ》。青い目。にきびのないハート型の顔。ほかの子たちより発育が早かったため、小学生の頃《ころ》から自分で意識していた体つき。

でも、わたしはそういう人たちとはちがうし、みんながそれに気づくのに二週間もかからない。

「でさ、チェイス、おまえ、ボストンを離《はな》れてさびしいだろ？」TJが、カバのような優雅《ゆうが》さで話題を変えた。

「さあね。母親とバリーには会いたいと思うな、ときどき。でも三回目の夏ともなれば、グレインだって家みたいなものだよ」

「ボストンでも野球やってるんだろ？　あのすごいカーブは向こうで覚えたんだよな。あの投げ方、教えてほしいよ」

　長い坂のてっぺんを越《こ》えたとき、アーミッシュ（十八世紀にヨーロッパから入植したプロテスタントの一派で、電気や自動車を使わず、入植当時の生活様式を保持している）の馬車が目の前に現れた。「危《あぶ》ない！」わたしは悲鳴をあげた。チェイスは急ブレーキをかけ、悪態《あくたい》をついて、馬車をよけるために急ハンドルを切った。ふりかえると、母親と三人の小さい男の子が見えた。「このへんでそんな運転はだめ」うしろの窓《まど》から外をずっと見ながら、今の人たちの無事を確認《かくにん》する。

「しまった」チェイスの息が荒《あら》い。「わかってる。ごめん」スピードが時速十五キロくらいに落ちる。

「このあたりを運転するときは、今みたいなのがいちばんこわいんだよ」ＴＪがいう。

「そうだな」チェイスが同意する。「馬車を見るのは好きだけど、ぶつかるんじゃないかとひやひやする。とくに夜は。そうだろ？」

「そのとおり」ＴＪが答える。

チェイスは道路から目を離《はな》し、ふりかえってわたしを見た。返事を待っている。

「ホープは運転しないんだ」ＴＪがいう。

「夜は運転しないってこと？」

「ホープは運転しないんだ、いつでも」ＴＪが補足《ほそく》する。

「どうして？」

今度は自分で返事をした。「リタがフォードを共用にしたくないからよ」

「ああ」チェイスがいう。「わかるよ。父親とストラトスを共用にするのもきついなって思ってた。でも、うまくいってる。父親はパトカーが使えるし、いざというときは、警察《けいさつ》が保管している押収車《おうしゅうしゃ》をどれでも借りられるから」

「すごいな」TJがつぶやく。

「何を借りられるって?」わたしはスカートのしわをのばした。ジーンズをはいてくればよかった。レイモンドさんが法廷《ほうてい》で着る服を指定したのだ。——白いブラウスにグレーのスカート。

「押収車だよ」TJが解説する。「ほらさ、麻薬捜査《まやくそうさ》のあととか、酔《よ》っ払《ぱら》い運転三回目の人なんかから車を押収するんだ」

チェイスがあとをつづける。「本当は保安官事務所では押収車を使ってはいけないらしい。でも父親のところにいる保安官代理のデイヴ・ロジャーズは、昨年《さくねん》麻薬が発見されたというシルバーのBMWでドライブにつれていってくれたよ。父親が遊びでドライブするのはありえないけど。楽しいことには興味ないんだ」

「ローダイとの試合でおまえがパンサーズのピッチャーをつとめたときは、すごく楽しそうだったけどな」TJがいう。

あれを〈楽しそう〉といえるのかわからない。チェイスが投げるたびに、お父さんは監督《かんとく》にどなり、チェイスに大声で叫《さけ》んでいた。見ていていたたまれないのか、うらやましいのか、わからなかった覚えがある。そういえばある夏、わたしはティーボール（野球に似た球技。投手がおらず、打者はティーという台におかれたボールを打つ）の競技に打ちこんでいた。でもリタは一度も試合を見にこなかった。パンサーズの試合を見にきたこともない。例外はグレイン対ウースターの大試合で、これはどっちの郡の人もみんな見にいくことになっている。少なくとも……この夏までは。

「父親が熱くなるのは認《みと》めるよ」チェイスがいう。

　ＴＪが身をのりだす。「そしたらさ、おまえがウースター戦で投げるのを見たら、どうするか想像もつかないよな。だって親父《おやじ》さんはその昔、あの試合に出場したんだろ？」

「ああ。でも、ここの人はどうしてみんなウースター戦のことで大騒《おおさわ》ぎするんだろう」

「おまえ本気か？」ＴＪが前の席の背《せ》もたれをつかむ。「ウースター郡とグレイン郡は仲が悪いんだ。もう大昔からだよ！　あの試合は夏に開催《かいさい》されるオハイオ州最大のライバル対決なんだ。クリーブランド・プレーン・ディーラー紙の取材も入る。野球に興味ない人まで、花火やピクニックやテールゲート・パーティー（駐車場で車のうしろのハッチをあけ、バーベキューなどをするパーティー）を楽しみにくる。わかるだろ。グレイン対ウースター戦ほど盛《も》りあがる試合はないんだ。監督がおまえを先発ピッチャーにしてくれて、ほっとしたくらいだよ。おれにはプレッシャーがでかすぎたから。オハイオじゅうの人が観戦しにきただろうからさ。もし……」

　ＴＪが口をつぐむ。〈もしジェレミーが監督を殺していなかったら〉とまではいわなかったけれど、その言葉は、目に見えなくても、確かに車内の空気の中に浮《う》かんでいた。三人ともそれが聞こえた。

沈黙《ちんもく》したまま、線路を越《こ》えた。もう何年も列車が走っていないと思う。ここからがグレイン郡だ。人口一九四七人。多少の増減《ぞうげん》あり。道路の左側は一面のトウモロコシ畑がつづく。その先にデイリーメイドという店がある。窓口がひとつだけの小さな白い小屋だ。〈打倒《だとう》ウースター！〉の文字が横の窓《まど》に大きく黒々と書かれたままになっている。女の子が五、六人、外の木のテーブルの上に――テーブルの前にではなく――すわって、コーンに入ったアイスクリームをなめている。通りすぎるとき、ブリー・ダニエルズが顔をあげた。こっちを目で追うけれど、表情は変わらない。

「あとで説明が必要だな」通りすぎたあと、ＴＪがいった。

チェイスがふりかえって、わたしたちのうしろを見た。あごの横から前にかけての線に特徴《とくちょう》がある。グレインにはこういう顔の男の子はいない。「ブリーとはもう口をきいてない。あと二日早く別れてればな」

「なんでだよ？」ＴＪがきく。今度はわたしがＴＪをひじでつつく。

「これを見るたびに思い出さなくてすむ」チェイスはシャツの半そでをめくり、前かがみになって、肩《かた》のうしろを見せてくれた。日焼けして筋肉《きんにく》がついている。小さな緑色のものが、皮膚《ひふ》といっしょに動くのが見える。四つ葉のクローバーみたい。

「幸運の印」わたしはつぶやく。

「ばかげたクローバーのタトゥーをひたいに入れなかったのは幸運だったかもな」チェイスがそで

をもどす。「彼女《かのじょ》は足首に入れたんだ。やっぱり後悔《こうかい》してると思う。その場のバカなノリだった。彼女のいとこの家にいったら、そいつが副業でタトゥーをやってたんだ。デザイン画をながめていたかと思ったら、つぎの瞬間《しゅんかん》にはクローバーが永久に皮膚に刻印《こくいん》されてしまった。バカ一秒、タトゥー一生」

のどが焼けつく感じがした。タトゥーを入れられたみたいに。だって、人生はそういうものなんだと思えたから。たったの一秒で、何かが永久に変わってしまうことはあるものだから。——たとえば、リタがジェレミーのほっぺたをなぐったとき、わたしが手をあげてそれを止めなかったこと。たとえば、バットが持ちあげられ、ふりまわされて、ジョンソン監督《かんとく》の命が永遠に失われてしまったこと。

車から出たくなった。「あの、チェイス。乗せてくれてどうもありがとう。もうおろしてくれてもだいじょうぶ。ここから歩けるから」

「いいって。家まで送るよ。場所はわかってる。毎朝その前を走ってるから。TJ、先におろそうか？　それともホープといっしょに帰る？」

TJがわたしを見て、濃《こ》い眉毛《まゆげ》をあげる。わたしは首を横にふる。とにかく家に帰って、ひとりになりたい。「交差点でおろしてくれ」TJは自分の家のある西エルム通りを指さす。

チェイスが車を路肩によせる。TJはおりると、乗せてもらったお礼をもう二回いって、ドアをしめる前にうしろの席をのぞきこんだ。「明日、電話するよ」

わたしはうなずいた。「ありがとう、ＴＪ」この車の中でかわされる〈ありがとう〉の多さにびっくりする。

完全な沈黙《ちんもく》の中、わたしはあいかわらずうしろの席にいる。チェイスは町の中を運転して、わたしの家のある通りに入った。ふつうなら、この借家を見られるのははずかしいと思うはずだ。かなりみすぼらしい家だから。でももう、はずかしいなんて通りこしていた。兄が殺人容疑《ようぎ》で裁判《さいばん》にかけられていれば、そうなってしまう。

「うわっ」チェイスがアクセルから足を離《はな》す。

「何？」顔をあげると、横にＷＴＳＮと書かれた青いワゴン車が目に入った。家の真ん前に停まっている。

6　リタ

わたしは黙《だま》っていたけれど、チェイスが家の前で止まらなかったのが、ありがたかった。家の前の芝生《しばふ》にできた小さな人だかりを通りすぎるとき、体を思いきり低くする。「ずっとふせてろよ」チェイスが指示する。

ジェルが逮捕《たいほ》されたあと、一、二週間はこんな状態だったけれど、そのあとはみんな、リタとわたしのことをだいたい放っておいてくれていた。「つぎのブロックでおろしてくれる？　裏《うら》をまわって帰れば台所のドアから入れるから」

指定したところでチェイスは車を止め、わたしはおりる。「ありがとう、チェイス」窓越《まどご》しにいう。でも、今度は本気のお礼だった。父親がジェレミーとわたしの敵だからといって、息子《むすこ》までそうとはかぎらない。人を親で判断すべきじゃないと、わたしほどわかっている人はいないはずだ。

チェイスはうなずいて、走り去った。車が角《かど》を曲がっていくのを見送る。――自分でもどうしてそうしたのかわからない。それからとなりのギャロウェイおじいさんの庭を走りぬけ、家まで引き返した。自分の家の裏庭には、しばらく足をふみ入れていなかったようだ。――それとも昨夜《さくや》、ジャックが魔法《まほう》の豆をまいたのかもしれない。雑草の中にはわたしの背丈《せたけ》くらいまでのびているのもある。歩きながら、落ちているビールの缶《かん》やポテトチップスの空《あ》き袋《ぶくろ》やキャンディの包み紙を拾い、台所のドアの外に置かれた、くさいごみ入れに全部放りこんだ。

家に入った瞬間《しゅんかん》、じめじめした空気に窒息《ちっそく》しそうになる。雨あがりのさわやかさは、この家の中には入ってきていない。かびたタマネギのにおいがただよっている。鼻の細胞《さいぼう》が動かなくなるまで数秒待ってから、呼吸《こきゅう》を再開した。

寝室《しんしつ》のラジオからヘビメタががんがん聞こえてくる。居間のテレビからは、録音された笑い声がかんだかく響《ひび》く。部屋が明るくなったり暗くなったり、めまぐるしい。

廊下《ろうか》を半分進んだところで、リタが寝室から出てきた。はいているデニムのスカートがきつすぎて短すぎるけれど、絶対に本人にはいえない。赤いチェックのシャツは、中身を最大限に見せびらかすために、ぎりぎりまでボタンをはずしてある。わたしの胸《むね》の谷間が誰《だれ》ゆずりなのかは疑《うたが》いようがない。でもそれ以外では、リタとわたしはまったく似ていない。身長はふたりとも一六七センチくらいだけど、リタはわたしほどやせていたことはないと思う。リタの目は茶色くて大きい。髪《かみ》は今は脱色《だっしょく》して金髪《きんぱつ》になり、ちりちりにパーマがかかっているけれど、本来の色は焦《こ》げ茶《ちゃ》。根もとから数センチほど、濃《こ》い色が出てきている。リタはコロニアル・カフェのウェイトレスの仕事に出かけるところのようだ。ラインストーン入りのクリップで髪を上にまとめている。——安全ピンではさんだ干《ほ》し草《くさ》の束《たば》みたい。

廊下の向こうから、リタがにらみつけてくる。「あんた、いったいどこをほっつき歩いてたの？」ＴＪのところみたいなふつうの家族なら、母親は子どもを、「お帰りなさい。今日はどうだった？」といってむかえる。それに相当するのが、今のリタのせりふ。

「裁判所《さいばんしょ》にいってたの」急にのどがからからにかわいてきた。わたしは台所にもどった。

「そんなの、わかってんのよ」リタがかみつくようにいう。

「むかえにきてくれなかったでしょ？　だから……」

「そんなこともわかってんの。あたしが知りたいのは、なんであのテレビ局の車がうちの前に停まってるのかってことよ。あんた、法廷《ほうてい》で何しゃべったの？」

「ジェレミーは頭がおかしいですっていったの。そういってほしかったんでしょ？」冷蔵庫《れいぞうこ》をあける。ビールと消費期限切れのミルクしか入っていない。

「ちゃんとそういったんだろうね」リタは腕時計《うでどけい》を見る。「レイモンドが電話してきて、七時にきてくれってよ」

わたしは一歩さがって、台所のトースターの上にかかっている洋ナシの形の時計を見る。六時十五分。私立学校の制服みたいなスカートとブラウスからできるだけ早くぬけ出したほうがいい。ジーンズに着がえたい。居間のすぐ横の自分の部屋に向かう。わたしとリタの部屋の間にジェレミーの部屋がある。「仕事にいくとき、ついでに送ってくれる？」

「だめ。もう出かけるから。六時にいってるはずだったんだよ。この勤務《きんむ》時間、いやんなる」今晩《こんばん》働かなくてはいけないのが、わたしのせいだといわんばかり。でも、本当にそうなのかもしれない。

レイモンドさんに監督《かんとく》してもらわずにすんでいれば、わたしがリタのかわりにお店にいかされただろうから。

レイモンドさんに監督してもらう。——監督という言葉なんか思い出したくもない。突然《とつぜん》、頭に映像《えいぞう》が浮《う》かぶ。ジョンソン監督が試合の前に、ジェレミーがかぶっているパンサーズの帽子《ぼうし》を直してあげている。まるでこれからバッターボックスに立つから、しゃんとして見えないといけないとでもいうように。ジェレミーは頭をなでてもらった子犬のように、舌《した》を外にたらしている。

その映像を消そうと頭をふった。脳《のう》が〈お絵かきボード〉になったかのように、ジェレミーと監督がいっしょにいる絵を形づくる灰色《はいいろ》の粒子《りゅうし》が、ばらばらになってすべり落ちていく。でも頭の中から消えはしない。

リタはまだ出かけていない。わたしがのろのろ居間にもどると、リタは深紅《しんく》の口紅《くちべに》をぬりなおしていて、鏡に向かって魚のように唇《くちびる》をすぼめている。「リタ?」わたしはソファの背《せ》もたれによりかかってたずねる。「どんな人だったの?」

「誰《だれ》が?」

リタとわたしの間は一八〇センチくらいだ。人の身長ほどの距離《きょり》。監督の身長は一八〇センチくらいだった。「ジョンソン監督。どんな人だったの?」

リタは煙草《たばこ》の箱をバッグにおしこんだ。「あんたのほうがよく会ってたじゃない」

「でもリタは監督と高校でいっしょだったんでしょ? その頃《ころ》はどんな人だったの?」

リタはまだわたしのほうを見ないで、片足《かたあし》で立ち、もう片足に五センチヒールのサンダルをつっかける。「ほかの高校生の男の子とおんなじよ——女の子のことばっかり考えてんの。女の子をつかまえたらどうすればいいか、誰もわかっちゃいないのに」リタはもう片方の足もサンダルにつっこみ、赤く塗《ぬ》った足の爪先《つまさき》を見つめる。「ジェイ・ジェイはほかの男の子とはちょっとちがってたけどね。まともだった」

これはリタが男の人のことをいう言葉としては、かなりほめているほうだ。わたしくらいの年齢《ねんれい》のリタと監督を想像しようとしたけど、うまくいかなかった。

「大昔のことよ」リタは椅子《いす》の背《せ》にかけたバッグを取り、玄関《げんかん》のドアをあけた。「あ、テレビ局の車がいなくなってる」リタががっかりしたのか、ほっとしたのか、わたしにはわからない。リタはかさをつかんで外に出て、ドアをしめた。

ジーンズに着がえてサンドイッチをつまむと、もうレイモンドさんの家にいく時間だった。場所は知っているけど、中に入ったことはない。今までの打ち合わせは全部うちか、レイモンドさんの小さな事務所でやっていた。町の大通りに面していて、となりにサンドイッチ店のサブウェイがある。

リタがかさを持っていってしまったから、雨がしばらくふらないように、そしてレイモンドさんが帰りに家まで送ってくれるように、願うしかない。大通りをまっすぐ歩くのが近道だけど、わたしはそうしなかった。かわりにスーパーのＩＧＡの裏《うら》をぬけ、道をわたってリサイクルショップまでいき、郵便局《ゆうびんきょく》のうしろから、銀行のドライブスルーを通って、セントスティーヴン・カトリック教会のわきの歩道に出る。そこから、しめった芝生《しばふ》の生える高校の裏《うら》の練習場を横切る。学校で少しだけ仲よくしていたアンという子が、ここはカップルがキスしにくるところだといっていた。

ここからは十分で歩ける。少し考える時間ができた。計画も立てられる。レイモンドさんとリタは初日から、ジェレミーのために〈心神喪失《しんしんそうしつ》による無罪〉を主張することに決めていた。わたしがそれに賛成したのは、陪審員《ばいしんいん》がジェレミーを有罪と判断したとき、ジェレミーがどうなるのかこわかったからだ。レイモンドさんはジェルの状態について話ができる医師を手配していて、わたしは〈人間的な側面〉について証言することになっている。でも法廷《ほうてい》でそういう話をするのはいやだった。ジェレミーの頭はおかしくない。ジェレミーは無罪だ。

今のところ、雨は持ちこたえている。地面にぶつかるのがこわくて、空気にしがみついているみたいに。わたしより年下の女の子が手おしの芝刈《しばか》り機《き》で、自分の家の芝生を刈っている。タンクトップとショートパンツを着て、iPodを聞いている。顔をあげてわたしを見たとたん、芝刈り機をUターンさせ、芝生に一本の筋《すじ》を残しながら玄関《げんかん》に向かっていった。

数秒後、すぐ横に車が一台止まった。ドライバーは交通事故でも見るように、こっちをじろっと見てから走り去った。つぎの交差点では、アーミッシュの馬車が前を横切った。わたしは目をつぶって、馬の蹄《ひづめ》が舗装《ほそう》道路にあたってカッポカッポ音を立て、馬車がゆれてキーキーきしむのを聞いた。馬車のうしろに乗りこんでいる四人の子どもの誰《だれ》とでもいいから、入れかわりたかった。馬車を御《ぎょ》す母親のかわりでもいい。黒いワンピースと白いボンネット、実用的な靴《くつ》、分別ある家族の中にかくれてしまいたい。

　レイモンドさんの家は高台にあり、道路から引っこんでいる。レンガづくりの平屋で、グレインにしてはとてもすてきな家だ。私道の両側はすきまなく花壇《かだん》になっている。レイモンドさんは本物の裁判《さいばん》事件をたくさん手がけているにちがいない。うちみたいな、州にたのまれた無料のだけではなく。

　玄関のベルを鳴らすと、背《せ》が高くて髪《かみ》が茶色い女の人が出てきた。おなかが大きくて、スパンデックスのシャツにコットンのジャージのズボンを身につけている。レイモンドさんはお父さんになるんだ。

「あなたがホープね」レイモンドさんの奥《おく》さんは背《せ》のびして、道路を見わたす。「お母さんはいっしょじゃないの？」

「はい」

　招かれるままに、家に入る。笑顔がきれいな人だ。子どもを守るように、片腕《かたうで》をおなかにまわす。

「こちらにすわって。レイはすぐくるわ」

　わたしはびしょぬれのスニーカーを脱《ぬ》ぎながら、靴下をはいてくればよかったと思った。

「脱がなくていいのよ、ホープ」奥さんがいう。

「いいんです」家のにおいを吸《す》いこみながら、ジェレミーもここにいて、マンロー家の空気を吸えればよかったのにと思った。ここは少しもよどんだり、かびたりしていない。かすかにバニラかレモンの香《かお》りがするだけ。真っ白なカーペットは新しそうで、靴《くつ》を脱《ぬ》いでいても、歩くとき緊張《きんちょう》する。家具も統一されている。散らかっているのはダイニングテーブルの上だけで、書類がいっぱいに広げられていた。

「ベッカ、ホープがきたのか？」レイモンドさんが、小さなタオルで顔をふきながら、廊下《ろうか》から入ってきた。タオルをバスルームと思われる部屋に放りこむ。「やあ、ホープ。すぐにはじめよう。することがたくさんあるからね」

「じゃあ、失礼するわね」奥《おく》さんがレイモンドさんとわたしにいう。「しばらく横になってくるわ」

レイモンドさんの動きが止まる。「だいじょうぶか？　吐《は》き気《け》がするのか？」

「疲《つか》れただけよ、レイ。ホープに飲み物をさしあげてくれる？」奥さんはわたしに微笑《ほほえ》みかける。

「あ、だいじょうぶです。ありがとうございます」まるでテレビのホームドラマを見ているみたいだ。家族なのに、おたがいに感じよくふるまっている。

奥さんはレイモンドさんのひたいにキスしてから、廊下の奥にいなくなる。レイモンドさんは見送ってから、わたしに椅子《いす》をすすめ、自分もテーブルにつく。

すわったとたん、レイモンドさんは真剣《しんけん》な顔つきになる。「今日の閉廷後《へいていご》に起きたことは、二度と起きてはいけないんだ、ホープ」レイモンドさんは声を荒《あら》らげなかったし、怒《おこ》ったようにも見えなかったけど、本気なのはわかった。レイモンド・マンローはいいお父さんになりそうだ。「きみとお母さん、ジェレミー、そしてぼくは統一戦線を張らないといけない。開廷中も、それ以外のときも」

「わかってます。ごめんなさい。でも……ジェレミーのことでは、レイモンドさんとリタのいうことに賛成できないんです」

「それは気づいていたよ、ホープ。でも、意見のちがいがあっても、同じチームにいるように見せないといけないんだ」レイモンドさんは話し合いは終わりだというように、書類かばんに手をのばした。

「レイモンドさん、お願いです。ひとことといっていいですか？」

レイモンドさんがため息をつく。だめだといわれるかと思ったけど、レイモンドさんはペンを置いた。「二分だけだ。それしか時間をあげられない。きみの証言のつづきと反対尋問《じんもん》の準備もしないといけないからな」

心臓《しんぞう》がドキンとして、頭がくらくらする。今ここでがんばるしかないとわかった。「ジェレミーはジョンソン監督《かんとく》を殺してません。ジェレミーは監督が好きだったんです。心から大好きだったんじゃないかというくらい。それに、ジェレミーには人は殺せません。たとえ相手を憎《にく》んでいたとしたって。だけど、ジェレミーは誰《だれ》かを憎んだことなんかありません。レイモンドさんには、わたしみたいにジェルのことがわからないんです」

「裁判《さいばん》というのは、何が起きたかではなく、どちら側が何を立証できるかにかかっているんだ。きみは法廷《ほうてい》で検察側の陳述《ちんじゅつ》を聞いていないだろう」レイモンドさんがいう。

「レイモンドさんが入れてくれなかったから」わたしは抗議《こうぎ》する。

「裁判官《さいばんかん》が入れてくれないいんだ。証言が終われば、傍聴人《ぼうちょうにん》として法廷に入れてもらえるだろう。しかし問題はそこじゃない。問題は、検察側が出したジェレミーに不利な証拠《しょうこ》について、きみは何も聞いていないことなんだ。陪審員《ばいしんいん》は証拠だけにもとづいて評決を出すからね」

「それなら、こっちも証拠を集めないと！」わたしは食いさがる。

「どんな証拠だい？　ケラーはセイラ・マクレイを証言台に立たせた。遺体《いたい》を発見した女性だ。あの朝、八時少しすぎに馬小屋にいったら、逃《に》げてきたジェレミーにぶつかられて、あやうく転倒《てんとう》するところだったそうだ。そのとき血をつけられたんだよ、ホープ。ジョン・ジョンソンの血だ」

その場面はなるべく思《おも》い浮《う》かべないようにした。「ジェレミーはこわかったんです。だから逃げたんです」

「ジェレミーは殺人の凶器《きょうき》を持っていた」レイモンドさんがつづける。「マクレイさんはジェレミーがバットを持っているのを目撃《もくげき》した」

そういう事実は知っている。新聞で読んだから。「説明できる理由があるはずです。絶対に」

レイモンドさんはかぶりをふる。「いうまでもなく、ジェレミーは説明してくれていない。口をきいてもくれないよ」

「ジェレミーはしゃべらないんです！」

わたしが大声で叫《さけ》んでも、レイモンドさんは冷静なままだった。「わかったよ。ジェレミーは紙に書いてもくれていない。書いて説明してくれてもいいんだ」

「もしかしたら、こわいのかも！　もしかしたら……見てしまったのかもしれない。誰《だれ》がやったか見てしまって、こわくていえないいんです」

「あのバットにはジェレミーの指紋《しもん》しかついていない。それにほかに人がいれば、マクレイさんが見ていたはずだ」

わたしは息切れしていた。もしわたしが泣くような人だったら、今泣いているはずだ。「ジェレミーはやってません。絶対やってません」

「ジェレミーがやったとはいっていないよ」レイモンドさんの声がやさしくなり、弁護士らしさが薄《うす》らいだ。「陪審員が今まで何を聞いてきたか話しただけだ。検察側の冒頭《ぼうとう》陳述は強力だった。きみのお兄さんについている法律家《ほうりつか》は、わたししかいないのだから、お兄さんにとって最大限の利益《りえき》になるように考える必要がある。今のところ、それは〈心神喪失《しんしんそうしつ》による無罪〉を全力で主張することなんだ。そうしなければ、陪審員がジェレミーを有罪と判断した場合……」

レイモンドさんはそれ以上いわなかった……その必要はなかった。

7　弁護士の家

レイモンドさんは姿勢《しせい》を正すと、テーブルの書類の山からファイルを引きよせた。「それでは、真剣《しんけん》な作業をはじめようか」

わたしはうなずく。ジェレミーには人を殺すことなんかできないと、説得をつづけたいけど、これ以上いうことが思いつかない。ジェレミーにもっとかしこい妹がいればよかったのに。

「よし」レイモンドさんは黄色いメモ用紙にもう書きこみはじめている。「明日はきみの証言の前に、精神科医のブラウン先生の証言が入ることになった。きみの証言を中断したくないが、しかたがない。ブラウン先生は大きな事件で証言するために、ニューヨークにもどらないといけないんだ。しかし彼女《かのじょ》は優秀《ゆうしゅう》な先生だ。時間はあまりかからないだろうし、とにかくジェレミーの症状《しょうじょう》を陪《ばい》審員《しんいん》に説明してもらう必要があるからね」

わたしが覚えているかぎり昔から、いろんな人がジェレミーの症状を説明しようとしてきた。でも、そのことは黙《だま》っていた。「じゃあ、もしかして、わたしはもう証言しなくていいんですか？」

証言台にまた立たないですむなら、何をあげてもいいくらい。

レイモンドさんが微笑《ほほえ》む。「きみの証言は必要だよ、ホープ。医学的な分析《ぶんせき》に、人間味をくわえられるからね」

　わたしはうなずく。

「よし」レイモンドさんは書類の順番を入れかえる。「中断があってもきみへの主尋問《しゅじんもん》は問題なく最後までできるだろう。陪審員に、ジェレミーと空《あ》き瓶《びん》のことについて話してもらいたいんだ」

　すでに同意していたことだけど、本当はやりたくなかった。みんなはジェレミーが空き瓶を集めるなんて変だと思っているけれど、わたしはそう思わないから。それでも、レイモンドさんにたくさんの話をした。ジェルがいつもバックパックに空き瓶をいくつか入れていて、ときどき取り出しては、ふたをあけたりしめたりしていること。それからスーパーのIGAにいたとき、ジェレミーが保存瓶《ほぞんびん》をいっぱいバックパックにつめこんだから、わたしが全部出して棚《たな》にもどしたら、ジェレミーがかんしゃくを起こしたこと。

「それはいいね」レイモンドさんはメモを取っている。「今のをそのとおりに話してくれたらいいよ、ホープ。ほかには？」

　兄のことを告げ口している気分だけど、わたしは話しつづける。「ジェレミーはたいてい、空《から》になったふつうの瓶を集めるんです。ラベルははがします。それで瓶をバックパックに入れたり、ベッドの下にしまいこんだりするから、わたしはその前に、ジェレミーが見ていないすきに、急いで瓶を洗《あら》わないといけないんです。すごくくさくなっちゃうから」

「ジェレミーはそのたくさんの空き瓶をどうするのですか？」レイモンドさんがメモを取りながら

質問する。

本当の質問なのか練習なのかわからないけれど、答える。「取っておきます。でもそのうちに寝室《しんしつ》の棚《たな》にならべるんです。数えたことはないけど、いろんな大きさや形の瓶《びん》が二百個くらいならんでいると思います」

「つづけて、ホープ」

ジェレミーと空《あ》き瓶《びん》の思い出は数えきれないくらいたくさんある。ひとつの話にしぼるのはむずかしい。「ときどき、たとえばマヨネーズの瓶がもう少しで空《から》になるとき、ジェレミーは残りを捨《す》ててしまいます。だいたいごみ箱に捨てるけど、そうじゃないときもあります」

今から四年くらい前のある日を思い出す。わたしが救世軍のバザーで買ってあげたグレーのスウェットシャツを着て、ジーンズをはいたジェレミーの姿《すがた》が、目の前に見えるようだ。ジェレミーの全身はこわばり、目玉が飛び出ている。そこは台所で、冷蔵庫《れいぞうこ》の扉《とびら》があいている。ジェレミーの足もとで、縦長《たてなが》にきざんだキュウリのピクルスの山が、黄緑色のピクルス液《えき》の海につかっていた。

「あるとき」わたしは話しはじめる。「ジェレミーは家に駆《か》けこんできて、部屋に走っていくと、また飛び出してきました。そのあとは台所をうろうろしてるだけで、立ち止まって何があったかメモを書いてくれないんです。理由はわからないけど――わたしたちにはいつも理由はわかりません――ジェレミーは瓶がほしかったんです。新しい空き瓶が。わたしが止めるまもなく、ジェレミーは冷蔵庫から巨大《きょだい》なピクルスの瓶を取り出して、中身を全部、床《ゆか》にぶちまけました。わたしはぼうぜんとつっ立って見ていました。ジェレミーはその瓶をフットボールみたいに胸《むね》に抱《かか》えこんで、部屋に走りこむと、バタンとドアをしめました。そしてひと晩《ばん》じゅう、出てきませんでした」

「あなたはどうしましたか？」レイモンドさんがきく。

「台所をそうじしました。翌日《よくじつ》、買ったばかりのピクルスを全部たいらげたのかって、リタにどやされました」

それからも瓶の話をつづけた。たとえば、オクラホマ州に住んでいたとき、近所のお年寄《としよ》りたちがジェレミーのために空き瓶を取っておいてくれたこと。お年寄りたちは何もきかなかった。しかもわざわざ瓶を洗《あら》ってくれていた。わたしはジェレミーと瓶のことについて、覚えているかぎりの話をする。ジェレミーがごみ箱をあさって、マスタードの瓶を取り出したときのことも。その瓶は、わたしが発見するまで、何週間もジェレミーの部屋に置いてあった。

レイモンドさんはピクルスとマヨネーズとマスタードの話を選んだ。それらの話をもう二回ずつ、わたしにくりかえさせて、どこを省き、どこをくわしく話すか指導《しどう》する。終わるとペンを置いて、鼻筋《はなすじ》を手でつまんだ。「ホープ、明日は検察側の反対尋問《じんもん》がある。忠告《ちゅうこく》しておくが、ケラー検察官はきみが若《わか》い女性だからといって手かげんはしないよ」

「そうだと思ってました」

「この一か月の彼《かれ》の仕事ぶりを見ていないだろう、ホープ。ピットブル（犬の種類。闘犬として育種されてきた）のように食いさがって、望みどおりの証言を証人から引き出すんだ。自分で呼《よ》んだ証人にまできびしいからな」

「でも、わたしからは何も引き出せません。引き出すことなんかないから」

「あまく見ないほうがいい。彼《かれ》はだてに〈殺し屋ケラー〉と呼《よ》ばれていないからな。経験だって積んでいる。少なくともわたしよりはずっと長くやっている」

「レイモンドさんはすごくがんばってくださってます」わたしはいう。レイモンドさんの仕事ぶりがどうかなんて全然わからなかったけれど。

レイモンドさんがうれしそうな顔をする。「そろそろ検察側の反対尋問《じんもん》の準備に取りかかろうか。いいか、すきを見せなければ、ケラーにつけいられることはないからな。さあ、はじめようか」

廊下《ろうか》でパタパタ足音がして、奥《おく》さんがバスルームに駆《か》けこんだ。ドアをしめようとしたようだけど、吐《は》いているのが聞こえる。

「ベッカ?」レイモンドさんはあわてて立ちあがり、椅子《いす》をたおしてしまった。「すまないね、ホープ。すぐもどる」奥《おく》さんのところに駆けつけ、バスルームのドアをしめる。でも、聞こえてしまう。奥さんが吐いていて、レイモンドさんが小声で話しかけている。聞いていたら、わたしまで吐いてしまいそう。ジェレミーがインフルエンザにかかると、いつもわたしのほうがひどい吐き気におそわれる。

わたしはテーブルに向きなおる。レイモンドさんの書類かばんにはいっていたファイルが全部置いてあった。ばらばらの書類をめくりながら、わたしはファイルをふたつ、こちら側に向ける。ひとつは〈先例〉、もうひとつは〈犯行現場〉と書いてある。

　わたしは犯行現場ファイルを取ってひらいてみた。いちばん上に、馬小屋にいる女の人の写真がある。誰《だれ》だかわかる。マクレイさんだ。でも、ジェレミーにまだらの馬に乗っていいといってくれたマクレイさんよりも、ずっと年取って見える。マクレイさんはジョンソン監督《かんとく》の馬小屋に二頭の馬をあずけていた。一頭は高級な鹿毛《かげ》の去勢馬《きょせいば》で、馬場馬術に使われる。もう一頭はジェレミーが大好きになった年取った雌馬《めすうま》で、シュガーという名前だ。ジェルにシュガーの乗り方を教えてくれたのは、ジョンソン監督だった。わたしがときどき馬小屋にいくと、ジェレミーが鞍《くら》のないまだら馬に乗って、原っぱを走っているのを見かけた。バックパックに入った空《あ》き瓶《びん》が、天使の鐘《かね》のように澄《す》んだ音を響《ひび》かせていた。

　犯行現場の写真では、マクレイさんは幽霊《ゆうれい》かもっとおそろしいものでも見たような顔をしている。そのうしろでは、朝日が灰色《はいいろ》の雲間からさしこみ、馬小屋の入り口を照らす。マクレイさんは両《りょう》腕《うで》で自分の体を抱《だ》きしめている。そうでもしないと、ばらばらにこわれてしまうとでもいうように。鹿毛馬の仕切りの前で監督が亡《な》くなっているのを発見したのは、マクレイさんだ。ジェレミーにぶつかったのも。

　廊下《ろうか》をちらっとふりかえった。バスルームのドアはまだしまっている。吐くものがないのに吐こうとしている音が聞こえる。

　マクレイさんを横にずらし、その下を見ると……ジェレミーがいた。これが〈容疑者《ようぎしゃ》の顔写真〉

というものなのかもしれない——正面、右側、左側を向いたジェレミー。どの写真でも微笑《ほほえ》んでいる。学校で撮《と》るどの写真とも同じ、カメラマンに「チーズ」といわれるときに浮《う》かべる、まのぬけた笑顔。

ジェレミーの顔写真をどけて、つぎの写真を見る。ジョンソン監督《かんとく》だ。横向きに寝《ね》ていて、母親のおなかの中にいる赤ちゃんのように体を丸めている。両耳を手でふさいでいる。自分の叫《さけ》び声《ごえ》を聞きたくないみたいに。頭と肩《かた》の下に、暗い色の水たまりがある。知らなければ、影《かげ》に見えたかもしれない。でも、わたしは知っている。

たったの一撃《いちげき》で、こんなことになってしまうなんて。

馬の悲鳴が聞こえるようだ。雷《かみなり》のとどろき。生命がぶくぶく流れ出て、べたついた暗い色の水たまりになる。馬糞《ばふん》と血に、汗《あせ》とハエと恐怖《きょうふ》がまじりあったにおい。

地面にたおれているのはもうただの〈被害者《ひがいしゃ》〉なんかじゃない。ふりはじめの雨のように、頰《ほお》を涙《なみだ》がつたいおちる。わたしは泣かない人なのに、どうやって涙が出てきたんだろう。これは、ジョンソン監督だ。自分の馬小屋のそうじをジェレミーに任せてくれて、ふつうの倍の報酬《ほうしゅう》を払《はら》ってくれた親切な人。ジェレミーを野球チームの一員になった気分にさせてくれ、パンサーズのユニフォームまでくれたやさしい監督。わたしが止めなければ、ジェルは毎日だってそのユニフォームを着ていたと思う。

写真から目が離《はな》せない。遺体《いたい》というより、生気を失った人間のよう。写真に写っている何もかもをじっくり見つめる。おがくず、暗い血だまり、監督の足で半分かくされたひづめの跡《あと》。ポケットから飛び出し、腰《こし》から数センチのところに落ちている携帯電話《けいたいでんわ》。そして、顔の見えない、命を失ったジョン・ジョンソン監督。

兄にこんなことができるわけがない。

トイレが流れる音がして、バスルームのドアがひらいた。あわてて写真をもどし、ファイルを遠くにおしやる。

「すまなかった、ホープ」レイモンドさんがテーブルにもどってくる。

「奥《おく》さん、だいじょうぶですか？」わたしはたずねる。

レイモンドさんは指で自分の髪《かみ》をすく。十二歳《さい》くらいの男の子に見える。「医者は、吐《は》き気《け》があっても心配はいらないというんだ。妊娠《にんしん》後期でもね。でも心配になるんだよ」

「レイモンドさんはいいお父さんになりますね」そういってあげる。

「そう思うか？」わたしの意見が大事だとでも思っているように、レイモンドさんがきく。

「思います」

それからあと三十分がんばった。反対尋問《じんもん》に対応するために、レイモンドさんはできるだけの準備をしてくれた。でも帰る頃《ころ》になっても、〈備えよ常に〉をモットーとするふつうのボーイスカウトの隊員に比べても、まったく準備ができていないのは確実だった。

レイモンドさんが玄関《げんかん》まで見送ってくれる。わたしは靴《くつ》をはく。雨は今では本ぶりになっている。

「お母さんはまだきていないのかな」レイモンドさんがたずねる。

「待ち合わせしてるんです」外の通りではなく、家で会うことになっているとはいわなかった。

レイモンドさんは顔をしかめる。「送っていかなくてだいじょうぶか？」廊下《ろうか》のほうをちらりと心配そうにふりむく。奥《おく》さんのことが気になっているんだ。

「だいじょうぶ。ありがとうございます」

「これ。かさを持っていきなさい。それくらいのことしかできないが」レイモンドさんは大きな黒いかさをくれる。ドアの横にある白くて長いかさたてには、同じようなかさがあと三本ある。

「すみません。じゃ、明日、法廷《ほうてい》でよろしくお願いします」

「きっとうまくやれるよ、ホープ」レイモンドさんがうしろから呼《よ》びかける。でも、ふたりともその言葉を信じていないのがわかる。

8
鑑定人《かんていにん》の証言

ベッドにもぐりこんだとき、眠《ねむ》るにはくたびれすぎていた。これまでに住んだどのアパートでも、わたしはソファの上で寝《ね》ていた。自分の部屋が持てたのは、この家がはじめて。家じゅうでいちばんせまい部屋だけど、文句《もんく》はない。壁《かべ》にペンキを塗《ぬ》るといいのだろうけど、ひとつの面に緑の森を描《えが》いたひびの入った壁紙が貼《は》ってあって、それがとても気に入っているから、つなぎ目のところが全部めくれていても、そのままにしている。部屋はよくかたづけているけど、図書館で借りた本だけは床《ゆか》に放置している。終わりまで読めたためしがない。何章か読んだあと、最後まで飛ばしてしまって興味をなくす。ひとつの壁ぞいに、五、六冊《さつ》の本がテントのようにふせてあって、挫折《ざせつ》したページがわかる。でも今はくたくたで読む気がしない。

目をとじると、法廷《ほうてい》の映像《えいぞう》で頭がいっぱいになった。ジェレミーが見える。体にぴったり合うことのないスーツを着ている。それからチェイス。ひじをひざにつけ、前のめりになって、緑色の瞳《ひとみ》でわたしを見あげている。

頭の中で、チェイスのほかの映像もつぎつぎと流れる。目をぎゅっとつぶるほど、どんどん速く流れていく。運転するチェイス。チェイスの頭のうしろ。金色の髪《かみ》は豊《ゆた》かだけど、ごわごわしていない。広い肩幅《かたはば》、がっしりした背中《せなか》。首をのばしてうしろの窓《まど》から外をのぞくチェイス。腕《うで》に筋肉《きんにく》がついているけど、いやになるほどじゃない。ランナーの腕だ。

整った顔のひとつひとつの筋《すじ》や丸みが見える。送ってくれたお礼を伝えたときの、あごの角度も。チェイスのことを考えていると、気持ちが……どうなるんだろう。満足？　落ち着く？　もしかしたら一瞬《いっしゅん》、一瞬だけだけど、いい気分？

そこで映像《えいぞう》を止める。なぜならチェイス・ウェルズの楽しい映像の中に、ジェレミーの顔写真がまじっているから。ジョンソン監督《かんとく》の写った現場写真も。

こんなに悪いことばかり起きているのに、少しでもいい気分になれるなんて、いったいどういう人間なんだろう。

翌朝《よくあさ》六時に目が覚めると、真っ先にチェイスのことを考えた。やっぱりどうしても考えてしまう。ベッドから起きあがり、窓辺《まどべ》に向かう。いつもチェイスを見つめる場所に。窓ガラスにほこりやよごれがこびりついている。正式な日の出の時刻《じこく》はすぎているけど、インスタントコーヒーをいれてくる時間はある。

また見張り場にもどる。するとコーヒーを飲み終わる前に、チェイスがまるで誰《だれ》かに追われているかのように通りを走ってきた。ランニングショーツ姿《すがた》だと、日焼けして、ひきしまっているのがわかる。今はボストンのお坊《ぼっ》ちゃまというより、カリフォルニアのサーファーみたい。近づくにつれ、脚《あし》の筋肉がねじれて締《し》まるのが見える。

いつもならここで、かびくさいカーテンの陰《かげ》に引っこむのだけど、今日はその場に立って見つめていた。チェイスがこっちを見るように念じながら。

「おはよう、ホープレス」

リタの声に驚《おどろ》いたあまり、Tシャツにコーヒーをこぼしてしまった。〈ホープレス〉というのはリタのつまらないじょうだん。名前がホープ・レスリーだから、ちぢめてホープレス。〈希望がない〉っていう意味。ああおもしろい。

「何見てるの?」リタがきく。

窓のほうをふりかえると、チェイスはもう走りすぎていた。通りの先のほうへ。


レイモンドさんが鑑定人《かんていにん》の証人尋問《じんもん》をはじめた。鑑定人はどうやっても精神科医には見えないような女の人だった。今朝の飛行機で飛んできたと知らなければ、絶対に裏《うら》の駐車場《ちゅうしゃじょう》にハーレーを停めて、XLサイズのバイカージャケットを脱《ぬ》いできたんじゃないかと思っただろう。髪《かみ》は短く刈《か》りこまれ、わたしの席からも地肌《じはだ》が見えるほどだった。唯一《ゆいいつ》お医者さんらしいのは黒いフレームのぶあつい眼鏡《めがね》だけど、それも頭にしっかり固定してあって、このあとべつの裁判《さいばん》で証言するというより、野球の試合に出場するように見える。

レイモンドさんはゆっくり質問をはじめた。まず鑑定人に取得した学位や博士号《はかせごう》を全部いわせる。

たぶん、聖書《せいしょ》に宣誓《せんせい》したこの精神科医を、陪審員《ばいしんいん》が信用しないといけないからだ。でもわたしがレイモンドさんなら、鑑定人《かんていにん》が自分でいうほど頭がいいことを証明するために、額《がく》に入れた修了証書を全部持ってこさせたと思う。

レイモンド弁護士　ご自身の現在の職業《しょくぎょう》と肩書《かたが》きを教えてください。

ブラウン医師　ニューヨークを拠点《きょてん》とする全国稀少疾病《きしょうしっぺい》団体（ＮＯＲＤ）の上級顧問《こもん》をつとめています。

レイモンド弁護士　ＮＯＲＤとは、どんな団体ですか？

ブラウン医師　アメリカの非営利団体で、難病《なんびょう》をわずらっている人々を支援《しえん》し、その権利《けんり》を擁護《ようご》する活動をおこなっています。わたしは全国の人々に会って、できるかぎりの支援をしています。

レイモンド弁護士　これまでの経験と専門《せんもん》知識から、ジェレミー・ロングの障害《しょうがい》について、特定することはできたでしょうか？

ケラー検察官　異議《いぎ》あり！　根拠《こんきょ》がありません。

裁判官《さいばんかん》　異議を却下《きゃっか》します。ブラウン先生、質問にお答えください。

ブラウン医師　誤謬《ごびゅう》なく明言することはできませんが、〈自閉症《じへいしょう》スペクトラム〉と位置づけられる障害があることは確実でしょう。社会的技能が欠如《けつじょ》している一方で、特定の高機能な能力を有しています。つまり全般的《ぜんぱんてき》な発達のおくれがあり、衣服を適切に身につけたり、社会的に適切なふるまいをしたりといった、日常的な生活技能が欠けている一方で、字を書いたり、秩序《ちつじょ》だてて ものごとをおこなったりする能力は優《すぐ》れているのです。こうしたことと、一定の動作をくりかえす常同行動が認《みと》められることから、〈アスペルガー症候群《しょうこうぐん》〉という推測《すいそく》もできるでしょう。個人的には、〈ランドウ・クレフナー症候群〉も発症していると考えます。この疾患《しっかん》は、言葉を口に出せなくなる症状をともないます。通常の自閉症だと誤診《ごしん》されることが多いのは、患者《かんじゃ》が前後や左右に体をゆらしたり、特異《とくい》な集中をしたりするからです。かんしゃくを起こすことが多いのも、この疾患の特徴《とくちょう》です。

レイモンド弁護士　かんしゃくですか。なるほど。先生のご意見をうかがいたいのですが、人はかんしゃくを起こしている最中、自分のしていることを意識しているものなのでしょうか？　専門的な立場から教えていただけませんか。

ブラウン医師　一般的にいって、人はかんしゃくを起こしている間は、自分のかんしゃくの被害者《ひがいしゃ》であるとわたしは考えています。かんしゃくは悪意で起こすものではありません。幼児《ようじ》はかんしゃくを起こします。どういう行為《こうい》か、誰《だれ》もがよくわかっています。たいていの人は成長するにつれ、かんしゃくを起こさなくなりますが、なかにはそうでない人もいます。とはいえ、かんしゃくを起こしたいと思っている人などいないのです。

レイモンド弁護士　ジェレミーの状態について百パーセントは特定できないとのことですが、今日この法廷《ほうてい》で、確実に証言できる症《しょう》状《じょう》はありますか？

ブラウン医師　はい、〈選択性緘黙《せんたくせいかんもく》〉の症状があることはまちがいありません。ジェレミーは話すことができますが、話さないことを選択しています。

レイモンド弁護士　選択性緘黙について、もっと話していただけませんか。

ブラウン医師　ええ。まず定義から説明しましょうか。口がきけない発話障《しょう》害《がい》とは異《こと》なり、選択性緘黙の場合は発話能力があっても話さないのです。この症状は一八七七年にはじめて確認《かくにん》され、〈随意性《ずいいせい》失語症〉と呼《よ》ばれました。五歳《さい》前後の子どもに多いのですが、どの年齢《ねんれい》でも発症する可能性があります。アメリカではこの二十年の間に話さなくなる子どもの数はどんどん増《ふ》えています。選択性緘黙の研究は資金不足もあって進んでいないため、専門家《せんもんか》でも診断《しんだん》は困難《こんなん》です。子どもが単にはずかしがり屋なのか、極端《きょくたん》に内気なのか、それとももっと深刻《しんこく》な原因があるのか。たとえば母親が妊娠中《にんしんちゅう》に飲んだ薬の影響《えいきょう》や、幼児《ようじ》期の心的外傷《トラウマ》、あるいは抑圧《よくあつ》された反抗心《はんこうしん》によってそのような行動を取っているのか、判断しにくいのです。ある仮説《かせつ》では、言葉が失われる原因は、身体的欠陥《けっかん》と、心理的あるいは社会的な特異性《とくいせい》との組み合わせだとしています。はっきり原因をつきとめることはできないかもしれませんが、今後資金援助《えんじょ》が増えれば、ジェレミーのような少年を支援するために必要な解決策《かいけつさく》を見つける役に立つことと思います。

レイモンド弁護士　ブラウン先生、くわしく説明してくださり、どうもありがとうございました。おいそがしいなか時間を取っていただき、感謝しております。裁判官《さいばんかん》、証人への質問はわたしからはもうありません。

ケラー検察官がメモ用紙に長々と何かを書きこんでいるせいで、ブラウン先生もふくめ、わたしたちはみんな、反対尋問《じんもん》がはじまるのを待っていないといけなかった。ケラーはようやく立ちあがって証言台に向かったけれど、顔をしかめていた。鑑定人《かんていにん》の証言の内容を、わたしと同じ程度にしか理解できていないみたいに。

ケラー検察官　ブラウン先生、よろしくお願いします。いくつか質問がありますので、ご協力願えますか。正直に申しますと、ランドウ・クレフナー症候群というのは聞いたことがありませんでした。しかしアスペルガー症候群と選択性緘黙についてては少々調べてまいりました。先ほどおっしゃったかんしゃくの性質について、もう少し説明していただけませんか。緘黙《かんもく》であることだけは確実とのことですが、緘黙の人の多くはかんしゃくを起こすという理解は正しいですか。

ブラウン医師　ええ。ご説明しましたように、ランドウ・クレフナー症候群《しょうこうぐん》や、緘黙、アスペルガー症候群、自閉症《じへいしょう》に共通する症状にはつぎのようなものがあります。集中力、独特《どくとく》の行動様式、そしておっしゃるとおり、ときおりかんしゃくを起こすことです。

ケラー検察官　なるほど。それで、かんしゃくというのは通常、怒《いか》りから起こると考えられますか。

ブラウン医師　そのとおりです。とくに選択性《せんたくせい》緘黙では、黙《だま》っているストレスから怒りが生まれ、かんしゃくの原因になると考えられます。

ケラー検察官　なるほど。選択性緘黙の人で、発作的《ほっさてき》に心神喪失《しんしんそうしつ》の状態におちいって殺人をおかした人は、どのくらいいるのですか。

レイモンド弁護士　異議《いぎ》あり！

裁判官《さいばんかん》　異議を却下《きゃっか》します。

ブラウン医師　さあ、そういう人は聞いたことがありません。

ケラー検察官　心神喪失の状態におちいり、知らないうちに人を殺害してしまった人はいないということですか。

ブラウン医師　選択性緘黙やアスペルガー症候群や自閉症を、心神喪失の状態と同一視《どういつし》できません。

ケラー検察官　できないのですか。なるほど。先生のお話を正しく理解しているかどうか確認《かくにん》させてください。つまり、選択性緘黙やアスペルガー症候群や自閉症であるからといって、心神喪失の状態にあると考えてはいけないということですね。この理解で正しいですか。

ブラウン医師　はい、理論的にはそうです。ですが……。

ケラー検察官　ありがとうございます。ところでブラウン先生、先生は被告人《ひこくにん》をいつ頃《ごろ》から診《しん》察《さつ》されているのですか。

ブラウン医師　え？　いいえ、わたしの患者《かんじゃ》ではありません。

ケラー検察官　あれ？　失礼いたしました。では、被告人に面接をされたのですね。

ブラウン医師　そうです。ジェレミー・ロングとは、今朝面接することができました。

ケラー検察官　なるほど。何時間くらいですか。

ブラウン医師　そうですね……出廷《しゅってい》しなくてはなりませんでしたから。たぶん一時間弱だったと思います。

ケラー検察官　一時間弱ですか。それで診断ができるほどじゅうぶんに本人から話を聞き出せたのですか。そうとう優秀《ゆうしゅう》な精神科医でいらっしゃるのでしょうね。

ブラウン医師　ジェレミーはもちろん自分で自分のことを話したわけではありません。選択性《せんたくせい》緘黙《かんもく》の人は当然ながら質問に答えませんから。ですが、少年を観察することができ……。

ケラー検察官　観察ですか。今、陪審員《ばいしんいん》のみなさんがなさっているのと同じですね。ただし……期間はずっと短い。

ブラウン医師　いえ、それは……。

ケラー検察官　先生、ありがとうございました。ご存じの情報についてすべてお聞きできたと思います。これで証人への質問を終わります。

9　反対尋問《じんもん》

午後になってから、わたしは証言台にまた呼《よ》ばれた。宣誓《せんせい》は一日たっても効果《こうか》がつづくらしく、もう一度しなくてすんだ。手のひらが汗《あせ》びっしょりで、木の手すりをにぎってもすべってしまう。

席につきながら、ジェレミーと目を合わせようとした。ジェレミーはまた見たことのないスーツを着ている。きっとレイモンドさんが買ってくれたんだ。きちんとした真新しいグレーのスーツ。ありがたいけれど、ジェルが着ると仮装《かそう》しているみたいだ。髪《かみ》が短く刈《か》りこまれてさっぱりしているけど、耳が飛び出して見える。ジェレミーはこっちを見てくれない。ふと、空《あ》き瓶《びん》を持ってくると約束したのに、さがしもしなかったことを思い出した。

「こんにちは、ホープ」レイモンドさんがいう。

「こんにちは」わたしの声は小さい女の子みたいにかぼそい。咳払《せきばら》いをする。

「今日はそれほど時間をかけるつもりはありません。ききたいことがあといくつかあるだけです。先ほどジェレミーの精神状態について鑑定人《かんていにん》の証言がありました。今度はあなたから、あなたの言葉で、お兄さんのことを話してほしいのです。いいですか」

「はい」

「よかった。ではホープ、ジェレミーには同じ年頃《としごろ》の男の子たちのような趣味《しゅみ》はありましたか」

ここでガラス瓶《びん》の話をはじめると練習していたから、そのとおりに最初の話をした。それからレイモンドさんにきかれるのを待ってから、ジェレミーが瓶を手に入れるために台所の床《ゆか》にピクルスをぶちまけた話をした。リタがまだ証言していなくて、法廷《ほうてい》に入れてもらえていなくてよかった。

証言が終わると、レイモンドさんがにっこりする。ウィンクもしたように見えたけど、けいれんしただけかもしれない。「ありがとう、ホープ」裁判官《さいばんかん》に向きなおる。「裁判官、質問はこれで終わります」

わたしも立ってレイモンドさんといっしょに出ていきたいけれど、すでに検察官が椅子《いす》を立って、こっちに歩いてくる。

「こんにちは」検察官は上着のボタンをはずし、すぐ近くまでくる。わきの下の汗《あせ》じみがにおってきたような気がした。扇風機《せんぷうき》がまわっていても、法廷の中は暑い。「検察官のケラーです。ホープと呼《よ》んでいいですか」

「はい」

「どうもありがとう」レイモンドさんがケラー検察官をピットブルと呼んだことばかり考えていた。確かにさっきのお医者さんにはきびしかったかもしれない。それでもピットブルには見えない。今のところは。といっても、ピットブルにかまれるような人は直前まで〈犬ってかわいい〉といっているものだけど。

「ホープ、少しだけ質問させてください」ケラー検察官が反対尋問《じんもん》をはじめる。「それがすめば、もう家に帰っていいですからね」

兄にもそういってほしかった。

レイモンドさんには、答えはなるべく短くして、きかれていないことはいわないようにと忠告《ちゅうこく》されていた。だから質問を待った。でもケラーは自分のメモをぱらぱらめくっているだけだった。ひざが勝手にがくがくふるえ、心臓《しんぞう》がはげしく鳴って、検察官に聞こえるんじゃないかと思った。検察官の向こうに目をやると、最後列にならんだ記者たちが見える。左側には陪審員《ばいしんいん》たち。右側にはジェレミー。金のドラゴンがついた赤いTシャツを着たTJは、できるだけ前の席を確保している。傍聴人席《ぼうちょうにんせき》から視線《しせん》をあげ、せまいバルコニーを見あげると、彼《かれ》がいた。チェイス。バルコニー席の最前列で身をのりだし、手すりをにぎっている。

とたんに気分がよくなった。

どうしてチェイスが毎日見にくるのかわからない。TJは、チェイスが公判をはじめからずっと傍聴しているといっていた。多くのグレイン市民もきている。やじうまが交通事故を見るのと同じ理由でくるのかもしれない。

「ホープ」ケラー検察官はわたしのとなりで横向きに立ち、陪審員に微笑《ほほえ》みかけながらいう。「お兄さんとジョンソンさんの関係はどんなでしたか」

レイモンドさんがさっと立ちあがる。「異議《いぎ》あり！　証人にはその質問に答える資格はありません。人間関係の専門家《せんもんか》ではありませんから」

レイモンドさんのいうとおりだ。

でも裁判官《さいばんかん》は同意しない。「異議《いぎ》を却下《きゃっか》します。ケラーさん、つづけてください」

ケラーは今度はこっちを向く。「あなたの目から見たとおりに話してほしいのですが、お兄さんは亡《な》きジョンソンさんとうまくやっていけていましたか」

「うまくやっていけてました」

「どうしてそう思うのか、説明してくれませんか」

レイモンドさんにいわれたとおり、短く答えるつもりだったけど、ジェレミーがどんなに監督《かんとく》のことが好きだったか、陪審員《ばいしんいん》に知られても問題はない気がした。「ジョンソン監督はジェレミーを馬小屋で働かせてくれました。とてもいい仕事でした。馬の糞《ふん》を運びだしたりするんですけど、馬に乗ったり、ブラシをかけてあげたりもできたんです。ジェレミーはその仕事が大好きでした。それにお金もいっぱいもらえました」

「ふたりは馬小屋以外の場所でも会っていましたか」

「野球場で」わたしはすばやく答える。ジェレミーにとって監督がどんなに大切な人だったか、陪審員にわかってもらいたい。「夏のシーズン中、監督はジェレミーを助手にしてくれたんです。ジェレミーは誰《だれ》よりも早く野球場にいって、誰よりもおそくまで残っていました。バットやボールなど、試合で使う道具を管理する係だったんです」

ケラーはつぎの質問をしようとしていたけれど、わたしは話しつづけた。「それから」急いでつけくわえる。「ジェレミーは監督からパンサーズのユニフォームをもらったんです。わたしが止めなければ、毎日でも着ていたと思います。それに……」わたしは、はっと口をつぐんだ。ジェレミーが毎朝、馬小屋にバットを持っていっていた話をするところだった。

ケラー検察官はすべてを頭に入れこむようにうなずいた。「ジョンソン監督は、ジェレミーにバットをあげたことはありませんか」

わたしは痛《いた》くなるくらいぎゅっと唇《くちびる》をかんだ。予想外の質問で答えを準備していなかったから、レイモンドさんのほうを見ようとしたけど、検察官が間に立っていて見えない。

「質問をくりかえしたほうがいいですか」ケラーがきく。

「いいえ。あの、はい。監督はジェレミーにバットをくれました」

「ありがとう。では、ホープ、これから殺人事件の当日にもどりたいと思います」

わたしはもどりたくない。いちばんもどりたくない日。

「時間軸《じく》にそって、ぬけている部分をうめるのを手伝ってほしいのです」ケラー検察官がいう。

「六月十一日の朝、あなたはどこにいましたか」

「寝《ね》てました。自分のベッドで」

検察官はすでにわかっているようにうなずいた。「その朝、お兄さんを見ましたか。警察《けいさつ》が玄関《げんかん》のドアをたたく前に、ということですが」

「いいえ」それからあわててつけくわえる。「でも前の夜、ジェレミーがベッドに入るのは見ました。ぐっすり眠《ねむ》っていました」

「なるほど。では夜が明けてからの話をしましょう。その朝、目が覚めたきっかけは何でしたか」

「ドアをドンドンたたく音です。玄関《げんかん》の。それでリタもわたしも起きました」

「でもジェレミーは起きなかったのですね」

わたしは、さあ、と肩《かた》をすくめる。それから言葉でいわないといけないのだと思い出す。「それはわかりません」

「そうでしょうね」検察官はわたしに同意するようにいう。「では、玄関をドンドンたたく音が聞こえたあと、どうしましたか」

「玄関に出ました」

「つづけてください、ホープ」

事実。事実だけをいいなさい。レイモンドさんの指導の言葉が頭の中でガンガン鳴《な》り響《ひび》き、同時に頭が痛《いた》くなってきた。偏頭痛《へんずつう》にならないといいけれど。「ウェルズ保安官が立っていました。ほかにふたり、うしろにいました。ジェレミーがどこにいるのかきかれたから、眠ってますと答えました」

ケラーはうなずいて話の先をうながし、片方《かたほう》の腕《うで》をふりながら陪審員《ばいしんいん》のほうに何歩か近づいた。

「ウェルズ保安官が中に入ってこようとしたとき、リタが割《わ》りこんできました」

「あなたと被告人《ひこくにん》のお母さんのことですね？」

「はい。リタはわたしの前に割りこむと、保安官が入れないように戸口に立ちふさがって、『ジェレミーに何の用？』とどなりました」四文字のきたない言葉で毒づきもしたけど、それはいわなくてもいいだろう。「保安官は『ジェレミーと話がしたい。事故があったんだ、リタ』といいました。それでリタがどんな事故なのかきくと、保安官は、ジョンソン監督《かんとく》が殺害されているのが見つかった、と答えたんです。

リタは絶句《ぜっく》して、目が涙《なみだ》でいっぱいになりました。気絶しそうだったから、とっさに体をささえてあげました。でもリタはわたしをふりはらうと、保安官をにらみつけました。家宅捜索令状《かたくそうさくれいじょう》を持っていないなら一歩も動くなって。捜索令状を待っているところだと保安官がいうと、リタは、それなら待つしかないね、といいかえしました。

それから保安官の目の前でピシャリとドアをしめると、自分は保安官を見張っているから、あんたはジェレミーの様子を見にいけといいつけました。だから、わたしはジェルの部屋に走って、ノックして大声をあげてまたノックして……。でも、ジェレミーは出てこなかったんです。それでとてもこわくなって、勝手に部屋に入りました」わたしは口をとじた。頭の中に、そのときのジェレミーの姿《すがた》が浮《う》かぶ。床《ゆか》のすみにすわり、トランクスしかはいていなくて、体を前後にゆすりながら、じっと壁《かべ》を見つめている。映画《えいが》を観《み》るように。ある意味では本当に映画を観ていたのかもしれない。

ケラーがこっちを向いて、おだやかな声でいう。「ホープ、とてもつらいことだと思いますが、ジェレミーの部屋に入ったとき、何を見たのか、話してくれませんか」

わたしは息を深く吸《す》いこんだ。「ジェレミーがいました。わたしに気づいたかどうかはわかりません。こっちを見なかったから。だから床《ゆか》にいたジェレミーのとなりにすわって、なんとか抱《だ》きしめてあげようとしました。そのままずっといっしょにすわっていると、捜索令状《そうさくれいじょう》を持ったウェルズ保安官が部屋に飛びこんできたんです」

「それからどうなりましたか？」

「ジェレミーの部屋はめちゃくちゃにされました。保安官たちはベッドの下をさがし、何もかも写真に撮《と》りました。わたしとジェレミーのことも。それからクローゼットの中をさがしました」

「クローゼットの中には何がありましたか」

この法廷《ほうてい》にいる人は、わたしをのぞいて全員、そこで何が発見されたのか聞いているにちがいなかった。写真も見ているはずだ。もしかしたら実物だって見たかもしれない。「バットです」

「木製《もくせい》のバットですか」ケラーがきく。

わたしはうなずく。「はい」

「パンサーズの選手のほとんどが試合で金属製のバットを使うにもかかわらず、ジェレミーが持っているのはどんなバットでしたか。監督《かんとく》がジェレミーにあげたのはどんなバットでしたか」

「ルイスビル・スラッガーです」

ケラーは頭を少しさげた。「金属製、それとも木製ですか」

「木製です」わたしは答えた。

ケラーは少なくとも一分は黙《だま》っていた。今の言葉がみんなの頭にしみこむのを待っているんだ。陪審員《ばいしんいん》たちが、わたしと同じように何もかも頭の中で思《おも》い浮《う》かべているかどうか知りたかった。そうでないことを願った。

「ホープ」ケラーがやっと口をひらく。「あなたはお兄さんのことが好きですか」

「はい！」わたしは大声をあげ、ジェレミーをまっすぐ見つめる。ジェレミーはわたしを見あげ、骨張《ほねば》った顔にかすかに微笑《ほほえ》みを浮かべる。「この世の誰《だれ》よりも、ジェレミーが好きです」

「ジェレミーのためなら、あなたはきっと何でもするでしょうね」

わたしはジェレミーとしっかり視線《しせん》を合わせ、わかってね、と念じる。「はい、兄のためなら、どんなことだってしてします。わたしにとっていちばん大切な人だから」

「そうでしょうね」ケラーがわかってくれたようにいう。「では、あなたの証言のはじめのほうの話にもどりましょう。かまいませんか」

もどれるのならうれしい。六月十一日以外のところにもどれるなら、どこだって。

「ジェレミーが空《あ》き瓶《びん》を集めだしたのは、いつ頃《ごろ》ですか。覚えていますか」

「さあ。九歳《さい》頃かもしれません」

「お兄さんの趣味《しゅみ》は、めいわくでいやだなと思いましたか」

「いいえ。でも、リタはいやがりました。ジェレミーがベッドの下に置いた瓶に、わたしが気づかないでいたら、すぐに部屋じゅうがにおいだすからです」

ケラーは、すっぱいマスタードのにおいをかいだように、鼻にしわをよせた。「空《あ》き瓶《びん》を集めるのは……かなり変わった趣味《しゅみ》だと思いませんか」

「思いません。全然。いろんなものを集める人がいます」

「たとえば……?」

「たとえば切手やスプーンや鈴《すず》。シーグラスとか」わたしはネックレスをいじった。二年前にTJからもらった小さなすべすべのガラスを使って、自分でつくったネックレス。

「もっともですね」ケラーが同意するようにつぶやく。

「あとバービー人形。何百ドルも出して古いバービー人形を買う人だっているでしょ? そういう人こそ、どうかしてるんじゃないかって思います」

ケラーがちょっと笑う。陪審員《ばいしんいん》も何人か。わたしの証言は昨日《きのう》よりうまくいっている感じがする。

「ホープ、お兄さんのどんなところをいちばん尊敬《そんけい》しますか」

検察側がこんなことをきくなんて信じられない。レイモンドさんこそ、ずっと前にこうきいてくれるべきだった。「いろんなところです」わたしはジェレミーに微笑《ほほえ》みかける。ジェレミーも微笑みかえしてくる。昔のジェレミーがちらっと見えた気がした。「兄はわたしが知っている人のなかでいちばんやさしい人です。日常のなにげないことが大好きなんです。アリが行列になってえさを運ぶのを見つめたり、人の笑い声を聞いたり、夕日がしずむのを毎日ながめたり。それに、ドングリが枝から足もとに落ちてきたり、葉っぱが宙《ちゅう》に舞《ま》ったりしたら、もうわくわくしているんです。〈神様の贈《おく》りもの〉だといって。メモにそう書いて、いつも見せてくれました。チョウチョウやシカを目にしたり、雲がいっぱい浮《う》かぶ空におもしろい形を見つけたりしたときに」

「ジェレミーは八年生（日本の中学二年生）のときに学校をやめたのですよね？」ケラーがきく。

「それはジェレミーというより、リタのせいです。ジェルは問題を起こしたことなんかありません。問題になるのは、ジェレミーのメモを読むのがめんどうだから、答えを口でいわせようとする先生にあたったときだけです。ジェレミーの書いた字を見たことありますか」

「いいえ、ありません」ケラーは本当に見てみたいと思っているようにいう。

「美しいんです。ジェレミー流のかざり文字なんです」

「ホープ、あなたはお兄さんがなぜ話せないのだと思いますか」

「兄は話せます。小さいとき話すのを聞いていたからわかります。ある日、しゃべるのをやめてしまった。それだけなんです。でも本当はしゃべる必要なんかありません。だって、文字や身ぶりでじゅうぶん意思を伝えられるから。ふつうの人がひとつのスピーチで話すよりたくさんのことを、ジェレミーは目で伝えられます」

　ケラーが笑う。「それはよくわかりますね。われわれ法律家《ほうりつか》は、そういうスピーチをしょっちゅう聞いていますから。いや、自分でもやっているかもしれないな」ケラーは傍聴人《ぼうちょうにん》を何人かくすりと笑わせた。「ホープ、終わる前に、お兄さんのことで何かいっておきたいことはありますか」

レイモンドさんがケラーについていったことはまちがっていた。ケラーはジェレミーのことをわかってくれているみたいだ。この人にジェレミーの弁護人になってもらったほうがよかったのかもしれない。「兄のことでいいたいことはたくさんあります。ジェレミーは信頼《しんらい》できます。野球チームの道具をしっかり管理していました。馬小屋の仕事でも責任感が強くて、一日も休んだことがないし、どんなに仕切りの中がよごれていても文句《もんく》をいったことがありません。ユーモアのセンスもあって……それにわたしのことを大事にしてくれます。ジェルのためなら、わたしは何だってするし、ジェルもわたしのために何だってしてくれる。それがわかるんです」

ケラーはわたしを見てにっこりした。「わたしには、ふつうのお兄さんのように思えますね」ケラーは陪審員《ばいしんいん》のほうに向きなおって、くりかえした。「まったく問題なくふつうですね」

そのときになって、ケラーのしたことがわかった。わたしのしたことが。わたしがジェレミーにしたことが。「ちがいます！　待って！　そういう意味じゃ……」

「裁判官《さいばんかん》、わたしから証人への質問はこれで終わりです」

「でも……！」

「ロングさん、おりていいですよ」裁判官がいう。「これから短い休廷《きゅうてい》に入ります」裁判官は小槌《こづち》をたたいた。その音がハンマーのようにしか聞こえなかった。ジェレミーの棺《ひつぎ》の釘《くぎ》を打つハンマーのように。それも全部わたしのせいなのだ。

10　TJの家

法廷から人が出ていく間、どれくらい長く証人席にすわっていたかわからない。そのうちにTJがむかえにきた。わたしをつれて、法廷を横切っていく。廊下《ろうか》に出たとたん、記者たちが大声で呼《よ》びかけてきた。「ホープ、こっちよ！」「ロングさん！」

記者たちを見つめる。どの顔もぼやけて見える。言葉が雑音にしか聞こえない。群衆《ぐんしゅう》の中を突《とっ》破《ぱ》していけばいいのか、すみっこで丸くなり、あの朝のジェレミーのように体をゆらせばいいのかわからない。

TJがわたしを法廷の中に引きもどし、バタンと扉《とびら》をしめた。「ほかの出口があるはずだよ」退廷するときに兄が毎日のみこまれていく小さなドアをちらっと見てつぶやく。「あそこ以外に」

ふたりで、まるで誰《だれ》かに銃《じゅう》をつきつけられているかのように、法廷の中をあとずさる。TJは首をめぐらせ、あちこちを見ている。突然《とつぜん》、叫《さけ》んだ。「チェイス！」バルコニーを見あげている。わたしも顔をあげると、チェイスがまだバルコニー席にすわっていた。TJが大声できく。「ほかの出口、知らないか？」

チェイスはすぐには答えない。やがて両手で体をおしあげ、席を立った。TJの質問に答えずに出ていくのかと思っていたら、チェイスはバルコニー席にあがる階段《かいだん》をゆっくりと指さした。

TJがわたしの手をつかみ、ふたりでチェイスのところまでのぼった。せまいバルコニー席は証人席よりもさらに暑くてじめじめしている。汗《あせ》と煙草《たばこ》と家具のつや出し剤《ざい》のにおいがする。

三人とも黙《だま》ったまま、チェイスを先頭に木製《もくせい》の折りたたみ椅子《いす》の間を進み、通りすぎるたびに座面《ざめん》をひとつずつおしあげていった。チェイスは細いドアの前で立ちどまった。戸口の柱に大きな銀色の警報器《けいほうき》がついている、チェイスはポケットナイフを取り出し、警報器に何か操作《そうさ》をした。背中《せなか》を向けているから、何をやっているのか見えない。でも慣れた感じだった。前にもどこかでやったことがあるように。チェイスはふりかえって、ナイフをポケットにもどした。「非常階段をおりるけど、ふたりとも、それでいい？」

わたしはうなずく。それからTJが高所恐怖症《きょうふしょう》だったことを思い出す。野球の練習のとき、ジエルといっしょに観覧席《かんらんせき》のてっぺんにすわっていると、TJはあがってこようとしない。「無理しないでね」TJにいった。

「平気だよ」TJが答える。でも瞳孔《どうこう》が変に大きくて、声も変に高い。チェイスについていきながら、わたしはTJの手を放さなかった。一段おりるごとに、がたついた黒い金属の階段がガチャンガチャン音を立てる。おりたら、おおぜいの記者と見物人が待ちかまえていて、丸のみされるにちがいない。

ところが、下に着いても誰《だれ》もいなかった。TJのほうをふりむいて、だいじょうぶかどうか、声に出さないできいた。ＴＪはうなずく。顔が雲のように真っ白で、眼鏡《めがね》が曲がっている。手を放す前に、ぎゅっとにぎってあげた。

「こっちの裏《うら》に駐車《ちゅうしゃ》してるんだ」チェイスがいった。乗せてとたのんでいないのに、ついていく。もう日はしずみ、ごちゃごちゃした灰色《はいいろ》だけを空に残していた。

　昨日《きのう》と同じように、ＴＪとわたしはうしろの席にすわり、チェイスが車を発進させる。裁判所《さいばんしょ》の横をゆっくり通りすぎ、前庭に集まっている群衆《ぐんしゅう》から遠ざかる。

　無事に離《はな》れると、ＴＪとチェイスは低い声で言葉をかわした。でもその声はただの音にしか聞こえない。わたしは頭の中で、法廷《ほうてい》の証言台にもどっていて、いえばよかったことや……いわなければよかったことをふりかえっていた。

　グレインまで半分くらい近づいたとき、やっとしゃべってみる気になった。それでも、熱くこみあげてきそうな涙《なみだ》をおさえられない気がしてこわかった。「ジェレミーにあんなことをしたなんて、自分が信じられない。あのまま、あの記者たちにばらばらに引《ひ》き裂《さ》かれちゃえばよかった。そうなって当然だった」

「ホープ、自分を責めるなよ」ＴＪがいう。ＴＪとわたしはできるだけ離れてすわっている。わたしはドアハンドルをつかんでいた。

「きみは、まちがったことはいってなかったよ」チェイスがささやく。あまりに小声で、本当にそういったかわからないくらい。

「じょうだんでしょ？」わたしの声は大きすぎた。心臓《しんぞう》の鼓動《こどう》が耳に響《ひび》いているからだ。「レイモンドさんと練習はしたけど、あそこまで準備してなかった。ああいう質問までは。あの検察官、ケラーはわたしをだましたのよ。望んでいたとおりの答えを引き出したの。ジェレミーは変わってるけど、心神喪失《しんしんそうしつ》の状態ではないって。わたし、自分のことがゆるせない。もしも……」

ジェレミー以外にわたしが泣くのを見た人はいない。わたしは顔をおおい、体をむしばむ涙《なみだ》をけんめいにおさえた。でも、おさえきれない。動物的な音が聞こえてくる。ほかの人か、ほかの物体が発しているみたいに。TJが手をのばしてきたけど、わたしはその手を取らなかった。「うまくやってたつもりだったの」すすり泣きの合間にいう。「陪審員《ばいしんいん》の人たちに、わたしの知っているとおりのジェルを知ってほしかった。そうしたらジェルが人を殺せるはずがないって、わかってくれるでしょ。でも、わたしがしたのは、ジェルは心神喪失の状態じゃなかったって思わせることだけだったの」

「きみのせいじゃないよ、ホープ」TJが、うしろになでつけた黒い髪《かみ》をいじりながらいう。「少なくとも、あの高級な精神科医よりうまくやってたよ」

TJがなぐさめてくれようとしているのはわかる。でも、なぐさめにならない。頭がずきずきして、今にも吐《は》きそうだ。こんなときに偏頭痛《へんずつう》が起きるなんて。

「ホープ？」チェイスは小声だけどはっきりという。わたしの答えを求めるように。

「何？」

「法廷《ほうてい》で、自分が真実だと思ってないことをいった?」

「いってない！」

「お兄さんの頭がおかしいって信じてる?」

「信じてるわけないでしょ！」

「そうだろ。きみは法廷でいったこと以外のことをいえるわけがないんだよ。宣誓《せんせい》してたんだから」

わたしは答えなかった。

「陪審員たちは今日、お兄さんを大切に思っている妹を見た。それだけだ。ジェレミーの弁護士はそれでも心神喪失を主張して裁判《さいばん》に勝つことができるはずだよ」

「でもジェルは心神喪失なんかじゃない」わたしの声から熱が消えている。体の中からも。

「そうか」チェイスはふりかえらず、バックミラーも見ない。「でも裁判の結果としてはそれがいちばんいいんじゃないかな。ジェレミーが心神喪失の状態にあったということになれば、そういう施設《しせつ》にいくだけのことだよね。それでジェレミーに問題がないとわかれば、そのうちに家に帰してもらえるんだから」

「チェイスのいうとおりだよ、ホープ」TJがささやく。

わたしは首を横にふる。「ジェレミーは精神科病院では生きていけない。わたしがそばにいないと。わたしが必要なの。おたがいに必要としてるの」

「まいったな」チェイスがつぶやく。「またあのテレビ女がいる」

顔をあげると、信じられないことに、もう自分の家の前まできていた。青いワゴン車が昨日《きのう》と同じ場所に停まっている。「あの人たちと顔を合わせたくない。今日あんな証言をしたっていうのに。リタとも顔を合わせたくないくらい」

チェイスは回れ右して北に向かった。「どこにいきたい？」

「うちにこないか」ＴＪがいってくれた。

数分後、わたしたちはバウアーズ家の二階建ての白い家に向かって歩いていた。家の前の庭はたいした広さじゃないけど、緑のじゅうたんのようだった。玄関《げんかん》ポーチにはインパチェンスの花かごがぶらさがり、家のまわりをオオハンゴンソウが金色と茶色の大きな茂《しげ》みとなって取り囲んでいる。

ＴＪが先に家に入る。「ただいま！　誰《だれ》かいる？」

お母さんが洗濯《せんたく》かごを持って、二階からおりてきた。「トミー、あんたなの？」ＴＪの本名はトマス・ジェームズだけど、お母さんだけはトミーと呼《よ》ぶ。チェイスとわたしを見ると、お母さんは洗濯かごを腰《こし》でささえ、そばかすだらけの顔にかかった、茶色い細い髪《かみ》をかきあげた。「まあ、ホープじゃないの。どうしてる？　あんたもよくきてくれたわね、チェイス」チェイスを見て驚《おどろ》いたとしても、顔には出さない。

わたしでさえ、チェイスがまだいっしょにいることに驚いていた。きっと顔にも出ていたと思う。チェイスはわたしたちをおろして帰るつもりだったのに、ＴＪが強引に誘《さそ》ったのだ。チェイスは玄関のそばでうろうろしている。きっかけがあればいつでも逃《に》げ出《だ》せるように。

　TJがお母さんの洗濯かごを受け取る。「しばらくかくれる場所がいるんだ。ホープんところ、庭が記者だらけだから」

「なんてことだろうね」お母さんは首をふってから、わたしに微笑《ほほえ》む。「ホープ、あんた、いつでもここにきていいんだからね」心からそういってくれたのがわかったから、お礼をいった。お母さんは玄関の取っ手に手をのばしたチェイスにも微笑みかけた。「あんたもよ。ねえ、みんなおなかすいてない？　喜んで何かつくるけど。夜番に出るしたくをするまで、まだ時間がたっぷりあるからね」TJのお母さんは、オーボイ・クッキー工場で誰よりも古くから働いていたから、希望すれば昼番でも働けるはずだ。でもTJの話では、自分を養子《ようし》にした年から、昼間は誰かが家にいたほうがいいからと、夜に働くようになったそうだ。その時間割《じかんわり》に慣れてしまったから、今では昼間に働くなんて想像もできないらしい。

「ありがとうございます。でも、おなかがすいてないんです」わたしは答える。

「そろそろ帰らないと」チェイスがいった。居間をきょろきょろ見まわしている。家が爆発《ばくはつ》しないかおそれているみたいに。わたしやTJのような人とつきあったことがないのかもしれない。

「帰るなよ」TJは手にした洗濯かごのほうにあごをしゃくる。「これだけ地下室に置いてくる。台所で待っててくれ。ホープ、冷蔵庫《れいぞうこ》から何か飲みもの出しておいて」TJは横目でこっちを見る。チェイスを帰らせないでおく秘密《ひみつ》の理由を、わたしと共有しているみたいに。

　でも、わたしには意味がわからない。そもそもTJを理解できないことが多いのだ。「わかった」地下室に向かうＴＪの背中《せなか》にそういって、台所に向かう。

チェイスは一瞬《いっしゅん》その場にとどまっていたけど、すぐについてきた。

バウアーズ家の台所は大好きだ。ここは家じゅうでいちばん広い。お父さんが食器戸棚《とだな》を全部と、真ん中のアイランド型の調理台までつくっていた。チェイスはすみにあるベンチ席にすわった。この家には食堂もあるけど、使われているのを見たことがない。

わたしは三個のコップにオレンジジュースを注ぐと、Ｌ字型のベンチ席の、チェイスとは反対側のほうにすわった。「本当につきあってくれなくていいのに」わたしはいった。

チェイスは塩入れとコショウ入れをいじっている。顔をあげずに、どうでもいいというように肩《かた》をすくめる。

しばらくすると、わたしは沈黙《ちんもく》に耐《た》えられなくなった。「ＴＪの様子を見てくる。手伝いがいるかもしれないから」地下室にいくと、ＴＪが乾燥機《かんそうき》から服を取り出していた。「ＴＪ、どういうつもり？」

ＴＪがふりむいた。「時間がかかっててごめん。すぐ上にあがるから」

「そうじゃなくて、どうしてチェイスを引きとめてるの？　変だよ」

ＴＪは洗濯《せんたく》かごを床《ゆか》に置いて、こっちにきた。「ホープ、チェイスはおれたちの助けになる」

「何の助け？」

「いいか」ＴＪはむずかしい代数の問題を説明するようにいう。「チェイスはインサイダーなんだ。

内部情報にふれられる。ジェレミーの裁判《さいばん》について、おれたちよりもくわしく知ることができる立場なんだよ」

「だから？」

「だから、利用できるってこと」TJはにやりとして眼鏡《めがね》をさわった。「でなきゃ、なんでわざわざチェイスとつきあうんだよ？」

チェイスとつきあう理由ならいくつか思いつく。たとえば、チェイスと友だちになれば、人気者になれる。チェイスの仲間になれる。でも、その思いつきは自分の胸《むね》にしまっておいた。

TJは両手をわたしの肩にのせた。「ホープ、おれを信じろ。いいな？」

わたしは地下室の空気をかびとほこりごと吸《す》いこむ。TJを信じられなかったら、信じられる人なんかいない。「うん」

TJは階段《かいだん》に向かってうなずく。「上にあがってて。すぐいく」

チェイスはさっきとまったく同じ場所にすわっていた。わたしはさっと席についた。「TJはすぐくるって」

それからふたりとも黙《だま》っているうちに、TJがもどってきた。「ほんとに腹《はら》へってない？」TJは冷蔵庫《れいぞうこ》をあけて、ハムとチーズとマスタードとパンを取り出す。パンを冷蔵庫にしまう人がいるなんて！「ハムサンド、ひとつどう？　おれは食うけど。ふたつ」

「やめとく」チェイスとわたしは同時にそういうと、顔を見合わせ、それから花柄《はながら》のテーブルクロスを見つめた。

サンドイッチ片手《かたて》に、ＴＪはわたしのとなりにすわり、必然的にわたしはチェイスに近づくことになった。ハムとマスタードのにおいで、ジェレミーを思い出した。「ジェルはハムサンドイッチが好きなの」ふたりに聞かせるというより、ひとりごとのようにいう。「ピーナッツバターのサンドイッチのほうがもっと好きだけど」わたしはチェイスのほうを見た。「留置場で何を食べさせられてると思う？」

「よく知らないけど」チェイスが答える。「調べられるかも……知りたいなら」

知りたい？　わたしは知りたいのだろうか？　チェイスなら調べられる。利用できる、とＴＪがいったのは、こういうこと？「わたしにわかるのは、独房《どくぼう》にとじこめられたら、ジェレミーは気が変になるってことだけ」はっと顔をあげる。〈気が変になる〉なんて、いうつもりはなかった。

「ジェレミーはちゃんとめんどうを見てもらえてるはずだよ、ホープ」ＴＪがいう。でも、ＴＪにはわからないはずだ。ＴＪはジェレミーのことだって、よくはわかっていない。ジェルに親切だけど、そばにいると落ち着かないみたい。たいていの人がそうだ。

「ジェレミーはずっと……あんな感じだったのか？」チェイスがきく。

わたしは顔をしかめ、チェイスが本当に知りたがっているのか、話題を変えようとしているだけなのか考えた。それとも、父親である保安官のために情報を得ようとしているのか。

「いや、べつにいいんだ」チェイスがあわてていう。「よけいなことだった。ただ……わからないけど。毎日法廷《ほうてい》で見ていて、どうなんだろうと思って」

「どうして毎日法廷に見にくるの？」止めるまもなく、質問が口から飛び出した。

「うちの父親みたいなことをいうね」チェイスがいう。「法廷に足をふみ入れてほしくなかったらしいんだ」

「えーっ？」ＴＪが驚《おどろ》いた声を出す。「きてほしいと思うものじゃないのか？　だってさ、事件のことや裁判《さいばん》の進み具合なんかについて話し合えるだろ」

「ああ、そうだな」チェイスがつぶやく。「わからないけど。裁判って見たことないんだ。ほかにすることがないから、見にいった。見はじめたら、引きこまれてしまったみたいだ」チェイスはずっと自分の爪《つめ》を見つめている。それから顔をあげて、こっちを見た。「ごめん。個人的な話、ジェレミーの話をするつもりはなかった。ジェレミーのこと、話したくなかったら、話さなくていいから」

　でも、わたしはジェルのことを話したかった。どんなことを考えていても、最終的にはジェレミーのことにつながっていくから、ほかのことを話すのは嘘《うそ》になってしまう気がする。「ジェレミーはずっと特別だったの。変わってるといいたくなくて特別っていう人がいるのは知ってる。でもわたしにとっては、特別ってすてきなことなの。不思議がいっぱいって感じ。ジェレミーはずっとそんな感じだった。ジェレミーは鳥が歌っているのを何時間だってじっと聴《き》いていられるの。ほとんどの授業で二分もすわっていられないのに」

チェイスが微笑《ほほえ》む。「鳥が好きなんだね」

「鳥の歌が好きなの。でもね、たぶんジェレミーがいちばん好きなのは、鳥と人工物が仲よくしているところ」

チェイスはけげんそうな顔をする。「どういうことだろう」

「たとえば電線にとまってる鳥。カラスやカケスが、人のつくったワイヤーの上ですっかりくつろいでいる感じが好きなの。それから、クリーブランドのショッピングモールに集まっているカモメ。白い石づくりの屋根が、カモメには砂浜《すなはま》に見えるみたい。でも人間がカモメにえさを残していくから、うまく共存《きょうぞん》できているの」

「好きなのは鳥だけ？」チェイスがきく。

「うちのネコも好きだよ」TJがいう。それで、ネコがいないことに急に気づいたらしい。「そういえば、ウィスカーがどこいったか、見てこないと」TJは体をずらしてベンチ席から立つと、ドアに向かった。「すぐもどる」

TJがいなくなると、ぎこちない沈黙《ちんもく》がおとずれた。TJが裏庭《うらにわ》でネコを呼《よ》んでいる声がする。

やがてチェイスが沈黙をやぶった。「ぼくは犬が好きだな。母親のふたり目のだんなが引《ひ》っ越《こ》してきたとき、ネコをつれてきたんだけど、トレイとぼくに犬をくれたんだ。飼《か》ってたのは、ふたりとすごしたクリスマスの間だけだったけど。トレイというのは、そのだんなの息子《むすこ》で、ぼくの継《まま》兄弟だった……一年くらいの間はね。きみは？　ペットは？」

わたしはかぶりをふる。「ジェレミーとふたりでリタにペットを飼ってほしいってたのみこんだけど、飼ってもらえなかった。でも一回だけ、覚えてないくらい昔、子犬がいたの。リタの話だと、わたしたちはその子を〈子犬《パピー》〉って呼んでたんだって。わたしたち、すごく独創的《どくそうてき》で頭のいい子たちだったみたい」チェイスがちょっと笑ってくれたから、わたしは呼吸《こきゅう》が楽になった。「パピーは逃《に》げちゃったか、車にひかれたか、それとももっといい名前をつけてくれる家族に引き取られたのかもしれない。引っ越してきて、今の家を借りたとき、ネコがすみついてたんだけど、リタが動物管理センターに引きわたしたの」

ＴＪがよろめくように台所に入ってきた。両腕《りょううで》にだらんとしたネコを抱《かか》えている。ウィスカーの体重はプードルよりも重い。「また近所の家のドッグフードを食ってたよ」ＴＪはネコをおろすと、またベンチ席にすわった。

チェイスの携帯《けいたい》電話が鳴った。チェイスは番号を確認《かくにん》する。「父親だ」ＴＪとわたしをちらっと見る。「一分くらい、黙《だま》っててくれないか？」携帯を耳にあてる。「あ、父さん。どうしたの？」

聞こうとしなくても聞こえてしまう。といっても会話の片側《かたがわ》、チェイスのほうだけだけど。

「友だちといるだけだけど」

……

「うん、そうしたよ」チェイスはうんざりしたように天井《てんじょう》をあおぐ。「ちょっと、落ち着いて、大声出さないでくれる？　記者たちの追っかけがすごかったんだ。ボディガードをつけるべきだったよ。誰《だれ》かがどうにかしないといけなかったんだ。だからただ……」

……

「聞いてくれる？」チェイスの目つきがきつくなった。「だから……」

……

「今は帰れない」

……

「まだとちゅうだから」チェイスは携帯《けいたい》を耳から離《はな》す。

お父さんのどなり声が聞こえるけど、何をいっているかまではわからない。知らないほうがいい気がする。

チェイスはまた携帯を耳にあてる。口をはさむとき、声を荒《あら》らげなかったけど、ものすごく無理している感じがした。「ごめんなさい。父さんのいうとおりです。先にいっておくべきでした」そのあとチェイスは三十秒くらいお父さんの話を聞いていた。胸《むね》の上下する動きにともなう荒い息の音が聞こえるだけだった。「わかりました」チェイスは携帯をとじると、関節が白くなるくらいきつくにぎりしめた。それから、携帯から目を離すことなく、台所の床《ゆか》の向こうに投げつけた。

11　いいあらそい

ウィスカーが台所から飛び出した。無理もない。ＴＪとわたしは目を丸くして顔を見合わせる。ふたりとも、ひとこともいわなかった。やがてＴＪが立ちあがって、部屋の向こう側に落ちた携帯を拾ってきた。「ばらばらにならなかったよ」といってチェイスにさしだす。

チェイスは首のうしろをさすり、気まずそうにしている。「ああ、それだけはよかった。今のは、ごめん。これでウェルズ一族の有名な気性《きしょう》のはげしさを実際に見てしまったわけだ。本当にすまない……はずかしいよ。ただ……マシュー・ウェルズ保安官と暮《く》らすのは一筋縄《ひとすじなわ》ではいかないんだ。夏の間だけであっても」

「ボストンにいればよかったか？」ＴＪはまたベンチにすわる。

「いや、それはない。グレインで気に入ってることはたくさんある」

「たとえば？」わたしはたずねる。チェイスの怒《いか》りが、内側に引っこんで見えなくなったことにほっとした。

「馬のつなぎ柱《ヒッチングポスト》なんか好きだよ。それとアーミッシュの馬車。アンドーバー（ボストン近郊の町。名門私立高校がある）の友だちに、馬をつなぐための柱や横木がどこにでもあるっていっても、誰《だれ》も信じてくれないんだ。郵《ゆう》便局《びんきょく》にも一ドルショップにも、洗車場《せんしゃじょう》にまであるだろ」

「ジェレミーは馬車を追いぬくとき、かならず車の窓《まど》をあけるの。あのパカパカいう足音を聞くだけのために。わたしもあの足音が好き。オハイオ州に引《ひ》っ越《こ》してくるのはいやだったけど、こっちに着いた日に、リサイクルショップのうしろに馬車がいっぱいつないであるのを見て、気持ちが変わったの」

「そうだな。ほかには何だろう。消防署《しょうぼうしょ》の前にあるダルメシアンの像は好きだな」チェイスがいう。「なぜかわからないけど」

わたしは驚《おどろ》く。「ジェルとわたしも前はね、教会にいくとき、いつも遠回りしてあのコンクリートのダルメシアン犬をなでてたの」

チェイスがにっと笑う。「父親はいつも、おまえは本物のパンサーになるには都会っ子すぎるってうるさいんだ。でもこれで、きみたちグレインっ子とあまり変わらないことが証明されたな」

「ああ、そうだな」TJがぼそっという。笑い声をあげたけど、本当には笑っていない感じ。

「そうだよ」チェイスがいう。「ぼくだって鳥やネコや犬が好きだ。つなぎ柱や馬車もだ。消防署のダルメシアンも。本物のパンサーになるのに、ほかに何がいるっていうんだ」チェイスは応援《おうえん》を求めてこっちを見る。「な、ホープ？」

「まあね」わたしは同意する。

チェイスがTJのほうを向く。「ほら。正真正銘《しょうしんしょうめい》のパンサーだって、ホープも認《みと》めてる」

　ＴＪはまだ賛成しない。「そうか？　じゃ、ホープはおまえのバッティング練習を見てないんだな。正真正銘のパンサーならあそこまでがんばらないよ」

　ＴＪのいうこともわかる。チェイスの練習を見たことがある。バッティングケージで打撃《だげき》練習しているところも、ジェレミーといっしょに見た。それはそれは猛烈《もうれつ》だった。

「がんばるしかないんだ」チェイスがいう。「ＴＪのような打撃の才能がないから」

「それはどうかな」ＴＪは見るからにうれしそうになった。

「ホープはどんなスポーツをやってるの？」チェイスがたずねる。

　ＴＪが笑う。わたしはにらみつけてやった。「ごめん」ＴＪがいう。「スポーツができないって意味じゃないいんだ。きっとうまいよ。ひとつでもつづけられればだけどさ」

　そのとおりだ。ひとつのことをつづけられないというところは。「生まれつき、あきらめが早いの」わたしは認める。

「そうは見えないな」チェイスがいう。

　わたしはチェイスをじっと見た。どうしてそうは見えないと思ったんだろう。

「どっちにしても」チェイスがつづける。「やっぱりぼくは、きみたちふたりとまったく変わりはない。グレインの誰《だれ》とも」

　わたしは首をかしげて、チェイスを見定める。「チェイスは、朝シャワーを浴びる人でしょ」

「朝、走ったあと、シャワーを浴びるけど」

「でも走らなくても、朝シャワーを浴びるでしょ」わたしはいってみる。
「ああ。それって重要なこと？」
「それって生まれによるの。ね、TJ？」そういうと、TJがあいづちを打つ。「頭脳《ずのう》労働者は朝シャワーを浴びる。それですむから」わたしは説明する。「肉体労働者は夜シャワーを浴びる。そうしないといけないから。採掘《さいくつ》現場や工場でついた土やほこりを落とすためにね。わたしは生まれつき、夜シャワーを浴びる人なの」

チェイスは目をこらして、じっとこっちを見る。目をそらそうと思ってもできない。「ホープ・ロング。きみって、ぼくがこれまで会った中で、いちばんおもしろい人かもしれないな」

返す言葉がなかった。TJもだ。人におもしろいなんていわれたことがないし、まして、これまで会った中でいちばんおもしろいなんて。チェイスは誰《だれ》にでもそういうのかもしれない。そうだとしても、心地よい言葉だ。わたしは無意識に、髪《かみ》を結んでいたゴムを引っぱって取った。レイモンドさんにいわれて、法廷《ほうてい》にいくときはポニーテールにしていた。髪が解放され、毛根がじんじん喜んでいる。

TJのお母さんがせかせかと台所に入ってきた。片手《かたて》に大きなバッグをかけている。「悪いわね、もういかなきゃ」床《ゆか》の真ん中にバッグを置くと、戸棚《とだな》に手をのばす。「あんたたち、これを食べてみなきゃだめよ」棚からクッキーの箱をおろし、お皿を取り出す。「先週工場から出てきたばっかり。モンスター・ナッツ・アンド・チップスよ」箱の中身を全部お皿にあけて、わたしたちの前に置く。

「ありがとうございます、バウアーズさん」わたしは一枚《まい》取った。ナッツは好きじゃないけれど。

「わざわざすみません」

「本当に」チェイスもそういって、がぶっとひと口食べる。「おいしいです」

TJはテーブルを見つめている。「じゃあね、母さん。ありがと。また、明日の朝に」声が不自然だ。手をにぎったりひらいたりしている。

お母さんがいなくなったとたん、TJはぱっと立ちあがると、クッキーのお皿をつかんでカウンターに持っていき、箱に全部もどした。

「TJ、どうしたの？」こんなTJを見たのははじめてだ。

TJはしばらく返事をしなかった。それから、こっちを見ないでいった。「疲《つか》れたな。けっこうおそいし。もうテレビ局の車は家の前にいないんじゃないか」

時計を見ると、もう十時になっていて驚《おどろ》いた。「こんなにおそいなんて、気がつかなかった」わたしはあわてて立ちあがる。「帰らなきゃ。ここにいさせてくれて、ありがとう」

TJはうなずいたけど、まだこっちを見ない。

「送るよ」チェイスはそういって玄関《げんかん》に向かう。「じゃあな、TJ」

TJはあいさつを返さない。何かが起きているみたいだけど、何だかわからない。

外に出ると、わたしはチェイスのほうを見た。「今のは、いったい何だったの？」

チェイスが返事をしたのは、車に乗って走りだしてからだった。「TJは根に持つやつだってことかな」

「どういうこと?」

「聞いてない? くだらないことだよ。最後の練習のとき、バウアーズさんのおばさんがクッキーを持ってきてくれたんだ。ほら、工場の。対ウースターの大一番のために力をつけなさいって。いろんな人がいろんなものを持ってきてくれて、オリンピックに出るのかっていうくらいだったよ。とにかく、おばさんが帰ると、チームのひとりがふきだしたんだ。みんな練習で死にそうに疲《つか》れてた。気づくと、みんなが大笑いしてた。あのクッキー、ほんとにまずいんだよな。そしたら監督《かんとく》がいったんだ。『このクッキーは取っておいて、ウースター・チームに食べさせよう。恋《こい》と戦《いくさ》は手段《しゅだん》を選ばず、というからな』それが決定的だった。もうみんな、笑いたい放題。TJも笑ってたと思ったけど、ちがったみたいだな。誰《だれ》も悪気はなかったんだ」

TJが気の毒になった。TJは家族が大好きだし、わたしだってTJの家族が好きだ。リタと大げんかしたあと、バウアーズ家の玄関《げんかん》の階段《かいだん》をあがったことも、一度だけじゃない。TJの家族はいつもむかえ入れてくれて、ごはんを食べさせてくれて、何もきかなかった。でもTJがお母さんとチームのことを話してくれなかったのは、驚《おどろ》くことじゃない。TJもわたしも、自分のことはあまり話さない。避《さ》けるべき話題もわかっている。たとえば、リタの話はしない。ジェレミーの話も、ちゃんとはしない。それでもTJは、わたしが必要としているときはいつもいてくれる。それに学校でいっしょにお昼を食べたり、ときどき宿題をしたりする人がいるのはうれしい。ＴＪの成績はＡだらけだし、それに見合う努力をしている。わたしはＢで満足だけど、上を目指すなら、ＴＪはいつでも助けてくれるつもりでいる。

チェイスはラジオをつけていろんな局に飛ばしていき、やがて車の前後のスピーカーから音楽が大音量で流れてきた。知らない歌だけど、頭の中でがんがん鳴る音楽は、考えごとをしめだしてくれていい。これはリタの音楽だ。チェイスに打ち明けるつもりはないけど、わたしの音楽は全然ちがう。一九四〇年代の古いラブソングが好きだから。とくに戦争中に書かれた、恋人を想う歌。〈アイル・ビー・シーイング・ユー〉とか、ビリー・ホリデイの〈ラヴァー・マン〉とか、アンドルーズ・シスターズとか。ジェレミーにジルバをいっしょに踊《おど》ってもらおうとしたものだけど、ジェレミーは踊るには体がかたすぎた。

チェイスの携帯《けいたい》電話が鳴る。

「携帯、だいじょうぶだったみたいね」わたしはいう。

チェイスは番号表示を見てから、電源《でんげん》を切った。「父親には頭を冷やしてもらわないと」

「ものすごく怒《おこ》ってるの？」

チェイスは肩《かた》をすくめる。「そのうちあきらめるよ。何でも自分の思いどおりにしないと気がすまないんだ。父親が警察官《けいさつかん》だと、そういうものなんだろうな」チェイスはセミトレーラーを追い越《おこ》した。運転席のとなりに小さい男の子がすわっているのが見えた。

「でも、お父さんがいるからいいな」頭の中でいったつもりだけど、言葉も出てきた。頭の中で、想像上の父親のことを思《おも》い浮《う》かべる。これまでリタといやなことがあるたびに、父親といっしょに出ていくところを想像してきた。ジェレミーをつれて、三人でどこか遠く離《はな》れた場所で暮《く》らすのだ。

「きみのお父さんは？」チェイスがきく。「でもいいたくなければ、いわなくていいから」

父親のことは誰《だれ》にも話したことがない。話すようなこともあまりない。「わたしが三歳《さい》のときに亡《な》くなったの。ときどき、覚えているような気もするの。顔とか、目とか。背《せ》が高くて、細い人だった。赤い野球帽《やきゅうぼう》をかぶっている姿《すがた》を思い浮かべられる気がする。でも自分の想像の中でつくりだした記憶《きおく》なのかもしれない。わたし、ときどきそういうことをするの」

「どうして亡くなったの？」チェイスがあまりにもスピードを落としていたから、さっきのセミトレーラーに追いぬかれた。

「交通事故だった。父親はトラックの運転手だったんだけど、トラックにひかれたの」その映像《えいぞう》も頭の中にあるけれど、自分の想像だとわかっている。

「ジェレミーはお父さんのこと覚えていると思う？」

「たぶん。でもジェレミーの父親じゃなかったの。父親がちがうから。リタはジェレミーに、あんたには父親はいないんだよってよくいってた。ある意味、そうなのかもしれない。少なくとも会ったことはないから。でもジェレミーはリタの言葉を文字どおり信じたの。はじめて教会で誰かに、神様はあなたのお父さんですよっていわれたとき、ものすごく興奮《こうふん》してた。家にまっすぐ帰って、リタに、どこで神様と会って好きになったのかってきいたの」

「それは子どもにはきついな」チェイスがいう。

「そうかもね。でもジェレミーはそうは思わないんじゃないかな」どういうわけか、ジェルとふたりであの古い車にすわって、ジェルの歌、いや神様の歌が、空気に満ちみちていたあの晩《ばん》のことを思い出した。

それから家に着くまでずっと心地よい静けさがつづいた。わたしは送ってもらったお礼をいって、歩道を駆《か》けながら、どうして自分のことをあんなにしゃべったのか不思議に思った。

玄関《げんかん》のドアが勢いよくあいて、リタが出てきた。白いスリップを着て、片手《かたて》にビールを持っている。スリップを着る人なんて、ほかに知らない。といっても、リタが服の下にスリップをつけているのも見たことがないけれど。

「いったいぜんたい、どこにいってたんだよ?」

わたしはふりかえって、チェイスが帰ってくれることを願った。車は歩道を離《はな》れ、走り去った。

「今の、チェイス・ウェルズ?　マットの息子《むすこ》?」リタはビールを飲みほし、一滴《てき》でも残ってないかと缶《かん》をふる。

「やめて、リタ」わたしはリタをおしのけて家に入る。

リタはうしろからついてくる。「へえ……ふうん。父親よりずっといい男じゃないの。あんたたち何してたの?」

「何も。家に送ってくれただけ」わたしは靴《くつ》を脱《ぬ》ぎすてる。「何もしてない」

「ふうん。母親としていっとくけどさ……ちょっとくらい何かしたほうがいいよ。あの子にちょくちょくきてもらいたければね」

何もしていなくて腹《はら》を立てるなんて、リタだけだろう。

自分の部屋にいこうとしたけど、リタの話は終わっていない。煙草《たばこ》に火をつけて、深く吸《す》いこんでいる。「今日ずっとあんたに連絡《れんらく》つけようとしてたんだから」

わたしは携帯《けいたい》電話を取り出す。見ると、電源《でんげん》が切れている。「ごめんなさい、リタ。法廷《ほうてい》では電源を切らないといけないの。入れるのを忘《わす》れちゃったみたい」

「入れるのを忘れちゃったみたい」リタはバカにするようにくりかえす。めそめそした六歳《さい》の子どもの口調で。ろれつがまわらず、言葉のさかいめがぼやけている。「あたしに嘘《うそ》つくんじゃないよ！」

こういうときのリタには気をつけないといけない。そばを離《はな》れたほうがいい。「わかった」リタの横を通って部屋にいこうとしたけど、煙草を持った手でさえぎられた。

「いっていいって、いった?」リタが叫《さけ》ぶ。

わたしは立ち止まり、リタと向かいあって待つ。「何、リタ?」

「保安官があんたをさがして電話かけてきたんだよ」

「ウェルズ保安官が?　どうして?」

「息子《むすこ》をさがしてたんだよ」

家に向かっているチェイスのことを思った。電話して、警告《けいこく》したほうがいいかもしれない。

「四回もだよ！　そんなに……何回も……かけてきたんだから」リタは鼻をすすり、煙草を持った手の甲《こう》でぬぐう。「息子があんたといるっていってさ」

「それって罪なの？」

「生意気いうんじゃないよ！」リタが一歩前にふみ出す。わたしは反射的《はんしゃてき》に一歩あとずさる。

リタはわたしをなぐろうとしたけど、よろけた。煙草の灰《はい》が落ちる。「これでもあんたの母親なんだからね！」

「わかってる」わたしはつぶやく。

リタはわたしを見透《みす》かそうとするように目を細くした。「今日、法廷で何があったのよ？」

「どうして？」

「レイモンドが電話してきて、まずいことになったっていったんだよ」

急に罪悪感がおしよせてきた。おなかに鉛《なまり》を飲みこんでしまった感じがする。「ほかに、何ていってたの？」

「あんたがへまをやらかしたから、あたしが証言しないといけないってさ。そもそも、あんた、何ていったのよ？」

追いつめられた。気絶《きぜつ》しそうに飲んだくれていても、リタのほうが優位《ゆうい》だ。わたしはまたしても、この世の何もかもが自分のせいだという気持ちにおそわれた。「ごめんなさい。がんばったんだよ、リタ。せいいっぱい、がんばったの」

「がんばった？　ジェレミーは頭がおかしいですっていえばすむんだよ。そんなこともできなかったわけ？」

「だって、ジェレミーはおかしくないから！」もう一歩あとずさって、ソファの背《せ》もたれで体をささえられるようにした。

「またそんなこと！」リタはサイドテーブルに勢いよくぶつかった。テーブルの上のものがいくつか落ちたけど、ふたりとも拾おうとしない。「夢《ゆめ》みたいなこといってんじゃないよ！　ジェレミーのクローゼットにあった血だらけのバットはどう説明するわけ？　ジェレミーはあそこにいたんだよ！　あのマクレイって女が、馬小屋から逃《に》げ出《だ》すジェレミーを見たんだ。バットをふりまわし……」

「こわかったのかもしれないじゃない！　そう考えたことある？」

「そりゃこわかっただろうよ。牢屋《ろうや》にぶちこまれるかもしれないんだから……」

「ちがう！　リタ、聞いて。誰《だれ》だってジェレミーのバットを使えたんだよ。馬小屋の入り口のすぐ内側にずっと置いてあったんだから。そこにあるって、みんな知ってたの。もしかしたら誰かがジェレミーに罪を着せようとしたのかも」

リタは「けっ！」と下品な声を出した。それから短くなった煙草《たばこ》を深く吸《す》いこむと、ビールの缶《かん》にこすりつけて火を消した。「罪を着せようとした、か。まるで……映画《えいが》だね。ならきくけどさ、シャーロック・ホープレス、誰がやったっていうの？　かわいそうな無実のお兄ちゃんに、誰が罪をなすりつけようとしたわけ？」

「わからない。野球チームの人なら誰だってできた。誰だってジェレミーのバットを使えたと思う。それか、馬小屋に関係のある人。馬をあずけていた人かもしれない」

リタが信じていないように首を横にふるけど、気にしなかった。わたしはもう何万回もこのことについて考えてきた。でも誰も聞いてくれない。酔《よ》いつぶれたリタでも、誰にもいえないよりはましだった。「監督《かんとく》の奥《おく》さんは？　ジョンソンさんの奥さんなら……」

「がんでベッドに寝《ね》たきりのキャロライン・ジョンソンのこと？」リタがきく。

「自分でいっているほどひどい病気じゃないかもよ。そう考えた人はいないの？　だんなさんのことが大きらいだったんでしょ？」ジョンソン監督を殺した可能性のある人の中で、いちばん疑《うたが》わしいのは奥さんだ。あるとき、試合の前に奥さんが監督に食ってかかってるのを見たことがある。リタよりもこわかった。「殺人犯はだいたい配偶者《はいぐうしゃ》だっていうじゃない」

これは今思いついたことではない。ジェレミーが逮捕《たいほ》されてから最初の一か月、わたしはレイモンドさんに何度もこの話をした。リタが事件の話をしたがらないから。今は酔っぱらっていて逃げられない。わたしの話を聞くしかないのだ。「ジェレミーは誰も殺してなんかない。ジェレミーのことを少しでもわかっていれば、わかるはずよ。リタもレイモンドさんも、ほかの人が殺したかもしれないってことを、証明しようともしてないじゃない」

リタはこっちを指さし、唇《くちびる》をひんまげて歯をむいた。「よくお聞き！」言葉を発するごとに指を前につき出す。「あんたのせいで、レイモンドはあたしに証言しろって電話してきたんだから。あんたがめちゃくちゃにしたあと始末をつけて、陪審員《ばいしんいん》にジェレミーの頭がおかしいって信じさせないといけないんだよ」

「でもジェレミーは……」

「お黙《だま》り！」リタが金切り声をあげる。「あたしたちがあの子の無罪を立証しないのは、無罪じゃないからだよ！　あたしに息子《むすこ》のことがわからないって思ってるわけ？　あの子は自分が何をやったかわかってなかっただろうけど、やったことはやったんだ。だから頭がおかしいって立証して、あの子がやったことで処刑《しょけい》されないようにするんだよ。そのことをあんたの空《から》っぽのおつむにわからせておやり。町じゅうでお兄ちゃんはまともだっていいふらすんじゃないよ。昔も今もまともだったことはないんだから！」

「リタはまちがってる。ジェレミーは無罪よ。あたしが証明してみせるから」

「あんたが？」リターがあざわらう。「あんたとTJと保安官の息子《むすこ》で？　保安官もそういってたよ。だから心配しなくていいっていったんだ。あんたはおそかれ早かれ、あきらめるって。まあ、早々とあきらめるだろうね。ああ、なんでこんなむだな話をしてるんだろう」

わたしはもうこれ以上耐《た》えられなかった。リタはわたしを黙らせる方法を完璧《かんぺき》にわかっている。

わたしはリタの横をすりぬけて部屋に走りこみ、ドアをバタンとしめた。これまでの人生、ずっとこうしてきた。わたしはいいあらそいが大きらいだ。リタのいうことにしたがうほうが、ずっと楽だった。

でも今回はちがう。ジェレミーのために、今回こそは。

12 容疑者《ようぎしゃ》リスト

リタが家を出ていく音がするまで、わたしは自分の部屋にこもっていた。安物の香水《こうすい》の不愉快《ふゆかい》なにおいがただよっているから、たぶんリタはデートで朝まで帰らない。

心のどこかで、お祈《いの》りをしたいと思った。ジェレミーのように、神様に話しかけたい。神様が、みんなのことを見守っているのなら、誰《だれ》が監督《かんとく》を殺したのか知っているはず。だからわたしはたずねる――声に出さずに頭の中で、ジェルのように。神様、犯人は誰ですか？　ジョンソン監督を殺したのは、本当は誰なんですか？

返事はない。

やっぱり。どうやって神様に話をしたらいいのかもわからなくなってしまった。

しばらくの間、頭が真っ白になる。それから少しずつ、何年も前のぬくぬくと暖《あたた》かいある夜のことを思い出した。わたしはジェレミーといっしょに、ジェレミーのベッドにすわって、おとぎ話の本を読んでいた。でもまだ小さくて字が読めなかったから、わたしはただお話をしゃべっていて、忘《わす》れているところをジェレミーがおぎなってくれていた。あのときはジェレミーは話せていた。ふたりとも雪の結晶《けっしょう》の模様《もよう》がついたおそろいのパジャマを着て、まったくふつうの兄妹みたいだった。これが、わたしにとっていちばんすてきな思い出だと思う。子どもの頃《ころ》の。ジェレミーの。

　そういうジェルに家にもどってきてほしい。どこかへつれていかせるわけにはいかない。刑務所《けいむしょ》にも、精神科病院にも。家。ジェレミーはわたしと家にいるのがいちばんいい。ジェレミーには、わたししかいないのだから。それには監督を殺したのが本当は誰なのか、つきとめないといけない。

　どこから手をつけたらいいかわからなくて、まずは書くものをさがすためにクローゼットをあけた。いちばん上の棚《たな》から靴箱《くつばこ》が落ちて、頭にシーグラスがふってくる。わたしは床《ゆか》にすわり、ひとつひとつ箱にもどしていく。淡《あわ》い緑の小さなかけらは、もとは鉄道で使われていた絶縁体《ぜつえんたい》の碍子《がいし》。赤いかけらは、もとは鉄道のランタンだった。オレンジ色の大きなかけらは昔のカーニバル・ガラス（虹色に輝くように加工したガラス製品）で、TJは、エリー湖に多い難破船《なんぱせん》からきたものだといっていた。どのシーグラスも百年以上も波に洗《あら》われて、すっかりすべすべになっている。

　箱をもどして、クローゼットをさがしつづけると、書きこみの少ないノートが見つかる。アメリカ史のノートだ。中間試験を受けて、教科書に書いてあることしか問題に出ないとわかってからは、授業でノートを取らなくなってしまった。それでも成績はBマイナスだった。歴史について書きこんだページをやぶりとると、左側に細かい歯のように紙の切れはしが残った。

　ノートを持ってベッドにいく。最初のページのてっぺんに〈容疑者〉と書いた。真っ白なページがこっちをにらんでいる気がして、思わずノートをとじてまたクローゼットにおしこんでしまいたくなる。すると、被告人席《ひこくにんせき》にいたジェレミーの姿《すがた》が思《おも》い浮《う》かんだ。両手をもみあわせ、判決《はんけつ》が書いてあるかのように天井《てんじょう》をふりあおいでいる。

〈浮浪者《ふろうしゃ》〉と、ノートの水色の線に書いた。それがわたしのリストにのる最初の容疑者《ようぎしゃ》。殺人犯は知り合いであってほしくないから。頭のおかしな浮浪者が馬小屋で寝《ね》ていて、急に入ってきた監督《かんとく》に驚《おどろ》いて……とにかく無我夢中《むがむちゅう》になって、自分のしたことに気づいたときにはもう手おくれだった……という可能性だってあるはずだ。

警察《けいさつ》は馬小屋のあたりで見知らぬ人を目撃《もくげき》した人はいないといっていたけど、それがまちがいだったら？　よそ者が犯人の可能性はないのかたずねたとき、レイモンドさんは、警察がその可能性を否定《ひてい》したと答えた。バットにジェレミーの指紋《しもん》しか残されていなかったからだ。それに警察はこのあたりを調べてまわり、渡《わた》りの労働者などがいないことも確認《かくにん》したらしい。ここオハイオ州グレインでは、どこにも所属していない人はすぐに目をつけられ、日が暮《く》れないうちに、うわさ話の種《たね》になる。

先に進むことにした。容疑者のリストは長くしたい。だって検察官がつくったリストは短いから。たったひとり……ジェレミーしかのってない。

〈パンサーズ〉と書いた。野球チームのメンバーなら、誰《だれ》でも監督を殺害できただろう。ジェレミーがどこにバットを置いていたか、みんな知っていた。試合の朝早くに、監督がどこにいるのか、みんな知っていた。とくにあの試合の朝に。どうしてパンサーズの人は容疑者ではないの？　頭の中の小さな声が答える。なぜなら、あの人たちは凶器《きょうき》を持って殺人現場から走り去るのを目撃されていないから。その声を無視《むし》して、わたしは覚えているかぎりの人の名前を書いていった。

〈オースティン……ファースト。高校一年生〉
〈タイラー……キャッチャー。新人。ジェレミーに親切〉
〈グレッグ……セカンド。優秀《ゆうしゅう》なバッター。もの静か〉
〈審判《しんぱん》をどなりつけるサード……すぐかっとなる〉
〈デイヴィッドとマニー……外野手〉

チームのほかの人の名前が思い出せない。名字も知りたい。とくに、すぐかっとなる三塁手《るいしゅ》。それにはメンバー表が必要だ。監督は試合の日に、野球場の掲示板《けいじばん》に出場選手のメンバー表を貼《は》りだしていたけど、きっと選手たちにも配っていたと思う。

古いメンバー表がないか、ジェルの部屋をさがしたけれど、見つからない。がっかりして床《ゆか》にすわりこみ、ジェレミーのベッドによりかかる。ほかの選手の名前を書きこむ余白を残して、リストのつづきを書くことにした。

〈キャロライン・ジョンソン〉。監督の奥《おく》さんは、わたしの考える第一の容疑者だ。以前は監督といっしょに高校の先生をしていた。TJが一度だけ授業をとったことがあって、きらっていた。わたしの知るかぎり、TJが先生と合わないことなんて、ほかになかった。結婚《けっこん》している人が配偶者《はいぐうしゃ》を殺す動機はいくらでもある。ひとつは、お金。それから、お金がないこと。ジョンソン夫妻《ふさい》には子どもがいないから、監督《かんとく》が亡《な》くなれば、キャロラインは何もかも手に入れられる。その〈何もかも〉が何なのかわからないけれど。あの馬小屋がもともとキャロラインのだったことは知っている。監督はそこに事務室をかまえていたけど、馬のめんどうをみるようになったのは、キャロラインが病気になってからだ。

嫉妬《しっと》……というのも夫婦が殺しあう強い動機になる。監督は浮気《うわき》していたのかもしれない。試合の日にキャロラインがあんなにどなっているのを見たから、監督ばかりを責められるかどうかわからないけど。それともキャロラインが浮気していて、監督に見つかったのかもしれない。

怒《いか》り……も動機だ。キャロラインが実際に怒りを爆発《ばくはつ》させたのを、わたしは見ている。

今から一年と少し前、キャロラインの病状が重くなる前のことだった。土曜日にホームグラウンドで試合があるから、監督はその前に練習することに決めた。相手チームがどこだったか覚えていない。ジェレミーとわたしは誰《だれ》よりも早く野球場にいっていた。ジェルがバットやボールの準備をしていると、監督が車を運転してきた。わたしたちに気づかなかったと思う。というのは、車から出たとたん、奥《おく》さんが自分の車でやってきたからだ。奥さんはエンジンを切る前から、どなり声をあげていた。

「わたしから逃《に》げようったって、そうはいかないわよ」キャロラインは叫《さけ》んだ。

「キャロライン、たのむよ」監督の声はよく聞こえなかった。奥さんをなだめようとしていたからだけど、うまくいっていなかった。

「病気なのはこっちのほうよ！　わたし！　わたしは、がんなの！　こんなことゆるせない！」

監督がまた何かいったけど、聞きとれなかった。

するとキャロラインが怒りを爆発させた。「いや！　何もかもいやなの！　あんたなんか大きらいよ！　もうがまんできない。自分が生まれてきたことを後悔《こうかい》すればいいのよ！」そんなことをどなった。そしてまた車に乗りこむと、エンジンをふかして走り去った。監督はひかれないように、飛びのかなくてはいけなかった。

けんかの間じゅう、ジェレミーは野球の道具をならべていた。どなり声が聞こえていたのかどうかはわからない。

そして、わたしはといえば、ひとことも聞こえていなかったふりをした。なんでも丸くおさめようとする、いつもの癖《くせ》で。そのことはいっさい考えないことにした。――今までは、だけど。

監督と奥さんがあの日、どうしてけんかしていたのか、結局わからない。でも、聞こえるものは聞いたし、見えるものも見た。――キャロライン・ジョンソンの怒りを。

もしかしたらキャロラインは夫を殺すつもりはなかったのかもしれない。かっとなって、やってしまっただけかもしれない。幸運にも、それとも不運にも、一撃《いちげき》で。

リタの声が頭の中で、わたしをバカにしてあざわらっている。

警察《けいさつ》はキャロライン・ジョンソンを調べてもいないだろう。病人だというし、ベッドから起きあがれないらしいから。車椅子《くるまいす》に乗っているかもしれない。でも、嘘《うそ》をついていたとしたら？容疑者《ようぎしゃ》リストのページに書きたす。〈キャロライン……嘘をついている？……お金のトラブル？……浮気《うわき》？〉

電話が鳴った。きっとＴＪだ。ＴＪの家にいたとき、クッキーのことで態度が変だったのをあやまる電話かもしれない。そうだとしたら、知らないパンサーズの選手の名前を教えてもらえるし、キャロライン・ジョンソンがどんな先生だったか、もっと話が聞ける。「もしもし？」わたしは居間の明かりをつけた。

くぐもった声が何かいったけど、聞きとれない。ＴＪの声ではない。

「もしもし？　どなたですか？」

息の音が聞こえる。絶対に息の音だ。誰《だれ》かが電話の向こうにいる。「もしもし？」

雑音がして、カチャッと音がした。それからツーツーツーという音。

わたしは受話器を置いた。きっとまちがい電話だ。それか、いたずら。ジェレミーが逮捕《たいほ》されてまもない頃《ころ》、かなり悪質な電話がかかってきていた。

容疑者と動機のリストづくりにもどろうとしたけれど、だめだった。首のうしろで頭痛《ずつう》のきざしがする。電気の指が頭蓋骨《ずがいこつ》をはいのぼってくる感じ。目をつぶると、木の枝が屋根をこする音が聞こえる。

また電話が鳴った。わたしはバカみたいに飛びあがり、ふたつ目の呼《よ》び出《だ》し音で受話器を取った。

「もしもし？」

返事がない。また息の音が聞こえる気がする。回線は氷のように澄《す》んでいる。

「ちょっと、悪趣味《あくしゅみ》なじょうだんのつもりかもしれないけど、ぜんぜん笑えないですよ」そういって、ガシャンと電話を切った。

家の中が暗すぎる。わたしは部屋から部屋へとまわって、明かりをつけていった。ひとりで家にいてこわかったことなんかない。数えきれないくらい何度も夜中にひとりでいたことがある。ひとりでいるほうが好きなくらいだ。

でも今晩《こんばん》はちがう。ジェレミーがいればいいのにと思った。

また電話が鳴り、心臓《しんぞう》がＡＥＤで電気ショックをあたえられたように、ドキンと飛びはねる。留守番電話装置《そうち》がないから、電話はいつまでもいつまでも鳴りつづける。

とうとう耐《た》えられなくなって、受話器をつかんだ。「もう、何なんですか？」

一瞬《いっしゅん》、沈黙《ちんもく》があってから、声がした。「あなたを見張っています。余計なことはしないで、放っておきなさい」電話の声――男か女か――はそういったように聞こえた。くぐもった、かすかな声で、言葉がよく聞きとれない。

「何ていったんですか？」わたしはきく。

カチャン。電話の主は消えた。

13　ピーナッツバター・サンドイッチ

今のは、絶対に子どもだ。それしか考えられない。昔、一度だけお泊《と》まりに行ったことがある。その女の子のお母さんが、クラスの女の子を全員招待させたからだ。そのとき、その子たちはほとんどひと晩《ばん》じゅう、電話帳にのっている番号にかけて、「あなたが何をしたか見ていました」とか「何を考えているかわかっています」とか「見張っています」などといっていた。

でもいくら自分にそういいきかせても、黒いフードをかぶった男たちが家をとりかこみ、窓《まど》からのぞきこみ、お風呂場《ふろば》や台所や寝室《しんしつ》にひそんでいるのを想像してしまう。

TJに電話することにした。もうおそいけど、そんなことはいってられない。

三回目の呼《よ》び出《だ》し音でTJが出ると、わたしは電話のことを話した。

「わかった」TJが指揮官《しきかん》のようにいった。「電話には出るな。ドアに鍵《かぎ》をかけろ。おれたち、すぐいくから」

「おれたちって？」

「チェイスとおれ」

「待って……チェイスは何して……？」

ＴＪはすでに動きだしている。ドスンと音がしたから、靴《くつ》を床《ゆか》に落としたみたいだ。「チェイスは財布《さいふ》を忘《わす》れたんだ。取りにもどってきた。ここにいるよ」

「チェイスに腹立《はらた》ててたんじゃないの、ＴＪ？　さっきはすごく怒《おこ》ってたみたいだけど」

「ううん。もう問題なし。ホープんち、いっしょにいってくれない？」最後の質問は、電話口から離《はな》れて発せられた。

「待って！　ＴＪ？」どうなっているのかわからない。

「チェイスとしゃべってたんだ」ＴＪが息を切らしながらいう。「すぐ、そっちいくから」電話が切れた。

チェイス・ウェルズがここにくるの？　家の中に？　家の前を走るのと、家の中に入ってくるのとは、まったくべつのことだ。

わたしは台所の壁《かべ》の時計に目をやり、ふたりが車でくるのにどのくらいかかるか考えた。そんなにかからないはず。わたしは家の中を走りまわり、リタの散らかしたあとをかたづけていった。ひじかけ椅子《いす》にかかっているレースのブラ、コーヒーテーブルに置かれたビールの空《あ》き缶《かん》、台所にある黒いハイヒールの片方《かたほう》、廊下《ろうか》にあるもう片方、カウンターの上のショットグラス。法廷《ほうてい》に着ていったスカートとブラウスからふつうの服に着がえないうちに、玄関《げんかん》をノックする音がした。わきの下のにおいをかぐ。いやなにおいはしない。それから玄関をあけた。

ＴＪはまるで起きぬけで、きげんが悪いように見える。チェイスはさっきと同じジーンズとグレーのシャツを着ていて、そのままリタが愛読する有名人が出てくる雑誌《ざっし》の表紙になりそうだった。

「ちょっと見まわってくる」ＴＪがわたしをおしのけて中に入る。この家には数回しか入っていないのに、わがもの顔に、それとも捜索令状《そうさくれいじょう》を持っているかのように、ふるまっている。

チェイスはもちろん、この家に入ったことはない。こういう家を間近で見たこともないかもしれない。紙吹雪柄《かみふぶきがら》のカーペットはところどころ、紙のように薄《うす》い下地が見えるまですりきれている。家具はラグのひどいしみをかくすように置いてある。ほとんどのしみは、わたしたちが入居する前からあった。家具も。でもテレビはちがう。リタはいつもいいテレビを持っている。

急に、わたしが家に招きいれるのをチェイスが待っていたことに気づいた。わたしは一歩さがって、チェイスが入れるようにした。戸口が低すぎると思ったのか、チェイスは身をかがめる。「わざわざきてくれなくてもよかったのに。知らなかったの。その……ＴＪがただ……」

「ＴＪはきみがかなり緊張《きんちょう》した声でかけてきたっていってた。何ていわれたんだ？　子どもだった？　声でわかった？」

わたしは頭の中で声を再生してみる。「わからない。誰《だれ》でもありうる感じ。ほとんど、息ばっかりだったの」わたしはじょうだんっぽく笑ってすませようとしたけれど、自分でもつくり笑いにしか聞こえなかった。

「発信者番号通知はないのか？」チェイスはあと数歩、中に入ってくる。ないと答えるのがはずかしかった。うちはそういう電話を持っていない、アメリカで最後の家族かもしれない。

チェイスをつれてきたなんて、ＴＪはひどい。何を考えてたんだろう。

ＴＪがもどってきた。「不審者《ふしんしゃ》なし！　台所にも風呂場《ふろば》にも誰《だれ》もひそんでなかった。寝室《しんしつ》は見てないけど」

「ひそんでるなんて、いってないじゃない！」わたしはいいかえす。チェイスにあきれられているかもしれない。「何でもないのに、遠くまできてもらってごめんなさい。でも、わたし、ベビーシッターはいらないから」

「ベビーシッターか」チェイスがソファのひじかけにすわって、長い脚《あし》を足首のところで交差させる。「ベビーシッターってやってみたかったたな」

「嘘《うそ》でしょ」わたしはいう。

「まじめに、そう思ってた。自分に弟や妹がいなかったから、誰かの年下のきょうだいといっしょにすごせたら、おもしろいかなって。でも、ぼくのいたところでは、誰も男にベビーシッターをたのみたがらなかった」

「じゃあ、かわりにどんな仕事してたんだ？」ＴＪがきく。もう怒《おこ》っていないようだ。

「どんな仕事って。ベビーシッターのかわりに？」チェイスがいう。「何も」

「何だって？　本当に働いたことないのか？　放課後のバイトも？」ＴＪは信じられないというように眉《まゆ》をひそめる。

チェイスは肩《かた》をすくめる。「残念ながら、本当」

わたしはこの話題ではＴＪと同じ立場だ。これまでに、ものすごくたくさんの仕事をこなしてきた。児童労働を取りしまる人たちに、リタがつかまらなかったのが不思議なくらい。

チェイスがこっちを見る。「きみは働く女性だよね。大通りのカフェにいるのを見たよ。コロニアルっていう店」

「見たって？」納得《なっとく》がいかない。チェイスがお客だったら、覚えているはずだから。なのに覚えてない。急に、リタが注文を取りながらチェイスの気を引こうとする姿《すがた》が頭に浮《う》かんで、あせりを感じた。

「車で前を通ったとき」チェイスが説明する。「店の前のウィンドウから」

チェイス・ウェルズはわたしのことなんか知らないと思っていた。大通りをドライブしながら、わたしを見るために横を向くチェイスを想像してみる。

うしろで、わたしたちの会話を聞いていないＴＪが、ソファにどさっとすわりこむ。ほこりが小さく舞《ま》いあがる。

「でも最近見ないね」チェイスがいう。「やめたの？」

わたしはドアのすぐ手前に立ったまま、どうしたらいいかわからないでいた。「え？　ううん。コロニアルの仕事はやめてない。ボブさんは——店主なんだけど——裁判《さいばん》やジェルやなんかのことがあっても騒《さわ》がないでいてくれたの。でもお客さんはじろじろ見るし、ひそひそしゃべるし。ジェレミーについて、きいてくる人もいた。リタはそういうのに対処《たいしょ》できるけど、わたしはだめだった。

だから今はほとんどお店の奥《おく》で働いているの」

いつまでもこうやってつっ立っていてはいられない。五年生の頃《ころ》に〈発育の早さ〉をかくしていたときのように、胸《むね》の前で腕《うで》を組んだままで。

「何か飲む？」わたしはふたりのそばをさっと通って台所に入り、チェイスが持ちこんだ革《かわ》とアイボリー石けんのにおいを吸《す》いこむ。

チェイスがついてきた。「水があればうれしいな」

「コーラはある？」居間からＴＪが大声をあげる。

冷蔵庫《れいぞうこ》をあけると、いちばん上の棚《たな》に三種類のビールがあったけど、コーラはない。ジュースも。水のペットボトルも。冷凍庫《れいとうこ》には氷もない。空《から》っぽの製氷皿《せいひょうざら》があるだけ。

わたしは水道の水を出して、戸棚からコップをふたつ取る。チェイスが椅子《いす》をひいて、台所のテーブルの前にすわる。椅子の脚《あし》がリノリウムの床《ゆか》にこすれてキーッと鳴った。わたしはＴＪに、水を取りにきて、と呼《よ》びかけた。

ふたつのコップを置くとき、チェック柄《がら》のビニールのテーブルクロスの上に、チョコレート菓子《がし》のスニッカーズの包み紙と、吸《す》い殻《がら》があふれそうになっているリタの灰皿《はいざら》が目についた。両方ともつまみあげて、ごみ箱に放りこむ。細かい灰が、古い煙草《たばこ》のいやなにおいとともに宙《ちゅう》に舞いあがる。

「ごめんね、ＴＪ」チェイスの向かい側に腰《こし》をおろしたＴＪにいう。「コーラはなかった」

「べつにいいよ」ＴＪが答える。「いいにくいんだけどさ、すげえ腹《はら》がへってるんだ」

一時間前にＴＪがハムサンドイッチをふたつ食べるのを見たばかりだ。こんなに食べる人をほかに知らないけど、外見からはそうは見えない。「わかった。チェイスも何か食べる？」この家に食べもののあるわずかな可能性について、頭を回転させる。

「そうだな。手間でなければだけど」チェイスが答える。

「手間じゃないよ」わたしは嘘《うそ》をついた。冷蔵庫《れいぞうこ》をさがし、戸棚《とだな》をさがす。加工肉なし。クラッカーはあるけど、チーズなし。クッキーなし。「ピーナッツバター・サンドイッチならすごくおいしくつくれる」

「証明してみてよ」チェイスがあおる。

「そうだよ」ＴＪもいう。

わたしは笑った……けど、それも兄がこのテーブルにすわってピーナッツバター・サンドイッチにかぶりつくところを思《おも》い浮《う》かべるまでだった。「ピーナッツバターだけは切らさないようにしてるの。わたしが止めなければ、ジェレミーはピーナッツバターだけ食べて暮《く》らすと思う」

パンを取り出す前に、チェイスがすでに立ちあがって、うちのきたない冷蔵庫の中をさがしている。ブドウのジャムを出してきた。ジェルの大好物。

「台所まわりにくわしいじゃないか」ＴＪが思ったことをいう。

「見知らぬ台所でやっていく経験は積んでるんだ。母親が再婚《さいこん》するたびに、新しい家にいってたから」チェイスは二回目にあけた引き出しでナイフを見つけ、わたしがピーナッツバターをぬったあとのパンに、ブドウのジャムをぬった。「きみのお兄さん、本当にこれしか食べないの？」チェイスがきく。「ピーナッツバター・サンドイッチだけ？　あと、ハムだっけ。ホットドッグは？」

「ホットドッグも大好きよ」野球観戦にいったときのジェレミーの姿《すがた》が思い浮かぶ。シカゴ・ホワイトソックスの帽子《ぼうし》をかぶり、球場で買ったホットドッグにかじりついている。「一度だけ、ホワイトソックスの試合にいったことがあるの。リタが出所したばかりの男の人とつきあってたとき。それで、その人がジェレミーとわたしを試合につれていってくれたら、ジェルったらホットドッグを六個も食べて、気持ち悪くなって全部もどしちゃったの……その前科者の体じゅうに」

チェイスが笑い声をあげる。

「その話、聞いたことないよ」ＴＪがいう。

「ずっと忘《わす》れてたの」わたしは答える。変に身がまえた声になってしまった。ＴＪも自分の過去についてあまり教えてくれないけれど、わたしもわたしで、そういう話題を持ち出さなかった。こうして三人で仲よくしゃべれるのはうれしい。なのに、みんなでシーソーに乗ってバランスを取っているような感じもする。何かがひとつずれたら、すべてがくずれ落ちてしまいそう。

「親父《おやじ》とおれはさ、インディアンズの試合を見にクリーブランドにいくのが好きなんだよ」ＴＪがいう。「ホーム開幕戦《かいまくせん》は、ものごころついたときから欠かしたことがない」

「うちの父親はメジャーリーグの試合につれてってくれたことないな」チェイスが打ち明ける。サンドイッチを手に取り、ピーナッツバターをさらにぬりつける。「何度も約束するけど、実現したことはない。約束のことでは、いつも母親とけんかしてたよ。いろんなことでけんかしてた。ぼくのことで、よくけんかしてたかもな。ぼくのためじゃなくて、ぼくのことで」

何と返事したらいいかわからなかった。チェイスの両親が離婚《りこん》したことは知っていたけど、わたしの想像の中では、チェイス・ウェルズは完璧《かんぺき》な人生を歩んでいたから。ボストンでも、ここグレインでも。

「ジャジャーン！」チェイスはあつさ十センチもの傑作《けっさく》ピーナッツバター・サンドイッチを野球のトロフィーのように持ちあげる。

ＴＪが拍手《はくしゅ》する。「おれ、そっちのサンドイッチがほしい」

「だいじょうぶ。ＴＪには二個つくったから」わたしはテーブルの前にふみ台を持っていって、それにすわる。自分のサンドイッチもつくったけれど、おなかがすかない。だからチェイスとＴＪが食べている間、自分の前に置いておいた。

ＴＪが手の甲《こう》で口をぬぐうと、あごにピーナッツバターがくっつく。ＴＪはチェイスを見ながらうなずく。「ホープにきいてみろよ」

チェイスはサンドイッチをのどにつまらせそうになった。

わたしはふたりの顔を交互《こうご》に見た。「何？　わたしに何をきくの？」

チェイスは首をふって、わたしのほうを見ない。

ＴＪがかわりにいう。「チェイスは、ジェレミーのどこが悪いのか知りたがってるんだ。だから、おれは知らないから、きみにきけっていったんだよ」

チェイスの頬《ほお》が赤くなる。「いいたくなければいいんだ。詮索《せんさく》するつもりじゃなかった。ただ、法廷《ほうてい》の鑑定人《かんていにん》の証言がよくわからなかったんだ。それと、なぜきみが、ジェレミーを精神科病院に入院させるのはとんでもないといったのかも。治療《ちりょう》や支援《しえん》を受けられるなら、なぜジェレミーにとってそんなによくないことなんだろうと。面会もできるわけだし」言葉を切る。「ごめん。余計なお世話だよな。きみを困《こま》らせるつもりはなかった。ＴＪなら、教えてくれると思っただけなんだ」

ＴＪとわたしは、ジェレミーについて話さない。ジェレミーのどこが悪いのか人にきかれるのは、いつもならいやなことだった。でも今はわからない。チェイスにわかってほしかった。ＴＪにも。ジェレミーが犯人じゃないと信じられるほど、ジェレミーのことをよくわかっているのはわたしだけ、というこの状況《じょうきょう》をどうにかしたかった。

「ジェレミーは生まれつき神経系《しんけいけい》の障害《しょうがい》を持ってるの。たぶんアスペルガー症候群《しょうこうぐん》なんだけど、そのときどきでいろんな診断《しんだん》をされて、一般的《いっぱんてき》な診断名は全部つけられたことがあると思う。学習障害も、ＡＤＨＤ（注意欠陥・多動性障害）も、自閉症《じへいしょう》も。シカゴの学校のカウンセラーは、ジェレミーのかんしゃくの発作《ほっさ》を見て、てんかんだと確信《かくしん》してた。それと、そう、選択性緘黙《せんたくせいかんもく》はすぐにわかる。ジェレミーがしゃべらないことを選択してるのはわかってるから」

「つまり、ジェレミーは今回のことが起きる前に、そういう検査を全部受けてたのか？　病院とかで？」チェイスはサンドイッチを置いて身をのりだし、わたしの言葉をしっかり聞こうとする。

「ジェレミーは何度も何度も検査を受けさせられたの。学校で担任《たんにん》が変わるたびにリタが呼《よ》ばれて、いろいろきかれた。そのあとスクールカウンセラーのところにつれていかれるの。ああいう人たちは、自分こそが大きな問題を抱《かか》えてるんだって、わたしは思ってる。結局カウンセラーもあきらめて、今度はどこかのお医者さんか病院か専門家《せんもんか》のところに送りこまれるの」

「それで、ジェレミーがなぜ話そうとしないのか、誰《だれ》にもわからないのか？」チェイスがきく。信じられないというように。

チェイスがどうしてそう思うのかはわかる。「最初、リタはジェレミーが意地を張ってるだけだと思ってたの。それでジェレミーにものすごい剣幕《けんまく》で怒《おこ》ってた」リタと兄の間に入らなくてはいけなかったことを思い出し、わたしは口をとじた。あるとき、ジェレミーが逃《に》げられるように、酔《よ》っぱらったリタをおしのけたこともある。リタが我《われ》に返るか眠《ねむ》るかするまで、ジェレミーはお風呂場《ふろば》に鍵《かぎ》をかけてとじこもっていた。

でも正直にいうと、ほかの情景も頭の中に記憶《きおく》されている。たとえば、ジェレミーといっしょに床《ゆか》にすわって、言語療法士《りょうほうし》にもらった単語カードを見せているリタ。それから、ジェレミーの口から出てこないものを治すには、口に入れるものに気をつければいいという、新しい〈ハーブ療法家〉や〈自然療法家〉の話を聞くたびに大喜びするリタ。

わたしは立ちあがって、自分のためにコップに水道水を注いだ。見た目と同じようににごった味がして、鉄のようなにおいがする。わたしはまた席につく。

「きみとジェレミーがグレインにきてからは、そういうのは見たことないけどな」ＴＪがいう。

「ここに引《ひ》っ越《こ》してきた頃《ころ》には、リタは不毛なやりとりにうんざりしていて、新しい学校には、ジェレミーは事故にあって口がきけませんっていうようになってたの。もうあのたくさんの検査をくりかえしたくなかったから。ジェルの担任《たんにん》のグレアム先生は最初の年、手話を教えてくれようとしたけど、うまくいかなかった。ジェレミーはメモを書くのが好きだから。あの筆跡《ひっせき》はぜひ見てほしいな」

「そういうことなんだ」チェイスがいった。ジェレミーの話をはじめてから、サンドイッチに口をつけていない。ＴＪはふたつとも食べ終わっていたのに。「ジェレミーはほかにどこも具合が悪くないんだね？」

「うん。悪くない」わたしは答える。「ただ、ほかの人たちには個性っていうものを理解するのがむずかしいの」

「個性か」チェイスがつぶやく。それが質問なのかどうか、わからなかった。

チェイスがわたしの話を理解できていないことはわかるけど、それ以上うまく説明できそうにない。チェイスに――そしてＴＪにも――ジェレミーのことをわかってほしかった。どうしたらわたしの好きなジェレミーのよさを説明できるのか、何がジェレミーらしさなのか、しばらく必死に考える。すると、答えが見つかった。

よごれたお皿をテーブルに残し、わたしは立ちあがった。「ついてきて」

14　ジェレミーの部屋

ジェレミーの部屋の外に立って、ドアの取っ手をにぎるわたしには、ひとつだけわかっていることがある。これからチェイスとTJは、ジェレミー・ロングの真実をかいまみるのだ。わからないのは、ふたりがどう反応するかだった。わたしはゆっくりと取っ手をまわし、ドアをあけた。

今回はTJがためらい、チェイスが先に中に入る。上を見あげ、まわりを見まわしながら一回転する。星空に見入るように。視線《しせん》は、わたしがオクラホマ州のリサイクルショップのグッドウィルで見つけた、野球の絵柄《えがら》のベッドカバーの上を通りすぎる。兄はそのベッドカバーが気に入っている。ジェレミーがいなくなってから、わたしはほとんど毎日ここにきて、このベッドカバーのしわをのばしている。シングルベッドのほかにある家具は、ベッドカバーに合わせてわたしが青く塗《ぬ》った、古いたんすだけだった。たんすの上の壁《かべ》に貼《は》ってあるのは、ジェレミーの描《か》いた絵――円がパイのように十六等分され、それぞれべつの色で几帳面《きちょうめん》に塗ってある。これがジェレミーのアートだ。兄はわたしに何十枚《まい》も、もしかしたら何百枚も、こういう絵を描いてくれた。どれも色合いはちがうけれど、デザインがまったく同じだった。そうした絵を、わたしは全部取っておいてある。

でもチェイスはたんすや色の輪を見てはいなかった。見つめる先にあるのは、ジェレミーのガラス瓶《びん》だった。壁の三面はつくりつけの棚《たな》になっている。前の持ち主か借家人は本をならべていたと思う。たいていの人ならそうする。

　でもジェレミーはちがう。

「これが法廷《ほうてい》で話していたガラス瓶なんだね」チェイスがささやく。何列も何列もならんでいる〈空《から》っぽ〉の空間を、みだすのをおそれるように。べつの壁に視線をうつすたびに、チェイスの目は大きく見ひらかれていく。「いくつあるんだろう？」

「数えたことないの」

「これはすごいな」コレクションを賞賛するような、兄を尊敬《そんけい》するようないい方だった。「ここまで集めるのには、かなり時間がかかったんじゃないかな」

「もっとあったけど、瓶を入れた箱をひとつシカゴに置いてきちゃったの。家族の誰《だれ》にとっても、いい思い出じゃなかったけどね」わたしは打ち明ける。映像《えいぞう》がぱっと頭に浮《う》かぶ。ジェレミーが引《ひ》っ越《こ》した先の新しい台所で、コップやお皿を投げつけている。そのときだけは、リタのほうがテーブルの下にかくれていた。

　TJが咳払《せきばら》いする。びくっとしてふりかえると、TJはまだ戸口に立っていた。両腕《りょううで》を外側にまっすぐつき出して、ドアの枠《わく》にしがみつくように。ベッドカバーと同じ場所で買った、野球の絵柄のカーテンのほうをあごでしゃくる。「本当に野球が好きなんだな」

　わたしはベッドのはしに腰《こし》をおろす。「そこのところだけは、ふたりともわかってくれるでしよ？　きっと小さい頃《ころ》から熱狂的《ねっきょうてき》な野球好きだったんだろうから」

「まさに」ＴＪが同意する。「はじめて親父《おやじ》にグレイン対ウースター戦につれていかれたとき、おれ、生まれて六週目だったたんだ」

わたしはチェイスが同じようなことをいうのを待った。でも、チェイスはそうはいわなかった。

「どうかな。野球をするのは好きだよ。でも熱狂的に好きだったことはないかもな」

驚《おどろ》いた。練習のときのチェイスはいつも真剣《しんけん》そのものに見える。献身的《けんしんてき》といってもいいくらい。

「おいおい」ＴＪが部屋に足をふみ入れ、わたしたちのそばにくる。「おまえ、夏はここで野球やってるし、ボストンでもチームに入ってるんだろ？」

「それは〈ふたり目のだんな〉の思いつきだったんだ。でも野球をはじめたら、わりとうまくて、自分に合ってる感じだった。そしたら急に、父親が試合のあとに電話してくるようになったんだ。勝ったのかとか、活躍《かつやく》したのかとか。そのうち試合の前にも電話してきて、土壇場《どたんば》でコツを教えたりアドバイスしたりするようになった」

「それって、いいことだよな？」ＴＪがきく。

「ああ。野球をはじめる前は、ほとんど電話してこなかった。電話くれても、話すことなんかなかったし。でも野球をするようになったら、一時間でも話してられるんだ。会いにいくときも、前ほど気まずくない。野球っていう共通の話題があるから」

「それ、わかるよ」ＴＪが同意する。「親父と野球の話なら何時間だってできるからさ。親父は芝《しば》生《ふ》や雑草の話も何時間だってできるけど、そういうときは逃《に》げることにしてる」

チェイスが、TJのいったことを理解しようと顔をしかめていたから、説明してあげた。「TJのお父さんは、トゥルグリーンっていう会社で働いていて、芝生の管理をしてるの」

「そうなんだ」チェイスはうなずいた。それからまたじっくりとジェレミーの空《あ》き瓶《びん》をながめる。棚《たな》をたどって部屋を一周する。チェイスは理解している。わたしには、それがわかる。

TJはもう野球の話にもどっている。「おまえの親父さん、高校で野球やってたんだよな。監督《かんとく》とチームメイトだったのか?」

わたしはチェイスのひたいのしわを見つめた。TJのたくさんの質問を歓迎《かんげい》していないように見える。それでもチェイスは答えた。「父親は高校で野球をやってたけど、ウースターに住んでたんだ。だから監督とはライバルだった。ふたりともそれをずっと引きずっていたのかもしれない。パンサーズの試合のあと、父親が意見するのを、監督はよく思っていないようだった」

「それでもさ」TJがいう。「監督はウースター戦でおまえを先発にしたんだよ。親父さん、めちゃくちゃ喜んでなかったか?　一年間で最大の試合で、ピッチャーだもんな」

チェイスはわたしたちを見ない。「かもな。父親は職場《しょくば》の全員に試合を見にいけって、ほとんど強制してたし。花火まで買ってたよ。ウースターから点をうばうたびに打ちあげるって」

ジェルの部屋を見せたのは、まちがいだった気がしてきた。どういうわけか、殺人事件の日の話になってしまった。試合がおこなわれなかった日。野球なんか、きらいになってきた。

「これ何だ?」TJがジェレミーのたんすの上から何かを持ちあげる。声に出して読みはじめる。「容疑者《ようぎしゃ》。浮浪者《ふろうしゃ》。パンサーズ……」

「返して!」わたしは走っていって、リストをうばいとった。ジェルのたんすの上にノートを置いた覚えはないけど、きっとそこに忘《わす》れてしまったんだ。

「何だよ、それ?」TJがつま先立ちして、わたしの肩越《かたご》しにのぞきこもうとする。

「関係ないでしょ」わたしはノートを胸《むね》に抱《だ》きかかえる。変なことをしているのがばれたような、ばつが悪い感じ。

TJは食いさがる。「殺人事件を解決しようとしてるんだ。そうだろ。やっぱりな。容疑者のリストをつくって……」

わたしはTJに向きなおる。「そうよ、どうして本当の犯人を見つけようとしちゃいけないの?ジェレミーがやってないって思ってるのは、ううん、やってないってわかってるのは、わたしだけなの。ほかに誰《だれ》が……」

「落ち着けって、ホープ」TJがいう。「きみがそうするだろうって思ってたんだ。やってみたほうがいいよ。おれ、手伝うから」ちらっと足もとに目をやる。「手伝ってくれっていわれるの、待ってたんだ」

わたしは目をきつく細めて、TJの顔を見た。手伝おうとしてくれているのはわかる。でも、TJはジェレミーが犯人だとずっと思いこんでいた気がする。きいたことはないけれど。それでもT

Jは、わたしが必要とするときには、いつもそばにいてくれた。わたしはチェイスのほうをふりかえった。チェイスは無表情だ。何を考えているかわからない。

するとと、まるですべてを計画して脚本《きゃくほん》まで書いたかのように、TJは部屋を横切って、ベッドの上のチェイスのとなりにすわった。「おまえも手伝えよ、チェイス。その気があればだけどさ」

チェイスは体をかたくした。「いや」

「少なくとも検討《けんとう》はしろよ」TJがうながす。「内部情報に通じてるんだから。法廷《ほうてい》で起こってることとか、証拠《しょうこ》とか……親父《おやじ》さんにも。ホープにはおれたちが必要なんだ」

TJがわたしのためにそういってくれているのがわかる。わたしはチェイスの顔が見られない。

「TJ、もういいよ」

「何だよ?」TJがいう。

わたしはTJを見つめる。「どうしてチェイスがジェレミーを助けないといけないわけ?」

「ちがうんだ」チェイスがいう。「ただ……その……ぼくじゃ助けにならないから」

「なるよ!」TJが強くいう。

チェイスは首を横にふる。「父親はほとんど口をきいてくれないし」

「そんなの知るかよ」TJがいう。「それにおまえ、おれに借りがあるんだからな」

チェイスはひたいにしわをよせる。「裁判所《さいばんしょ》から家まで二回送ってやって、ちゃらになったかと思ったよ」

「全然」TJは一瞬《いっしゅん》待ってから、つけくわえる。「わかってるだろ」

ふたりは顔を見合わせたけど、表情が変だった。何か、わたしの知らないことがあるんだ。これは、TJが監督《かんとく》を説得してチェイスをピッチャーにしたこと以上に、何かがある。それくらいは、わたしにもわかった。

TJが立ちあがって、こっちを見る。「チェイスも手伝うってさ。何をしたらいいか教えてくれ」

ふたりの間に何があるのか知らないけど、それにかかわりたくなかった。「TJ、いいったら。チェイスは手伝いたくないんだから」

「そんなんじゃない」チェイスがいう。「その、手伝えたらうれしいよ。だけど……」

「な？　手伝うって」TJがいいはる。「いえよ、ホープ。何をしてほしい？」

わたしはチェイスをちらっと見た。手伝いたくないことはわかっている。きっと、すぐにも逃《に》げ出《だ》すつもりだ。それでかまわない。でも、TJのいうとおりだったとしたら、どうだろう。チェイスがジェルの助けになることを知っているとしたら。お父さんのいっていたこととか、法廷《ほうてい》で聞いたこととか。可能性はある。だから、気まずくても、チェイスがここにいる間に、聞けるだけのことは聞いておいたほうがいいのかもしれない。ジェレミーのために。

「わかった。もう帰らないといけないでしょ？」わたしはチェイスにいう。「でも、もしよかったら、ひとつだけ手伝ってくれる？　メンバー表がほしいの。ふたりとも、チームのメンバー表は持ってない？」

「どうして？」チェイスが眉《まゆ》をひそめる。チェイスが帰るまで待っていればよかったと思った。メンバー表ならＴＪがきっと持っている。「どうしてメンバー表がいるんだ？」

「そうね、メンバー表そのものじゃなくてもいいけど。ただ、パンサーズの選手の名前を全員知りたいの。それと、それぞれの選手のことも知りたい。監督とうまくやってたかとか」

「容疑者リストのためだな」ＴＪがいう。「わかった。チームの全員の名前を書いてやる」ＴＪが手をのばしてきたから、わたしはノートをわたした。ＴＪは名前を書きこみはじめた。

チェイスが立ちあがる。「ぼくがいなくてもよさそうだ」

「すわれよ」ＴＪが書きながらいう。「おまえのほうがよく知ってる人もいるから」

「じょうだんだろ」チェイスがいう。「きみはここに住んでる。みんなと学校も同じなんだろ？」

「だからといって、あいつらがおれといっしょにすごすとはかぎらない。というか、あいつらはおれとはすごさない。おまえとすごしてる」

そう認《みと》めるのに、ＴＪは何かを犠牲《ぎせい》にしているような感じがした。そこまでしてくれて、ありがたいと思った。

チェイスはベッドのはしにすわり、焚《た》き火《び》にあたるように両手をすり合わせている。「誰《だれ》かの名前をいってくれ。知ってることを話すから」

十五分後、容疑者リストは倍の長さになった。

「ホープ、これだけはいっておくけど」パンサーズのリストが完成したとき、チェイスがいった。「パンサーズのみんなは本当に監督《かんとく》のことが好きだったんだ」

「ジェレミーもよ」わたしはいう。

「ジェレミーもだ」チェイスが同意する。

床《ゆか》の上であぐらをかいていたTJが立ちあがった。「みんな好きだった、とは思う。でもそうじゃないかもしれない」

「どういうこと、TJ?」わたしはきいた。

こっちを見たときのTJは表情がかたく、唇《くちびる》はかみそりのように薄《うす》く一直線に結ばれていた。

「監督《かんとく》は完璧《かんぺき》じゃなかった」

TJの変化には少し驚《おどろ》いた。お母さんのことをからかわれたから、監督に腹《はら》を立てていたのは知っている。でも、ほかにも何かあるのかもしれない。しばらくして、わたしはまたきいた。「どういうこと?」

TJはじっと黙《だま》りこんだから、もう答えてくれないのかと思った。すると、ようやくこういった。

「ただ……ジョンソン監督のことをみんな聖人《せいじん》か何かみたいにいうだろ。亡《な》くなったからって、その人が生きているときにしたよくないことを全部忘《わす》れていいわけないんだ。監督だって完璧じゃない。それがいいたかっただけ。だから、もしかしたら、監督のことを好きじゃない人だっていたかもしれない」

もっときたかったけど、きかなかった。「そうかもね」とだけいって、終わりにした。

「なるほど」チェイスも、わかっていないように顔をしかめる。「完璧な人なんていないよ。ぼくがいいたいのは、パンサーズの人たちは容疑者《ようぎしゃ》になりそうもないってことだけだ」

チェイスの肩《かた》を持ちたくないけど、たしかにそうだと思った。「どこかから手をつけないといけなかったの。でも、いちばん可能性が高いのはキャロライン・ジョンソンだと思う。監督の奥《おく》さん」

「下線を引いてるね」TJがまた腰《こし》をおろした。ペンの先でリストをたたく。カチッカチッという音を聞くと、ジェレミーを思い出す。ペンを持つといつでもカチカチ鳴らして、いらいらさせられたものだった。

チェイスがわたしに向きなおる。「名前の下に線を引いたのは、本当に夫を殺したと思っているから？」

「夫を殺す妻《つま》って多いみたいよ」

「それは本当」TJがいう。「どんな殺人事件でも第一容疑者は配偶者《はいぐうしゃ》なんだ。殺人事件の被害者《ひがいしゃ》の女性のうち、三分の一は夫か恋人《こいびと》に殺されている。殺人事件の五十三パーセントは配偶者が犯人だという説もある。でも刑罰《けいばつ》を免《まぬか》れることが多いらしいけど」

TJがどこからそんな数字を取ってきたか知らないけど、信じることにした。被害者の半数以上が配偶者に殺されているなんて。レイモンドさんは知っているのかな。

「なるほど」チェイスがいう。「でもジョンソン監督《かんとく》の奥《おく》さんはそもそも馬小屋までいけただろうか。バットをふることができただろうか」

「無理だっていうの？　でも、嘘《うそ》をついてるかもしれない。わからないでしょ。奥さんのことを誰《だれ》も調べてないんじゃない？」自分でもむきになっている気がした。でも、ジェレミー以外にも容疑《ようぎ》者《しゃ》のいる可能性をふたりに信じてもらいたかった。チェイスに信じてほしかった。

ＴＪはペンを鳴らしながらノートをにらんでいる。カチッカチッという音だけが部屋に響《ひび》く。

するとチェイスが体を起こし、容疑者リストを見るために身をのりだした。「あのさ……すごく唐突《とうとつ》かもしれないけど……あの奥さんはどこかおかしいんじゃないかって、前から思ってたんだ」

「本当に？」わたしはびっくりした。「そう思う？　どんなふうに？」

「はっきりとはわからない。何回か会っただけだから。監督の家にみんなで呼《よ》ばれていったときに」

「監督の家に呼ばれたのか？」ＴＪが口をはさむ。

「二回くらいだけだけど。ぼくとオースティンとグレッグと、あと何人か」

「やっぱりな」ＴＪがつぶやく。

「つづけて」わたしは、ＴＪが話の腰《こし》を折るのをやめてくれないかと思いながら、先をうながす。

「うまくいえないけど」チェイスがつづける。「一応親切だったたし、いってることもふつうなんだけど、なんとなく引っかかるところがあったんだ」

「ジェレミーもそうだったの！」思わずひざを打ってから、あわてててスカートのすそを引っぱりおろす。スカートをはき慣れていないから、こうなるとは予想していなかった。「ジェルは人を見る目があるの。いつも監督の奥さんを避《さ》けてたけど、理由は教えてくれなかった」

「やっぱり」チェイスがいう。

「え？　何がやっぱりなの？」わたしはきく。

チェイスはこっちに首をかたむける。「そうか……あの人の証言のとき、きみは法廷《ほうてい》にいなかったんだね」

わたしはうなずく。「監督の奥さんが証言するなんて思わなかった。法廷にくるのは無理だって聞いた気がするのに」

「おれもそう思ってた」ＴＪもいう。

「法廷にはこなかった。本人はね」チェイスが説明する。「でもケラーはあの人の証言を読んで記録させる許可をもらったんだ」

「それって不公平じゃない？」わたしはきく。「ケラーはキャロラインがいいたいことを一方的に読んでいいんでしょ？　なのにレイモンドさんはキャロラインに反対尋問《じんもん》できなくて、証言を変えさせることもできないなんて」

「ジェレミーの弁護人も質問はしてたよ」チェイスがいう。「数は少なかったけど」

「レイモンドさんはキャロラインを法廷に召喚《しょうかん》する権利《けんり》があるんじゃないか？」ＴＪがきく。「きっと証言させることができるよ」

「ああ、でも証言台に立たせたくないのかもしれない」チェイスがいう。

「どうして？」わたしはたずねる。「キャロラインは何ていったの？」この話はこれまで聞いていなかった。

「だいたいは、夫がどんなにすばらしい人かってこと。それから事件当日のできごとについて。監《かん》督《とく》が朝早く家を出たこと。うちの父親の部下の保安官代理が、事件について知らせるために家にきたこと」

わたしにはチェイスが話をはしょっているのがわかる。「キャロラインは、ジェレミーについて何ていったの？」

チェイスは下唇《したくちびる》をかんでから、明かした。「かなりひどいことをいったんだ、ホープ」

「教えて」

「ジェレミーのことがこわいといってた。ジェレミーは監督といっしょに何回か家に入ったらしい。何があったか知らないけど、奥《おく》さんは監督に、ジェレミーを二度と家に入れるなといったそうだ。きみのお兄さんのことを、危険《きけん》人物のようにいってた」

「危険人物？　ジェレミーが？」わたしはすわっていられなくなって、ジェレミーの部屋を歩きまわった。「やっぱりジェレミーは人を見る目があるのよ。わたし、あの奥さんを信用できない」野球場で奥さんが監督に怒《いか》りを爆発《ばくはつ》させていたあの日のことが、何度も頭によみがえる。

あのときの夫婦げんかについて、ふたりにもっと話そうとしたとき、電話が鳴った。わたしは立ち止まって、居間のほうをのぞく。そこにある電話がいつまでも鳴りつづけている。

「出ないのか?」TJがきく。

リーン!　リーン!　リーン!　怒《おこ》っているような音。

「おれ、出ようか?」TJが電話に向かおうとする。

「待って!」わたしは呼《よ》び出《だ》し音より大きな声を張りあげる。「リタかもしれない」リタの留守中に男の子がふたりいたことがわかって大騒《おおさわ》ぎになるのだけは避《さ》けたい。

わたしは電話の前までいくけど、受話器を取れない。こわくてたまらない。

うしろから足音がした。TJかと思ったら、チェイスが手をのばし、受話器を持ちあげた。ふいに沈黙《ちんもく》がおそいかかってきて、それはなぜか電話の音よりもおそろしかった。チェイスは受話器をわたしの耳にあて、こっちに体をよせた。わたしが黙《だま》っていると、チェイスが声を出した。「はい、ロングです」

電話の向こうにただよう静けさは、前と同じだ。息の音も。

「どなたですか?」チェイスが受話器に向かって大声を出す。

返事はない。予想どおり。

「誰《だれ》か知らないけど、よく聞け。もうここにかけてくるな!　保安官に通報するぞ。通話を録音して、逆探知《ぎゃくたんち》する。わかったか?」チェイスの声がどんどん大きくなる。「いいな?　これで終わりだ。聞こえてんのか？　返事しろ！」返事はない。するとチェイスは、リタも顔を赤らめるようなきたない言葉をつぎつぎとまくしたてた。それから、ガシャンと受話器をたたきつけて電話を切った。受話器がはねあがってなぐりかかってくるとでもいうように、じっとにらみつけている。

「すげえ、チェイス！」TJが叫《さけ》んで手をたたく。「おまえにそんなガッツがあったとは」

チェイスはTJとわたしがいるのを忘《わす》れていたかのように、こっちを見た。「ホープ、悪かった。キレてしまったみたいで」

「そうみたいね」わたしは同意する。

「ただ……卑怯《ひきょう》なやつはきらいなんだ」チェイスはまた電話をにらんで、いいわけをする。「でも、きみに任せるべきだった」

「わたし、何もできなかったから」そう認《みと》めるしかない。

「もうだいじょうぶなら、帰るよ」チェイスがいう。わたしはうなずく。チェイスはポケットに手をやった。お財布《さいふ》を前みたいに忘れていないか確認《かくにん》したのかもしれない。

「よかったら、おれ、残ろうか？」TJがいう。

「だいじょうぶよ」TJが残ってくれるのはかまわない。でも、あとでひとりで歩いて帰らせるのは悪い気がした。「それに、さっきみたいな会話……のあとで、もう一度かけてくる人なんていないでしょ？」

「そっか、わかった」TJはわたしの腕《うで》をぎゅっとにぎった。「じゃ、いくよ。きっと親父《おやじ》が帰ってて、おれのことさがしてるだろうし」チェイスを横目で見る。「おまえの親父さんに電話して、捜索隊《そうさくたい》を依頼《いらい》してるかもな」ＴＪは自分のじょうだんに笑った。

「そうなったら最悪の事態だ」チェイスが玄関《げんかん》に歩いていく。

わたしはふたりについて、外に出る。チェイスが階段《かいだん》で立ち止まった。ＴＪはすでに車に向かっている。「ありがとう、ＴＪ！」わたしはうしろから呼《よ》びかけた。それから声を落としていった。「チェイスも。ありがとう」もっと何かいったほうがいい気がする。一日じゅう、わたしの問題に巻《ま》きこんでしまったから。でも緑色の目を見あげたら、何もいえなくなってしまった。

「ジェレミーは、きみみたいな妹がいて幸せだな」チェイスがいった。

歩き去る姿《すがた》を見つめながら、チェイスがこの状況《じょうきょう》でいえたかもしれないすべての言葉の中で、今のが最高だと思った。わたしにとって昔から大事だったのはただひとつ――ジェレミーにとっていい妹でいることだから。

細い三日月の下を車で走り去るふたりを見送る。まだ車が見えているとき、携帯《けいたい》が鳴りだした。限られた人しか番号を知らないはずだから、電話に出た。

「おれだよ」ＴＪの声がした。でも表示された番号がちがう。「チェイスの携帯からかけてるんだ。おれのは電池切れてた。明日の確認だけしようと思ってさ。教会のあとの運転の練習、決行でいいよな？」ＴＪはわたしに運転免許《めんきょ》を取らせようと、一か月くらい前から毎週日曜日の午後に運転を教えてくれている。一時間だけだけど、その間はジェレミーのことを心配しなくてすむから、わたしもなんとか練習をつづけてきた。

「どうしようかな。運転なんかどうでもいい気がしてきたの」

「でも思いついたことがあって、意見を聞きたいんだ。ジョンソンさんの奥《おく》さんを偵察《ていさつ》するとかさ。ほかにも、いくつか。事件について話し合おうよ」

そこまでいわれたら断れない。TJがジェレミーの事件を真剣《しんけん》に考えてくれて、本当にありがたかった。すべてがわたしにかかっている、と思わなくてすむ。「わかった。でも、教会にはいかないの。家にきてもらってもいい？」

「十二時頃《ごろ》むかえにいく。いいか？」

「うん。本当にありがとう、TJ。また明日ね」通話を切っても、チェイスの車はまだ視界《しかい》に入っている。携帯《けいたい》電話が発明される前は、みんなどうしていたんだろう。

きびすを返して家にもどろうとした。そのとき、それが目に入った。古い白の小型トラック。ヘッドライトを消したまま、暗がりからしのび出てきて、じりじりと道路を進んでいく。わたしはあとずさり、車はうちの前を通過して進みつづけた。交差点まで行くと、右に曲がった。さっきのチェイスと同じように。それからスピードをあげて、暗闇《くらやみ》に消えていった……チェイスと同じように。

15 借り

シャワーを浴びて寝《ね》るしたくをしながら、あの白い小型トラックはこわくない、と自分にいいきかせようとした。ドライバーは点灯《てんとう》するのを忘《わす》れただけかもしれない。それにチェイスと同じ方向にいったけど、あそこの交差点では選択肢《せんたくし》はふたつしかない――直進か右折。だからあのトラックがどこに向かったかはわからないのだ。

めいわく電話のせいで不安になっているだけだとは思う。でも、誰《だれ》かがチェイスとＴＪのあとをつけているような気がしてならない。

ふたりが無事に帰れなかったらどうしよう。携帯をつかんでＴＪの番号をおした。留守番電話になっている。そういえばさっき電池が切れたといっていた。今度はＴＪが使っていたチェイスの番号に折り返し電話をかける。そっちも留守番電話だ。

どうしよう。あのトラックはふたりの車に迫《せま》って道路から追い出すかもしれない。どうにかしなきゃ。考えなきゃ！　もしかしたらチェイスはもう家にいて、お父さんを起こさないように通話機能を切ったのかもしれない。それなら説明がつく。メールならつながるかもしれない。わたしは急いで打った。〈無事？〉たいしたメッセージじゃないけど、送信して待つ。両手で携帯を持って見つめていると、胃が痛《いた》くなってきた。

ついに着信音が鳴った。〈無事。きみは？〉

深いため息をついた。なんだか自分がまぬけに思えてきた。チェイスに、気を引こうとしていると——しかもそういうことがものすごくへただと——誤解《ごかい》されたかもしれない。わたしは返信した。

〈だいじょうぶ〉

まわりがみんな悪い人だと考えるのはやめないと。

ベッドに入る頃《ころ》にはぐったりしていたけれど、眠《ねむ》れなかった。二回も、誰《だれ》かが家にいる物音が聞こえた気がした。リタの名前を呼《よ》んだけど、返事はない。聞こえるのはただ、古い家がギーッときしむ音、冷蔵庫《れいぞうこ》のうなる音、そして部屋の窓《まど》を木の枝がこする音だけ。

玄関《げんかん》と裏《うら》のドアに鍵《かぎ》がかかっているかもう一度確認《かくにん》すると、部屋にもどってベッドにもぐりこむ。目をとじても、いろんなものを想像するのをやめられない。ジェレミーの部屋の窓から誰かがしのびこむところを想像する。あの窓に鍵をかけたか覚えていない。でも確かめにいきたくもない。外でかすかなエンジン音が聞こえる。遠ざかっていかない。あの白いトラックだったらどうしよう。くだらないと思いながらも、ついそう考えてしまう。

長い間なかったことだけど、リタに早く帰ってきてほしいと願った。

目が覚めた瞬間《しゅんかん》、誰かに見られている気がした。ベッドから転がりおりる。部屋の窓は西向きだけど、もう日がのぼっているのがわかる。

あくびをして、のびをして、時計を見る。もうおそい。チェイスが家の前を走っていく時間は過ぎてしまった。週末も平日と同じ時間に走らないでくれればいいのに。

チェイスのことを考えていたら気分がよくなった。ジェレミーが留置場にいるというのに、そんなことではいけない。でも窓から、向かい側の誰も住んでいないあばらやをながめていると、昨夜《さくや》のチェイスの姿《すがた》が頭の中をよぎっていく。ソファのはしに、足をのばしてすわるチェイス。台所でブドウのジャムをぬりながら、何かの話に笑うチェイス。ジェレミーの部屋の真ん中で、ジェルの集めたガラス瓶《びん》に目を見はるチェイス。ただ見つめているのではない。畏敬《いけい》の表情を浮《う》かべている。心の底から感心しているように。

クローゼットまで歩いていって扉《とびら》をあけた。扉の木に裂《さ》け目《め》ができている。留《と》め具《ぐ》もこわれている。奥行《おくゆ》きが足りなくて、たいていのハンガーははみだしてしまう。上の棚《たな》にはジーンズ、カーキパンツ、ショートパンツがたたんであり、ほかの雑貨類といっしょに置いてある。シャツやTシャツが何枚《まい》かずつ、子ども用のハンガーにかかっている。ジェレミーが逮捕《たいほ》される前から長いこと服を買っていない。ジェレミーがいれば、いっしょに教会にいっただろうし、そうしたらきっとカーキパンツか、ちっとも教会らしくない、変わった形の刺繡《ししゅう》入りの黒の長いスカートをはいていっただろう。

でも今は教会にいっていない。ジェレミーが逮捕されてから一回しかいっていない。そのときは、思いすごしかもしれないけれど、みんなにじろじろ見られた。教会にいけないのは残念。とくに歌が聴《き》けなくてさびしい。ジェレミーは神様はどこでも歌うというけれど、教会の中のほうがよく聞こえる気がする。

結局、一回しかはいていないデニムのカプリパンツと、大きなボタンのついたそでなしの白いシャツを着ることにした。シャツはグッドウィルで買ったもので、家に持ち帰るまで気づかなかった細かいしみがひとつついているだけだ。

朝の五時頃《ごろ》、リタが帰ってくるのが聞こえた。死んでもいないかぎり、あの声を聞きのがすのは無理だ。ごきげんで歌う酔《よ》っぱらいのリタ。わたしの部屋のドアをドンドンたたくから、起きてネックレスをはずしてあげなくてはいけなかった。白ずくめのリタ。えりが白い羽にふちどられた白いカーディガン。前にならぶ小さなボタンが、中身をささえきれずに今にもはちきれそう。おしゃべりのリタ。「ホープ、ホープ、ホープ」そういって、両手をわたしの顔にまわす。「あんたは美人よ。知ってる？　そうじゃないなんて誰《だれ》にもいわせない。わかる？　あんたはあたしの娘《むすめ》。あたしのかわいい娘よ」

リタが十二時まで寝《ね》ていてくれるといいけど。そう思いながら、バッグを持って、そっと自分の部屋を出た。

「どこにいくつもりなのよ」リタが廊下《ろうか》の真ん中につっ立っていた。スリップを裏返《うらがえ》しに着ている。脱色《だっしょく》した髪《かみ》は、まるで何かの生きものの巣みたい。リタはわたしを上から下までじろりと見た。

マスカラでかためられたまつげが、小さな日よけのように血走った目をおおう。「今日、日曜日?」

わたしはうなずく。教会にいくとかんちがいしてくれないかと思いながら。

リタはうなり声をあげ、きびすを返すと、よろめくように自分の部屋にもどった。

完全にふりきったと思ったら、リタがふりむいていった。「ねえ、あのぽんこつトラック、ゆうべ何してたわけ?」

血の流れが止まって凍《こお》りついた気がした。「何のトラック、リタ?」

「道の向かいに白い小型トラックが停まってたよ。このへんで誰《だれ》か、買ったわけ?　うちに一酸化《いっさんか》炭素《たんそ》をまき散らしてほしくないもんだけど」リタが咳《せ》きこむ。「これまで大量に吸《す》ってきた煙草《たばこ》ではなくて、トラックのせいだというように。「しかも中に変質者がすわってて、あたしが帰ってくるのを見てたんだよ」

「誰だったの?」わたしは問いただす。「どんな人?」

リタは眉《まゆ》をひそめる。「知るわけないよ。あたしがあんたにきいたんじゃないの」

チェイスの車を追跡《ついせき》したトラックに決まっている。

「どうしたのよ?」リタがおなかをかいた。スリップがズリッズリッと音をたてる。

「ゆうべ、そのトラックを見たの」もう少しで、チェイスとTJのあとをつけてたの、とつけくわえそうになった。「家の前で」

「どうせ何の楽しみもないダメな男が、人生を楽しんでる人たちをながめてただけじゃないの?」

リタはあくびをする。

「それから誰《だれ》かが何度も電話してきたんだけど、出ると切っちゃうの」

リタは冷たく笑った。「要するに、誰かがあたしたちをねらってると思ってるわけ? そういうこと? 監督《かんとく》を殺した誰かが、ホープレス探偵《たんてい》に真実を暴《あば》かれるのをおそれるあまり……何? 道の向かいに車を停めてるって? 電話してきては切ってるって?」

そういうふうにいわれると、くだらないことに思えてくる。

リタはまたあくびをした。顔が、あいた口にしか見えないほどの大あくび。それからふらふらと部屋にもどっていった。

わたしは急いでインスタントコーヒーを一杯《ぱい》飲むと、TJを待つために外に出た。小型トラックのこともめいわく電話のことも考えたくない。八月の暑さのもと、玄関《げんかん》の前の階段《かいだん》にはひさしがない。道の向かいの空き地《あち》をじっとにらむ。危険《きけん》だと判定された家が取りこわされ、がれきとごみが残されている。ガラスの破片《はへん》が日の光を受け、繊細《せんさい》な色合いの模様《もよう》をつくってあたりの空気を輝《かがや》かせている。ジェレミーを思い出す。ジェレミーはどこにでも美しいものを見つける。ぬかるみに浮《う》かぶ小枝。窓枠《まどわく》に積もった雪の結晶《けっしょう》。年取ったおじいさんの目尻《めじり》のしわ。赤ちゃんのぷっくりした足の指。はかない綿毛におおわれ、まもなく吹《ふ》きとばされて裸《はだか》になるタンポポ。

遠くでガンが鳴きかわす声がする。近くではキツツキが、ナゲキバトの鳴き声に対抗《たいこう》している。

鳥たちに、電話の向こうの息の音をおおいかくしてほしい。白い小型トラックのエンジン音をかき消してほしい。頭の中で響《ひび》くリタの声を流し去ってほしい。

クラクションが鳴った。わたしは立ちあがって、ＴＪのお父さんの八十一年式のシェビーをさがす。ところがきたのは、チェイスの運転するストラトスだった。チェイスは車からおりて、その横に立った。「ＴＪがこられなくなったんだ」

わたしは何歩か近づいた。「どうしてＴＪは電話をくれなかったのかな」

「きみの携帯《けいたい》、切ってあったって。それにリタを起こしたくなかったらしい。それで、ぼくに電話してきたんだ」

またもや、チェイスをホープ・ロングのめちゃくちゃな人生に巻《ま》きこむことになってしまった。またもや、ものすごくはずかしいけれど……でも、チェイスに会えるのがうれしいことは認《みと》めないといけない。

「わざわざチェイスに電話することなんかなかったのに。ごめんなさい、チェイス。でも、知らせにきてくれてありがとう」

チェイスがわたしのところまで歩いてきた。チェイスの背《せ》の高さにはじめて気がついた。わたしより頭ひとつ以上高い。いつもＴＪを見おろしているから、こんなふうに見あげるのは慣れてない。

「お父さんがアシュランド市で大がかりな芝生《しばふ》の仕事をしていて、手伝いにいくことになったらしいな」

「そうなのね。じゃあ。ありがとう」わたしは家にもどるか、チェイスを見送るかまよった。

「それで」チェイスがいう。「ＴＪはきみが運転の練習ができなくなるのをすごく気にしてたんだ。だから、ぼくがかわりをしようかと思って」

「待って。ＴＪにたのまれたの？」

チェイスはにっと笑った。白くてまっすぐな歯ならびが見える。「いや。でもきみにはできるだけの練習が必要だと思っているようだった。だからここで代役を務《つと》めれば、ＴＪに完全に借りを返せると思うんだ」

「ものすごく大きな借りをつくってるのね」わたしはチェイスがわけを説明してくれるのを待った。

「そうだ」チェイスがやっという。「でもぼくが話したってＴＪにいうなよ。去年のローダイ戦のとき、ＴＪはぼくにピッチャーをやらせてほしいって、監督《かんとく》にただたのんだだけじゃない。腕《うで》をけがしたふりをして、監督がぼくを指名するしかないようにしたんだ」

「どうしてそんなことをしたの？　ふたりがそんなに仲がいいようには見えなかったけど。ＴＪらしくもない気がする」

チェイスは歩道のひび割《わ》れをじっと見ている。それからこういった。「ロッカールームで、父親とぼくがいいあらそっているのを聞かれたんだ。父親はぼくの努力が足りないからピッチャーをやらせてもらえないと思ってた。修羅場《しゅらば》だったよ。そこにＴＪが入ってきたんだ」

やっとわかってきた。ＴＪはきっとお父さんとけんかなんかしたことがない。だからチェイスのためにどうにかしたいと思ったのだ。チェイスがどんな人であれ。

「ＴＪの思いつきだった」チェイスがいう。「でも、ぼくも話にのった。何イニングかひどい投球をしたけど、あの試合はぼくにとって足がかりになった。だからＴＪのいうとおり、借りがあるんだ」

「わたしに運転を教えると、借りを返せるわけ？」

チェイスがまたうなずく。「借りを返せるだけじゃなくて……家から出られる。正直いうと、父親からしばらく離《はな》れる口実ができて助かった。でも、ホープ、もしやりたくなかったら全然かまわない。これがきみとＴＪの間だけのことなら、じゃまするつもりはない。カップルの関係をこわすことは絶対しないって決めてるんだ」

一瞬《いっしゅん》、何をいわれたのかわからなかった。そのあと急に理解した。「ＴＪとわたし？　ただの友だちよ。〈カップル〉なんかじゃない。そんなんじゃないから」わたしはちょっと笑った。先週の日曜日の練習で、ＴＪがもうやめると宣言《せんげん》したのを思い出す。「わたし、ものすごく運転がへたなの。ＴＪがわたしにもう教えたくなくて、お父さんを手伝うっていう口実をつくったとしても不思議じゃないかも」

「それはないな」

「じょうだんよ。だけど運転がへたなのは本当。全然うまくなっている気もしないの」チェイスの車をちらっと見る。日差しが反射《はんしゃ》してあまりにまぶしくて目を細める。昨日《きのう》から今日までの間に洗《せん》車《しゃ》したのかな。「チェイスに運転を教えてもらって時間をむだにさせるだけならまだしも、お父さんの車に何かあったらたいへんだから」

「だいじょうぶ」チェイスは車の鍵《かぎ》をわたしの目の前でふってみせる。「昼までに、きみを運転できるようにするよ」チェイスの笑顔が消える。「それに話したいことがあるんだ」

車に向かうチェイスのあとからついていく。「何を？」

「あとで」チェイスがいう。「裁判《さいばん》のことだ」

「裁判？」チェイスのほうからジェルの裁判の話をしてくれるなんて驚《おどろ》いた。ＴＪはすごい。ＴＪのとんでもない計画は、もううまくいきはじめているみたい。「裁判がどうしたの？」

「あとで」チェイスはわたしを助手席にすわるようにうながす。「約束する。運転が先。話はあと」

16 運転の練習

高校に着くと、駐車場《ちゅうしゃじょう》にはチェイスとわたししかいなかった。TJとここを練習場所に選んだのは、ぶつけるようなものがないからだ。数メートル東のほうに大きな木が一本立っているだけ。もちろん校舎もあるけど、ここからフットボールのグラウンドの半分くらい離《はな》れている。それでよかった。わたしの運転実技は、これまでにないほどひどかったから。チェイスがとなりにいると、TJのとき以上に緊張《きんちょう》する。TJのようにどならないのに。

「もっとアクセルをふんで」チェイスがわたしの足もとを見ながらいう。「アクセル。右のほう」

「わかった」ペダルをふむ。車がぐいっと前に出たから、あわててブレーキペダルを力いっぱい両足でふみこんだ。

「きみ、全然運転してないだろ」チェイスがいう。

「だから、そういったでしょ」

チェイスは笑った。わたしは駐車場を何周も運転させられ、しまいにめまいがしてきた。すると今度は反対回りをさせられた。「もとにもどすため」と。

どのくらい練習したかわからない。TJとだと、こんなに長くはつづかない。でも、そのうち、わたしの運転もそんなにひどくはなくなってきた。方向指示を出して曲がれるようになったし、フロントガラスに頭をぶつけなくても停止できるようになった。

「悪くないよ」チェイスがいう。「休憩《きゅうけい》にしようか。駐車場《ちゅうしゃじょう》のはしの、あの木の下に停めて」

見わたすかぎり、日陰《ひかげ》はそこだけだ。「いいの？　木にぶつけるかもしれないけど」

「本気でいってる？　昼までに運転できるようにするって約束しただろ。ぼくは絶対に約束はやぶらない」

チェイスが以前、お父さんが約束をやぶった話をしたのを思い出した。約束というのは、チェイスにとって大事なことなんだ。リタが何か約束をしても――煙草《たばこ》をやめるとか、お酒をやめるとか――わたしは気にもかけない。

いわれたとおりの場所に駐車すると、チェイスは親指を立ててほめてくれた。それからうしろの席からクーラーボックスを取った。「おなかがすいた。きみは？」

大きな木の下に毛布をしく。チェイスがピーナッツバター・サンドイッチと、よく冷えたルートビア（ハーブなどの根のエキスが入った炭酸飲料）の瓶《びん》をくれる。本物のピクニックみたい。オクラホマ州にいたころ、ジェルとわたしはよくピクニックに出かけていた。どうして出かけなくなったのか思い出せない。

「ルートビア、大好き」わたしはごくんとひと口飲んだ。最後にルートビアを飲んだのはいつだろう。

「ぼくたちは似てるって、いっただろ」チェイスがいう。「しかも昨日《きのう》は夜シャワーを浴びたんだよ。朝じゃなくて」

わたしは笑う。「それは無効《むこう》よ。だってうちを出たとき、もう今日の朝だったから」

「確かに」

サンドイッチを食べながら、おたがいの学校の話をした。それからジェレミーのことをきかれたから、精神科病院に一泊《ぱく》したときのことを話した。「ジェレミーが立ちなおるのに一か月かかったの。リタは入院はジェレミーのためになると思ってた。わたしはそうじゃないってわかってたけど、さからえなかった」家につれてかえったときのジェレミーの姿《すがた》を、頭からふりはらおうとした。すっかり気力を失い、わたしがどこかにつれていくたびに、その場にすわりこんでいた。

チェイスは走る話をした。ひとりできつい距離《きょり》を走っていると、〈ランナーズ・ハイ〉になると。

気がつくと、わたしはサンドイッチをまるごと全部食べていた。「サンドイッチをつくってきたなんて、まだ信じられない。わたしが練習にこなかったらどうしたの？」

「ふたつとも自分で食べたよ」チェイスが答える。「とにかく父親が仕事で出かけるまで、あの家にいたくなかったんだ。おたがいに少し距離を置いたほうがいいんだよ」

「わたしのせいなんでしょ？　昨日の夜、TJとわたしといっしょにいたことが、お父さんにばれちゃったのね？」

「心配しなくていい。警察《けいさつ》関係者の性癖《せいへき》なんだよ。被告人《ひこくにん》の家族が検察側の家族となれあうのをいやがるんだ」

「なれあう？」思わずにやにやしてしまった。「わたし、なれあったことなんかないと思うけど、これがそうなの？」

「ああ。どうやらね」

わたしは木の幹によりかかった。木の皮が肩《かた》にくいこむけど、全然気にならない。

チェイスはごみをクーラーボックスに投げこむと、わたしのとなりで木によりかかる。幹が太いから腕《うで》はふれあわないけれど、チェイスがそこにいるのを強く感じる。「よし。話をしよう」チェイスがいった。

何の話かわかる。さっきいっていたこと——約束したこと——を話してくれるのを、わたしは待っていた。裁判《さいばん》の話。「うん、話して」

「きみのお兄さんの事件について、いろいろ考えてたんだ」チェイスが話しだす。目の前で葉っぱが落ち、くるくるまわりつづけたあと、草をかすめ、ひるがえって止まった。チェイスはさっとわたしの正面にきた。「ホープ、ぼくの話を最後まで聞いてほしい。考えたんだけど、ぼくたちが——きみが——するべきなのは、誰《だれ》が監督《かんとく》を殺したのか立証することではないと思うんだ」

失望感がじわじわと胸《むね》に広がり、血液とともにめぐり、頭にのぼっていく。チェイスはわかってくれたと思っていた。でも、そうじゃなかった。しかたない。TJとがんばればいい。わたしががんばればいい。もともとチェイスの助けなんか、あてにしていなかった。

わたしの心を読んでいるように、チェイスが指を一本立てる。「待って。きみが、ほかの人が監督を殺したと立証したいことはわかってる。だけど、殺人を立証するのはかんたんじゃない。たとえ誰がやったかわかっていても、立証するのはまったくべつの話なんだ。いくらきみでも、うまくできるとは思えない。でも、ここからがいい話なんだけど、きみは立証する必要はないんだよ。〈合理的な疑問《ぎもん》〉を生じさせればいいだけなんだ。人はだいたいどんなことにも疑問を持つから。これが、ぼくの考えだ」

わたしは監督を殺してジェレミーに罪をなすりつけた人をつきとめたかった。でも、チェイスが一生けんめい考えてくれたのはわかる。それにわたしもバカじゃない。合理的な疑問という言葉は聞いたことがある。「つづけて」

「疑問」チェイスはくりかえす。「それさえあればじゅうぶんだ。陪審員《ばいしんいん》の何人かに疑問を持たせるのは、そんなにむずかしいことじゃないだろ？」

わたしは頭の中で〈疑問〉について考える。「疑問。つまり誰かほかの人が監督を殺したかもしれないって、陪審員に思わせること？」

「まさに。それとも、ジェレミーじゃなかったかもしれない、と思わせるだけでもいい。その根拠《こんきょ》をしめすんだ。そうすれば、陪審員は合理的な疑問を抱《いだ》く」チェイスはわたしの前でひざをついている。わかってほしいと願うように。「ホープ、きみなら陪審員に疑問を持たせることができる」

チェイスの目は真剣《しんけん》だ。緑色の、人魚の涙《なみだ》のような目。

胸《むね》がふるえる。チェイスのいうとおりだと思ったから。疑問のほうが立証よりずっとかんたんだ。

「わかった。陪審員《ばいしんいん》に疑問《ぎもん》を持たせるようにする」わたしは深く息を吸《す》いこみ、きれいな空気を、日の光を……そして希望を取りこんだ。「でもどこから手をつけたらいいのかな、チェイス」

「おーい、おまえたち！」

学校の芝生《しばふ》の向こうにＴＪがいた。消防車を止めるような勢いで両手をふりまわしている。わたしはとっさにチェイスから離《はな》れた。チェイスはひざ立ちをやめて、腰《こし》をおろす。わたしは胃がおかしくなり、うしろめたさを感じた。でも、うしろめたいことなんかないのだから、そんなふうに思うのは変だ。「ＴＪ！」わたしは叫《さけ》ぶ。

ＴＪが走ってくる。わたしはクーラーボックスからごみを出して、ごみ入れに捨《す》てにいく。それからＴＪを待つ。「今朝《けさ》は携帯《けいたい》の電源《でんげん》を入《い》れ忘《わす》れていて、ごめんね」聞こえるところまでくると、そうあやまった。

「まだ、あやまり足りないな」ＴＪが答える。

「え？」

「まだ電源切れてる。あのあとまた電話したのにさ」ＴＪはちらっとチェイスを見て、またこっちに視線《しせん》をもどす。

「あ、ごめん。これじゃあ〈携帯所持者〉の資格がないよね」わたしは少しだけ中身が残っているルートビアの瓶《びん》をわたした。

ＴＪはごくごく飲みほした。「で、運転の練習はどうだった？　練習してたんだろ？　仕事現場にいたサリーが、くるとちゅうできみたちをここで見たっていったんだ。だから、おれなしで練習してるんだと思ったわけだ」ＴＪはまたあの金属的な笑い声をあげる。

「うん。練習してみてるの」わたしはいう。まぬけないい方になってしまった。

チェイスが立ちあがる。「ＴＪのいうとおりだったよ。ホープの運転無能力のこと」

「ひどい！」わたしは毛布に置いてあった車の鍵《かぎ》をつかむ。「ＴＪ、上達したかどうか見たい？」

どうしてこんなにぴりぴりしているのか自分でもわからないけど、このままこのふたりとつっ立っていたくなかった。

「あとのほうがいいな。おれさ……」ＴＪは腕時計《うでどけい》に目をやる。「あと二十分でもどらないと。親父《おやじ》の仕事、明日までに終わらせないといけないから」

「うん、わかった」サンドイッチをあげてピクニックにくわわってもらいたかった。でも、もう食べるものがない。

ＴＪは自分で毛布をしいたかのように、その上にすわった。「容疑者《ようぎしゃ》リストづくりを進めてたんだ」

チェイスとわたしはＴＪの両側にすわる。「すごい、ＴＪ！」わたしはいう。「わたしたちも事件について話してたところなの。きてくれてよかった。チェイスがすごくいい戦略《せんりゃく》を思いついたの。チェイス、説明してあげて」

ＴＪが怪訝《けげん》な顔をしてチェイスを見る。

「ＴＪならとっくに考えてたと思うけど」チェイスが口をひらく。ちらっとこっちを見てから、合理的な疑問《ぎもん》についてＴＪにざっと説明した。

「おまえのいうとおりだな」説明を聞いて、ＴＪがいう。「おれが思いつかなきゃいけなかった」

「それでもやっぱり、手がかりや証拠《しょうこ》を集める必要はあるでしょ?」わたしはきく。「陪審員《ばいしんいん》が疑問を持つようなことを出さないと。少なくとも、ほかの人が犯人かもしれないって疑《うたが》ってもらわないと」

ＴＪは姿勢《しせい》を正して、眼鏡《めがね》をかけなおすと、話を引きとった。「〈手段《しゅだん》〉、〈動機〉、〈機会〉。その三つを考える必要がある。それを話し合いたかったんだ」ＴＪの話し方はとても論理的《ろんりてき》だ。わたしは説明を待った。「いいか。手段はバットだ。すでに特定されている。監督《かんとく》はジェレミーのバットで殺された。だがそのバットはほとんど誰《だれ》でも使える状態だった」

「そうなの!」わたしは同意する。「ジェレミーが馬小屋にいくと、いつも入り口のすぐ内側にバットを置いてたことは、みんな知ってたのよ」

「機会と動機」ＴＪがつづける。「そのふたつはもっとむずかしい。陪審員に誰《だれ》を疑ってもらいたいかによるな」

「わたしはやっぱり奥《おく》さんがあやしいと思う。証拠も何もないのはわかってる。でも監督をどなりつけたとき、本当にすごかったの」

チェイスがうなずく。

「よし」ＴＪがさらにつづける。「しかし口論を立ち聞きしただけじゃ、じゅうぶんな動機とはいえない。何の口論かもわかってないんだから」

わたしはけんめいに考える。「リタが前にいってたの。監督と奥さんはいっしょにいて幸せだったことはないと思うって」

「それもたいした手がかりじゃないな」チェイスがいう。

「そうだな」ＴＪもいう。「でもリタがそう思うなら、ほかの人もそう思ってるかもしれない。いろんな人にきいてまわれる」ＴＪが自分のメモ帳に書きこむ。黒くてポケットに入る大きさだ。

体の血のめぐりが速くなるのを感じた。「機会はどう？　監督の奥さんは、そのとき家にいたはずでしょ？　そこから馬小屋までそんなに遠くないけど」

チェイスをちらっと見ると、ウェーブのかかった髪《かみ》がひと筋《すじ》、ひたいに落ちかかっている。チェイスはそれをかきあげなかった。「キャロライン・ジョンソンが歩けることを証明できれば、馬小屋まで歩けたと考えても無理はない」チェイスは目を細くしてＴＪを見た。「馬小屋で、キャロラインを見かけたことはあるか？」

わたしは顔をしかめてＴＪのほうを見る。ＴＪが馬小屋に近づいたことはないと思う。馬がこわいのだ。

ＴＪは地面から雑草を引きぬいて、細かく引きちぎっている。「あそこにはもういってない」

「いったことなんてあるの？」わたしはきく。「馬がきらいなのかと思ってた」

TJは肩《かた》をすくめる。「ときどきいってた。それに馬は、きらいじゃない」

「へえ、そうなんだ」わたしはいう。TJが馬がきらいなのはわかっている。もしかしたら、馬ではなく、監督《かんとく》に会いに馬小屋にいっていたのかもしれない。

「なんでそこにこだわるんだよ?」TJがきく。

「そうだな。そんなことはどうでもいい」チェイスがいう。「ただ、走ってるとき、何回かきみを見かけたから、きいてみただけなんだ」

「待って。あっちのほうまで走ってるの?」わたしはチェイスが毎朝グレインの町じゅうを走っているところを想像していた。でも田舎《いなか》のほうまでいくとは思っていなかった。

「試合の日以外はね」チェイスがいう。「監督がいってること……いってたこと、知ってるよね。試合のために体力をとっておけっていう話」

「残念だな」TJがいう。「あの日、殺人犯を目撃《もくげき》してたかもしれないのに」

「ああ、ぼくだってそう思ったよ」チェイスがいう。

わたしもそう思った。あの朝、もしわたしがジェルについていっていたなら。もしTJがふらっと立ちよっていたなら。もしチェイスがそばを走っていたなら……。「今できることに集中しなくちゃ」わたしは立ちあがって、頭を働かせようとした。手段《しゅだん》、動機、機会。「考えてみると、誰《だれ》だってあそこにいくことができたのよね。だから陪審員《ばいしんいん》は疑問《ぎもん》を持って当然よ。合理的な疑問を持たないなんて変よ」ズボンについた草や葉をはらい落として、TJとチェイスを見おろす。「犯人は一瞬《いっしゅん》で監督を殺したんだと思う。かっとなって我《われ》を忘《わす》れた一瞬に、バットのひとふりで。誰にだってできたことだと思わない？」

ふたりとも黙《だま》っていた。ＴＪはこっちを見ない。チェイスは吐《は》きそうな顔をしている。みんな同じことを思《おも》い浮《う》かべているのだろうか……バットの一撃を。「だからね」わたしは自分で感じているよりも自信のありそうな声を出す。「陪審員に証拠《しょうこ》を見せればいいのよ。疑問を持たせるの。その疑問を抱《だ》かせるのに見こみがいちばん大きいのは、監督の奥《おく》さんよ。キャロラインが歩けること、そしてみんなが思っているほど病気は重くないことを証明できれば、じゅうぶん疑問になると思わない？　それでレイモンドさんが陪審員に合理的な疑問を抱かせることができると思うの」木の反対側にガムの包み紙が落ちているのが見えて、拾いに走った。するとつぶれたビールの缶《かん》も見つかったから、それも拾って、両方ともさびだらけのごみ入れに放りこんだ。合理的な疑問という言葉が頭の中をぐるぐる駆《か》けめぐっている。ものすごくいいところに気づいたと思う。

木のところにもどると、チェイスがにやにやしている。ＴＪはメモ帳に鼻をつっこんでいる。

「何よ？」わたしはきいた。

「ホープっていつもああなの？」チェイスがＴＪにきく。

「ん？」ＴＪは顔をあげない。

「何のこと？」わけがわからなかった。「ああって何？」

「ホープ」チェイスが説明する。「きみってこんな話の真っ最中にも、人のごみを拾ってるんだよ。

しかも無意識に」

わたしは自分の手を見おろしたけれど、持っていたものはすでに捨《す》ててなくなっている。

「きみがごみを拾うのを見るのは、はじめてじゃない」チェイスはまだ笑っている。「キャンディーの包み紙や、煙草《たばこ》の吸《す》い殻《がら》も」

「本当に？」考えたこともなかった。「ごめんね」

チェイスは首をふる。「あやまることないよ」

ふたりでしばらく見つめあった。どちらも目をそらさない。

「うわっ！」TJが急に動きだす。「まずい、いかなきゃ」

「送っていこうか？」チェイスが申し出る。運転の練習が終わると思うと、ちょっとさびしかった。

TJは校舎のほうへ歩いてもどっていく。「いや、だいじょうぶだ。ホープ、今晩《こんばん》は仕事？」

「うん！」わたしは、すでに半分くらい校舎に近づいているTJに向かって叫《さけ》ぶ。

「間に合う時間に仕事が終われば、コロニアルによってくよ！」TJはきびすを返して走り去った。

チェイスの車の鍵《かぎ》を、なぜかわたしが持っている。「もう少し練習してもいい？」

「きみがその気なら」

ギアをドライブに入れようとしたとき、高校のわきのチェスナット通りをそろそろ走ってくる白いものが目に入った。小型トラックだ。一ブロック先にいる。「チェイス！　あそこに！」わたしは叫んだ。

「何が?」

つぎの瞬間《しゅんかん》、わたしは何も考えずに勢いよくギアを入れ、アクセルをふみこんだ。

17

傷《きず》

とにかくあの白い小型トラックに追いつくことしか頭になかった。車は勢いよく発進した。トラックは角《かど》を曲がっていく。

「ホープ！」チェイスが叫《さけ》ぶ。「ブレーキ！　ふめ！」

フロントガラスに枝が当たる。葉っぱのとんがったふちが見える。枝のねじまがったこぶも。ドスン！　ギギッ！　金属が木の皮にこすれる音がする。車は草地をぐんと進んでからゆっくり止まった。

「どういうつもりだったんだ！　説明しろよ！」チェイスがどなる。

「あの男を逃《に》がしちゃったなんて信じられない」わたしはつぶやく。走って追いかけたように息切れしている。

「誰《だれ》だよ？」チェイスが詰問《きつもん》する。

「白い小型トラック」体がふらふらする。吐《は》き気《け》の波がおそいかかってきた。

「トラック？　どこにいたんだ」

「見なかった？」わたしは駐車場《ちゅうしゃじょう》の向こうの、誰もいない通りを指さす。「すぐそこにいたの」

「なんで追いかけたんだよ」

わたしははじめから説明した。トラックがライトを消したまま、チェイスの車のあとをつけていたこと。うちの前の通りに停車したトラックから、誰かがうちをのぞいているのを、リタが見たこと。「うちにめいわく電話をかけてきた人だと思うの」

チェイスは、たった今トラックがいた場所のほうを向く。「トラックなんてこのあたりにはいっぱいある。確かなのか……」

「確かなわけないでしょ。だから追いかけたかったの」信じてもらえると思ってはいけなかった。

「わかった。落ち着け。もしかしたら、その男はきみをこわがって逃げたのかもしれない」チェイスは自分の髪《かみ》を手ですく。「ぼくはこわかった」

「ごめんなさい」それから、さっきのドスン、ギギッという音を思い出した。「チェイス、わたし、車をどうしちゃったんだろう」急いでドアをあけ、必死におりる。最初は何も目に入らなかった。それから一歩さがった。「ああ、どうしよう！」車の屋根に三十センチくらいのすり傷ができている。「わたしのせいよ！　わたし……修理する。弁償《べんしょう》する」でも、お金は？　こんなことをしてしまったなんて。チェイスの車に。お父さんの、保安官の車に。

チェイスがやってきて、わたしの頭に手をのせた。「落ち着くんだ。だいじょうぶだから。本当にだいじょうぶ」

わたしはチェイスの手をおしのけて、つま先立ちで傷を見た。思っていた以上にひどい。傷は太く、きれいな青い車の上をはう、曲がりくねったヘビのようだ。「わたし、すでにあなたのお父さんにきらわれているのに」

「きらわれてないって」

「会うなっていわれたんでしょ。ふたりとも牢屋《ろうや》に入れられちゃうかも」

「はは、そうしたら少なくともいっしょに入れるね」

熱い涙《なみだ》がこみあげてきて、息がつまりそうだ。あと少しで本当に泣いてしまう。「笑ってる場合じゃないでしょ」

チェイスは笑いをおし殺そうとがんばっていたけど、唇《くちびる》がひくついている。「わかった。笑ってる場合じゃない。でも悲惨《ひさん》ってわけでもないよ。ほら。屋根だけだ。それに塗装《とそう》だけだよ……ほとんどはね」チェイスは車に近づいた。背《せ》が高いからかんたんに屋根にさわれる。指で傷《きず》をたどっていく。ヘビをなでるように。「これならぼくに直せる」

「まさか。本当に?」かすかな希望がわいたけれど、あわてて打ち消す。「そういってるだけよね?」

チェイスは車によりかかる。「本当だ。この色の塗料だって持ってる」

「どうして……?」

「去年の夏、うしろのドアをこすったんだ」チェイスは助手席側のうしろのドアのほうに移動する。

「気がつかなかっただろ?」

うしろからついていったけれど、わたしの立っているところからは何もわからない。「本当のことをいってるの？」

「交差点を曲がるとき、一時停止標識の柱にこすったんだ。パーティーで缶《かん》ビール六本飲んだあとだった。父親に殺されるのは目に見えてた。すでに酒気帯び運転を一回やってたから。だから見つからないうちに、同じ色の車の塗料を買って直したんだ。その傷に比べたら、きみのは浅いよ」

心臓《しんぞう》のドキドキが少しだけおさまった。酒気帯び運転でつかまった人に運転を習ったのはどうかと思ったけど、それでも。「なぐさめてくれようとして、そういってるだけじゃないのね？」

「今すぐ直そうよ。父親に見られないうちに。きみさえよかったらだけど。父親は今、家にいないんだ」チェイスは運転席のドアをあけた。「だけど、運転はぼくにさせてくれないか」

数分後、チェイスはお父さんの家の裏《うら》にある車庫に駐車《ちゅうしゃ》した。小さな車庫で、車が一台入るのがやっとだ。車をおりると、わたしはまわりを見まわした。棚《たな》にはぎっしりといろんな塗料が色と大きさの順にならんでいる。

「見つかったよ！」チェイスが車庫の奥《おく》から声を張りあげる。

「そりゃ見つかるでしょうよ。こんなにきちんと整理整頓《せいとん》されてるもの」床《ゆか》や台に置きっぱなしの道具はひとつもない。かなづちはかなづち同士、サイズごとにフックにかけてある。シャベルやレーキは壁《かべ》の一面に一列にならんでいる。

チェイスは木の作業台の下から刷毛《はけ》や布きれを取り出した。前にも同じ作業をやったことがわかる。「マシュー・ウェルズ保安官は整理魔《せいりま》なんだ」

チェイスが傷《きず》を埋《う》め、塗装《とそう》をはじめるのをながめていたけれど、塗料から発生するガスで咳《せき》が出てきた。

「家に入ってろよ」チェイスがいう。「裏《うら》のドアがあいてるから」

「だいじょうぶ」そうはいったけど、いいながら咳《せ》きこんでしまった。

「いけって。塗料を使うには車庫がせますぎるんだ。ぼくももうすぐそっちにいく。ゆっくりしてて。冷蔵庫《れいぞうこ》に水と炭酸《たんさん》飲料が入ってるから。アルファベット順に。いや、じょうだんだ。半分はね」

「本当にいいの？」息が少し苦しくなってきた。喘息《ぜんそく》があるかもしれないと、お医者さんにいわれたことがある。オハイオ州に引《ひ》っ越《こ》してくる前のことだけど。それでも、ここから出たほうがよさそうだ。

「ホープ、まじめに、家に入ってろ」

裏のドアから保安官の家に入るのは変な感じだった。すっきりしたレンガづくりの平屋で、白い雨戸がついている。

家の中は常緑樹《じょうりょくじゅ》のにおいがする。オフホワイトのじゅうたんにはしみひとつない。ソファには新聞や雑誌《ざっし》が散らばっていない。椅子《いす》の背《せ》には上着がかかっていない。壁《かべ》の一面は大きなレンガづくりの暖炉《だんろ》になっているけど、あたりには灰《はい》がひとかけらも落ちていない。玄関《げんかん》ホールにはアンドーバーの野球チームの写真がかかっている。どれがチェイスかすぐわかった。チームでいちばんかっこいい。

飲み物を取りに台所に入っていくと、冷蔵庫のマグネットに目がくぎづけになった。うちの冷蔵庫には、ジェレミーの色の輪の絵をおさえるマグネットがひとつだけついている。わたしがつけたから。でもこの冷蔵庫にはたくさんのマグネットがあった。野球の試合のスケジュール表、家事の分担表《ぶんたんひょう》、そしてチェイスの過去の成績表。片側《かたがわ》にはたくさんの通知表がならび、どれにもAやAプラスの成績がついている。もう片側には野球の最優秀賞《さいゆうしゅう》や陸上競技の一等賞がならんでいる。

もしわたしが一等賞やオールAの成績を取ったら、リタはこんなふうにかざっただろうか。そういえば二年生のとき――ちがう、三年生のとき――わたしのいた算数のチームが賞を取ったことがある。チームの母親たちが教室に呼《よ》ばれ、教室の最前列にすわった。そのときは、リタもきた。遅刻《ちこく》したけど、確かにきた。すっかり忘《わす》れていた。

外をのぞく。チェイスはまだ車のところで作業をしている。

いけないとわかっているけれど、チェイスの部屋がどうしても見てみたい。壁にどんなポスターを貼《は》っているんだろう。どんな本があって、どんなベッドカバーなんだろう。もしかしたらポストンの女の子の写真がかざってあるかもしれない。

廊下《ろうか》を進むと、ドアが三つならんでいる。最初に通りすぎたのはバスルーム。つぎの部屋は壁が白くて、真ん中に大きなベッドがある。ふたつのたんすには何も置かれていない。ブラインドは下までおろしてある。ウェルズ保安官の部屋にちがいない。

最後の部屋にそっと入ると、すぐにチェイスのだとわかった。お父さんの部屋と同じくらいかたづいている。ベッドは整えられ、服はきちんとしまってあり、ブラインドは水平におりている。ただ半分のところで止まっていて、最後までしまっていない。ナイトテーブルには額《がく》入りの写真がある。金髪《きんぱつ》の美しい女の人で、目はチェイスと同じエメラルドのような緑色だ。チェイスのお母さん。何枚《まい》かの小銭《こぜに》をのぞけば、テーブルにはその写真しか置かれていない。

部屋を見まわすと、たんすの上にプラスチック容器に入ったサイン入りのボールがあった。ほかには携帯《けいたい》電話の充電器《じゅうでんき》と、タイトルのわからないペーパーバックの本。壁《かべ》にポスターは貼《は》っていないけど、クリーブランド・インディアンズの写真がいくつかと、ボストン・レッドソックスのチーム写真がかざってある。

早くここを離《はな》れないと。チェイスの部屋を出るとき、お父さんの部屋をもう一度のぞいた。つくりつけの机《つくえ》の上だけがいくらか雑然としている。机の背後《はいご》にファイルがずらりとならぶ。どれも図書館の棚《たな》にある本のように、気をつけの姿勢《しせい》で立っている。

ジェレミーの事件ファイルがあるかもしれないと思った。車庫に面した窓《まど》から見ると、チェイスはドライヤーのようなもので、まだけんめいに作業をつづけている。

もしジェレミーのファイルがあるなら、絶対に見たい。松材の机のはしからはしまでならぶファイルのところにもどった。全部を見る余裕《よゆう》はない。

きっとアルファベット順にならんでいるはず。ざっと見ると、かんが当たっていたことがわかる。でも、〈ジェレミー・ロング〉の名字の頭文字〈L〉のファイルはない。

またべつの考えがひらめく。被害者《ひがいしゃ》だ。

〈ジョンソン〉というファイルはわけなく見つかった。急いでそのファイルをひらく。裁判《さいばん》関係の書類が山ほど出てきた。逮捕《たいほ》状《じょう》や捜査《そうさ》令状《れいじょう》、中立書や請願書の写しなど。

それから写真があった。現場を撮影《さつえい》した写真の枚数《まいすう》は、レイモンドさんの家で見たのよりもずっと多い。四倍か五倍くらいあるかもしれない。レイモンドさんの家にも、わたしが見ていない写真があるのだろうか。

一番上の写真はレイモンドさんの家で見たのと同じだ。――ジョンソン監督《かんとく》が馬小屋の床《ゆか》で体を丸め、血だらけになってたおれている。でも完全に同じ写真ではないかもしれない。つぎの写真も、レイモンドさんの家で見たのに似ているけど、どこかちがう。もっと完全な感じがする。でもはっきりとはわからない。十枚以上の写真の中で、監督はまったく同じ場所にたおれている。ポケットから飛び出たものが、わらとおがくずにまじっている。――携帯電話、肩《かた》の下に半分かくれたレシートのような紙、チケットか半券。

ドアがバタンとしまる音がした。

あわててファイルをとじて、ほかのファイルの間におしこむ。正しい位置にもどしたことを願う。

「チェイス、今いく！　すぐいくから！」

部屋を飛び出して、シャツのしわをのばし、なんでもないふりをしようとした。「ごめんなさい、わたし……」

はっと口をつぐんだ。そこに立って、こっちをにらみつけ、銃《じゅう》があればすぐにでも発砲《はっぽう》しそうな顔をしていたのは、チェイスではない。マシュー・ウェルズ保安官その人だった。「いったいここで何をしている?」

18　コロニアル・カフェ

ウェルズ保安官は、自分の家の中では、さらに大きく見える。「ここで何をしていると聞いているんだ」

口をひらいたけれど、かすかな声しか出ない。チェイスがいっていた、ウェルズ一族の有名な気性のはげしさのことしか考えられない。「あの……裏《うら》のドアがあいていたんです」

「それでただ入ってきたわけか？」保安官がこっちに一歩ふみ出す。「何をさがしていた？　答えろ！」

「ホープ？」チェイスが台所から出てきた。視線《しせん》がわたしからお父さんにさっとうつる。「父さん？　もう帰ってたの？」

「おい、何のまねだ」ウェルズ保安官が息子《むすこ》を攻撃《こうげき》する。「ふたりでこそこそかぎまわって、いったい……」

「こそこそかぎまわって？」チェイスがちらっとこっちを見る。わたしは、さあというように肩《かた》をすくめた。チェイスがお父さんに微笑《ほほえ》みかける。「やだな、父さん。かぎまわってるなんて。飲みものを取りにきただけだよ」証明するように、チェイスは冷蔵庫《れいぞうこ》までいってミネラルウォーターの瓶《びん》を二本取り出す。それからこっちにきて、わたしに一本くれた。

「水を飲むためにここにきたのか？」お父さんがいう。

「すみません」チェイスの顔がくもる。「家に友だちを呼《よ》んじゃいけないとは思わなかったから」

「友だちだと？」保安官はさっと、わたしが友だちではないとはっきり告げる目つきを向けてきた。

「父さん、お願い」

チェイスがお父さんに話すときに、目に浮《う》かぶ表情に気づいた。チェイスはお父さんを喜ばせようとしている。わたしがリタと波風《なみかぜ》を立てないことだけを目指しているのとはちがう。チェイスがまだ父親に喜んでもらおうとしているのを見て、悲しくなった。わたしはとっくの昔にリタを喜ばせることをあきらめている。まだがんばっているチェイスがかわいそうなのか、あきらめてしまった自分がかわいそうなのか、自分でもわからないのかもしれない。

わかっているのは、チェイスの立ち場をこれ以上悪くしたくないということ。「ウェルズ保安官」わたしは口をひらいた。「チェイスのせいじゃありません。わたしがいけないんです」チェイスが何かいおうとしたけど、わたしは話をつづけた。「わたしが保安官にお会いしたいと思ったんです」

「わたしに会いたいと？」保安官はわたしを信じていない。少なくとも今はまだ。

わたしはうなずく。「お電話すればよかったんですけど、頭がまわってなくて」保安官が穴《あな》があきそうなほどじっとこっちを見ているけど、わたしは話しつづける。「ストーカーにつきまとわれていたんです。それで……」

「ストーカーだと？」保安官はわたしを笑って追いはらうか、銃《じゅう》を向けて追い出すか、決めかねている顔つきになった。

「信じられないかもしれないですけど」わたしがいうと、保安官がうなずく。「でも本当なんです。誰《だれ》かにあとをつけられて、見張られているんです。電話も何回もかかってきました」

「電話？」

「はい。息の音がして、無言で切れて、そんな感じです」

ウェルズ保安官は息子《むすこ》をにらみつける。「おまえはこの話を知ってたのか？」

チェイスが答える前に、わたしが割《わ》りこむ。「チェイスにはだいたいの話をしました。きっと、とちゅうでいやになって、用事をすませに車庫にいったんだと思います。その間に保安官がお帰りになったんです」

「きみのお母さんは、何といっている？」保安官の目にあった攻撃《こうげき》の炎《ほのお》が少し消えた。

「全部は話してないですけど、母は小型トラックを見ました」

「小型トラック？」

「白い小型トラックです。うちの前の通りに停まっていたのを、リタが見たんです。わたしも何回か見ました。とてもこわいです。いろんなところで見かけるから、誰かがわたしをおどかそうとしているんだと思います」

「なぜきみをおどかそうとしてると思うんだ」ウェルズ保安官は、わたしが嘘《うそ》をついているとでも思っているようにたずねた。

わたしは、わからないというように肩をすくめた。「もしかしたら、ジョンソン監督《かんとく》を殺したのが兄ではないとわかっているのが、わたしだけだからかもしれません。少なくとも本当の犯人以外には」

あっというまに保安官の目に攻撃《こうげき》の炎《ほのお》がもどる。「おい、頭がどうかしてるんじゃないか？」

「いいえ」わたしは答える。保安官のことが死にそうにこわいけれど、こわがっていると思わせたくない。

保安官はチェイスをにらむ。「おまえはその謎《なぞ》の白い小型トラックを見たのか？」

「ちゃんとは見てない」チェイスが認《みと》める。「でもホープを信じてる」

保安官は頭のうしろに手をまわし、首をひねった。チェイスもときどき、そっくりのしぐさをする。「この町に白い小型トラックが何台あるか、わかってるのか」

「いいえ」わたしは答える。

「いたずら電話をかける子どもが何人いるか、知ってるか」

「父さん」チェイスが理性的にいう。「この件について調べてくれる？　お願いします。夜の間、パトカーを一台、ホープの家の前を走らせることはできない？」

「とてもいい案だと思います」わたしも賛成する。

「そう思うか？」ウェルズ保安官がこっちをにらむ。

「はい。そうしてくださったらありがたいです。感謝します」わたしはチェイスのほうを見た。

「ここまで歩くのは遠かったから、帰りは仕事先まで車で送ってもらえたらうれしいんだけど」

「ああ、いいよ」チェイスはわたしについて玄関《げんかん》に向かう。

わたしはふりむいて、ウェルズ保安官に微笑《ほほえ》んだ。「今晩《こんばん》パトカーがくるのを待っています。本当にありがとうございます」

外に出たとたん、チェイスがささやいた。「きみ、最高だったよ！」首をめぐらして、わたしの顔を見つめる。「うちの父親にあんなふうに立ち向かった人、はじめて見た」

「わたし、立ち向かってたよね？」自分でも同じくらいびっくりしていた。わたしは人に立ち向かうような人じゃないから。

「録画しておきたかったな。今晩パトカーを待ってますっていったときの父親の顔、見たか？　ホープ・ロング、きみは勇敢《ゆうかん》な女の子だよ」

そのあとは黙《だま》って車までいった。わたしの頭の中はチェイスの言葉でいっぱいだった。〈ホープ・ロング、きみは勇敢な女の子だよ〉。わたしはこれまで生きてきた中で、勇敢だったことなんかない。でも今、車が敷地《しきち》をバックして通りに出ていくこの瞬間《しゅんかん》、勇敢な気持ちになっていた。チェイスがとなりにいる今なら、手を上にのばして、リタの手がジェレミーのほっぺたにふれる前に止められると思えるほど、勇敢な気持ちになっている。

チェイスにコロニアルでおろしてもらうと、わたしは店の奥《おく》にいるボブにあいさつしにいった。片側《かたがわ》の壁《かべ》ぞいにならぶボックス席は満席だ。八つあるテーブルのうちの二つもうまっている。こっちをじろじろ見る人たちの視線《しせん》を無視して通りすぎる。

カウンターの奥でボブがコーヒーをいれている。カウンターの前のビニール地の丸椅子《まるいす》は、四脚《きゃく》のうち三脚がうまっている。

「おお、ホープじゃないか！」ボブが声をかけてくれる。「きてくれて助かったよ」ボブ・アダムズは飲食店の経営者というより、のんきな肉屋さんのように見える。長い白のエプロンをしていない姿《すがた》を見た記憶《きおく》がない気がする。エプロンの下のジーンズは大きすぎるか小さすぎる……どっちだかいつも判断がつかない。布のほとんどが体の前のほうで使われて、うしろのほうは足りなくなってしまう。ボブがきれいなコップを取ろうとしてかがむと、うしろにいる不運なお客は、見たくないものまで見てしまうことになる。

「少し日に焼けたみたいだなあ、ホープ」ボブがわたしを見ていう。

そうかもしれない。それともはずかしくて顔が赤いのかもしれない。人にじろじろ見られるのは苦手だ。

「悪いんだけどな、今日は接客をしてほしいんだよ」ボブがいう。「申しわけないね。リタがくるかと思ってたんだが」

「いいですよ」ここで働かせてもらえるだけで、わたしたちにはありがたい。ボブはできるかぎりいつも、わたしを厨房《ちゅうぼう》にかくまってくれる。リタはしょっちゅう病欠の連絡《れんらく》をしているし、無断で休むことさえあるのに、それでもボブはリタをクビにしない。

わたしはエプロンをつけて、四番テーブルに向かった。小さい男の子がふたり、ストローの包み紙を飛ばしあっている。ふたりの母親はうしろにいる女の人に何か耳打ちしている。わたしが咳払《せきばら》いすると、茶色い短い髪《かみ》のぽっちゃりした母親が、さっとふりむいた。

「あら、ごめんなさい」その母親の顔つきから、わたしのうわさ話をしていたのがわかる。「えーと……フライドポテトでいいわ。フレンチフライね」

「フレンチフライですね。スパニッシュフライじゃなくて」笑いをねらってききかえす。笑いはチップに結びつくから。十中、九の確率《かくりつ》で。「イングリッシュフライでもないですね」

「ええ、フレンチフライでいいわ」母親はにこりともしない。

うしろで椅子がキーッと鳴り、足音が聞こえた。ふりむくと、きちんとした服装《ふくそう》の四十代くらいの女の人がいた。教会で見たことがあるけれど、名前はわからない。何をいわれるかと思って身がまえた。

女の人は身をのりだして、両腕《りょううで》をわたしの体にまわす。「がんばってるのね、ホープ」

そういわれることはまったく予想していなかった。「はい、なんとか」

「そう、よかった」女の人がいう。「あなたとお兄さんのためにお祈《いの》りをしていることを知っていてほしいの。あなたのお母さんのためにもね。ジェレミーに、会えなくてさびしいと伝えてくれる？　わたしたちからよろしくって」

「はい」どうにか返事をする。

「神様はあなたのことを忘《わす》れていませんよって伝えてね。でもジェレミーなら、誰《だれ》よりもそういうことはよくわかっているわね」

「ありがとうございます」もう一度抱《だ》きしめてほしかった。そうしたら今度は抱きしめかえしたと思う。

それから二時間は目がまわるほどいそがしかった。夕食の時間がすぎて、やっと店内が落ち着いてきた。一時間ほどすると、お客はみんないなくなり、わたしはやっと厨房《ちゅうぼう》に引っこむことができた。これ以上誰かと口をきくくらいなら、お皿を千枚《まい》洗《あら》ったほうがましだ。

その気持ちが通じたかのように、ボブは店の入り口まで歩いていき、〈閉店《へいてん》〉と書いた看板《かんばん》を表側に向けた。それからわたしのいる流しまでもどってきた。「つらいだろうな」という。

「はい」ふきんをわたすと、わたしが洗って自然乾燥《かんそう》させていたコップを、ボブがふきはじめる。

「お母さんはどうやって耐《た》えている？」ボブがきく。まるで学園祭の美人コンテストの優勝者《ゆうしょうしゃ》に夢中《むちゅう》になっている、十二歳《さい》の少年のような口ぶりで。

「リタですか？　リタはいつもどおりです。たぶん」

食洗機《しょくせんき》があるけれど、ボブは夜に余分にまわしたくないと思っている。だから時間があるときは、残った食器を手洗いする。わたしは食器洗いブラシに持ちかえ、お皿を洗いはじめた。「ボブさんはジョンソン監督《かんとく》をよく知ってたんですか？」

「ジョンか？　学校ではよく知ってたな。親しくはなかったが。それからもずっと親しくはならなかったな。なぜか」

「監督とうちの母と、同じ学校にいってたんですか？」

「そうだよ。きみのお母さんは、まったくたいしたもんだったなあ」ボブの表情がゆるむ。

「ジョンソンさんも、リタのことをそう思ってました？」緑色の液体洗剤《えきたいせんざい》を注ぎ、蛇口《じゃぐち》をひねってお湯を出す。

「みんなそう思ってたよ。ジョンも例外じゃない。へっ、あのマットだって、きみのお母さんに夢中になってたぜ」

「マットって、ウェルズ保安官ですよね？　リタに？」想像できない。今も、昔も。泡立《あわだ》ったお湯があふれる前に蛇口をしめる。

「ああ。ウースターの連中もみんなめろめろだったよ」ボブはわたしからお皿を受け取り、ふきんのはしにはさんで持つと、もう一方のはしですばやく輪を描《えが》くようにふいていく。「きみにも見せたかったたな、ホープ。あんないい女はいなかった。本当だぜ。学校じゅうで唯一《ゆいいつ》、男の気の引き方をこころえていた女の子だったかもな」

　リタと保安官のことや、リタと監督のことをもっときききたいけど、きかなかった。ボブも学校時代にリタのことが好きだった気がするから。いまだに好きなんだと思う。いつもリタのことをたずねてくるし、リタの名前を口にするときに目の色が変わるからわかる。

お皿何枚《まい》かの間、沈黙《ちんもく》がつづいた。やがてボブがいう。「法廷《ほうてい》で証言するの、不安なんだよな」つぎのお皿をふこうと手に取る。「知ってると思うけど、弁護士に、ジェレミーの〈性格証人〉になれとたのまれたんだよ」

「ええ。ありがとうございます。きっとうまくやってくださると思います」そうはいったけれど、わたしにはレイモンドさんの法廷戦略《せんりゃく》が理解できなかった。はじめは、ジェルの頭がおかしいことを証明しようとしていた。なのに、今度はジェレミーの人柄《ひとがら》をほめる証人を呼《よ》ぶなんて。レイモンドさんは、陪審員《ばいしんいん》がジェレミーに好意と信頼感《しんらいかん》を持つようにしたいという。それでも必要な場合に備えて、陪審員がジェレミーの頭はおかしいと判断できる程度に、ジェレミーのいろんな話を出したいと思っている。そういうのを〈台所の流し戦略〉というらしい。つまり、動かせない台所の流し以外のものは何でも動員して闘《たたか》うということ。わたしはいい弁護士になれそうにない。

自分が何に向いているのかよくわからない。なりたいものがなかったわけじゃない。むしろ、なりたいものが多すぎた。ダンサーになりたかったことがあるけど、それでは生活できない。少なくとも、わたしは食べていけるようなダンサーにはなれないだろう。小さい頃《ころ》は学校の先生になりたかった。でもそれは単に小学校一年生のときの担任《たんにん》の先生が大好きだったから。美術も好きだ。シーグラスでつくった作品は、わりとよくできているし、絵を描《か》くのも苦手ではない。でも紙に描いたものが、頭の中で描いたものほどよく描けたためしはない。写真ならおもしろいかもしれない。

ボブとわたしはおなべとフライパンに取りかかる。

「リタも証言しないといけないらしいな」ボブの声がして、わたしは洗《あら》いものに意識を引きもどされる。ボブにオーブンの天板をわたす。

わたしのせいで、リタが証言しなければいけなくなったと説明しようとしたとき、入り口をドンドンたたく大きな音が聞こえた。

ボブは無視《むし》する。今日は九時ではなく八時半に閉店《へいてん》した。でもボブはふだんから気分次第で好きな時間に店じまいをしている。入り口をたたく音がはげしくなる。「そのうちあきらめるさ」ボブがいった。

それでも外の人はあきらめない。今度はウィンドウを、金属でできたものでたたいている。車の鍵《かぎ》かもしれない。

「帰れ！」ボブがどなる。「バカどもが！　窓《まど》に傷《きず》がつくじゃないか」わたしはボブが怒《いか》りを爆発《ばくはつ》させるのを二回見たことがある。一度はお客さんを外に放り投げた。本当に投げとばしたのだ。そんな怒りを、今見たくない。

こするような、たたくような音はつづいている。

「おい、警告《けいこく》するぞ！」ボブが歯を食いしばったまま大声を出す。「今すぐにやめろ！」

でも客になろうとしている人は、怒《おこ》ったボブを知らないようだ。ボブはふきんを下にたたきつけ、エプロンをはずして床《ゆか》に投げつけた。「いいかげんにしろ！　警告したからな！」大また四歩で入り口まで行った。

わたしは部屋のすみからのぞく。ボブは取っ手をぐいっと引っぱり、ドアをあけた。白いシャツに黒いズボンの若《わか》い男が、ボブの顔にたおれこみそうになる。わきにはさんだカメラを落とすまいとあわてている。「九時までやってると思ってたんですけど」男がいう。「あの女の子はまだいます？　ロング家の」

ボブは男の胸《むね》に指をつきつけている。銃《じゅう》を撃《う》つように。「ドアに〈閉店《へいてん》〉の札《ふだ》がかかってただろ。字が読めないのか、敏腕《びんわん》記者さん」

「ちょっと、落ち着いてくださいよ」記者がいう。「女の子に話を聞きたいだけ……」

「あんた名前は？」ボブがきく。

「なぜです？」

「あんたと、あんたの会社と、あんたの乗ってきた車を訴《うった》えるためさ。ほら、出ていくんだ！」ボブは男を外におし出すと、ガラスがガタガタ鳴るほどはげしくドアをしめた。

19　満天の星

九時少し前にお店を出て、家に帰ろうと北に向かった。すると、車のエンジンがかかる音がした。ふりかえると、数メートル離《はな》れた街灯《がいとう》の下に、チェイスのストラトスが停まっている。驚《おどろ》いて手をふると、車は近づいてきて歩道の横に停まった。ヘッドライトの明かりの中で、たくさんの小さな虫が飛びまわっている。

「信じてほしいんだけど、ストーカーになったわけじゃないよ」チェイスが窓《まど》をあけていう。「店の前を二回くらい通ったら、きみがいるのが見えた。帰りの足があったほうがいいと思って」

チェイスはむりやりつれてこられたのではない。今回は、自分できたくてきたんだ。思わずにっこり笑う。口をひらきすぎたかもしれない。チェイスほど歯が白くないし、歯ならびもよくないのに。「ありがとう」車の前を通って反対側に走っていくとき、ふと空を見あげた。雲がなくなり、星があまりにもきらきら輝《かがや》いていて、目を離せなくなってしまった。

チェイスが窓から顔を出す。「だいじょうぶか？」

わたしは助手席側まで行って、車に乗りこむ。「ごめんなさい。星が見えたの。今日はびっくりするくらいきれい」

「気がつかなかったよ」チェイスがギアを入れる。

「気がつかなかったの？　信じられない！」頭の中に映像《えいぞう》が浮《う》かぶ。ジェレミーとわたしがあおむけになって、星を数えようとしている。「ジェルとわたしは何時間もかけて、いろんな星座《せいざ》をさがしたものだったの」

「星座がわかるのか？」

「うん……わからないの？」

チェイスはうなずく。「家が大都会ボストンに近すぎるんだな。もちろん、夏にこっちにきたときは星をたくさん見るよ。ただ、みんながいうような星座の形を見つけだせないんだ」

北斗七星《ほくとしちせい》をふくむおおぐま座や、こぐま座を知らない人生なんてありえない。しし座や、りゅう座も。わたしはシートベルトをカチッとしめた。「いこう！」

「どこに？」

「地上最大のショーに」ジェレミーとわたしが星をながめる秘密《ひみつ》の場所に、チェイスを案内する。グレインのはずれにあるアーミッシュの牧場《ぼくじょう》で、空からの光のほかは、いっさいの明かりが禁じられている。

その場所に着くと、わたしはピクニック用の毛布を広げ、あおむけに寝《ね》ころんだ。チェイスがとなりにすわる。コロニアルの中が暑かったせいで、わたしのシャツはラップのように体に張りついている。でもここではそよ風があたりの草をゆらし、わたしたちをそっとなでていく。小川でウシガエルが鳴いている。小川を見ることはできないけれど、この日照りつづきの八月でもちゃんと流れているのはわかる。コオロギの合唱が大きくなり、小さくなり、また大きくなる。まるで誰《だれ》かが音量のつまみをいじっているみたいに。遠くで馬がいななき、べつの馬がいななきかえす。「ジェレミーはここが大好きなの」

「わかるよ」チェイスは頭をそらし、天を見あげている。「地上最大のショーだ」

クローバーと湿《しめ》った草のにおいをかぐ。空には雲ひとつない。月は爪《つめ》の先ほど細く、星は空から飛び出してきそうなくらいまばゆい。黒いベルベットの地にのせたクリスタルのよう。「こんなに美しいもの、見たことないでしょ?」

チェイスはゆったりとあおむけになり、星空に見入る。「そうだな」

「見て!」わたしは木立のほうを指さす。ホタルが光ったり消えたりしている。「合図を送ってるの。つがいになる相手を見つけようとして」

「本当に?」

「まずオスが先に光るの。それでそのオスを気に入ったら、メスも光りかえすの」わたしは暗がりに浮かぶチェイスの顔を見る。チェイスはこっちを見てにこにこ笑っている。「どうして笑ってるのよ?」コロニアルでの給仕と皿洗《さらあら》いのきつい仕事のあと、自分がどんな顔をしているのか想像がつく。

「さあ。思ったんだけど……グレインにくるようになってすぐに、きみと知り合いになれればよかった。きみとジェレミーと。それとTJと。そうしたらさびしくなかったかもしれない」

「へえ。わたしが三年間につくったよりも多くの友だちを、ここにきて三分間でつくったじゃない」

「あいつらはおたがいのことや、自分のことしか話さない」

「お父さんとは話をしないの？」

「父親？　あんまり話さない人なんだ。最初にきた夏なんて、単語ふたつ以上話してくれたことがなかった。家で——ボストンで——ぼくはちょっと問題を起こしてたんだ。落書きのような軽微《けいび》なことだったけど。母親は父親に任せれば矯正《きょうせい》できると思ったんだろうな。でも父親はひとり暮《ぐ》らしに慣れていたから、同居人《どうきょにん》に何を話したらいいかわからなかったんだ。とくに子どもには」

「でも、そのあと野球の話ができるようになったんでしょ？」チェイスがTJとわたしに話してくれたことを思い出す。

「そう、野球の話ができるようになった」

あおむけになって満天の星をながめていると、星がさわれそうなくらい近くに感じられる。「ジェレミーが教えてくれたの。昔の人は、星は天国を見るのぞき穴《あな》だと思っていたんだって。黒いカーテンの向こうにちらちらっと天国が見えるの」

「天国を見るのぞき穴か」チェイスが考え深げにいう。「いいな。ジェレミーがそういったのか？」

「紙に書いてくれたの」わたしは説明する。それでもチェイスは納得《なっとく》していないようだった。「不思議だと思ってるでしょ。すばらしいメモを書いたり、昔の人が星をどう思っていたか知ってたりする人が、どうして学校の授業を半分も落第して、誰《だれ》かに空《あ》き瓶《びん》を取られそうになるとパニックになるのかって」

チェイスは、さあというように肩《かた》をすくめたけれど、図星だったと思う。「わからなくていいの」わたしはいう。「ジェルのことを理解するのは不可能だから。〈矛盾《むじゅん》に満ちた人間〉だって、アスペルガーの専門家《せんもんか》がいってた。ジェレミーみたいな人のことを」

ふたりともしばらく星のように沈黙《ちんもく》していた。やがてチェイスがたずねる。「ホープ、この先、どうしようと思ってる?」それを聞くと、チェイスは横になりながらずっとわたしのことを考えてくれていたのかと思ってしまう。こういうのには慣れていない。「大学はどこにいくつもり? 何を勉強したい?」

当然大学にいくと思ってくれているのはうれしい。リタはそう思っていないから。わたしはいきたいと思っている。絶対にいくつもり。「写真の勉強をしてみたい」

「いいね。今度、きみの撮《と》った写真を見せてほしいな」

「カメラを持ってないの」わたしは打ち明ける。「使《つか》い捨《す》てカメラを買ったことはあるけど、ほとんど現像に出したことがないの」そこが安いカメラの欠点だ。本体は安いけど、現像代が高い。

しばらく写真や大学のことを話した。チェイスは絞《しぼ》りやシャッタースピードにくわしかった。お母さんがウェルズ保安官のつぎに結婚《けっこん》した相手が、ウォルマートに入っている写真屋さんで、家族や子どもの肖像《しょうぞう》写真を撮《と》っていたそうだ。

「チェイスはこれからどうするの？」急に、ふたりの肩《かた》がふれあっていることに気づいた。わたしは話に集中しようとした。「大学はどこにいくの？　きっと何でもなりたいものになれるのよね」

そうなったらどんな気持ちがするか、想像してみる。

「プリンストン大学。母親の今のだんなに強力なコネがあるから。卒業生なんだ。相当な金額《きんがく》を寄《き》付《ふ》してるから、バリーがたのめば自分のネコだって入れるよ」

チェイスがアイビーリーグの大学に入っているところはかんたんに想像できる。「専攻《せんこう》はどうするの？」

「さあね」

「チェイスなら、車の塗装《とそう》や傷《きず》の修理で食べていけると思うな。自動車修理工場を経営するの。社名はね、チェイスカーズとか、カーチェイスとか……」

「じょうだんうまいな」何が起こっているかわからないうちに、チェイスが寝返《ねがえ》りを打ってわたしの真上にいて、わたしは地面におさえつけられていた。「笑わないの？」手首をおさえられたまま、くすぐられる。

身をよじり、足でけって逃《のが》れようとしたけど、向こうの力が強すぎる。動けない。わたしは笑いながら大声をあげた。「降参《こうさん》する！　今いったこと取り消すから！」

チェイスはくすぐるのをやめたけれど、わたしからおりない。ふたりの体は数ミリしか離《はな》れていなくて、チェイスの腿《もも》がわたしをはさみつけている。月明かりの陰《かげ》になったチェイスの顔が、わたしの顔の上で静止している。

それからチェイスはゆっくりとわたしの上からおりて、星空を見あげた。チェイスの重苦しくこわばった息の音と、それに合わせて鼓動《こどう》する自分の心臓《しんぞう》の音が聞こえる。

しばらくして、わたしは空を指さした。「見て、あそこにあるのが、りゅう座《ざ》よ。全体がこんなにはっきり見えたのははじめてかもしれない。りゅうの頭の星が四つとも見える。長いしっぽも」

「どこ？」チェイスが顔をよせてくる。「こういうの、見えたためしがないんだ」

手がふるえませんように、制汗剤《せいかんざい》がまだ効《き》いていますようにと願いながら、腕《うで》をあげて指さす。

「あそこに北斗七星《ほくとしちせい》が見えるでしょ？　ひしゃくのふちからずっとたどっていくと……」

チェイスの手がわたしの手首をつかみ、一瞬《いっしゅん》にぎりしめたあと、腕の上のほうまですべりあがってきた。肌《はだ》と骨《ほね》のすみずみまでざーっと電流が流れる。チェイスの体がさっと横向きになった。脚《あし》がわたしの脚におしつけられている。反対側の手がわたしの上を横切り、体がかぶさってきて、頭がふれあう。ふたりの呼吸《こきゅう》がひとつになる。胸《むね》がいっしょに上下する。動きがすべて見えるくらい、ゆっくりと、チェイスは顔をおろしてきて……

わたしにキスした。

わたしは目をつぶらなかった。もし誰《だれ》かにキスされることがあったら、目をつぶるだろうとずっと思っていた。でも、つぶらなかった。今起きていることを、一瞬《いっしゅん》でも見逃《みのが》したくなかったから。目をひらいていると、チェイスの肌《はだ》が見え、みだれた髪《かみ》がわたしのひたいにかかるのが見える。真上ではたくさんの星がきらきら輝《かがや》いている。わたしの心の中が輝いているように。

チェイスがやめたとき——わたしたちがやめたとき——わたしはささやいた。「何ていったらいいかわからないの」いつまでも腕《うで》に細かいふるえが走り、胸《むね》がドキドキ高鳴っている。「キスしたあと、何ていうものなの？」

「キスしたことないの、ホープ？」チェイスはわたしのどこまでもまっすぐな髪《かみ》をひと房《ふさ》、人差し指にくるくる巻《ま》きつけ、金色の巻き毛をつくる。

「こんなふうには」

チェイスがにっこりする。「いわなければ、わからなかったのに」

「嘘《うそ》はいえないもの」

「きみは嘘はいわない。そうだよね」チェイスは一瞬、ひたいをわたしのひたいにつけ、それから顔を引いた。「ぼくの知っている女の子たちはみんな、実際以上に経験があるふりをしたがるんだ。なぜかきくなよ」

「きかない。でも、どうしてそんなふりをしたがるのかわからない」

「きみは、ふりなんかしないから。ホープ、きみは正直だ。ぼくが今まで会った人の中でいちばん正直かもしれない」

わたしは照れくさくなってちょっと笑う。「うちの兄と知り合いにならないとね」

「お兄さんのこと、もっと教えてくれる？」

わたしは星を見あげる。ジェレミーと何度もこうして空をながめたことを思い出す。「ジェレミーのようにまわりのものを見る人は、ほかにいないと思う」わたしは話しはじめる。「ジェレミーはたぶんたいていの人よりもたくさん日の出を見ているの。でも、もしとなりでいっしょに日の出を見たら、きっとはじめて日の出を見ているんだとかんちがいするんじゃないかな」

チェイスが笑った。でもばかにするような笑い方ではなかったから、わたしも少し笑った。「ジェレミーがいうにはね、神様は毎朝こういっているんだって。『もう一度やってごらん！』って」

チェイスはしばらく黙《だま》っていた。空を見つめている。「あった！　りゅう座《ざ》が見えたよ」

「見えるでしょ？　ずっとそこにいたのよ。チェイスが見なかっただけで」

チェイスがこっちをふりむく。「きみと同じだ」

「わたし？」

「本当はかかわりたくないと思ってたんだ。正直にいうと。きみにはわからないだろうけど。ＴＪに、裁判所《さいばんしょ》の帰りに車に乗せてほしいとたのまれた。それから、何が起こったのかわからないうちに、気づいたら、きみがいたんだ」チェイスはわたしのひたいにそっとキスした。「家まで送るよ、ホープ」

家までの道のりは短すぎた。今晩《こんばん》はわたしの人生でいちばんすてきな夜だったかもしれない。でも、ジェレミーが月の光さえもとどかない場所にとじこめられていると思うと、罪の意識を感じる。

「明日も傍聴《ぼうちょう》しにくるの?」家の前の通りに入ったとき、たずねた。

「もちろん」チェイスが車を歩道によせる。「きみの送迎係《そうげい》だから」

「ありがとう。これからキャロライン・ジョンソンについて、できるかぎりのことを調べてみる。陪審員《ばいしんいん》が合理的な疑問《ぎもん》を抱《だ》くような証拠《しょうこ》を何か見つけ出さないとね。だから……」

「ホープ?」チェイスがうちの前で停車した。歩道の先を見ている。

ふりかえると、TJがうちの玄関《げんかん》の階段《かいだん》にすわっていた。「どうしてあんなところに」わたしはつぶやいた。

「さあ。でもあいつは、きみがただの友だちだとは思ってないんじゃないかな。早くいったほうがいい」

わたしはすでに車からおりるところだった。こんなにおそい時間に、どうしてTJがここにいるのだろう。車が動きだした。ふりむいて手をふると、チェイスがふりかえしてくる。それから、わたしは友だちの前まで歩いていった。「TJ」

「お帰り」TJはわたしがとなりにすわるまで待っていた。眼鏡《めがね》をはずして、かけなおす。「おれさ、コロニアルにいったんだ。帰りの足がいるかと思って。そうしたら、きみはもういなかった」

「そうなんだ。ありがとう。ボブがお店を早くしめたから。そうしたらチェイスが通りかかったの」

ＴＪは腕時計《うでどけい》をちらっと見たけど、何時だかわからなかったと思う。うちの通りはかなり暗い。わたしたちがどこにいたのか、ＴＪが気にしているのがわかる。「それでね、ジェルとよくいくところに案内したの。チェイスが一度もりゅう座《ざ》を見たことがないなんて、知ってた？　わたし、もう都会では暮《く》らせないかも」わたしはしゃべりすぎていた。早口で。「それで、どうしたの？」

ＴＪは肩《かた》をすくめた。さっきからずっと、こっちを見ない。「さあ。思いついたことがあってさ。動機と機会を解明し、ひょっとしたら証明できるかと……少なくとも、合理的な疑問を抱かせることができるかもしれないって。殺人事件について」

「すごい！　先をつづけて。聞きたい」

ＴＪはポケットをさぐってメモ帳を取り出す。「授業で読んだレイモンド・チャンドラーの小説から思いついたんだけどさ。犯行現場の模型《もけい》をつくりたいんだ。実物大で。な？　そうすれば視覚《しかく》化《か》して考えられる。監督《かんとく》がどこにいて、殺人犯がどこにいたか。こっそりしのびよることができたか、それとも信用していた人でないと無理だったか。たとえば奥《おく》さんとかさ。馬小屋の模型をつくって、仕切りなんかも入れようかと思ったんだ」

わたしのうなじの毛がぞっとさか立つ。

「何だよ？」ＴＪがメモ帳をしまう。「くだらない思いつきだと思ってるのか？」

「ちがう！　ＴＪ、それすごくいい考えよ！　すばらしい案よ」

「そうか？」

「でも模型《もけい》なんかつくる必要ある？　犯行現場は再現するの。ただし本物の馬小屋でね」わたしは立ちあがった。興奮《こうふん》してひざがふるえている。「TJ、馬小屋にいってみない？　今すぐに。犯行現場を見てみたいの」

20　馬小屋

　ＴＪのひじをつかんで引っぱりあげようとしたけど、階段《かいだん》にしっかり腰《こし》をおろしたままだった。

「馬小屋にいくって？　今から？」ＴＪがいう。

「今がちょうどいいのよ！」わたしはいいはる。「誰《だれ》もいないから。さがしまわれるでしょ」

「何をだよ？」

　いらいらしてきた。「手がかりや証拠《しょうこ》よ」

「ホープ、もう何か月もたってるんだ。馬だってもういないし。めぼしいものは警察《けいさつ》がとっくに見つけて持ち去ってるよ。今さら何も出てこないって」

　もちろんＴＪのいうとおりだ。でもなぜか、あそこにいくべきだという予感がしている。「お願い、ＴＪ。レイモンドさんを引きこむ前に、もう少し調べたいの。みんなが見落としているものがあるはずよ。手がかりじゃなくても、何か」レイモンドさんと保安官の家で見た犯行現場の写真をがんばって思《おも》い浮《う》かべる。地面に丸くなり、暗い血だまりの中でたおれている監督《かんとく》。でも現実感がなく、こわい映画《えいが》のシーンのようだった。「本物の犯行現場を見たいの。それにはＴＪがつれていってくれないと」

ＴＪがけわしい目でわたしを見あげる。「おれが？　チェイスじゃなくて？」

「そう」じつをいうと、チェイスには断られると思っていた。同意してくれても、お父さんの問題がある。「ＴＪがいいの」

一分後、わたしたちはＴＪのお父さんの古い小さなシェビーの中でゆさぶられながら、馬小屋に向かっていた。わたしの心はシェビーのすりへったタイヤよりもひどくゆれている。「誰《だれ》もいないときにジョンソンさんの奥《おく》さんが走りまわっているのを目撃《もくげき》できたら、すごいと思わない？　カメラがあればよかった。病気が重いのが嘘《うそ》だとわかったら、あの日、奥さんは馬小屋にいったかもしれないって、みんなが疑《うたが》うかもしれないでしょ？　夫にかっとなって、そのつもりはなかったのに殺してしまったかもしれない、と」

「かもな」ＴＪは納得《なっとく》していないようだ。

「かもなって？　前に奥さんが野球場でかっとなってた話をしたでしょ？　かんしゃく持ちなのよ。絶対にそう。あの日、銃《じゅう》を持ってたら撃《う》ってたと思う」

「かんしゃく持ちじゃないとはいってないよ。あの人の授業を受けてたっていっただろ。怒《おこ》るとおっかなかったよ」

「だから？」わたしはＴＪをよく知っているから、まだキャロライン・ジョンソンを第一容疑者《ようぎしゃ》と認《みと》めていないことがわかった。ジェルがやったと思っている。

ＴＪは肩《かた》をすくめた。「わからないな。奥さんの指紋《しもん》はバットについてなかった。ジェレミーのだけだった」

「ということは……」わたしは声に出しながら考える。「たぶん、手袋《てぶくろ》をしてたのよ」そういったとたん、頭の中で何かがカチッと鳴った。「それよ！　手袋をしてたの」

「なるほど」

「どうして誰も思いつかなかったのかな。ジェレミー以外の指紋がないのは、犯人が手袋をしてたからなのよ」

「可能性はある」ＴＪが認《みと》める。「でも衝動的《しょうどうてき》な犯行だったといいたいんだろ？　かんしゃくを起こしてなぐったと。だとしたら手袋を持ってなかったと思うな」

「ジェレミーのバッティング用の手袋は？　バットをつかんだとき、それもつかんだのかも」

ＴＪはとまどっている。「ジェレミーはバッティンググローブを馬小屋に置いてたのか？」

「わからない。もしかしたら」

「ジェレミーはどこにいくにもあのバットを持ってた」ＴＪはバックミラーをのぞく。「でも手袋をはめてた記憶《きおく》はあまりないな」

　ふたたび、わずかな希望が消えていくのを感じた。「そうね。馬小屋にバッティンググローブが絶対あったとはいえない。でもうちでも見かけてないのよ。警察《けいさつ》が持っていった覚えもないし」

「ホープ、きみのいってることは正しいかもしれない。でもさ、推測《すいそく》していると思わせたらだめなんだ。主張は単純《たんじゅん》に、論理的《ろんりてき》にしておく。でないと、ジェレミーの弁護士にも取りあってもらえないよ。きみのいうとおり、まず弁護士に納得《なっとく》してもらわないと」ＴＪは深く息を吸《す》いこみ、吐《は》き出《だ》した。「わかった。こんなのはどうだ。キャロライン・ジョンソンは夫を殺害したかもしれない。まわりの人に思わせているほど重病ではない。かんしゃく持ちだ。ジェレミーのバットを使った可能性がある。手袋《てぶくろ》をはめていた可能性がある――どの手袋かまではいう必要がないから、いわないでおく。これだけいえば、陪審員《ばいしんいん》の心に疑問《ぎもん》を植えつけられるはずだ」ＴＪはこっちを見る。「だからさ、犯行現場を見にいく必要はないいんじゃないか？」

わたしは答えない。

「ホープ、それでもわざわざ現場を見るつもりなのか？」

わたしは見るつもりなんだろうか。本当に監督《かんとく》が殺された現場が見たいのだろうか。自分の頭のしくみはわかっている。けっして消すことのできない、たくさんの映像《えいぞう》を取りこんでしまうだろう。心のどこかではＴＪに、引き返して、といいたかった。犯行からこんなに時間がたってから現場にいっても、得るものなんかない。

でも心のべつの部分では、現場にいくべきだと思っている。見るまでは、何もわからないと。

「どうしても自分の目で確かめたいの、ＴＪ」

ＴＪは首を横にふって運転をつづける。馬小屋にいきつく前に停車した。ＴＪは砂利道《じゃりみち》のはしに車をよせたけど、エンジンはかけっぱなしにしている。馬小屋と家の八百メートルくらい手前だ。

「ホープ、まずいんじゃないか。危険《きけん》すぎるよ」

「誰《だれ》もいないでしょ？」

「キャロライン・ジョンソンは？　きみのいうとおり、夫を殺したのなら、おれたちに詮索《せんさく》されたくないだろうな」

「わたしたちがいるなんて、わかりっこないでしょ。でも、ＴＪはこなくてもいいから。本当に」

わたしはシートベルトをはずす。仲間なんかいらない。誰もいらない。ジェレミーとわたしだけ。ずっとそうだった。それでかまわない。「送ってくれてありがとう。帰りは歩けるからだいじょうぶよ」

　車をおりて、馬小屋に向かう。

　うしろでエンジンが切れ、車のドアがあいてしまるのが聞こえる。それからＴＪの声。「懐中電灯《かいちゅうでんとう》を出すから待ってろよ」

　紫色《むらさきいろ》の雲が空を走り、道の影《かげ》を躍《おど》らせる。わたしたちはアーミッシュの牧場《ぼくじょう》を通りすぎた。干《ほ》し草《くさ》が十字形に積みあげられ、何列にもならんでいる。攻撃《こうげき》の準備を整えた、自然界の兵隊のように。聞こえるのは足もとでザクザクいう砂利の音だけ。

　くだり坂になったとき、小さな虫が集まる雲の中につっこんでしまった。虫はひと晩《ばん》じゅう待ちかまえていたかのように群がり、頭や腕《うで》や脚《あし》にくっついてくる。わたしは手当たり次第にたたいた。腕についた数匹《ひき》をつぶし、顔からはらいのける。

　ＴＪがわたしの手を取って駆《か》けだす。

わたしも走る。腕《うで》一本分あとから、追いつこうとして。TJはわたしの手をしっかりつかんでいる。虫の雲は薄《うす》くなり、やっとうしろに流れていった。

ふたりとも足をゆるめる。わたしはTJから手を離《はな》し、ひと息つこうと立ち止まった。横《よこ》っ腹《ぱら》が痛《いた》い。

「だいじょうぶか？」TJがふりかえり、こっちにもどってくる。

「今のは何だったの？」わたしは息も絶《た》えだえになっている。

「ユスリカだよ。朝こっちのほうにきたとき、何回か見たことある。一度チェイスがあれの大群に囲まれて、火がついたように走ってるのを見たな。あの丘《おか》のふもとにある沼でわいてるんだ。数年前にクリーブランド・インディアンズがニューヨーク・ヤンキースにプレーオフで勝ったのは、ユスリカのおかげなんだ。すごいニュースになってたよ」

「いやな虫ね」

TJがわたしの髪《かみ》を手ですく。虫を追いはらっているのだと思うと、ぞっとする。もし犯行現場の視察《しさつ》をあきらめて、家に帰って寝《ね》る決断をするとしたら、今だろう。

わたしたちはまた歩きだした。「それで、TJはどうして馬小屋にいっているの？」その理由をまだ教えてもらっていなかった気がする。「少なくとも以前はいってたんでしょ？」

「馬に慣れようと思ったから。いろんなものをこわいと思ったままでいるのはいやだからさ」TJは言葉を切る。「それと、前は監督《かんとく》と話すのが好きだったからかな」

わたしの思ったとおりだ。「チェイスから聞いたんだけど、監督との間で何かあったんだって？　お母さんのクッキーのことで」

「たいしたことじゃないよ」ＴＪがいう。妙《みょう》にすばやく。「チームのやつらがいけないんだ。でも監督は笑うべきじゃなかった。あいつらを助長したから。ともかく、終わったことなんだ。もういいよ」

わたしたちは身をかくすことができる最後の木立のところにいた。約三十メートル先のひらけた場所に馬小屋が立っている。その三十メートル向こうに家がある。

「いこう」わたしはささやく。

わたしたちは走った。まるで銃弾《じゅうだん》をよけるように体を低くして。馬小屋の入り口までくると、ふたりともじっと立ったまま、中をのぞいた。

ＴＪが沈黙《ちんもく》をやぶる。「引き返すなら、これが最後のチャンスだよ」

わたしは馬小屋の中を見つめ、仕切りのほうに目をやる。監督の遺体《いたい》が発見された場所だ。立ち入り禁止テープもないし、遺体をふちどるチョークの線もない。「ＴＪ、ごめんね。入りたくなかったらいいから。本当に。でもわたしはいかないと。できるだけ理解したいの。ジェレミーのために、そのくらいはしないと」

「わかった。でも日がのぼる前にここを出ないとな。ジョンソンさんの家の明かりがついてる。今《いま》頃《ごろ》、警察《けいさつ》に電話してたっておかしくないよ」

家のほうをふりかえった。ＴＪのいうとおり。窓《まど》から明かりが見える。でも今はそんなことを気にしていられない。わたしは馬小屋の中に足をふみ入れた。目が暗がりに慣れると、入り口のすぐ内側で、仕切りが壁《かべ》と直角に立っている場所を指さした。「ジェレミーは馬小屋にくると、そこにバットを置いたの。もし手袋《てぶくろ》を持っていれば、やっぱりそこに置いたと思う」

「ああ、それで？」

わたしはジェレミーがバットを置いたはずの場所を見つめる。「ジェレミーは馬がおびえないように、バットをここに置いたの。それから仕事に取りかかって、馬の糞《ふん》を外に運び出したり、馬をきれいにしてあげたりした。ジェレミーはここが気に入っていたのよ」わたしは頭の中ですべてを思《おも》い描《えが》きながら話す。「仕切りの中の糞尿《ふんにょう》のそうじも好きだったくらい。監督《かんとく》が馬にブラシをかけるやり方を教えてくれたの。ジェレミーは馬の世話がとても上手だったのよ」わたしはＴＪに微笑《ほほえ》みかける。じっと聞いてくれているのがわかる。「監督はお給料を払《はら》ってくれたの。ジェレミーはとっても喜んでた。小切手は全部リタが取りあげてたけどね」

わたしはさらに何歩か奥《おく》に進んで、おがくずと糞と馬のにおいを吸《す》いこむ。時間がたっているのに、まだにおいが強い。でも、かびのにおいもまじっている。「ジェレミーに乗馬を教えてくれたのは監督だったって知ってる？」

ＴＪがうなずく。

「ジェレミーはすぐ乗れるようになったの」マクレイさんの年取ったまだら馬のシュガーに、ジェレミーが鞍《くら》をつけないで乗っているところが目に浮《う》かぶ。ジェレミーの口はあいていて、たぶんいろんな虫が中に入っていく。背中《せなか》では、空《あ》き瓶《びん》を入れた緑色のバックパックがはずんでいる。それで瓶がひとつも割《わ》れたことがないのは奇跡《きせき》だ。

胸《むね》がいっぱいになってしまった。思い出すのをやめないと。そのために、ここにきたのではないから。

いちばん奥《おく》の仕切りに向かう。その仕切りの外で、監督がたおれているのが発見されたのだ。馬小屋全体に不気味な雰囲気《ふんいき》がただよう。まるで元の馬に取ってかわって、幽霊馬《ゆうれいうま》がすみついているかのように。

「その仕切りにいた馬は？　あの朝に……」ＴＪの声がしりすぼまりになる。

「ランサーよ。マクレイさんの馬術用の馬。マクレイさんは馬を二頭あずけていたの。ジェレミーが乗っていた年取ったまだら馬のシュガーと、マクレイさんが馬場馬術で乗るランサーと」

わたしたちは仕切りの前に立っていた。もしかしたらわたしは今、監督がたおれていた場所に足をのせているのだ。もっと早くここにくればよかった。まだ時間がたっていないうちに。そうすれば何かを見つけられたかもしれない。懐中電灯《かいちゅうでんとう》をつけて、床《ゆか》を照らした。

「何をさがしてるんだ、ホープ？」

懐中電灯の光をおがくずに向けた。糞《ふん》が落ちている――ネズミのだ。おびえた馬の悲鳴、ドスンとバットが当たる音、監督の叫《さけ》び声《ごえ》が聞こえる気がする。

「ホープ、だいじょうぶか？」ＴＪがわたしの両肩《りょうかた》をつかむ。「気絶しそうだぞ」

「だいじょうぶ」わたしはささやく。ジェレミーのことにまた集中しようとする。「ジェレミーはきっとわくわくしてた。だからあの朝、あんなに早く起きたのよ。いつもの試合の日と同じようにパンサーズのユニフォームを着て、馬小屋にいったの。そうじをするとわかっていたのに。空《あ》き瓶《びん》の入ったバックパックもしょってたはず」

「ホープ、急がないと」ＴＪが肩越《かたご》しにうしろを見る。

「わかってる。でも、最初から最後まで、ちゃんと考えてみたい。何かを感じるの。見落としていることがあるって」わたしは向きなおって、足もとのおがくずを見つめる。暗い血の跡《あと》が見えるけど、それはわたしの頭の中で見えるだけだ。「ジェレミーは監督《かんとく》をさがしたと思う。あの朝、ジェレミーがシュガーに乗っているのが目撃《もくげき》されていた。もしかしたら、監督が見あたらなかったから、馬に乗ることにしたのかもしれない」わたしはＴＪをふりかえる。「筋《すじ》が通ってるでしょ？」

ＴＪは両足の間で体重を移動させる。

わたしは話をつづけた。「いつもなら、仕事が終わらないうちに馬に乗らないと思う。あの日は乗りたくてたまらなくて、勝手に乗ってしまったのかもしれない。監督は気にしなかっただろうし」ここがわたしの話の弱い部分だ。わかっている。どうしてあの日に馬に乗ったのか？　試合の日なのに。どうして仕事が終わっていないのに乗ったのか？「もしかしたら監督が、ジェレミーに馬に乗ってこいっていったのかもしれない。馬小屋のそうじは自分がするからって」

「そうだな。早くいこう」ＴＪがせっつく。

「そのとき、キャロラインは絶好のチャンスだと気づいたの」わたしはつづける。監督の奥《おく》さんが馬小屋にふらふら近づく姿《すがた》を思《おも》い浮《う》かべる。「機会。手段《しゅだん》。奥さんはジェレミーがシュガーに乗っていくのを見た。それがきっかけとなった。それで馬小屋にきて、持ってきた自分の手袋《てぶくろ》かジェレミーの手袋をはめて、バットをつかむと……」

「ホープ、もういかないか。たのむよ」

でもわたしの頭の中では映像《えいぞう》が駆《か》けめぐっている。「……監督をなぐった。キャロラインはバットでなぐった。監督のひざがくんと折れて、監督は地面にたおれる」

「やめろよ、ホープ」

でも、やめられない。だって、目に浮かんでくるから。監督が見える。血。ポケットから飛び出していくもの。消えていく命。

「たのむから……！」ＴＪがわたしの肩《かた》をゆする。なのに、ゆすられている感覚がほとんどない。

「キャロラインはバットを地面に落とす。たぶん自分のしたことに、がくぜんとしてる。たった一瞬《いっしゅん》。それだけのことだった。それですべてが変わってしまった。キャロラインは家にもどり、ベッドに入る。ふとんを頭までかぶり、目をつぶり、自分のしたことを意識からしめ出そうとする。ジェレミーは乗馬が終わって、馬小屋にもどってくる。監督をさがすけれど、話せないから、声に出しては呼《よ》ばない。そして、雇《やと》い主《ぬし》で監督で友人でもある人が血だまりの中にたおれているのを見て、駆《か》けよっていく。監督《かんとく》を抱《だ》きかかえてゆさぶる。でも、もう亡《な》くなっているのがわかる。もしかしたら自分のせいだと思われることに気づいたかもしれない。気づかなかったかもしれない。あまりにもショックが大きくて、バットを拾ってにぎりしめたまま家まで帰ったのかもしれない。それとも、殺人犯を目撃《もくげき》して、死ぬほどこわくなって、家に逃《に》げ帰ったのかもしれない。でもそのときに、セイラ・マクレイにぶつかってしまった」こうしたことを、わたしは想像ではなく、まるで本当に記憶《きおく》しているかのように、ありありと思《おも》い浮《う》かべる。

でも、どうしてその朝なのだろう？　その疑問《ぎもん》が頭の中で鳴《な》り響《ひび》く。「どうしてキャロライン・ジョンソンはその日の朝に夫を殺すことにしたんだろう？　何があったの？　夫のことを何か知ってしまった？　けんかをした？　何のことで？　それがわかれば、わたしたち……」

TJがわたしの手を取る。「ホープ」小声でいう。「やめないと」わたしをつれて通路を進んでいく。わたしはつれていかれるままに歩く。でも犯行現場の写真が頭の中から消えない。

わたしはさっとふりむいて、TJの顔を見る。「監督は何を身につけてた？」

TJは顔をしかめる。「わ……わからないよ」

「でも証言をいくつか聞いたでしょ？　ポケットからいろんなものが飛び出したって。何だった？　監督のそばに何が落ちてた？　法廷《ほうてい》で見せたはずよね？　だって、証拠品《しょうこひん》でしょ？」

TJは思い出そうと頭をかく。「確か、携帯電話《けいたい》。それと、鍵《かぎ》かな。あと何かの半券、チケットみたいな」

「何のチケット？」

「知るわけないだろ。何をしようとしてるんだよ、ホープ？」

「自分でもよくわからない。今はまだね。とにかく教えて。ほかに何があった？」

「ガムかな。それかガムの包み紙。どうだっていいじゃないか」

それには返事ができなかったけど、どうだってよくないことはわかる。わたしの勘《かん》だ。レイモンドさんの写真を、ウェルズ保安官のところで見た写真とならべてみたい。どちらかの写真にあった何かが、もう一方の写真ではなかった。でもそれは何だったんだろう？　そしてどこへいってしまったんだろう？

「おい」TJがいう。「早くいこうよ」

「さがしてるものが見つかるまでは帰らない」

「何をさがしてるんだよ」

「わからない。でもそれが見つかるまでここにいる」TJに引きずられるようにして、入り口の近くまできていた。そばにガラス窓《まど》のある小部屋がある。一度、ジェレミーをさがしていて、そこに入ったことがある。「ここって、監督の事務室でしょ？」

「まさか、おれの考えてることを考えてないだろうな」

「TJ、どうしてもこの中をさがさなくちゃ」

21　監督《かんとく》の事務室

「こんなことしてるなんて信じられないよ」ＴＪがそうつぶやくのは十三回目だ。わたしが監督の事務室の鍵《かぎ》をこじあけようとするのを見ている。「これがすんだら、何が何でも帰るからな」

「うん。わたしだって早く帰りたいから」

「どうだか」

映画《えいが》ではヘアピンやクレジットカードで鍵をこじあけるけど、そんなものは持っていない。でも馬小屋の床《ゆか》で蹄鉄《ていてつ》を打つ釘《くぎ》を見つけた。平べったくて長さがあるから、鍵穴《かぎあな》に差しこんでまわせる。ついに鍵がカチリと音を立てた。「できた！」ドアの取っ手がまわり、中に入れた。

「やばいな」ＴＪがいう。「つぎは何だよ」

「つぎは、さがすの」

「何を？」

「手がかり」わたしは事務室の奥《おく》に入っていった。「離縁状《りえんじょう》や日記があったらすごいけど。奥《おく》さんからの憎《にく》しみの手紙とか。わからないけど」警察《けいさつ》もここを捜索《そうさく》しているはずだけど、そんな形跡《けいせき》はなかった。きっとウェルズ保安官は、ジェレミー以外の人や物を調べるのは時間のむだだと思ったのだ。事務室の家具は、椅子《いす》がいくつかあるほかは、大きな机《つくえ》と背《せ》の高い金属製《きんぞくせい》の書類棚《しょるいだな》のふたつだけだった。「書類棚を調べて。わたしは机を見る。いい？」

「手袋《てぶくろ》したほうがいいんじゃないか？」ＴＪは床《ゆか》のごみをまたぐ。「おれたちの指紋《しもん》が残るよ」

「わたしたちの指紋なんか誰《だれ》も気にかけないよ。この事務室の捜索は終わってるし」

ＴＪが何かつぶやいたけど、聞きとれない。

監督の机は何か月もふれられていない感じがした。机の上の書類もほこりをかぶっている。表面のガラス板の上に、ネズミの糞《ふん》が点々とならんでいる。監督と奥さんの結婚式《けっこんしき》の額《がく》入り写真がかざってある。手に取って、ほこりをはらった。「監督と奥さん、あんまりうれしそうに見えない。結婚式の日なのに」

「どうして？」

「いっしょに暮《く》らすのがむずかしい奥さんなんだろうな」ＴＪがつぶやく。

「あの先生の授業、取ってないだろ。いやあ、一日五十分でも苦痛《くつう》だったのにさ、二十四時間、週七日なんて想像を絶するよ」

わたしは懐中電灯《かいちゅうでんとう》で写真のふたりの顔を照らした。うれしそうというより、落ち着いている表情。「しっくりする、そんな感じね。恋愛《れんあい》はしてないけど、しっくりする感じ」

わたしは写真をもどした。机のすぐ上に紙が二枚《まい》、壁《かべ》にピンでとめてある。色の輪だ。すぐにジェレミーのだとわかった。聖書《せいしょ》の束《たば》に誓《ちか》ってもいいけど、リタとわたし以外にジェルの絵をもらった人はいないと思っていた。ジェレミーは監督《かんとく》のことがよっぽど好きだったんだ。それなのにジェレミーは監督を失ったのだと思うと、胸《むね》がひりひりした。それでなくても、ジェレミーはもうたくさんのものを失っているのに。

書類棚《しょるいだな》がガタガタ鳴った。「おお、すげえ！」ＴＪが叫《さけ》ぶ。

「何？」わたしは見にいこうとした。

「この引き出しの中、野球のトロフィーがぎっしりつまってる」

わたしは机にもどった。真ん中の引き出しの中に、ジェレミーがシュガーにまたがっている写真と、パンサーズのユニフォームを着て笑っている写真を見つけた。監督にはじめてユニフォームをもらった日の写真かもしれない。監督が撮《と》ったのだろう。見ていると悲しくなる。写真をもどした。

「何か見つけた？」ＴＪがたずねる。

「なんにも」

写真の下には、細長い紙切れが山のように入っていた。食料品の買い出しリストを書くのに使いそうな紙だ。手に取ってみると、どれも一から十までの数字が印刷され、数字の横は空白になっている。試合に出場する選手のメンバー表だ。ジェレミーが家に持ち帰ることがあったから知っている。一枚《まい》つかんで、想像してみた。もしジェルがここに自分の名前が書かれているのを見たら、どんなに大喜びしただろうと。まったくスポーツのことになると、男どもときたら。

右側の大きめの引き出しをあけた。中には額入りの手紙がぽつんと入っている。取り出して懐《かい》中電灯《ちゅうでんとう》の光をあてる。「TJ、これ見て！」ニューヨーク・ヤンキースのロゴ入りの便せんにタイプされた手紙で、宛先《あてさき》はジョン・S・ジョンソン様になっている。「これって、ひょっとして……？」

TJはもうわたしの肩越《かたご》しに手紙を読んでいる。「わあ！　これ本物だよ、ホープ。ヤンキースから入団依頼《いらい》がきてたんだ。監督はこんなこと、ひとこともいってなかった……少なくとも、おれには。まあ当然だろうけど。チェイスやほかのやつらには話していたかもしれないな」

「年がら年じゅう話してなかったのが不思議なくらいよ」わたしは手紙をもどして、引き出しをしめた。

「監督に現役《げんえき》だった頃《ころ》のことをきくやつもいたんだ。そういうときはこう答えてたよ。『過去は過去だ。いいか、過去に生きてるやつは、現在やるべきことをやってないんだ』」TJは監督の声をへたくそにまねた。

「どうなのかな」わたしは考えながら声に出す。「もう一度生きてみたくなるような過去を持っていたら、ちょっとすてきだと思うけど」

いちばん下の引き出しには昔の高校の卒業アルバムがたくさん入っている。取り出して、ページをめくれるように、懐中電灯を歯にくわえた。何ページにもわたって、高校生にしてはふけた顔がならんでいる。

最後のアルバムを見ているとき、チアリーダーのユニフォームを着たリタを見つけた。細くて、今より十五キロはやせている。でも大きな胸《むね》は今と同じ。どうりで、このあたりの三つの郡の男の子たちが、みんなリタに夢中《むちゅう》になったわけだ。写真の下に何か書いてある。懐中電灯《かいちゅうでんとう》を手に持ってよく見た。こう書いてあった。〈あたしのジェイ・ジェイへ。ハグとキスと……もっともっといっぱい！　愛をこめて、リタより〉

アルバムをとじて、もとの場所にしまう。リタは思わせぶりな女の子だった。男の子の気を引くすべをこころえていた……とボブがいっていた。リタは自分にあこがれる男の子全員のアルバムに同じことを書いたのかもしれない。

もう帰らないといけないのはわかっている。ＴＪは書類棚《しょるいだな》の最後の引き出しを調べている。でもわたしはまだ机《つくえ》の上に積まれた書類に手をつけていない。懐中電灯であちこち照らす。監督《かんとく》はするべきことを何でもふせんに書いて貼《は》っていた。〈電気を消す〉〈餌《えさ》を買う〉〈マックスに電話〉でも、こわいメモやあやしいメモはない。

机の片《かた》はしにメンバー表の小さな束《たば》があった。懐中電灯で照らす。ここにあるメンバー表は書きこまれていて、輪ゴムで束ねてある。ざっと広げて見ていった。日づけが書いてあり、その順番になっているようだ。いちばん上が六月十一日。監督が殺された日だ。胃がきゅっとしめつけられ、何度か浅く息を吸《す》いこんだ。こんなものをさわってはいけない気がする――監督がほとんど最後にふれたものだろうから――でも、調べないではいられない。

名前を順に照らしていく。どの名前も今では知っている。わたしの容疑者《ようぎしゃ》リストにのっているから。ただ、いちばん上の名前が消されている。メンバー表を自分に近づけ、その部分に直接懐中電灯の光をあてた。〈チェイス・ウェルズ〉が消され、〈TJ・バウアーズ〉がペンで書きくわえてある。もう一度、日づけを確認《かくにん》した。まちがいなくあの日、あの試合。グレイン対ウースターのホームゲームだ。

「TJ?」

「ん?」

「ウースター戦ではチェイスが先発ピッチャーだっていってなかった?」

「ああ。なんで?」

「これ見て」先発ピッチャーがTJに変更《へんこう》されたメンバー表を見せる。「どういうこと?」

「さあ。監督がやっと正気に返ったとか?」TJはちょっと笑ったけど、つくり笑いだった。「でも変だな。いつ変更《へんこう》したんだろう」TJはメンバー表と、そこに書きこまれた自分の名前を、まるで暗号を解読しようとするように見つめる。「監督がチェイスを先発にするといったとき、正直いってすごく驚《おどろ》いたんだ。チェイスは才能がある――そこは誤解《ごかい》しないでくれよ。投げるのはおれよりうまいくらいだと思う。でもバッティングが全然だめなんだ。親父《おやじ》は、チェイスが先発になった裏《うら》には、チェイスの親父さんがかかわっているんじゃないかっていってた」

「本当に?　ウェルズ保安官と監督は仲が悪いのかと思ってた」監督が試合後の保安官の批評《ひひょう》をこころよく思っていなかったと、チェイスがいっていたことを思い出す。

「それはそのとおりだよ。マニー――知ってるよな、パンサーズのセンターを守ってる――が練習のあとに監督《かんとく》と保安官が本気でいいあらそってるのを聞いたらしい。もしかして口論《こうろん》では保安官が勝ったけど、監督があとで考えなおしたのかもな。知らないけどさ」ＴＪが向こうを向いた。「今さらどうでもいいことだよ。もう帰らないか？」

「まだよ、ＴＪ」メンバー表を持ち帰ってチェイスに見せようかと思った。でも思いなおした。結局は監督に選ばれなかったと知っても、チェイスにとって何にもならない。ましてチェイスのお父さんが知ったらたいへんだ。少なくとも今は、チェイスが投げる予定だったと思いこんでいる。

「ホープ、ここに何かあるかも」ＴＪがまだ書類棚《しょるいだな》を見ている。

わたしはメンバー表を束《たば》のいちばん下にしまいこんだ。それからＴＪのいる書類棚のところにいった。「何を見つけたの？」

「ローンの申しこみ書。審査《しんさ》に通ったのもある。断られたのも。医療費《いりょうひ》の未払《みばら》い請求書《せいきゅうしょ》もたくさんあるよ。監督は本当にお金に困《こま》ってたのかもな」

「奥《おく》さんかもよ」

わたしはＴＪが持っていた書類を見つめる。ＴＪはたくさんの書類がはさまったべつのファイルを取り出した。

「ＴＪ、これ持って帰らなきゃ。レイモンドさんに見せたいの」

「黙《だま》って持ち帰れないよ」ＴＪが抗議《こうぎ》する。「それじゃ窃盗《せっとう》だよ。それに警察《けいさつ》が見つけたものでないと証拠《しょうこ》として採用《さいよう》されないんだ。レイモンドさんには、ここにあるとだけいって、あとは任せればいいんだよ」TJは懐中電灯《かいちゅうでんとう》で腕時計《うでどけい》を照らす。「もういいだろ?」

「わかった。机《つくえ》の残りだけ見させて。引き出しあとひとつだけ」

「ホープ」TJがごねる。

わたしは左側の小さい引き出しを引っぱったけど、動かない。

「ホープ?」

「あと一分」思いきり引っぱったら、引き出しがあいた。支払いずみの小切手がびっしりつまっている。目を通していった。どれもふつうのもの――電気、ガス、食料雑貨、馬の飼料《しりょう》。でもそのあとに四枚《まい》の小切手が出てきた。日づけは十二月、一月、二月、三月。金額はそれぞれ一千ドル。そして受け取り人の名前はひとつ残らず……リタ・ロングだった。

22 キャロライン

「ＴＪ、どうして監督《かんとく》はあんなにリタに払《はら》ってたと思う？」あまりに早足で馬小屋から出てきたから、わたしは息切れしている。まわりの静けさの中で、ふたりの足音とわたしの荒《あら》い息がやけに目立つ。

ＴＪが突然《とつぜん》、横断歩道で誘導《ゆうどう》する役目をもらった小学五年生のように、腕《うで》を横につき出した。わたしはびくっと立ちどまった。「待て」小声でいうと、ＴＪはひらけた敷地《しきち》を横切る前に、左右をよく見た。「よし、今だ！」

いきと同じように、なるべく静かに、銃弾《じゅうだん》をよけるようにジグザグに走る。木立の陰《かげ》にかくれて速度を落とすと、わたしはまたＴＪにきいた。「答えてよ！　どうして監督はリタにあんな大金を払ったと思う？」

「知らないよ、ホープ。ジェレミーの馬小屋での働きがすばらしかったって、いってたじゃないか」

「そこまですばらしくないでしょ！　そんな人はいないと思う」あの小切手が切られた理由が十以上、頭の中を駆《か》けめぐったけど、どれも好ましくなかった。リタは監督と浮気《うわき》していたの？〈あたしのジェイ・ジェイ〉と？　リタはひと晩《ばん》じゅう家に帰ってこないことがある。事件の朝も、前の晩から出かけていて、夜明け過ぎまで帰ってこなかった。

TJがわたしの手を取る。「ふりむくな。誰《だれ》かに見られてる」

ただちにあの白い小型トラックのことを思い出す。でもちらっと肩越《かたご》しに見ても、小型トラックはなかった。

「見るなっていっただろ」TJがにぎる力を強める。少し痛《いた》いけど、恐怖心《きょうふしん》が勝っていた。

「例のストーカー？」わたしは目をまっすぐ前に向けながら、小声できく。

「キャロライン・ジョンソンだよ」TJが小声でいいかえす。「気づかれる前に、あそこを出るべきだったんだ」

TJに止められないうちに、ぱっとふりむいた。明かりのともった古い農家の窓《まど》に、女の人の影《かげ》が見える。ワンピースか、ネグリジェを着ている。「ねえ、立ってる！　TJ、見た……？」

TJがわたしをぐいっと引っぱって前を向かせると、腕をわたしの腰《こし》にまわして引きよせ、そのまま放さなかった。見かけより十倍くらい力が強い。「顔を見られるなよ」

TJに歩調を合わせて、いうとおりにしたけど、もうおそすぎるとわかっていた。キャロラインはわたしたちを見たし、自分が見られたことにも気づいている。わたしたちが知ってしまったこともわかったはず。ほかのみんなは、かわいそうなジョンソンさんの奥《おく》さんは寝《ね》たきりで、車椅子《くるまいす》の乗りおりにも介助《かいじょ》が必要だと思いこんでいる。でもわたしたちは見たのだ。「キャロラインは歩けるのよ。だから馬小屋にだっていけたはずよ、ＴＪ。夫を殺すことだってできた」

「ああ。でも誰《だれ》がおれたちの話を信じる？」ＴＪは早足になった。車が見えるところまできている。

「それに、誰にいうんだよ？」

「チェイスに話せる。そうしたらお父さんにいってくれるでしょ」

「想像できるよ」ＴＪの口調は皮肉たっぷりだった。そんないい方ができるなんて知らなかった。

「『父さん、ホープとＴＪは犯行現場を荒《あら》しまわって、監督《かんとく》の事務室におし入ったあと、キャロライン・ジョンソンが自分の両足で立っているところを偶然《ぐうぜん》見たんだって。これでキャロラインが夫を殺したことが立証できるよね？』保安官はキャロラインの家にすっとんでって逮捕《たいほ》するだろうね――不法侵入《ふほうしんにゅう》したおれたちをほめたたえてからな」

皮肉なんて大きらい。でもＴＪのいうとおりだ。今見たことを話せば、わたしたちはキャロライン・ジョンソンよりももっと困《こま》った立場になる。キャロラインはそれを知っている。

車までくると、すばやく乗りこんだ。ＴＪがエンジンをかけ、こっちを見る。「何かいい手を考えよう」ヘッドライトを消したまま、バックして車の向きを変える。「ホープ、もし監督がリタに払《はら》っていたお金のことを、キャロラインが知ってたら？」

わたしの頭はまだそこまでいきついていなかった。「知ってたと思う？　もちろん知ってたはずよ。知らないわけがないよね？　だって監督はそんなにかせいでいないし、キャロラインはまったくかせいでいないし、それで毎月一千ドル出ていってたんでしょ？　そういうことはかくせない。

知ってたはずよ」

「そうそう。それがキャロラインの動機になる。キャロラインが夫とリタのことや、お金のことを知ってたかどうかはわからない。でも合理的な疑問《ぎもん》にはじゅうぶんなはずだよ」車がわだちにはまり、わたしはシートベルトをあわててしめた。ＴＪはまだライトをつけていない。誰《だれ》にも見られずにここを離《はな》れようとしている。

「それに」わたしはダッシュボードをつかんだ。「断られたローンの申しこみ書もある。それも夫を殺す動機よ――お金」

「支払いずみの小切手もだ」ＴＪがつけたす。「どれも強力な動機になる」

「動機は、ジェレミーにはまったくないの。レイモンドさんはキャロラインを証言台に立たせて、お金のことを質問するべきよ。質問するだけで、陪審員《ばいしんいん》は合理的な疑問を持つはずだから」

ＴＪは一瞬《いっしゅん》、静かになった。それからちらっとこっちを見る。「でもさ……でも、そうなると監督がリタに払ったお金のことがみんなに知れわたってしまう。監督とリタのことで、あることないことうわさすることになるよ、ホープ」

「リタと監督が浮気《うわき》やなんかをしてたことを世界じゅうの人が知ったからって、わたしが気にすると思う？　わたしが気にしてるのは、ジェレミーを留置場から出すことだけなの」

ＴＪはまだライトをつけていない。しゃべるのもやめて、バックミラーをちらちら見ている。わたしはふりむいて、うしろの窓《まど》から外を見た。サッカー場の長さくらい遠く離れたあたりに、ヘッドライトがふたつ見える。暗がりの中からこっちを見つめる白い目。

「TJ!」吐《は》き気《け》のように、パニックがのどにこみあげた。

「知ってる」TJはわたしのひざに軽くふれ、それからハンドルに手をもどす。ライトをつけないで、どうやって道路からはみださないでいられるのかわからない。グレインのこのあたりの道によっぽど慣れているのだろう。道は何の警告《けいこく》もなく、右へ左へ曲がりくねる。TJは横道に入った。その瞬間《しゅんかん》、うしろのライトが見えなくなった。それからまたぱっと現れた。「こんな時間に誰《だれ》がついてきてるんだろ。ジョンソンさんが警察を呼《よ》んだなら、とっくに逮捕《たいほ》して終わらせてるよな」

「あの白い小型トラックよ」わたしはつぶやく。TJが顔をしかめたから、できるだけ手早く説明する。

「誰かにつきまとわれてるって、なんでおれにいわなかったんだよ?」

チェイスにいったからだ。「もっと早くいえばよかった。これからどうしたらいい?」

TJは運転席側の窓をあける。生暖《なまあたた》かい空気が流れこみ、クローバーや土ぼこりやかすかなスカンクのにおいを運んできた。「この左側に小道があるはずなんだ」TJは風に負けないように声を張りあげる。「そうしたら追跡《ついせき》をかわせるかも……ここだ!」

TJはブレーキをかけ、車を左にすべりこませた。車の両側に草がピシャッと当たる。ぼんやりとフェンスが見える。有刺鉄線《ゆうしてっせん》だ。車は溝《みぞ》の上でスリップして止まった。

ふりむくと、わたしたちが左にそれたあたりを、小型トラックがスピードをあげて通過するのがちょうど見えた。「いなくなった。すごい、TJ！　トラックをまいたのよ！」

TJはハンドルにひたいをつける。「おれ、免許《めんきょ》返上かな」それから、こっちを見た。「小型トラックだったか？」

「見なかったの？」心臓《しんぞう》がドキドキして、胸《むね》を引《ひ》き裂《さ》いて出てきそうだ。「絶対に小型トラックだった。色はわからなかったけど、きっと同じトラックだと思う。どうしてあとをつけてきたんだろう」

TJはささやくような声で、わたしが考えていたのと同じことをいった。「監督《かんとく》の殺人事件についていて、おれたちに調べてほしくない人がいるんだよ」

TJがうちの前に駐車《ちゅうしゃ》したとき、すでにリタの車はいなくなっていた。TJがどうしてもといから、帰る前に玄関《げんかん》まで送ってもらって、中も見てもらった。ふたりともくたくたで、立っているのもやっとだった。「じゃ、法廷《ほうてい》でな」TJはちらっと時計を見た。「あと二時間後に」TJは歩道のほうに歩きはじめてから、ふりむいた。ポケットに手を入れたまま。「今日また親父《おやじ》が車を使うんだよ。だからチェイスに法廷まで乗せてほしいってたのんだから」

「わかった」わたしはどちらでもかまわないふりをした。それから家に急いで入ると、真っ先にチェイスにメールを送った。夜の間のことを全部は書けないけれど、おおまかなことは書いた。どうせ二時間しないと読まないだろう。

二分後、携帯《けいたい》が鳴った。「チェイス？」

「ホープ、何をしてたんだ？　きみのメールを読みちがえてるっていってくれ」

わたしはローンと小切手のこと、監督《かんとく》の奥《おく》さんが立っていたこと、それから白い小型トラックのことを話した。話が終わっても、チェイスは黙《だま》っていた。「チェイス？　怒《おこ》らないで。いくしかなかったの。犯行現場を自分の目で見たかったの」

沈黙《ちんもく》が長すぎる。ついに、チェイスが口をひらいた。「考えてたんだ……きみにいうつもりだった。もう手伝えない。もう会わないほうがいいと」

何かがわたしの胸《むね》を焼いて、ぽっかり穴《あな》をあけた。こんなことで動じたくない。チェイスのことなんかで動じたくない。

「でも、無理だ」チェイスがいう。

「もうわたしに会えないってこと？」

「きみに会うのをやめられないってこと」

ふたりとも黙っていた。ふたりの息が、携帯の中継塔《ちゅうけいとう》から中継塔へと伝わってもどってくるところを思《おも》い浮《う》かべる。

「ホープ、もう一度説明してくれ。最初から。全部話してほしい」

わたしは説明した。今度はもっとくわしく。

説明が終わると、チェイスがいった。「小切手のことだけど。ホープ、どういうことだと思う？」

結局そこにもどってくる——リタに支払《しはら》われた小切手。「わからないの」わたしはいう。「でもリタが玄関《げんかん》に入ってきたら、すぐに聞き出すつもりよ」

23　電話

それから一時間たっても、リタは家に帰ってこない。わたしは居間を歩きまわりながら、なぜ一千ドルの小切手が支払《しはら》われたのか解明しようとした。リタが監督《かんとく》とつきあっていたのなら、今は誰《だれ》と会っているんだろう。質問したこともない。知りたくもない。

何かしないではいられないから、ジェレミーの部屋にいってバッティンググローブをさがした。それからリタの部屋で高校の卒業アルバムをさがす。

収穫《しゅうかく》ゼロ。何もなし。

もう一時間そわそわしてから、ソファに横になって数分でも眠《ねむ》ろうとした。でも目をつぶると、窓辺《まどべ》に立ってこっちを見ているキャロライン・ジョンソンの姿《すがた》が浮《う》かんでくる。それとも、馬小屋の床《ゆか》で丸くなってたおれているジョンソン監督の姿。

六時数分前に、もうこれ以上一秒も待てないと思った。何が何でもレイモンドさんに電話して、発見した証拠《しょうこ》について話したい。

呼び出し音が鳴りつづけ、留守番電話に切りかわる。録音開始の合図を待つ間、いいたいことをどう伝えようかと考えた。

メッセージを吹《ふ》きこむ前に、レイモンドさんが電話に出た。「もしもし?」

「レイモンドさん?」留守番電話が、メッセージを残してください、と最後までいってから、ピーッと鳴った。「レイモンドさん、起こしてしまってごめんなさい」

「ホープ?」

「はい。あの、お伝えしたいことがあるんですけど、どうやってそれを知ったかはいいたくないんです」

「ちょっと待って」声が水中にもぐっているように聞こえる。受話器がカチッという。少ししてまたレイモンドさんの声が聞こえた。「このほうがいいだろう、ホープ」

わたしは、犯行現場と監督の事務室への不法侵入《ふほうしんにゅう》にはふれないで、いえるかぎりのことを話した。

「待てよ。いったいどうやって……?　いや。かまわない」レイモンドさんのため息が電話線をつたってくる。「きみのお母さんは小切手について何といっているんだ?」

「まだきいてないんです」リタがひと晩《ばん》じゅういなかったから、きく機会がなかったとはいわなかった。

「そうか、まあ重要な問題じゃないかもしれない」

「そんな!」わたしは声を張りあげる。「レイモンドさん、重要でないなんてありえません。何のために監督の事務室にしのびこんだと思います?」

「今のは聞かなかったからな」レイモンドさんはあきれも驚《おどろ》きもしなかったから、そのくらいのことには気がついていたのかもしれない。「小切手のことはわからないよ、ホープ。しかしそのほかのローンの申しこみ書や未払《みばら》いの請求書《せいきゅうしょ》の件だが、誰《だれ》も監督《かんとく》の金銭《きんせん》問題にはふれていない。借金があるところには、動機がある。審査《しんさ》に通らなかったローンの申しこみ書は何通あったのか？」

「はっきり覚えてません。三通か四通はあったと思います。TJならわかるはずです」

「TJ？」

しまった！ TJを巻《ま》きこんではいけなかった。それから長い沈黙《ちんもく》がつづいたから、まだ電話がつながっているのか不安になった。「レイモンドさん？」

「うん？ 失礼。考えてたんだ……」また沈黙。「よし、正直に話すよ、ホープ。きみの証言は、われわれの心神喪失《しんしんそうしつ》の申し立ての助けにまったくならなかった」

「ごめんなさい、レイモンドさん」法廷《ほうてい》で自分から検察官の罠《わな》にはまってしまった場面がぱっとよみがえる。ケラーは、わたしがひとりでワシントンDCゆきの切符《きっぷ》とさらなる出世をプレゼントしてあげたかのような顔つきで、こっちを見ていた。左の鼻の穴《あな》に生えている鼻毛と、まくれあがった上唇《うわくちびる》に浮《う》かんだ汗《あせ》の玉が見えた。

「きみの証言のせいだけではない」レイモンドさんがつづける。「わたしが呼《よ》んだ鑑定人《かんていにん》の証言も、たいして役に立たなかった。心神喪失というのは、このあたりでは受け入れられにくい。みんな、あまりに現実的なのだろうな」

「そっちのほうが頭がおかしいんだと思います」

「かもしれないな」

「これから、どうしますか？」

「きみのいうとおりにしようかという気になってきたよ。真実を話すんだ」レイモンドさんがいった。

「本当に？」どういう返事を期待していたのかわからない。レイモンドさんに受け入れられるのはもっとむずかしいと思っていたような気がする。「すごくうれしいです」

　レイモンドさんが話をつづける。わたしにというより、自分にいいきかせるように。でも、ちっとも気にならない。「疑問《ぎもん》をつくりだすところからはじめないとな。陪審員《ばいしんいん》に、ジェレミーが無罪だと思わせる根拠《こんきょ》をいくつかしめす必要がある」レイモンドさんはため息をつく。「やれやれ、〈心神喪失による無罪〉と〈無罪〉の両方の申し立てをしていたことを神に感謝しないと」

　たぶんレイモンドさんのいうとおりだ。本当に神様に感謝しないといけないかもしれない。最近は感謝なんかほとんどしていない。留置場にいるジェレミーはきっと、神様への感謝を忘《わす》れていないだろう。声も聞こえる気がする。〈神様、きれいな影《かげ》をつくる鉄格子《てつごうし》に感謝します。同室の大きな兄貴《あにき》と、その腕《うで》に彫《ほ》りこまれた美しいタトゥーに感謝します……脚《あし》や背中《せなか》や頭のタトゥーにも〉

「ホープ、聞こえているか？」

「はい？」

「キャロライン・ジョンソンさんに証人として出廷《しゅってい》してもらうため、召喚状《しょうかんじょう》を出すつもりだといったんだ。異議《いぎ》が出されれば、裁判官《さいばんかん》の判断にゆだねられる。これで動機をしめすことができるかもしれない。ケラーはジェレミーについて、そこまでもやっていない。動機すら出せていないからな」

「そうですね！　ジョンソンさんの奥《おく》さんが自力で立って窓《まど》の外をのぞいているのを、目撃《もくげき》した人がふたりいたら、助けになりますか？」

「そのために、そのふたりが不法侵入《ふほうしんにゅう》の罪で投獄《とうごく》されるようなら、だめだ」

「わかりました。でも、キャロラインが証言台でうろたえるのを見られたら、本当にいいなと思います」話している間、気づくと電話のコードが腕《うで》に巻《ま》きついていた。今度はそれをはずしていく。

「車椅子《くるまいす》から自力で立てるかどうか、忘《わす》れないできいてくださいね。あと、お金のことも。ローンのことも。リタへの支払《しはら》いずみの小切手のことも」

「落ち着いて、ホープ」レイモンドさんが口をはさむ。「裁判官が認《みと》めるかどうかもわからないんだ。たとえ認められても、もうおそいかもしれない。望もうと望むまいと、もう裁判は終わりに近づいている。こちらの証人リストはあまり長くないんだよ」

「リタはどうするんですか？　リタの証言は？　ジェレミーの頭が変だと思わせるいろんな話を、やっぱりリタにさせるんですか？」わたしの大きらいな話ばかりだ。そういう話を、リタは居酒屋《いざかや》や食料品店で赤の他人に聞かせる。たとえばジェレミーが、ある冬、靴《くつ》をはかずにコートも着ないで外をさまよい歩き、しもやけになってしまったこと。映画館《えいがかん》でスクリーンの前まで歩いていって、こぶしで穴《あな》をあけたこと。ベビーカーの男の子を抱《だ》きあげ、ひたすら走って逃《に》げて、とうとう警察《けいさつ》につかまったこと――ジェレミーはお母さんが男の子のほっぺたをたたくのを見ていたのだった。

「リタは保留にしておいて、様子を見ることにするよ」レイモンドさんがいった。

「よかった！」リタが証言しないことになってうれしい。

「ホープ、まだ不確定要素が多いんだ。ジョンソン夫人を呼《よ》ぶ許可をもらえないかもしれない。それに証言台に立っても、有利な証言をしてくれるとはかぎらない」

「わかってます。兄のことがあまり好きじゃないって、チェイスがいってました」

「チェイス？　チェイス・ウェルズか？」

「あ、はい」チェイスのことも巻《ま》きこんではいけなかったのに。

「まあ、そのとおりだ。ジョンソン夫人はすでにこっちに不利な証言をしている」レイモンドさんがいう。

「キャロラインはどうしてジェレミーのことがこわいといったんですか？　たいていの人は兄をいないことにするんです。理解できないから。そばにいると落ち着かないから。でも、こわいとは思いません」

「ジョンソン夫人もこわいとは思っていないかもしれないよ。陪審員《ばいしんいん》にこわいと思ってほしいだけかもしれない」

すごい、レイモンドさん！　ジェルの無実を、レイモンドさんがはじめて信じてくれたような気がした。「陪審員《ばいしんいん》にキャロラインの嘘《うそ》を見ぬかせないと」わたしはいった。馬小屋を離《はな》れるＴＪとわたしを見つめていた、キャロラインの影《かげ》を思い出す。「あの……窓辺《まどべ》に立っていたキャロラインを目撃《もくげき》したふたりのこと、知ってますよね」

「ああ。そのうちのひとりのことは、ずいぶんよく知っているよ」レイモンドさんの声が少しだけ笑っている。

「あの、そのふたりは昨夜《さくや》、キャロラインを目撃したんです……それで、キャロラインもたぶんそのふたりを目撃したと思います」

「ホープ！」

「それから、もしジョンソンさんの奥《おく》さんが白い小型トラックを持っていたり、持っている人を知っていたりしたら、たくさんのことが解明できると思います」

「その小型トラックについて、はたして知りたいものかな」

知りたいかどうかにかかわらず、わたしは話した。電話のことも。

「気がかりだな」レイモンドさんがいう。わたしは信じてもらえないのではないかとおそれていた。けれども、レイモンドさんはむしろ……心配そうにしている。「誰《だれ》かに話したか？」

「ウェルズ保安官に話したら、夜にうちの前にパトカーを出すといってくれました。でも本気にしてなかったようでした」

「また同じようなことがあったら、保安官か警察《けいさつ》にかならず電話しなさい。本気だぞ、ホープ。わたしに電話をくれてもいい」

レイモンドさんに心配してもらえるのはうれしい。気づくと大きなあくびをしていて、受話器に息を吐《は》き出《だ》していた。

「眠《ねむ》れそうなら寝《ね》ておくように」レイモンドさんがいう。「こっちはこれから法廷《ほうてい》に出す召喚状《しょうかんじょう》の準備に取りかかるよ」

「よろしくお願いします」わたしはまたあくびをする。

電話を切る前に、レイモンドさんが大声でいった。「ホープ！　気をつけるんだよ、いいか？」

こんな状況《じょうきょう》なのに、わたしは思わず微笑《ほほえ》んだ。「ありがとうございます、レイモンドさん」

24　ボブの証言

「弁護側はアンドルー・ピーターセン氏を証人として呼《よ》びます」

「アンドルー・ピーターセンさん、前へどうぞ！」

チェイスとTJとわたしは法廷《ほうてい》の最後列にいる。レイモンドさんは、証言がすんだから傍聴《ぼうちょう》していいといってくれたけれど、検察官が異議《いぎ》を申し立てなければという条件がついていた。まだ異議は申し立てられていないけれど、念のため、わたしは目立たないようにしている。ここにくる車の中で、わたしがチェイスのとなりにすわったため、TJはうしろにすわるしかなかった。車に乗っている間、TJはチェイスにもわたしにもふたこと以上しゃべらなかったから、きっとひとりでうしろにいるのはいやだったのだと思う。でもみんなを満足させるほどのエネルギーはわたしにはなかった。裁判《さいばん》のことで手いっぱいだった。

問題は、八年生のときの公民と政治の授業でいつも居眠《いねむ》りしていたから、裁判の仕組みがわかっていないことだった。わたしはチェイスのほうに体をかたむけ、小声できいた。「ピーターセンって誰《だれ》？　どうしてレイモンドさんはあの人に証言させるの？」

「ピーターセンは検察側の証人として、あの朝ジェレミーを二回見たと証言したんだ――一回はあのまだら馬に乗って原っぱを走っていたらしい」

「シュガーね」

「そう」TJが口をはさむ。「おれだって検察側の証言のその部分は聞いてたよ」

ピーターセンが法廷の中を歩いていく。背《せ》が高く、はげかかっていて、年は五十歳《さい》か六十歳くらい。眼鏡《めがね》をかけ、黒いスーツを着て、赤いネクタイをしめている。「どうしてレイモンドさんはあの人にまた証言させるの?」

TJとチェイスがぎこちなく顔を見合わせる。それからチェイスがささやいた。「ピーターセンは、ジェレミーがバットを持って馬小屋から飛び出してくるのを見たといったんだ」

わたしはジェレミーのほうを見た。背筋《せすじ》をのばし、裁判官に視線《しせん》を向けている。

レイモンドさんがピーターセンにあの朝のできごとを話してもらう間、わたしはひとことも聞きのがさないようにした。ピーターセンは朝食に何を食べたかまでしゃべった——即席《そくせき》オートミール、トーストとマーガリン、オレンジジュース、コーヒー。それから朝刊を見つけた場所——茂《しげ》みの中——や、近所の犬がどれほどうるさかったかということ、そしてジェレミーを見たときの話をした。話がへたで、誰も興味がないような細かいことで時間をむだにする。

「あの新聞社にはこれまで何度も苦情の電話をかけたんだ」ピーターセンがだらだらしゃべる。「七回もだ。いや八回か。はっきり覚えてるのは六回目だな。ちょうど七月四日の独立記念日のあとで、近所の若者《わかもの》たちがまだ花火を打ちあげてたよ。そうしたらうちの新聞が、なんと屋根の上に放り投げてあるじゃないか……」

しまいにレイモンドさんが主導権を取りもどし、ピーターセンのまわりくどいむだ話をさえぎった。「ピーターセンさん、被告人《ひこくにん》のジェレミー・ロングのことはどうして知っているのですか?」

「誰《だれ》だって、バッターのことは知ってるよ」バッターというのは、クリーブランド・プレーン・ディーラー紙が監督《かんとく》殺しの犯人につけたおぞましい呼《よ》び名《な》だ。それをCNNテレビがまねした。

レイモンドさんが陪審員《ばいしんいん》に近づく。「おききしたかったのは、誰もが被告人のことを知るようになる前のことです。最初にジェレミーを知ったのはいつですか?」

ピーターセンの顔がくしゃりとつぶれ、怒《おこ》ったか泣きそうになっているかのように見える。「どういう意味だ?」

「いいなおします」レイモンドさんは微笑《ほほえ》んでいる。わたしは、この人はじつは見た目よりも優《ゆう》秀《しゅう》な弁護士なのではないかと思いはじめていた。「あなたと被告人が最初に会ったのはいつですか?」

ピーターセンは顔をしかめた。「あ……会ったことなどない」

「ないのですか?」レイモンドさんが驚《おどろ》いた顔をする。「しかし近くで姿《すがた》は見ていましたよね。顔は知っていたのですよね。殺人事件の前に」

「いいや」ピーターセンが答える。

レイモンドさんはとまどった顔をして陪審員のほうを向き、つぎの質問をした。「では、なぜバットを持って走っている少年がジェレミー・ロングだとわかったのですか?」

「わからなかったよ。ともかく、そのときはな」

「では、あなたが見たのは、バットを持って走るひとりの少年と、馬に乗るひとりの少年だったのですね?」レイモンドさんは質問をつづけて導いていき、あげくのはてにピーターセンは、新聞で見るまでジェレミーが誰だか知らなかったことを認《みと》めた。しかも眼鏡《めがね》をかけていなかったことも。

ピーターセンが自分が誰かもわからないくらい混乱《こんらん》しきったとき、レイモンドさんがとどめを刺《さ》す。「つまり、あなたは走っている少年が誰だかわからなかった。そしてこのおそろしいできごとを通報しなかったのは、新聞報道を見てからは血だらけのバットだったと確信《かくしん》したが、当初は泥《どろ》だらけのバットだと思っていたからだった。そういうことですね?」

「ああ、そうだな」ピーターセンが認める。

レイモンドさんは裁判官《さいばんかん》に微笑みかける。「では、裁判官、わたしから証人への質問はこれで終わります」

ピーターセンはそそくさと証言台からおり、法廷《ほうてい》の外に出ていった。質疑応答《しつぎおうとう》のやりとりはテレビで見る法廷番組よりもずっと長くかかる。陪審員第七号は二回くらい居眠《いねむ》りしていたようだった。でもジェレミーはちがう。耳をかたむけ、証言をよく聞き、理解しているのがわかる。何かに集中しているときのジェレミーはかしこい。ものすごく頭がいい。ただ興味を失ったときは、自分の内側にあるもっと魅力的《みりょくてき》な世界に入りこんでしまう。

裁判官《さいばんかん》が短い休廷《きゅうてい》を宣言《せんげん》した。休憩《きゅうけい》が終わって席にもどると、レイモンドさんはボブ・アダムズを証言台に呼《よ》んだ。ボブはわたしたちの何列か前にすわっていたけれど、ほかの人をまたいで列を出るとき、ちらっとこっちを見た。わたしはボブに微笑《ほほえ》みかけた。ボブがジェレミーを気に入っているのを知っているから、少しほっとする。だからこそレイモンドさんもジェレミーの性格についてボブに証言をたのんだのだ。わたしたちがグレインに引《ひ》っ越《こ》してきたとき、ボブはリタをその場で雇《やと》った。そのうちにリタが寝坊《ねぼう》したり働く意欲《いよく》がなかったりして、わたしがかわりにいくようになったとき、ボブはあまりいい顔をしていなかった。でもわたしがよく働くのを見て――リタよりずっとよく働く――態度を変えた。ジェレミーに対しても。

ボブは真実を話すことを聖書《せいしょ》に誓《ちか》うと、証人席に進み、木の椅子《いす》のはしぎりぎりのところにバランスを取るようにしてすわった。さっと逃《に》げ出《だ》す必要でもあるかのように。こんな服装《ふくそう》のボブをお店以外の場所で見かけても、ボブだとわからないだろう――グレーのスーツ、青いネクタイ、革靴《かわぐつ》、エプロンなし。コロニアル・カフェ以外でボブを見たことがあるか考えたけど、ないような気がする。ボブは咳払《せきばら》いをした。髪《かみ》をうしろになでつけ、まるで法廷《ほうてい》にびっしりならんだゆり椅子にいっしっぽをふまれるかわからないネコのように、緊張《きんちょう》して居心地《いごこち》悪そうだ。

レイモンドさんはボブに名乗らせたあと、ジェレミーについて質問をはじめた。

「ジェレミーはすばらしい少年だと、前々から思ってましたよ」ボブが答える。「ふつうとはちょっとちがう、なんというか、風変わりというのか、しゃべらないからね。でもやさしい子です。ほんとにやさしい子です」

ボブはやさしさの例をあげていった。たとえば、ジェレミーがコロニアルに立ちよって、理由もなく、無償《むしょう》で皿洗《さらあら》いを手伝ってくれること。それからあるとき、オオハンゴンソウの花をつんできて、コップにいっぱい差して、コロニアルのどのテーブルにもかざったこと。

ボブはうまくやってくれている。心神喪失《しんしんそうしつ》の申し立てが必要なときに備えて、ジェレミーが少し変わっているという印象をあたえながら、やさしくてふつうの人らしいことも伝えている。

レイモンドさんが証人への質問が終わったと述《の》べ、ボブは立ちあがって帰ろうとした。

「証人にいくつか質問があります」ケラー検察官が机《つくえ》の向こうから声をあげる。席を立って、薄《うす》いグレーのスーツの真ん中のボタンをとめる。

裁判官がうなずき、ボブはまた腰《こし》をおろす。

ケラーが満面の笑顔なので、わたしは不安になった。「アダムズさん、ジェレミーがおたくのレストランで騒《さわ》ぎを起こしたことがありませんでしたか？」

「あれは……あれはたいしたことじゃありません」そう答えたものの、ボブは重い体重を椅子の上で移動させ、ネクタイをゆるめる。何をきかれるのかわかった。きっとボブもだ。

ジェレミーをちらっと見ると、ジェレミーはできるものなら、ボブをそれ以上証言台に立たせないでおくためだけに、入れかわってあげたそうな目つきでボブを見つめていた。

「たいしたことじゃないと？　本当に？」ケラーはひたいにしわをよせ、驚《おどろ》いた顔を陪審員《ばいしんいん》に向けた。今ではその顔つきが憎《にく》らしい。「警察《けいさつ》が呼《よ》ばれませんでしたか？　ウェルズ保安官が秩序《ちつじょ》を回復させる必要があったのでは？」

わたしは保安官をにらんだ。やっぱりケラーにこの話をしたのは保安官なんだ。

「おおげさに広まっちまっただけですよ」ボブが答える。

本当におおげさだった。たいしたことじゃなかったし、ジェレミーのせいでもなかった。ジェレミーはかっとなったけど、それは学校でバカな子が、リタがカフェで馬や犬の肉をお客に食べさせてるといったからだ。ジェルは動物が好きだから、頭にきたのだ。

「アダムズさん」ケラーが食いさがる。「ご承知《しょうち》のとおり、あなたは宣誓《せんせい》をしています。約一年前の八月二日にウェルズ保安官があなたの店舗《てんぽ》に呼ばれたときのことを、この法廷《ほうてい》で話してください」

ボブはちらっとジェレミーを見てから、ケラーに視線《しせん》をもどす。「では話しますが、ジェレミーは昼時に店にとびこんできました。土曜日でこんでました。ジェレミーはテーブルからテーブルへ、ボックス席へ、それから軽食カウンターへと走りまわり、料理の皿をひとつずつ見ていきました」

「つづけてください」ケラーがうながす。

「もしハンバーガーを食べてるお客さんがいたら、その、ジェレミーは皿をうばって全部ごみ箱に放りこんだんです。何もかも、あっというまだった。たぶんボックス席のどこかにいた若者《わかもの》たちが皿を取られまいとして、ジェレミーも少し興奮《こうふん》したんだろう。でも悪いのは、ジェレミーの学校の生徒たちですよ。お母さんが馬や犬の肉をお客さんに出しているといって、ジェレミーの頭を混乱《こんらん》させたんだから」

法廷の中で、えんりょがちな笑いが起きた。こんなことがおもしろいと思う人がいるなんて信じられない。

「アダムズさん、そのお皿がどうなったか教えてください」ケラーがうながす。

ボブはずんぐりとした自分の手を見つめる。「ほとんど割《わ》れました」とつぶやく。

「大きな声でお願いします」ケラーがいう。「陪審員《ばいしんいん》のみなさんに聞こえるように」

「ジェレミーが割りました！」ボブがケラーの目を見すえていった。「お皿やなんかを数十枚《まい》割ったんだ！　でもあのでしゃばりのラウスおばさんが保安官を呼ぶ必要なんかなかった。警察なんかいらなかった。自分たちで処理できたんだ」

「殺人が起きた日、あなたが馬小屋にいてものごとを処理できなかったのは残念でしたね」ケラーがいう。

レイモンドさんが立ちあがって机《つくえ》をたたく。「裁判官《さいばんかん》、異議《いぎ》あり！」

でも裁判官はすでに対応をはじめている。「ケラーさん、意見を述《の》べるのは最終弁論まで待ってください。忠告《ちゅうこく》しておきますよ」

「失礼しました、裁判官」ケラーはちっとも失礼だと思っていないようにいう。そしてボブのほうを見てにやりとする。「アダムズさん、ボブ、あなたは被告人《ひこくにん》ジェレミー・ロングのことが好きですよね」

　ボブはまたジェレミーのほうを見やる。「ああ、好きですよ」あきらかに、まだケラーに腹《はら》を立てている。

「それでは、ジェレミーの母親のことも好きだといってもいいですね？」ケラーがたたみかける。

　わたしの胃がぎゅっとねじれる。なぜかわからないけど、いやな予感がする。

「何がいいたいんだ？」ボブがきく。

「わたしはただ、あなたがジェレミーと母親のことを好きだと思っているか、ときいたのです」

　レイモンドさんが、まよっているように、立ちあがりかける。「裁判官《さいばんかん》、この質問の流れに異議《いぎ》があります」

「証言する動機につながる質問です、裁判官」ケラーが説明する。

「異議を却下《きゃっか》します。アダムズさん、質問に答えてください」

「ああ、リタとジェレミーが好きですよ。だから何なんだ」

「こうはいえないでしょうか。少なくとも被告人《ひこくにん》の母親リタ・ロングについて、あなたは好きという以上の感情をお持ちなのでは？」まるで小学二年生がべつの子の初恋《はつこい》をからかっているように聞こえる。

「裁判官！」レイモンドさんがまた立ちあがりかけながら、声をあげる。

　裁判官は手をあげ、レイモンドさんを制止する。「つづけてください、ケラーさん」

わたしは心の中で思う――帰ってください、ケラーさん。

「あなたとロング夫人は恋仲《こいなか》にあるのではありませんか？　あなたが……」

「異議あり！」レイモンドさんが叫《さけ》んだ。こんなに怒《おこ》っているところは見たことがない。

わたしも異議を唱えたかった。でも正直にいうと、驚《おどろ》きはしなかった。リタが誰《だれ》かとつきあっているのはわかっていた。少しでも考えていれば、相手がボブだとわかってもおかしくなかった。ボブがリタを好きなのはわかっている。ただリタのほうから〈好き〉に応えているところは見たことがない。

「ケラーさん、そこまでです」裁判官がここまできっぱりいうのははじめてだ。ますます好きになった。

「わかりました」ケラーがいう。「あとひとつだけ質問があります、アダムズさん。それで終わりにしましょう。ジョンソン監督《かんとく》が殺された前の晩《ばん》、あなたはどこにいましたか？」

「家だ」ボブはまた自分の手を見つめる。この質問がいきつく先を予想して、わたしは胸《むね》がむかむかした。リタとわたしだけがジェレミーのアリバイなのに、わたしは保安官が玄関《げんかん》をたたくまで、ずっと寝《ね》ていたのだ。

「あなたは、家でおひとりだったのですか？」ケラーがたずねる。

ケラーの顔に張りついたにやにや笑いをはたき落としてやりたい。

「いいえ」ボブが、ほとんどささやくように答える。

ケラーは驚《おどろ》いたふりをする。「本当に？　誰《だれ》といっしょに……」

ボブは質問の最後まで待たなかった。「リタだ！　わかったか？　リタ・ロングといっしょにいたんだ」

「ああ」ケラーが、やっとすべてがはっきりしたかのようにいう。「なるほど。えー……失礼ですが、ひと晩《ばん》じゅういっしょでしたか？」

「そうだ。いつものように六時十五分に仕事に出たが、それまでいっしょだった」

「そのときジェレミーの母親はまだそこにいたのですね」

ボブがうなずく。

「記録をする必要がありますので、アダムズさん、声に出して答えてくれませんか」裁判官《さいばんかん》がいう。

「すみません、裁判官。はい。六時十五分に家を出たとき、リタはまだいました」

傍聴席《ぼうちょうせき》がいっせいにざわめき、裁判官は小槌《こづち》をたたいて静粛《せいしゅく》を求めた。

わたしはどう考えたらいいのかも、自分がどう感じているのかもわからなかった。今の証言がジェレミーにどう不利になるのか考えようとしたけど、できなかった。つまり、リタはボブと寝《ね》ていたということだ。つまり家にいなかったから、ジェレミーがひと晩じゅう、自分の部屋で寝ていたかどうか確認《かくにん》できなかったということだ。でもそんなことはそもそも証明がむずかしい――血だらけのバットと、ジェレミーの血だらけのユニフォームがあるのだから。それにもし、ひと晩じゅう家にいたとしても、リタはジェルの様子を見にいくような人じゃない。

　チェイスがこっちを見る。わたしがどう受け取めているのか確かめるように。

　法廷《ほうてい》の前のほうから、手で何かをたたいているような音がする。何の音か見えないけれど、なんとなくわかる。椅子《いす》がキーッと鳴って、誰かが机《つくえ》をたたく。ほかの音はすべて止まる。たたく音は何度もつづく。

「マンローさん、あなたの依頼人《いらいにん》を静かにさせてくれませんか？」裁判官がいう。

　わたしは左に身をのりだし、ふたりの記者の頭の間から、兄の姿《すがた》を見た。ジェレミーは体を前後にゆすっている。おびえて羽ばたく鳥のように、両手を頭の上にあげている。

「ロングさん」裁判官がいう。「落ち着いてください。さもないと法廷《ほうてい》から出ていっていただくことになります。わかりますか？」

　ジェレミーは空中で両手をねじり、こぶしをにぎったりひらいたりしながら、どんどん動きを速めていく。レイモンドさんがジェレミーの肩《かた》に手を置くと、ジェレミーはその手が炎《ほのお》でできているかのようにふりはらった。

　うしろの列にすわっているわたしのところからは、兄の顔が闇《やみ》に裂《さ》かれたように見える。ジェレミーはジキルとハイド、光と闇だ。

　こんな兄を陪審員《ばいしんいん》に見てほしくない。

　チェイスとTJに見てほしくない。

　わたしだって見たくない。そのわずかな一瞬《いっしゅん》に、わたしは思った。ジェレミーがやったの？

25　反抗《はんこう》

裁判所《さいばんしょ》からの帰り、チェイスにまっすぐ家まで送ってもらった。三人のティーンが乗っていて、これほど静かな車はいまだかつてなかったと思う。わたしはすべての言葉をリタのために取っておいている。リタが、ボブとつきあっていることを、レイモンドさんにもわたしにも黙《だま》っていたなんて信じられない。今さら何を気にしていたというの？　自分の評判《ひょうばん》？

チェイスがうちの前の通りに車を停める。居間でテレビの明かりが光っているのが見えた。「家までいっしょにいこうか？」チェイスが申し出る。

「そうだよ」TJもいう。「おれがいってもいいよ」

「ううん、ありがとう。これはリタとわたしの問題だから」

家に入ると、白いスリップ姿《すがた》のリタがだらっとソファにすわっていた。足首を組んでコーヒーテーブルにのせている。午後四時半なのに、手には缶《かん》ビール。すでに空《あ》き缶《かん》が二本、テーブルに置いてある。

「お帰り！」リタは上きげんだ。「あんたも観《み》なさいよ。フィル・マグロー博士《はかせ》がこのいやみったらしい男をぺしゃんこにしてやるところなんだから」すでにろれつがまわっていないから、ビールの前にも何か飲んだのかもしれない。

　わたしはテレビに突進《とっしん》してスイッチを切ると、画面の前に立ちふさがった。

「何やってんのよ！」リタが文句《もんく》をいう。「観てたのに」メイクの内側のリタは、唇《くちびる》をとんがらかし、ふわふわのスリッパをはいた子どもだ。

「ボブと寝《ね》てたって、どうして黙ってたの？」

「はあ？」

「ボブよ！　わたしたちを雇《やと》ってくれてるボブ！」

　リタは不きげんな顔をして、ビールを置いた。コースターがない。コースターを使うようにいっているのに。うちのテーブルの上は、惑星《わくせい》が軌道《きどう》をはずれてめちゃくちゃになった太陽系《たいようけい》のように見える。「なんでそんな……？」

「ボブが証言したの」

「あたしたちのことを？」話についてこようとして、リタのひたいのしわがV字になる。「なんでボブが……」

「証言台に立つと、いろんなことをいわされるの。真実が出てくるの。わたしはリタがどんな生き方をしようと、どうだっていい。気にしてないから。もうずっと前から。でもボブの証言のせいで、リタとボブがジェレミーを守るために嘘《うそ》をついてるように思われちゃったの——結局ますますジェレミーに罪があるように思われただけなのよ！」

「ちょっと待ってよ」リタは酔《よ》っぱらい状態からぬけ出してきた。怒《いか》れるリタが、目の前で姿《すがた》をかためていく。「それって、どう関係あるのよ？　それにどっちにしたって、あんたに関係ないでしよ」

「ジェレミーはわたしのお兄ちゃんなの！」わたしは叫《さけ》ぶ。「ジョンソン監督《かんとく》を殺したはずがないってわかってるから、それを証明したいの。それなのにリタは……！」

「やだ、まだあきらめてなかったわけ？」リタはソファにまた腰《こし》をおろすと、リモコンでテレビをつけた。

わたしはまたバチンとスイッチを切る。「リタ！　ジェレミーがどうなってもかまわないの？」

リタは起きあがる。「かまうに決まってるでしょ！　法律上《ほうりつじょう》は成人かもしれないけど、あたしの息子《むすこ》だってことに変わりはないんだから。あたしが産んだの。だから刑務所《けいむしょ》に入ってほしくないわけ。安全な精神科病院に入って、世話してもらって、これ以上問題を起こさないでほしいの。それがあたしの願いよ！」

リタにテレビを投げつけてやりたかった。どうしてそんなに冷たいの？

リタはもう何百万回も見てきた顔つきでこっちをにらむ。引き結んで片側《かたがわ》によせた唇《くちびる》、かたむけた頭、嫌悪《けんお》に満ちた目。もし頭の中で母親の姿をひとつだけ思《おも》い浮《う》かべるとしたら、この顔になる。その顔はこういっている。〈あんたには死ぬほどうんざり。あんたみたいなバカとは話すだけむだ。あたしのじゃましないで〉

「話は終わりよ、ホープレス」リタはビールをぐっと飲みほした。「冷蔵庫《れいぞうこ》からもう一本取ってきて」

いつもならわたしはここで譲歩《じょうほ》して、これ以上ひどいことにならないように、誰《だれ》も傷《きず》つかないように、リタのいうとおりにする。いつもここで波風《なみかぜ》を立てないようにあきらめる。譲歩する。でも今回はちがう。「リタ」わたしの声は冷静だ。その声にリタがびくっとする。驚《おどろ》いたのかもしれない。「どうして監督はリタにお金を払《はら》ってたの？」

リタは体をかたくして、ソファのはしまでくる。やっとリタの注意を引きつけることができた。

「何のことかわからないんだけど」

「本当に？　リタと〈ジェイ・ジェイ〉のことなんだけど。小切手をもらってないっていうの？」

リタは足を体の下にたくしこみ、たるんだ腿《もも》の上にスリップをかぶせた。「ジェレミーが馬小屋で働いた分の給料を払ってもらってたの。それが何？　ジェレミーは小切手をもらったってどうしたらいいかわからないじゃない」

「一千ドルの小切手よ？　毎月」

「あんたどこで……」

「リタとジェイ・ジェイ監督は、浮気《うわき》していたの？」

「お黙《だま》り！」リタが金切り声を出す。「あんたに関係ないでしょ！」

「リタが考えたことなの？　監督はリタがしゃべらないようにお金を払ってたの？」

「何いって……！」言葉が歯の間からおし出され、つばでぬめる。

「監督《かんとく》は奥《おく》さんにばれるのがこわかったんでしょ？　それでリタは監督をおどしてお金をもらってたのね！」

「あんた、何いってるかわかってんの？」リタがきんきん声で叫《さけ》ぶ。

こんなに怒《おこ》っているリタは見たことがない。それだけでもすごいことだ。でも今日は、わたしは引きさがるつもりはない。あまりにも大事なことだから。「だからジェレミーをさっさと精神科病院に送りこもうとしてるんでしょ？」

その瞬間《しゅんかん》、リタがリモコンを取って投げつけてきた。よけたけど、リモコンはわたしの頬骨《ほおぼね》に当たり、それからテレビ画面にぶつかった。リモコンがばらばらになる。電池が吹《ふ》っ飛《と》ぶ。画面が欠けたように見えた。リタは、はっと息をのんだ。「ホープ、あんた、だいじょうぶ？　けがは？」

「リタって、救いようがない！」わたしの頬を何かがつたいおちる。さわって指を見ると、赤い。もうどうでもいい。何の感情もわかない。体がふるえている。「自分のいやらしい秘密《ひみつ》をかくしておくためなら、息子《むすこ》を追い出しても平気なのね！　脅迫《きょうはく》の罪で裁判《さいばん》にかけられなくてすむためなら、ジェレミーが殺人罪で有罪にされたっていいってことね？」

リタが立ちあがったから、コーヒーテーブルの向こうからとんできて、わたしを組みふせるつもりかと思った。でもわたしは動かない。どうでもいいから。

ところが、リタはわたしに向けて指をふりたてただけだった。「あたしが息子を入院させるのは、二度と人殺しをさせないためなんだよ！」

「ジェレミーは誰《だれ》も殺してなんかない！」

リタの目がさっと細くなり、わたしはこのけんかが、これまでのすべてのことが、最悪のところに突入《とつにゅう》するとわかった。「ホープ、ジェレミーがやったんだよ。あんたのお兄ちゃんはまちがいなくジェイ・ジェイを殺したんだよ」

大声でまた叫びだしたい。リタにほかの何かを投げつけてもらいたい。とにかく、こんなことは聞きたくない。

リタは冷静につづける。「事件の朝、洗面所《せんめんじょ》の流しで、ジェレミーが自分のバットを洗《あら》ってるのを見たの」

その言葉が、わたしに残っていた炎《ほのを》をかき消してしまった。リタの炎も。リタを嘘《うそ》つき呼《よ》ばわりしたいのに、火に水をかけられてしまったわたしは、リタの言葉の中でおぼれていた。

リタは今は静かだ。家じゅうが静かだ。「あたしは見たんだよ、ホープ。あの朝、家に帰ってきて、もうひと眠《ねむ》りしようとしたの。あんたとジェレミーはまだ寝《ね》てると思ったから。でも眠れないから、トイレにいった。ドアをあけたら、ジェレミーがいたんだよ。バットについた血を洗い落とそうとしてた」

「それで、リタはどうしたの？」

「ジェレミーの顔を見たよ。ジェレミーは動揺《どうよう》してるように目を見ひらいて、こっちを見返してきた。あたしがあげられないものを、ほしがっている感じでさ。あたしはドアをしめた」

「え……？」

「わかってる。そのときその場で、何をしたのかきけばよかった。でもどうせ何か動物をやったんだろうと思って――犬やネコじゃなくて、リスみたいな小さいやつ。そんなことにかかわりたくなかったんだよね」リタの視線《しせん》がわたしを通《とお》り越《こ》して、何も映《うつ》っていないテレビ画面に向けられる。

「知らなかったよ……ジェレミーが……あのバットで……人をやったなんて」

あたしはリタからあとずさりして、よろよろとドアに近づいていた。事件の映像《えいぞう》が頭の中でちかちか浮《う》かぶ。ひとつひとつが矢にくっついてつきささってくるかのように、痛《いた》い。馬小屋の床《ゆか》で丸くなってたおれている、血だらけの監督《かんとく》。寝室《しんしつ》のすみで丸くなっているジェレミー。背中《せなか》がドシンとドアにぶつかる。うしろに手をのばし、必死に取っ手をさがす。ここから出ないと。

リタがどなっているけど、聞こえない。耳鳴りがして、リタの声をかき消す。

わたしは外に出た。走りだす。足が一本、もう一本。小さいとき、ジェレミーによく読んであげていた本がある。ドクター・スースの本。〈あしがいっぽん。あしがにほん〉確かそういう言葉だったけど、思い出せない。〈ひだりのあしと、みぎのあし〉だったっけ。

わたしは走りつづける。胸《むね》の痛みがもっと痛くなればいい。爆発《ばくはつ》すればいい。

走りつづけたら、昔の教会の前まできた。今はアンティークのお店になっている。ここがもしまだ教会だったなら、お祈《いの》りができただろうか。助けになってくれただろうか。正面の大きな扉《とびら》に十以上の張り紙がしてある。〈手をふれないでください！〉〈こわしたものは買い取っていただきます〉〈小切手・クレジットカード不可〉〈現金のみ〉〈走らないでください〉〈飲食禁止〉

扉をおして中に入る。前にもここにきたことがあった。すみからすみまで机《つくえ》や椅子《いす》、鏡台や額縁《がくぶち》、彫像《ちょうぞう》や装身具《そうしんぐ》などでうめつくされている。ほこりとかびのにおいが、レモンやニスのにおいにまじる。

「さがしているものがあるなら、助けてあげられるわよ？」

この人がわたしを助けてくれるの？　助けられる人なんているの？

〈神様〉わたしは心の中できく。〈わたしを助けてくださいますか？〉それは質問？　それとも嘆《たん》願《がん》？　古風《アンティーク》なお祈り？

わたしは首をふり、木の手すりのある階段《かいだん》をあがる。昔は聖歌隊席《せいかたいせき》があったところが、今は時代ものを集めた部屋になっている。ドアのあいた部屋の前の戸棚《とだな》に、一九二〇年代のいろんなドレスがつりさげてある。部屋の中にはあらゆる戦争のヘルメットや制服が置いてある。もともとの持ち主だった人たちは、人を殺したの？　その人たちのために死んでもいいと思っている妹を家に残していたの？　その人たちが何をしたとしても、英雄《えいゆう》だと思っている妹を。

わたしは日本の絹《きぬ》のついたての前にひっそりと置かれた、アメリカ軍のトランクケースに腰《こし》をおろす。ついたては部屋をふたつに分けている。西洋と東洋に。左側の壁《かべ》には銃剣《じゅうけん》がかかっていて、反対側の壁にはライフルや拳銃《けんじゅう》の入ったガラスケースが置かれている。

出ていきたい。わたしのいる世紀を出て、ここの過去の世紀にいきたい。現在も未来もいやだ。

「わたしにはできない」声に出していう。ここには誰《だれ》も――神様とわたし以外には――聞く人がいないけれど。わたしにはジェレミーが監督《かんとく》を殺さなかったことを立証できない。わたしがしたのは、ジェレミーが心神喪失《しんしんそうしつ》の状態にあると判断してもらえる可能性をぶちこわしたことだけだった。

リタのほうが、よっぽどジェレミーの助けになっていた。

26 アンティークのお店

ない。

わたしは向きを変え、こそこそと戦争の部屋にもどる。チェイスに会いたくない。誰《だれ》にも会いたく

ルコニーの手すりまで歩いていって、下を見おろす。姿《すがた》が見える前から、チェイスだとわかった。

叫《さけ》び声《ごえ》が聞こえ、わたしはがくんと現在に引きもどされる。トランクケースから立ちあがり、バ

「ホープ？　ホープ！」

けれどもチェイスはわたしを見つけたようだった。「ホープ？」階段《かいだん》から足音が聞こえる。チェ

イスが過去に——わたしの部屋に——入りこんできて、ここの静けさを打ちくだいた。

「帰って」

「ホープ、聞いてくれ……」

わたしは首を横にふる。

「顔をどうしたんだ？」チェイスがわたしの頰《ほお》にふれる。

痛《いた》くない。感じない。もう何も感じることができなくなったのかもしれない。わたしはチェイス

の指をはらいのけた。

チェイスはトランクにすわるわたしのとなりに腰《こし》をおろす。「何かいって」

「帰って、チェイス。放っておいて」わたしは床《ゆか》を見つめる。木の板のすきまから、階下の明かりがかすかに見える。昔はここで聖歌隊《せいかたい》が歌っていた。

「何があったんだ?」

わたしは首をふる。「もうおしまいなの。もうわたし、やめる」

「本気じゃないよね。ジェレミーはどうするんだ。きみを必要としてる。それにこれからキャロライン・ジョンソンを法廷《ほうてい》に呼《よ》んで、合理的な疑問《ぎもん》を……」

「待って。どうしてわたしがここにいることがわかったの?」

「リタ」チェイスが答える。

「リタ?」

「電話をくれたんだ。そうでなければ、きみをさがす必要があるなんてわかるはずないだろ。リタはきみのことを心配している。何かバカなことをしでかすんじゃないかと」

理解できない。「え? リタがチェイスに電話したの?」

チェイスがにっこりしてうなずく。「ぼくもびっくりしたよ。真っ先にかけてきたわけじゃないみたいだけど。でもきみのことを心配してるのは本当。ぼくも心配してる。あきらめたらだめだ。ジェレミーにとってこれまでにない、いい状況《じょうきょう》になってきてるんだから」

「ちがう。そんなことない」わたしは首をふり、声を落とす。「リタはあの朝、ジェレミーを見たのよ。チェイス、ジェレミーはバットを洗《あら》おうとしてたの」頭の中に思《おも》い浮《う》かぶ。ジェレミーが洗《せん》面所《めんじょ》の流しにバットを入れようとする。水と血がはねる。そしてあの表情。うしろめたいことをして見つかってしまったときの見ひらいた目。「どうしてそんなことしてたんだろう、やってないのなら……」最後までいえなかった。

「まず、リタが何を見たのであれ、ジェレミーがバットを洗っていたことは、法廷で明かされないままになるかもしれないよ」

「でもリタが証言することになったら、ケラーはその話を引き出すに決まってる」手が痛《いた》いのに気づき、上にあげて見てみる。ぎゅっとこぶしをにぎっていたせいで、手のひらに爪《つめ》がくいこんだ跡《あと》が残っている。

「リタは案外しゃべらないかもしれないよ。きみにもずっと黙《だま》ってたんだ。法廷でも話さないほうに賭《か》けるな」

チェイスのいうとおりだ。リタはわたしより強いから、もっとうまく検察官とわたりあえる。

「それでも……リタが見たことには変わりないのよ」わたしはまたこぶしをにぎる。痛みを感じたくて。

「リタは何を見た？」チェイスがきく。「ジェレミーがバットを洗っているところ？　だから何なんだよ。どうして洗っていたのかなんて、誰《だれ》にもわからないだろ。きみでさえ、ジェレミーが何を考えているのか、いつもわかるわけじゃない。大事なバットがよごれてがまんならなかったのかもしれない。それとも、誰《だれ》かをかばおうとしたのかもしれない」

「誰を？　キャロライン・ジョンソン？　おたがいに好きでもないのに」

チェイスは肩《かた》をすくめる。「そうだな。かばってたのではないかもしれない。単に自分のバットに監督《かんとく》の血がついていることに耐《た》えられなかったかもしれないな」

それは正しいような気がする。「確かにジェレミーは血を見るのがきらいなの。わたしが鼻血を出したとき、近くにあったふきんをあてて止めたことがあったの。そうしたらジェレミーに、そのふきんをアパートの外に捨《す》てさせられたのよ」

「ほらな？」チェイスは自分の正しさが証明されたようにいった。「それでジェレミーはバットを洗《あら》っていたのかもしれない。そうでないかもしれない。ホープ、ぼくたちにはわからないし、これからもきっとわからない。でもそれだけでは何の証拠《しょうこ》にもならないんだ。それだけいいたかった」

リタがきみに話したことで、何ひとつ変わりはしない。合理的な疑問《ぎもん》はまだ残っている。監督《かんとく》を殺した動機はあいかわらず、ジェレミーにはないけど、キャロライン・ジョンソンにはある。あのボブの証言を聞いて、ボブに動機があると陪審員《ばいしんいん》が思う可能性だってある」

「ボブに？　どんな動機があるっていうの？」ボブが誰かを本当に傷《きず》つけているところは想像できない。

「わからないよ」チェイスはランニングシューズを片方《かたほう》脱《ぬ》いで、中にあった砂利《じゃり》をふり落とした。靴下《くつした》をはいていなくて、靴ひもも結んでいない。「でも、きみのお母さんと監督とボブの間で三角関係みたいなことになってたのなら、ボブにも動機があるよ。ボブがやったとまではいわないけど、でも動機はある」

「そしてジェレミーにはないのね」急にほっとした。うしろめたさもあるけれど。暑い。この階上の部屋はうだるように暑い。「ジェレミーには動機がないのよ」

「それに」チェイスがつづける。顔のしわがくっきりして真剣《しんけん》そうで、わたしに信じてほしいと強く思っているようだ。「陪審員は動機なしに有罪の評決《ひょうけつ》を出したくないものなんだ。いくら有罪を立証する必要がないと法律《ほうりつ》で定められていてもだ。父親がいつもいっているけど、陪審員というのは、なぜ殺人を犯したのか理解したがるものらしい。それが人間というものだし、陪審員は人間なんだ」

わたしは目をとじる。頭に浮《う》かんだのは、八か月くらい前にジェレミーが丘《おか》の上に立ち、そりですべりおりようとしているところ。無垢《むく》を絵に描《か》いたような姿《すがた》だった。夜のことで、星がありったけの力で輝《かがや》いていた。ジェレミーは今にもとどきそうなくらい天国のそばにいるように見えた。そしてわたしは、十年くらい前に車の中で聴《き》いたあの歌を思い出した。ジェレミーが神様のまねをして歌った歌。あの歌を今聴けるなら、何をあげてもいいくらい。

「ジェレミーがやったはずがない」わたしは静かにいう。一瞬《いっしゅん》でも兄が殺人を犯したと思ってしまったことが苦しくて、とてつもなく悲しい。「なのに、わたしはジェレミーを見捨《みす》てようとしてた」わたしは告白する。はずかしくてチェイスに顔を向けられない。

チェイスがわたしの頬《ほお》についているものをはらってくれる――血か涙《なみだ》か。「それは信じないな」わたしは顔をしかめて、見あげる。

チェイスが首をふる。「絶対に信じない。ぼくの知っているホープは、けっしてジェレミーを見《み》捨《す》てない。きみのお兄さんへの思いはずっと見てきた」

「でも……」

チェイスはそれ以上の言葉をさえぎるように、わたしの唇《くちびる》に指をのせる。そして指先で下唇をそっとなぞる。

その感触《かんしょく》は、指が離《はな》れたあとも、わたしの口に残っている。ゆっくりとチェイスがわたしのほうにかがみこみ、唇をかさね、指でふれていたところをたどっていく。重苦しさがぬけて、わたしは宙《ちゅう》にただよっている気分になる。まわりで軍服や銃《じゅう》やヘルメットが見守り、年月がとけあい、わたしたちを時代を超《こ》えた恋人《こいびと》たちの仲間に引き入れる。

「あなたたち！　上で何をやってるの？」店主のガンスさんが叫《さけ》んで、足をふみならした。ネズミを壁《かべ》の中に追いこむように。

わたしたちはぱっと体を離す。チェイスが階段《かいだん》の手すりまで歩いていって、下に向かっていう。

「すみません。キスしてたんです」

「チェイス！」小声でたしなめたけれど、思わず微笑《ほほえ》んでしまう。

「わたしの店の中で？」ガンスさんがぞっとしたようにいった。「なんてこと。さっさと出ていってちょうだい。わかった？　お店の中でキスは禁止よ！」

「すみません」チェイスはそういうと、駆《か》けもどってきてわたしの手を取り、引っぱりあげてくれる。「入るときに、張り紙を見逃《みのが》したのかな」

ふたりで階段を駆けおり、店から飛び出した。しずみゆく夕日に向かって、ガンの群れが鳴きながら飛んでいく。わたしたちは歩道に立って向きあう。チェイスが今にもキスしてくれそうな気がした。してくれないなら、こっちから動くつもり。わたしたちはもう一度キスした。何も考えずに目をとじてしまったけれど、とじたままでいたくないから、目をひらいた。

ＴＪがそこに立っていた。「何だよ、何かのじょうだんか？」

わたしはチェイスをおしのけた。勢いがつきすぎて、チェイスがＴＪにぶつかりそうになる。

「ＴＪ、ど、どうしてここに？」

「リタが電話をくれたから。きみがバカなことをしでかすんじゃないかって」ＴＪがチェイスをにらみつける。茶色い目が、憎《にく》しみをはらんだ小さな点になっている。「リタのいうとおりだったみたいだな」ＴＪは憎しみをわたしに向ける。「なんでわざわざおれに連絡《れんらく》してきたのかわからないけどさ」

「ねえ、どこかにすわって話をしない？　わたし、とりみだしてたの……事件のこと、ジェレミーのこと、リタのいったことで……」

「どうだっていいよ」ＴＪが首を横にふる。

「なあ、ＴＪ」チェイスが落ち着いた声でいう。「話をしよう」

「話だと？　そもそもホープを助けてほしいとたのんだのはおれなんだぞ。おまえ、いやがってたじゃないか」ＴＪはわたしたちに指をつきつける。「こんなことは考えてなかった！　でも気づくべきだったよ。おまえは、いかさまだ！　ほかのみんなと同じだよ。おまえの父親。監督《かんとく》。監督の奥《おく》さん。今ではホープもか？　おまえや、おまえのようなやつらを、みんなは王様あつかいするんだ。じゃあ、おれは何なんだ？　ゴキブリか？　おまえみたいに金を持ってないだけで？　見た目がかっこよくないだけで？」

「ＴＪ、何を……」チェイスがなだめようとする。

「監督といっしょに、おれと家族のことをバカにして、さんざん笑ってたんだろうな」

「クッキーのことだったら」チェイスがいいだす。「もうあやまっただろ。ほかに何といえばいいかわからない。ホープとぼくのことなら、すまない……」

「ああ！」ＴＪは大声になっている。自転車に乗った男の子がふたり、道の向こう側にわたり、こっちをじろじろ見ている。「すまないだって。そういえば何でもすむと思ってるんだろ。やりたいことやって、そのあとで、すまなかったってさ。でもな、そうはいかないんだよ！　取り返しのつかないことだってあるんだよ！　やってしまった。終わり。でも、それで終わりじゃないんだ、本当はさ。なかったことになんかできないんだよ！」

チェイスのほうを見ると、ぼうぜんとして、おし黙《だま》っている。

「ＴＪ、落ち着いてよ」わたしはたのみこむ。「傷《きず》ついたならごめんなさい。でもそのいい方はこわかった。ねえ、話ができない？」ＴＪに近づくと、ＴＪは一歩あとずさる。

「だめだ！　話なんかできない。これ以上きみのためにさか立ちするつもりはないからな。おれはおりる！　裁判《さいばん》のことからすべておりる。きみのお兄さんなんか……！」ＴＪは自分の言葉にのどをつまらせて黙った。それからきびすを返し、ふりかえりもせず、通りを走り去った。

「ＴＪ！」わたしは叫《さけ》ぶ。

車が急ブレーキをかけ、ＴＪをかろうじてよける。ＴＪは見向きもしない。ドライバーはクラクションを鳴らすと、タイヤをキーッといわせて走りだした。

わたしは家なみの向こうに消えていく友だちの姿《すがた》を見つめていた。

27　芝刈《しばか》り

　TJの姿《すがた》が見えなくなったあとも、わたしはずっと見つめつづけていた。「チェイス、TJを追いかけなきゃ」

「やめておいたほうがいい、ホープ」チェイスがわたしの手を取る。「少なくとも今はまだ。時間をあげたほうがいい」チェイスはわたしの家のある通りに向かって歩きだし、わたしは引っぱられるままについていく。

「どうしてTJはあんな態度だったんだろう」TJがあんなに怒《おこ》っているのを見たことがなかった。学校で男の子たちにからかわれたときも、ロッカーをめちゃくちゃにされたときも。

「あいつはきみのことをただの友だちだと思ってなかったって、いっただろ」チェイスがそっという。

「でも、それだけじゃないはずよ。本当にもうジェレミーのことを助けるのをやめたと思う?」見あげると、チェイスは肩《かた》をすくめた。「取り返しのつかないことって、どういう意味でいったのかな」

　チェイスはしばらく黙《だま》っている。それから、こっちを見ないで、歩く速さもゆるめないで、こうたずねた。「ホープ、ＴＪのことはどのくらいよく知ってる？」

「どのくらいよく知ってるって？」意外な質問だった。「ＴＪは、こっちに引《ひ》っ越《こ》してきてできた最初の友だちよ。人気者グループの子たちに仲間じゃないと思われてから、わたし、学校でずっと友だちがいなかったの。ＴＪには気づいてなかった──授業が三つもかさなってたのに──ＴＪが理科の自由研究でシーグラスを持ってくるまではね。わたし、シーグラスが好きなの。シーグラスでネックレスやイヤリングをつくってたくらい。その日、ＴＪが学校の帰りにうちにきて、わたしはシカゴから持ってきたシーグラスを見せてあげたの。それからＴＪはときどきシーグラスをくれるようになって、ふたりでしゃべるようになった。散歩したり、化石やおもしろい石をさがして川ぞいを探検《たんけん》したりしてた。この三年間、学校の食堂でお昼を食べるときは、いつもＴＪといっしょだったし」

「でもあいつのことをどこまで知ってるのか、ホープ？　答える前によく考えて」

「どうしてそんなことをきくの？」胃がきゅっとよじれる。チェイスの質問に答えたくない。わたしはどこまでＴＪのことを知っているんだろう。チェイスとするような話はしない。知りあって三年たつけど、学校で変わり者だと決めつけられているＴＪが、そのことを本当はどう思っているのか知らない。ＴＪは個人的なことは何もいわない──たとえば母親のことをチームメイトにからかわれ、監督《かんとく》もそれにくわわったことも。馬小屋にときどきいっていたことも黙《だま》っていた。監督が馬小屋で毎朝どうすごしているのか、わたしが時系列《じけいれつ》で調べているのを知ってからも。

でもそういうわたしだって、自分のことをどのくらいTJに話しているのだろう。わたしは絶対にジェレミーやリタの話をしないし、父親がいなかったり、引《ひ》っ越《こ》してばかりだったりする生活がどんななのか話したこともない。「どんな答えを期待しているの?」

「べつに何か期待してるわけじゃないよ。ただ……もし、合理的な疑問《ぎもん》のために容疑者《ようぎしゃ》がもうひとりいるなら、ぼくはあいつを推薦《すいせん》する」

「じょうだんでしょ!」

チェイスの携帯《けいたい》が鳴り、わたしは言葉を切る。チェイスは番号を確認《かくにん》し、小声で毒づく。「これは出ないと」チェイスは少しだけ向こうを向き、電話に出る。「ああ、父さん」ちらっとこっちをふりむく。「うん、いっしょにいる」父親にどなられている間、チェイスは携帯を耳から遠ざけた。どなるのが終わると、また耳にあてる。「わかった。すぐ帰る」

チェイスは電話を切ると、一瞬《いっしゅん》宙《ちゅう》をにらみ、それからあやまるようにわたしに微笑《ほほえ》んだ。「もういかないと。ごめん、ホープ。父親がかりかりしてて、これ以上怒《おこ》らせたくないんだ」

チェイスは帰る前に、時間をかけてわたしを家まで送りとどけてくれた。一ブロック手前まできたとき、きかれた。「だいじょうぶか?」

「すごく混乱《こんらん》しているけれど……でも、バカなことはしない。そういう意味できいたのよね?」わたしはチェイスの手をぎゅっとにぎった。手のひらがチェイスの指に包まれる感触《かんしょく》を味わいながら。「わたしを見つけてくれてありがとう、チェイス」

「どういたしまして」チェイスはわたしの家の前で立ち止まる。「TJのことは気にするな。あいつはもう大人なんだし。自分のめんどうは自分で見られるよ。きみはジェレミーのことだけ心配すればいい。今きみを必要としてるのはジェレミーなんだから。きみがついていて、ジェレミーは幸せだな」チェイスはかがみこんで、さようならのキスをしてくれる。「何かあったら電話するんだぞ」

家の中の明かりが、外の芝生《しばふ》を照らす。テレビの映像《えいぞう》が変わるたびに、光ったり消えたりする。結局テレビはこわれていなかったようだ。リタの姿《すがた》は見えないけれど、車はある。今いちばんしたくないのは、リタと話をすることだ。

だからわたしは、長すぎるくらい放置してあったことをした。芝刈り機《しばかりき》を引っぱり出す。一回目で無事に動きだしたけれど、どのくらいガソリンが残っているかわからない。

うちの芝生は雑草だらけだから、刈るのがたいへんだ。でもはしからはしまで刈ったあと、ふりかえってまっすぐな刈《か》り跡《あと》を見ると達成感がある。だから芝刈りが好きなのかもしれない。それに、考える時間もできる。今、何度も思いおこすのは、自分の手がチェイスの手に包まれたときの感じ、唇《くちびる》にチェイスの指がふれたときの感じ、唇がかさなったときの感じ。チェイスがそばにいるように感じられる。芝生をいったりきたりして、雑然とした庭に秩序《ちつじょ》をもたらしている今も。

すると突然《とつぜん》、アンティークのお店の外にいたTJの姿が思い浮《おもう》かんだ。髪《かみ》はぼさぼさで、目はまるで誰《だれ》かが頭蓋《ずがい》に強く投げこんだように不自然に落ちくぼんでいる。こんなTJの姿は思い出したくない。試合でパンサーズのユニフォームを着たＴＪを思い出そうとする。ユニフォームを着たジェルとＴＪをそれぞれ思《おも》い浮《う》かべられるけど、ふたりがいっしょにいる記憶《きおく》はひとつもない。どうして？　ＴＪはほかの人のように、ジェルをいじめたり失礼なことをしたりしたことはない。かといって、ふたりが友だちだったこともない。わたしはそれでいいと思っていた。でも、それではいけなかったのかもしれない。

頭の中がジェレミーのほうへぐいと引きよせられた。とたんに、こんがらかった神経繊維《しんけいせんい》のかたまりが脳内《のうない》を駆《か》けぬけていく。ジェレミー。会いたい。ジェレミーの部屋に入っていって、ベッドの上にぽんとすわり、ジェレミーが棚《たな》にガラス瓶《びん》を置くのを見つめながら、その日に学校であったことをいろいろしゃべりたい。ジェレミーと〈話〉がしたい。わたしがしゃべるのに負けないくらいの速さで、ジェレミーは美しい文字を書きつらねる。ときどきふたりで外にすわり、それぞれノートに短い手紙を書いてから交換《こうかん》して、また書いていくこともある。わたしはいつも誰《だれ》かにひじでつつかれているような字しか書けないけれど、ジェレミーの文字は完璧《かんぺき》で、ひとつひとつが芸術作品だった。

もう何週間もジェレミーから手紙をもらっていない。二回だけ留置場で面会させてもらったけれど、ガラス板で仕切られ、二台の電話で話すようになっていた。ジェレミーが受話器を取ろうとしないから、あまり意味がなかった。わたしはメモを書いてガラスにおしつけた。「ジェル、受話器を取って！」「元気にしてる？」「何か書いて！」ジェレミーはにっこりして、両手でガラスにふれ

なかったふりをした。

芝刈《しばか》りが終わった頃《ころ》には、かなり暗くなっていたけど、わたしは草取りをはじめた。目が暗がりに慣れてきた。リタが居間の窓《まど》から二回、裏《うら》のドアから一回、外をのぞくのが見えた。わたしは見なかったふりをした。

外での作業がほとんど終わった頃、リタが玄関《げんかん》をあけて出てきた。きつすぎるジーンズをはいて、ふわっとしたブラウスを肩《かた》が出るように引っぱりおろしている。

わたしのそばまでくると、立ち止まった。わたしは歩道の横でひざをつき、攻撃《こうげき》に備えた。ところがリタは庭をながめわたすと、こういった。「本当にきれいになったね、ホープ。とってもきれい」

歩き去るリタを見つめたまま、捨《す》てぜりふを待った。でも、それはこなかった。

家に入ると、腕《うで》や肩が温かい泡風呂《あわぶろ》に入りたいと悲鳴をあげた。お湯を出し、それから思い出してブラインドやカーテンをしめにいく。居間のカーテンがしめにくくて苦労しているとき、通りの反対側に白いものが見えた。あの小型トラックだ。

いつから停まっていたんだろう。芝を刈っているときも、誰かが見ていたのだろうか。そう考えて映像《えいぞう》を思い浮かべると、体がふるえた。もしもその人が、リタがいなくなるのを待っていたとしたら？

大急ぎでドアの鍵《かぎ》をかける。それから窓《まど》にそっと近づいて、外をのぞく。

動きはない。

車も通らない。

トラックがまだいるとしても、ここから見えない。でもさっきは確かに見た。

お湯をはる音が聞こえ、あふれないようにあわてて止めにいった。

911番。警察《けいさつ》への緊急《きんきゅう》番号に電話しなくては。わたしは居間を走りまわって携帯《けいたい》電話をさがす。どこにいったかわからない。さがしているひまもない。

心臓《しんぞう》をドキドキさせながら、家の電話に向かう。手をのばしたとたん、電話が鳴りだす。わたしは飛びのいた。

リーン！　リーン！　リーン！

自分の腕《うで》がさがっていき、指が受話器に巻《ま》きつくのを見つめる。受話器を耳にあてたけれど、しゃべらないでいた。息も止める。

誰《だれ》かがいる。ガサガサ音がする。エンジンの音が聞こえた気がする。車だ。すると男が――それとも女が――声を出す。「あなたを見張っています」声は冷静でしっかりしている。男か女か不明で、特徴《とくちょう》もない。

「誰……？」

「余計な詮索《せんさく》はやめなさい。放って……おきなさい」電話が切れた。

立ったまま、受話器を耳にあてていると、そのうちツーと鳴った。わたしは受話器をもどした。

その直後にまた鳴りだした。電話を見つめる。

リーン、リーン、リーン。鳴りやまない。

勢いよく受話器を取る。「やめて！　もう電話してこないで！　そっちこそ、放っておいてください！」

「ホープ？　どうしたんだ？　またあの電話がかかってきたのか？」

チェイスだった。わたしは泣きだした。

「ホープ、リタはそこにいる？」

わたしは首をふる。「いないの」

「待ってろ。すぐいく」カチャッといったあと、ツーツーツーという音だけが響《ひび》いていた。

28　アスピリン

わたしはソファの上で丸くなり、毛布にくるまる。そして待った。水道管がきしむ。冷蔵庫《れいぞうこ》がうなる。木の枝が屋根をひっかく。どの音も、前の音より大きくなっていく。

外で車が近づく音がする。車のドアがバタンとしまる音。走ってくる足音。ノック。ドアをたたく音。どんどん大きく。

「ホープ！　ぼくだ！　あけて！」

わたしは毛布を床《ゆか》にはらい落とし、玄関《げんかん》に急ぐ。鍵《かぎ》が動かない。手がふるえている。やっとのことでドアをあけ、チェイスの腕《うで》の中に飛びこんだ。

何もいわずに、チェイスはわたしを抱《だ》きあげると、ソファまで運んだ。それから玄関《げんかん》にもどって鍵をかける。

「チェイス?」わたしは呼《よ》びかける。

「ここにいるよ」チェイスはソファの前でひざをつき、わたしを毛布にくるむ。「ふるえてるね」チェイスが毛布をさすり、わたしの手足を温める。「何があったか話して」

「あのトラックが外にいたの」わたしは起きあがろうとした。「まだいるかもしれない！」

チェイスはそっとわたしを寝《ね》かせる。「だいじょうぶだ。今はもういなかったよ。つづけて」

「電話が……鳴ったの。余計な詮索《せんさく》はやめなさいとか、そんなことをいわれた」それ以上いえなかった。あの耳ざわりな、おし殺したような声がまだ頭の中に残っていて、放っておきなさい、といっている。

チェイスはソファにすわり、ひざの上にわたしの頭をのせ、髪《かみ》をなでてくれる。小さい子どもはこんなふうに感じるものなのかな、と思った。病気になったり不安になったりして、親にやさしくしてもらったときに。きっとそうなんだ。

わたしは話した。今は話しやすい。安全だから。

話し終わると、チェイスは息を吐《は》き出《だ》した。聞いている間、息を止めていたかのように。「電話の人は男だったと思うか？」

「ホープ？」チェイスの声は、髪の生えぎわをなでる指先と同じくらい、わたしを落ち着かせてくれる。「話してくれないか。電話の人が何といったのか、もう一度」

「うん。そんな気がする。女の可能性だってあるし、人間の声とも思えなかったけど。でも、男だと思う」

「きみをつけまわしてる男だろうな」チェイスがいう。「あのトラックの男。ぼくも見ていればよかった」

「わたしの話、信じてるのよね？」

「もちろん信じてるよ」チェイスがすばやく答える。「ただ父親に、自分の目でも見たといいたいんだ」

「お父さんがわたしを信じてないのはわかってた」

「ぼくがいっても信じたかどうかわからないよ、正直にいうと。見張りのパトカーをよこしたかどうかもあやしいな」

ぞっと寒気がして、体じゅうがふるえた。

「温かいものを飲んだほうがいい」チェイスが立ちあがり、わたしの頭をソファのひじかけにそっとのせる。「カフェインぬきの紅茶《こうちゃ》はある?」

「さあ」公判《こうはん》がはじまってから、食料品を定期的に買いにいかなくなった。食欲《しょくよく》もあまりわかない。服がゆるくなってきたけど、気にもかけていなかった。戸棚《とだな》にティーバッグがないかさがそうと体を起こす。

チェイスがそっとわたしをソファにもどし、毛布にくるむ。「そこにいるんだ。命令だぞ」

戸棚をあけしめする音を聞きながら、頭の中を駆《か》けまわる映像《えいぞう》を追いはらおうとした——血、バット、白い小型トラックのハンドルの前にすわる暗い人影《ひとかげ》。けれど、チェイスがもどってくるまで無理だった。

「はい、どうぞ。ココア」チェイスは湯気の立つマグカップをコーヒーテーブルにのせる。しかもその前にコースターを用意して。

「うちにココアがあったのね？」温かさを感じとる。外は暑いとわかっているのに、わたしは冷えきっていた。

「でもマシュマロはなかったよ」チェイスが起こしてくれて、わたしはソファにすわる。毛布に巻《ま》かれたまま。手をもぞもぞ出して、マグを取ろうとしたら、頭のてっぺんにナイフで刺《さ》されるような痛《いた》みが走り、思わずのけぞった。

「どうしたの？」チェイスがたずねる。

「だいじょうぶ。偏頭痛《へんずつう》になりそうな気がするだけ」今度こそ本当になりそうだった。この二か月くらい、本格的な頭痛になっていなかったけれど、これはかなりひどくなりそうだ。

「薬を飲んだほうがいい？　何か持ってこようか？」

わたしは微笑《ほほえ》もうとする。「戸棚にアスピリンを見かけなかったでしょ？」

「アスピリンなら持ってる。待ってろ」チェイスは家を飛び出し、すぐにもどってきた。「父親はいつもグローブボックスにアスピリンを入れてるんだ」チェイスは小さなプラスチック瓶《びん》をあけ、わたしの手のひらに二錠《じょう》ふり出す。それからふたをして、ポケットにしまう。

効《き》かないことはわかっていたけど、害にもならないはずだ。チェイスが台所でコップに水を入れてきて、わたしが薬をのむのを見守る。それからココアのマグをくれて、わたしの横にすわる。

わざわざつくってもらったから、ひと口すすったけれど、本当に偏頭痛なら何も飲まないほうがいい。胃に入ったものはおそかれ早かれまた出てきてしまうから。それでも冷えた両手で温かいものを持つのは心地よい。「こんなふうに誰《だれ》かにやさしくしてもらったの、はじめて」わたしの息といっしょに、マグの湯気がただよっていく。

「本当に？」

「本当に」

チェイスが片腕《かたうで》をわたしにまわす。「それは残念だな。きみはやさしくしてもらって当然なんだから」

そうやってすわったまま、チェイスは父親のこと、母親のこと、ボストンでの暮《く》らしについて話してくれる。わたしは聞きながら、言葉よりもチェイスの声そのものに意識を向けていた。見えない斧《おの》のように頭をつきさす光のせいで、目をつぶらないといけなかった。毛包《もうほう》がちくちくする。毛根が針《はり》のように頭皮を刺《さ》す。それでも、自分の家の中でこんなに心安らかでいられるのは、生まれてはじめてだった。


目が覚めると、わたしはソファに寝《ね》ていて、毛布にくるまれ、頭の下に枕《まくら》があった。枕にメモが置いてある。目を細めないと読めない。頭痛《ずつう》のせいで、まだ目がかすんでいる。

〈いかないといけなくなった。ごめん。ぼくが必要なときは連絡《れんらく》すること〉

チェイスが必要だ。でも連絡はしなかった。そのまま眠《ねむ》りについて、チェイスの夢《ゆめ》を見た。

それからどのくらい時間がたったかわからないけれど、ドアがバタンとしまる音で目が覚めた。急いで起きあがったせいで、頭の働きが体のほかの部分にすぐにはついてこられない。

リタが部屋に飛びこんでくると、煙草《たばこ》の煙《けむり》もいっしょに流れこむ。「なんで起きてるの？　ここで寝《ね》てたの？」

「リタ、外に誰《だれ》かがいたの」光が部屋にもれこんでくる。もう朝だ。

「え？」リタは台所に何か置くと、居間にふらふらもどってくる。

わたしは毛布をはぐ。「それにまた変な電話があったの。でも今回は……」

「切っちゃいなさいよ。いたずら電話は切れっていったでしょ。ガチャンって切るの」リタがあくびをする。「寝てくる。あんたは今日、裁判所《さいばんしょ》？」

リタに話してもむだだ。信じてくれていない。でもチェイスは信じてくれる。今のわたしは、それでじゅうぶんだった。「そう。裁判所にいってくる」

チェイスといっしょに裁判所に着くと、レイモンドさんがいい知らせを伝えてくれる。召喚《しょうかん》が認《みと》められ、キャロライン・ジョンソンが法廷《ほうてい》で証言することになったのだ――TJがいっていたとおり。TJにも聞いてもらえればよかったのに。わたしはTJにメールを送った。でも返事はない。

キャロライン・ジョンソンが実際に法廷《ほうてい》にくるのは数日後だけれど、わたしと同じ証言台で、自分の意思に関係なく、レイモンドさんの質問に答えなくてはならないのだ。

それまでの間、レイモンドさんは、ジェレミーに好意を持ったことのある人をひとり残らず、性格証人として証言台に立たせていく。その人たちが兄について話すことに耳をかたむけながら、こうしたやさしい言葉をジェルがしっかり聞いてくれることを願った。IGAスーパーの女の人、郵《ゆう》便局《びんきょく》の人、ジェレミーがこっちにきて最初に習った先生。

それから三日間、チェイスといっしょにすべての証言を聞いた。ついTJの姿《すがた》をさがしてしまう。法廷のドアから入ってきて、わたしたちのとなりにすわるんじゃないか期待して。でもTJは姿を見せない。消えてしまったように。はじめからいなかったように。

今でもうしろのほうの席にすわる。まわりは記者が多い。みんなは大昔からの知り合いのようにチェイスにあいさつするけど、わたしに話しかける人はほとんどいない。

キャロライン・ジョンソンが、くるだろうと思っていた日にこなかったため、レイモンドさんはさらに多くの性格証人を呼《よ》ばなくてはならなかった。監督《かんとく》が亡《な》くなっているのを発見したセイラ・マクレイまで呼ばれた。証言台に立つところをチェイスと見ているとき、頭の横ににぶい痛《いた》みを感じた。目をとじて、そこを手でおさえ、また偏頭痛《へんずつう》じゃないことを願った。

「だいじょうぶ?」チェイスがささやく。

「頭痛がしてきたみたい」

チェイスはバックパックに手をつっこむ。法廷に入る前、警備員《けいびいん》が手を入れて中を調べていた。チェイスはアスピリンの小さな瓶《びん》を取り出した。「念のため、持ってきたんだ」錠剤《じょうざい》をふたつ出して、わたしにくれる。「はい。水がなくてものみこめる？」

やったことはないけれど、口に入れてのみこむ。のどをおりていくとき、こすれる感じがした。

レイモンドさんはマクレイさんにまた名乗らせる。そしてふたたび出廷したことに感謝してから、実質的な質問をはじめた。「マクレイさん、被告人《ひこくにん》のジェレミー・ロングのことは好きですか？」

マクレイさんはジェルに微笑《ほほえ》む。兄は足で床《ゆか》をけっていて、その動きがどんどん速くなる。マクレイさんのほうを見ない。「ジェレミーのことはずっと大好きでしたよ。とても礼儀《れいぎ》正しくて、やさしい男の子ですからね」

「それでジェレミーに、あなたはご自身の馬、シュガーに乗る許可をあたえたのですね？」

「はい、そうです」

「ご自分の馬にさわらせたということは、ジェレミーを信用していたということですよね？」レイモンドさんは陪審員《ばいしんいん》を見ながらいう。

「そのとおりです。誰《だれ》にでも乗っていいなどといいませんよ。町内には馬を見にくるのが好きな子どもたちがいて、わたしの馬に乗りたがります。でも馬は繊細《せんさい》な生きものなんです。誰でも乗せるわけにはいきません」

「それなのに、ジェレミー・ロングには乗っていいといった」レイモンドさんがつづける。

「ええ。シュガーと仲よくするにはどうしたらいいか、ジョンがジェレミーに教えてくれるとわかっていましたから」

「ジョンというのは、ジョン・ジョンソン氏のことですね？」

「ええ」

わたしはジェレミーのほうを見る。ここからだと、証言を注意して聞いていないように見える。体をゆらし、指で何かを奏《かな》でるように机《つくえ》をたたいている。自分の頭の中の音楽を聞いているだけかもしれないし……何かにいらだってきているのかもしれない。

裁判官《さいばんかん》がちらっとそっちを見るけど、ジェルは気づかない。レイモンドさんも。

「マクレイさん」レイモンドさんがいう。「事件当日のことをまた思い出していただくのは申しわけないのですが、どうしてもおききしたいことがあるのです」マクレイさんはうなずき、両手で椅《い》子《す》をぎゅっとつかむ。「最初にジョン・ジョンソンさんを発見し、殺されたことに気づいたのは、ジェレミーがあのバットを持ってあなたにぶつかったあとでしたが、そのときあなたは真っ先にジェレミーがジョンソンさんを殺害したと思いましたか？」

「いいえ！　とんでもない」

「あなたはこわくありませんでしたか？　ジェレミーがバットを持って、今度はあなたを殺しにくるとは思いませんでしたか？」

「まさか！　あんなやさしい子が？　そんなことを思うわけありませんよ」

思わず証言台に走っていって、マクレイさんを抱《だ》きしめたくなった。わたしはジェレミーをよく見ようと首をのばす。マクレイさんのいったことを聞いたか確かめたかった。でもすぐに聞いていなかったことがわかった。ジェレミーは両腕《りょううで》をあげ、体をゆらしている。目をとじている。ジェレミーにとってここは明るすぎる……とくにこんなふうに気が立っているときは。音が多すぎる……壁《かべ》の反響音《はんきょうおん》、椅子が床《ゆか》にこすれる音、傍聴人席《ぼうちょうにんせき》のざわめき。人々はマクレイさんではなく、ジェレミーのほうを見はじめている。

ジェレミーはますます落ち着かない。両手をねじる。目をつぶり、空《あ》き瓶《びん》のふたをしっかりしめているところを想像しているんだ。ジェレミーにとって長すぎた。空き瓶なしですごすには長すぎた。瓶があれば落ち着くのに。

「マンローさん、あなたの依頼人《いらいにん》を止めていただけませんか?」裁判官がいう。

レイモンドさんがふりむく。目を倍になるくらい大きくして、ジェレミーが前後にがくがく体をゆらし、両腕をあげ、想像上のガラス瓶をいじっているのを見る。ガラス瓶を持っているふりをしていることを知らなければ、その動きはなおさら奇妙《きみょう》に見える。

レイモンドさんは駆《か》けよって、ジェレミーに早口でささやく。腕にふれると、ジェレミーがぱっと腕をどける。罠《わな》につかまった動物のように、小さな悲鳴をあげる。

「マンローさん」裁判官がいう。「行動をおさえられなければ、依頼人には出ていってもらわなくてはなりません」

レイモンドさんはどうすることもできない。

わたしはチェイスを見た。「アスピリンをくれる？」

「まだ早いよ、ホープ」

「くれる？」大声を出したら、まわりの人がいっせいにこっちを見る。

チェイスはバックパックから瓶《びん》を出した。「すぐにのんでは……」

わたしは瓶をうばい取る。「手をひらいて」

「え？」

「ひらいて！」

チェイスが手のひらを上に向けると、わたしは瓶の中身を全部あけた。何錠《なんじょう》か床《ゆか》に落ちる。

ジェレミーの声がどんどん大きくなる。しゃべらないけれど、声帯に問題はない。

「マンローさん？」裁判官《さいばんかん》が催促《さいそく》する。

わたしは立ちあがり、瓶を持って傍聴人《ぼうちょうにん》の列をすりぬけ、ひたすら弁護人席まで進んでいく。

みんながやがやしゃべりだし、裁判官は静かにさせようと小槌《こづち》をたたく。わたしを止めようとしたのかもしれない。「静粛《せいしゅく》に！　マンローさん、弁護人席で何が起こっているのか説明していただけますか？」

ほかの裁判官なら今頃《いまごろ》、わたしとジェレミーと、もしかしたらレイモンドさんをも法廷《ほうてい》から追い出しているだろう。わたしは、法服の下のあのグレイトフル・デッドのTシャツを思《おも》い浮《う》かべながら、裁判官のほうを見る。「裁判官、わたしはマンローさんの……お手伝いなんです」

「お手伝い？」ききかえされる。

わたしはレイモンドさんをつつく。わかってもらえたみたいだ。「えーと……いわば、わたしのアシスタントといっていいでしょう」

「そうですか」裁判官が不審《ふしん》そうに両眉《りょうまゆ》をあげる。

わたしは机《つくえ》の上に手をのばし、ジェレミーに瓶をわたそうとする。ジェレミーがわたしに気づいたかどうかわからない。

「待ちなさい」裁判官が警告《けいこく》する。「被告人《ひこくにん》に何をわたそうとしているのですか？」

「裁判官、異議《いぎ》あり！」ケラーはまるで居眠《いねむ》りから覚め、失った時間を取り返そうとするかのように立ちあがった。

「何にです？」裁判官がたずねる。

ケラーが答えるまで少し時間がかかる。「裁判の進行に対する妨害《ぼうがい》です。法廷は大混乱《だいこんらん》におちいっています」

「この法廷の秩序《ちつじょ》についてはわたしが考えます。ありがとうございます、ケラーさん。すわってください」裁判官はわたしに向きなおる。「弁護人のア、シ、ス、タ、ン、トは裁判官席まできて、被告人に何をわたそうとしているのか見せてくれませんか」

わたしはジェレミーをふりかえる。ジェレミーは今はこっちを見ている。瓶《びん》が目に入る。目を大きく見ひらく。瓶に手をのばす。

「ロングさん？」裁判官《さいばんかん》が呼《よ》ぶ。

「はい、裁判官」わたしは裁判官席に向かう。うしろでジェレミーが動物のような声をあげはじめる。さっきより大声で、苦痛《くつう》に満ちている。わたしはそこから走って、裁判官に瓶をわたす。「お願いです」わたしは必死にたのむ。「ジェレミーはこの瓶を手で持たないといけないんです」裁判官が何を考えているのか想像できる。あの子はアスピリン中毒なのかしら？

ジェレミーが悲しそうな声を出す。そして、のどの奥底《おくそこ》から叫び声《ごえ》をあげた。ただの口をあけた叫びではなく、のどの叫び、はらわたや胃袋《いぶくろ》のつまった叫びだった。法廷《ほうてい》は静まりかえり、叫び声がなおさら大きく聞こえる。

「裁判官、異議《いぎ》あり」ケラーがいう。少しおびえたような声だ。

「アスピリンの空《あ》き瓶《びん》にですか、ケラーさん？　そのような規則は読んだ覚えがありませんね」裁判官は瓶をわたしの手におしこむと、手をふって、わたしを追いはらった。「早くいきなさい！」

わたしは弁護人席まで走ってもどり、ジェレミーの手に瓶をのせた。ジェレミーはぱっと目をひらき、とたんに、まるで映画《えいが》の音声を切ったみたいに、音がすぱっと消えた。わたしは、ふたを手わたした。ジェレミーは瓶からふたに視線《しせん》をうつす。瓶を胸《むね》に抱《かか》え、さっきより楽に呼吸《こきゅう》している。「ジェル、これはプラスチックの瓶なの」わたしは説明する。「どのくらい長く持たせてもらえるかわからない。でも返してもらえたら、ほかの瓶といっしょに棚《たな》にならべるね。べつの瓶もなるべく持ってくる。もっと早く持ってこなくて、ごめんね」

兄のにおいを吸《す》いこむ。ミント味の練り歯みがきか洗口液《せんこうえき》、それと汗《あせ》のにおいがする。もどってきたんだ。本当のジェレミーがもどってきた。善良《ぜんりょう》なジキル博士《はかせ》が。

帰りぎわに、思い切って陪審員《ばいしんいん》をちらっと見た。今は全員、しっかり目を覚ましている。何を考えているんだろう。ジェレミーについて何を話しているんだろう。

チェイスのとなりにすわっても、わたしはずっと兄を見ていた。ジェレミーは空中に弧《こ》を描《えが》くように瓶を動かし、もう片方《かたほう》の手でふたを持ち、両方の手を合わせて瓶のふたをしめた。まるで誰《だれ》にも見えない虹《にじ》をつかまえるように。その動きそのものが、兄の顔を天使のような顔に変える。陪審員にこの変化を、この顔を見てほしかった。でも、誰も見ていないようだった。またつぎの証言がはじまっていて、それを聞いているのだ。

わたしも聞く。けれどジェレミーから注意を離《はな》さなかった。

ちらっと陪審員を見ると、陪審員第三号と目が合った。わたしは微笑《ほほえ》んで、ジェレミーのほうにうなずいてみせる。陪審員の女の人は兄を見ないけれど、かすかに微笑んだ……確かにそんな気がした。

閉廷《へいてい》したとたん、わたしは席を立って、兄に会いにいった。すぐそばにいくまで、誰にも止められなかった。法廷の係官のひとりが通せんぼうする。「悪いね。これ以上近づけないんだ。これから、つれてかえらないといけないからな」

わたしは係官の腕《うで》の上から叫《さけ》ぶ。「ジェレミー！　やってないってわかってる。みんなもわかってるよ。ジェレミーは絶対に人を殺せない。わたしなら、もし長いこと怒《いか》りをためこんでいたら、やってしまうことがあるかもしれないけど」わたしは憎《にく》しみが爆発《ばくはつ》し、怒りの黒い煙《けむり》となってわたしの手から立ちのぼっていく瞬間《しゅんかん》を想像する。「リタだって。あのかんしゃく、知ってるでしょ？リタがやるところを想像するのは、無理じゃないよね」

ジェレミーは瓶《びん》をいじるのをやめて、わたしをにらみつける。顔から天使のような表情が消える。「でも、ジェレミーはちがう」わたしは急いで自分の思いを最後まで告げる。「わたしの知ってるほとんどの人が、かっとなった瞬間にあとで後悔《こうかい》するようなことをやってしまうところを想像できるの。でも、ジェレミーがやっているところだけは想像できない」わたしは身をのりだして、声を低める。「それにお兄ちゃんは頭がおかしくないって知ってるよ。そんなこと一瞬でも信じるくらいなら、世界じゅうがおかしいって信じるほうがましだから」

「もういかないといけないんだ」係官がわたしから離《はな》れ、ジェレミーの腕を取る。もうひとりの係官が反対側の腕を取る。ジェレミーは少しも抵抗《ていこう》せず、背筋《せすじ》をしゃんとのばし、あごを高くあげ、まるで王族に招待されて会いにいくように、係官たちと出ていった。

29
キャロラインの証言

裁判《さいばん》のあと、チェイスが家の前でおろしてくれた。車がいなくなったとたん、誰《だれ》かに見られているのを感じた。肌《はだ》がぞくぞくして、しばらく歩道から動けない。あの小型トラックがいるはずだとあたりを見まわしたけれど、暗くなりかけていて道の反対側にあるものの形が見分けられない。

そのとき、見えた。ＴＪだ。となりの家の庭で、木によりかかり、こっちを見ている。

「ＴＪ、もう死にそうにびっくりした！」わたしはＴＪのほうに向かったけれど、急にいいようのない、悲しみと喪失《そうしつ》と……恐怖《きょうふ》が入りまじった気持ちにおそわれた。わたしはＴＪの一メートル手前で立ち止まる。「会いたかった」

ＴＪは黙《だま》っている。ひたすらこっちを見つめ、口を引き結んでいる。目は眼鏡《めがね》の奥《おく》にかくれて見えない。

「法廷《ほうてい》で毎日、ＴＪのことをさがしてたよ」わたしの声は細く、嘘《うそ》っぽく聞こえる。真実をいっているのに。「こなくなっちゃったことが信じられなくて」

「おれ、いたよ」ＴＪは身じろぎもしない。唇《くちびる》が動いた感じがしない。よく知らなければ、ＴＪとはべつの人がしゃべったとかんちがいしたかもしれない。

「見なかったけど」
「おれは見たよ、きみとチェイス」
「でもどこに……？」
「傍聴人席《ぼうちょうにんせき》にいたよ」TJの声は怒《おこ》っているのでも傷《きず》ついているのでもなく、もっといやなものだった。死んだように冷たい。

何といったらいいかわからない。「それなら、わたしたちといっしょにすわってくれたらよかったのに」

TJは笑ったようだけど、顔の表情は変わらない。〈わたしたち〉という言葉が宙《ちゅう》に浮《う》かんでいる。「TJとわたし、ずっと友だちだったじゃない」

TJが一歩近づいてくる。わたしは逃《に》げ出《だ》したくなるのをこらえる。「そうか？」歩き去るTJを見つめる。今度は、走って追いかけたい気持ちはまったくなくなっていた。

とうとう待ち望んでいた日がやってきた――キャロライン・ジョンソンが証言台に呼《よ》ばれたのだ。報道陣《ほうどうじん》がわきたっている。陪審員《ばいしんいん》は少しも眠《ねむ》そうにしていない。

両びらきの扉《とびら》があけはなたれ、このはなばなしい登場を一生待っていたかのように、キャロライン・ジョンソンが車椅子《くるまいす》をおされて入ってくる。部屋の中は猛烈《もうれつ》に暑いけれど、キャロラインはあつらえたスーツを着ている。無地の紺《こん》、それとも黒。チェック柄《がら》のひざかけをかけ、ティッシュの箱を持っている。

キャロラインを見たら、ＴＪを思い出した。キャロラインの不利になる証拠《しょうこ》をさがすために、ＴＪはけんめいに手伝ってくれた。ふたりで現場を調べた翌朝《よくあさ》、メールをくれて、キャロラインの靴《くつ》を見たいと書いてきた。あるテレビ番組で、いつも車椅子だという男の靴がすりへっていたため、その男が嘘《うそ》をついていたことが証明されたらしい。車椅子で入ってきたキャロラインの靴を見ようとしたけれど、小さな足乗せ台に足を置いていてよく見えない。

ＴＪとの最後の会話をなかったことにしたい。そのときの気持ちを忘《わす》れてしまいたい。ＴＪがどんなにわたしを助けようとしてくれたか、いつも助けてくれようとしていたか、それだけをしっかり覚えていたい。

キャロラインは絶対に歩けるだろうに、証言台まで歩かずに車椅子で直接いけるように、スロープが設置されていた。レイモンドさんが微笑《ほほえ》みかけると、キャロラインも微笑みのようなものを返したけれど、顔をゆがめただけのように見えた。わたしはついキャロラインの動きをいちいち分析《ぶんせき》して、嘘がないか確かめてしまう。一方では、指にマニキュアをほどこして、口紅《くちべに》を塗《ぬ》る手間を惜しんでいない。でも一方では、これでもし嘘をついているとしたら、アカデミー賞に値《あたい》する演技《えんぎ》だと思ってしまう。わたしでさえ、キャロラインを気の毒だと感じはじめているから。

野球場の駐車場《ちゅうしゃじょう》でジョンソン監督《かんとく》にどなっているキャロラインの姿《すがた》をなんとか思いおこす。あのキャロラインが、目の前にいるやつれた女の人とどうしても一致《いっち》しない。陪審員には今ではなくて、あのときのキャロラインを見てほしかった。

レイモンド弁護士　ジョンソンさん、はじめにお伝えしたいのですが、このたびのご主人のことを心よりお悼《いた》み申しあげます。

ジョンソン夫人　ありがとうございます。（箱からティッシュを引き出し、目をぬぐう。）

レイモンド弁護士　そして今日は、出廷《しゅってい》のためにこのようにご努力いただき、たいへん感謝しております。何か必要なことがありましたら、何なりとおっしゃってください。

ジョンソン夫人　ありがとうございます。（喘息用《ぜんそくよう》の携帯吸入器《けいたいきゅうにゅうき》を一度吸《す》いこんでからつづける。）わたくしは正義が果たされるためでしたら、できるかぎりのことをしたいと思っております。ジョンもそれを望んだでしょうから。

わたしはチェイスに耳打ちする。「あんなこといって。裁判所《さいばんしょ》の命令がなければ法廷にこなかったくせに」

レイモンド弁護士　ジョンソンさん、あなたとご主人は口論《こうろん》をしたことはありますか？

ジョンソン夫人　ときどき口論をしない夫婦がいるでしょうか？　わたくしたちは十五年間、結《けっ》婚《こん》していたのですよ。

レイモンド弁護士　なるほど、おっしゃるとおりでしょうね。聞くところによると、夫婦の口論のいちばんの原因はお金だそうです。あなたとご主人はお金のことで口論しましたか？
ジョンソン夫人　わたくしが病気になりましてからは、家計はジョンに任せておりました。
レイモンド弁護士　ここで、証拠《しょうこ》書類Gを提示したいと思います。これは殺人事件の三か月前に、ファーストナショナル銀行からジョンソン夫妻にあてた通知書の正式な写しで、ローンの申しこみを却下《きゃっか》する内容です。（証人のほうを見て）ジョンソンさん、この申しこみ書にあるのは、あなたの署名《しょめい》ですか？
ジョンソン夫人　はい。
レイモンド弁護士　つまり、あなたの病気と、ジョンソン氏がささえようとしたものの、あなたの馬小屋の経営が不振《ふしん》におちいったことが、家計の負担《ふたん》になったといってよろしいでしょうか。
ジョンソン夫人　そうでしょうね。
レイモンド弁護士　あなたが、あるいはご主人が、複数のローンの申しこみをし、少なくとも三つの銀行に断られたのは事実ですか？
ケラー検察官　裁判官、この一連の質問に異議《いぎ》を申し入れます。
裁判官　異議を却下《きゃっか》します。証人は質問に答えてください。

ジョンソン夫人　はい、借り入れをしようとしました。
レイモンド弁護士　ありがとうございます。さて、ジョンソンさん、教えていただきたいのですが、そのように経済的《けいざいてき》に苦しい状況《じょうきょう》の中で、なぜご主人は毎月一千ドルをリタ・ロングさんに支払《しはら》っていたのでしょうか？
ジョンソン夫人　まあ、そんなバカなこと！
ケラー検察官　裁判官《さいばんかん》！　異議《いぎ》あり！　事実の証拠《しょうこ》がなく、証人の利益《りえき》を損《そこ》ないます。今の質問を記録から削除《さくじょ》するよう求めます。
裁判官　異議を認《みと》めます。陪審員《ばいしんいん》は弁護人の質問をなかったものとしてください。
レイモンド弁護士　ジョンソンさん、あなたは被告人《ひこくにん》の母親であるリタ・ロングさんをご存《ぞん》じですか？
ジョンソン夫人　その人のことは知っています。ジョンと高校で二年くらいいっしょでした。あの人がこの町にもどってきてからは、ジョンもわたくしもかかわりはございません。
レイモンド弁護士　つまり、ご主人とリタ・ロングさんのおつきあいについてはご存じなかったのですね？
ケラー検察官　裁判官！　異議あり！
裁判官　異議を認めます。先に進めてください、マンローさん。

レイモンド弁護士　ジョンソンさん、ご主人はあなたに生命保険をかけていましたか？
ジョンソン夫人　ジョンは教員保険に入っていて、少額の生命保険をかけていたと思いますが、それがどうして……。
レイモンド弁護士　ありがとうございます。そしてあなたもご主人に生命保険をかけていましたか？
ジョンソン夫人　それは……はい、おそらく。そういうことはジョンが処理していましたから。
レイモンド弁護士　これをごらんになったら思い出されるかもしれません。（レイモンドさんはキャロラインに書類を手わたし、証拠書類Kであると説明したうえで、その書類の最後のページをひらく。）ここにあるのは、あなたの署名《しょめい》ですね？
ジョンソン夫人　はい。
レイモンド弁護士　ジョン・ジョンソンさんが死亡《しぼう》した場合に、配偶者《はいぐうしゃ》のあなたが受け取る死亡保険金の金額を読んでいただけませんか？
ジョンソン夫人　五……五十万ドルです。

思わず〈やった！　レイモンドさん！〉と叫《さけ》びそうになるのをこらえる。あんなふうにリタの話を出したときは、正直どうなのかと思ったけれど、これで今まで弁護人レイモンド・マンローの実力をあまく見ていたことを思い知らされた。レイモンドさんはキャロライン・ジョンソンに、ご主人やジェレミーについてつぎつぎと質問をした。さすがのキャロラインも、夫とジェレミーがおたがいに好意を持っていたことを認《みと》めるしかなかった。わたしはチェイスに耳打ちする。「レイモンドさんがキャロラインを証言台に呼《よ》んでくれて、本当によかった。これでみんな、キャロラインの犯行だとわかるはずよ。少なくとも、その可能性があるってことはわかったんじゃないかな」

チェイスはわたしほどはしゃいでいない。「まだ油断できないよ。レイモンドさんが終わったら、ケラーがまた自分に有利な証言を引き出そうとねらってるからな」

そこまでは考えていなかったし、不公平だと思った。いくら書面上の証言だったとはいえ、ケラーはすでにキャロラインを自分の証人として呼んだのだから。レイモンドさんは主尋問《しゅじんもん》を終えた。うまくいったとわたしは思った。でもチェイスのいうとおりだった。レイモンドさんがこれ以上質問はありませんと宣言《せんげん》したとたん、ケラーが立ちあがっていた。

ケラー検察官　ジョンソンさん、法廷《ほうてい》を代表して、今日このようなご足労をおかけしましたことをおわび申しあげます。この裁判《さいばん》の決着のために、ごていねいに法廷におこしいただき、感謝しております。何かご入り用のものはございませんか？　その場合、裁判官が短い休廷を宣言されることと思いますが。

ジョンソン夫人　ありがとうございます。でも、けっこうですよ。わたくしはお手伝いにまいりましたから。

ケラー検察官　それでは、ご主人と被告人《ひこくにん》との関係にもどりたいと思います。どんな関係だったか教えていただけませんか。

ジョンソン夫人　はい、もちろん。ジョンは少年を気の毒に思っていました。おそらく、誰《だれ》でもそう思うでしょう?

ケラー検察官　そのために被告人といっしょにすごし、仕事をあたえたのですか?

ジョンソン夫人　ジョンはあまりにもお人よしでした。少年に馬の世話や乗り方を教えたのです。そんな時間があるわけではないのに。わたくしががんで寝《ね》たきりになったあと、ジョンは自分の仕事をした上に、わたくしの仕事もしなくてはなりませんでした。馬小屋の経営を引きついだのです。ジェレミーに馬小屋のそうじをたのみ、その仕事に見合う報酬《ほうしゅう》よりもずっと多く支払《しはら》っていたのでしょう。

ケラー検察官　ジェレミーと、ご主人が監督《かんとく》を務《つと》められた野球チームのパンサーズとはどんな関係でしたか?

ジョンソン夫人　同じように、ジョンはやさしすぎました。ジェレミーはもちろん選手にはなれませんから、書類ばさみや道具入れを運ぶ係を任せたのです。ユニフォームまであげたんですよ。

ケラー検察官　あの日のことをまた思い出させて申しわけございませんが、ジェレミーのバットについて話をしなくてはなりません。被告人がバットをどこで手に入れたか

ジョンソン夫人　ご存《ぞん》じですか。主人があげたのです。ジョンがあの少年のために買ってあげました。安くありませんでしたよ。ほかの少年たちはアルミのバットをほしがりました。けれどジョンの話では、ジェレミーは本物の、木のバットがいいといったそうです。ジェレミーがあのバットを持っているところを見るのは、はじめからぞっとしませんでしたよ。見た瞬間《しゅんかん》から、いやな……。

レイモンド弁護士　異議《いぎ》あり！

裁判官　異議を認《みと》めます。ジョンソンさん、質問にだけお答えください。つづけてください。

ケラー検察官　被告人《ひこくにん》がバットを持っているところは見ましたか？

ジョンソン夫人　しょっちゅうですよ！　どこにいくにもあのバットを持ち歩いていました。そのせいで繁殖《はんしょく》用《よう》の二頭の雌馬《めすうま》がおびえてしまったのです。ジョンはわたくしが馬のそばにいられるように、ときどき車椅子《くるまいす》をおして、馬小屋につれていってくれたものでした。がんがここまで悪化する前のことですけれど。

ケラー検察官　そのとき、ジェレミーがバットを持って馬小屋にいるのを見たのですか？

ジョンソン夫人　はい。ジェレミーに、馬小屋に入ったらすぐ、入り口のそばにバットを置くように指示したのは、わたくしなんですよ。

　キャロラインは泣きくずれ、ケラーが箱からティッシュを一枚《まい》出してあげる。あれはわざとらしい嘘泣《うそな》きだと、わたしは思った。わたしは陪審員《ばいしんいん》を見つめ、キャロラインがバットの置き場所を正確に把握《はあく》していたことに気づいているように願った。

ケラー検察官　あなたが馬小屋にいかなくなってから、被告人に会ったことはありましたか？
ジョンソン夫人　ジョンが家につれてきたことはありますが……。
ケラー検察官　どうぞつづけてください。
ジョンソン夫人　あの少年がいると緊張《きんちょう》するんです。不安になります。
ケラー検察官　不安ですか？　どんなふうに？
ジョンソン夫人　ひとつには、あのバットを持って家に入ってきたことです。
ケラー検察官　被告人を最後に家に入れたときのことを話してくれませんか。
ジョンソン夫人　ジェレミーは馬小屋で鋤《すき》だか熊手《くまで》だかで指にとげが刺《さ》さったということでした。ジョンはとげぬきで取ってあげようと、ジェレミーを家につれてきたのです。明るいところでとげを見るためにバスルームを使いました。出てくるとき、ジョンがわたくしの様子を見るために寝室《しんしつ》に立ちより、事情を説明してくれました。わたくしは少年に落ち着いてもらいたくて、馬のことをたずねました。

『はい』か『いいえ』で答えられるような質問です。ところが少年はどんどん興奮《こうふん》していきました。バットをふりはじめたのです。ぶんぶんふりまわしていくので、しまいにこわくなりました。そしてとうとう、わたくしの鏡台の鏡を割《わ》ってしまったのです。わたくしが祖母からゆずりうけた鏡です。ジョンは偶《ぐう》然《ぜん》だといいましたが、どうなのでしょうね。

ケラー検察官　どういうことですか？

ジョンソン夫人　そのとき思ったのです――いいえ、確信しました――ジェレミーはわざと鏡に向けてバットをふったのですよ。まちがいなく、自分のしていることがわかっていました。

ケラーがすわったあと、レイモンドさんが立ちあがり、ジェレミーと監督《かんとく》がどんなに仲がよかったかという言葉を、最後にいくつか引き出した。でも効果がなかった。キャロライン・ジョンソンの言葉を消すことはできない。その言葉はみんなの頭の中にいすわり、どうやっても追い出せないのだ。〈まちがいなく、自分のしていることがわかっていました〉

あまりにも腹《はら》が立って、閉廷《へいてい》になったときには、胃が痛《いた》くて、頭全体が火事になった気分だった。「あの人、ひどい！」ウェルズ保安官と保安官代理がキャロラインの車椅子《くるまいす》をおして法廷から出ていくのを見ながら、わたしはチェイスに訴《うった》える。「あの人は、うちの兄が、バットをふりまわし、鏡をこわし、凶器《きょうき》を持ち歩く狂暴《きょうぼう》な人間だってみんなに思わせたのよ」

「そうだね」

「リタへの小切手のことだって知ってたに決まってる。監督がどうしてリタにお金を払《はら》ってたかも知ってたかもしれない」

「あの小切手にどういう意味があるのか、きみは知らないじゃないか、ホープ」

「あの人は知ってたのよ。絶対にそう。わたし、あの家に十分くらいひとりでいられたら、ほかにも支払いずみの小切手やいろんなものを見つけだせると思う」駐車場《ちゅうしゃじょう》のチェイスの車のそばまでくると、わたしはチェイスが鍵《かぎ》をあけるのを待った。道の向かいの裁判所《さいばんしょ》の前に、救急車がやってきた。ウェルズ保安官がジョンソンさんの車椅子を救急車のうしろにおしていく。「チェイス、あれは？」

「車椅子をおして出ていくとき、話しているのを聞かなかった？　父親とケラーは、キャロラインの〈試練〉が終わったら、健康診断《けんこうしんだん》のために医者につれていくらしい。ぼくにいわせれば、単なるパフォーマンスだよ」

「待って」その話はひとことも聞こえていなかった。気が立っていて、それどころではなかったらしい。「キャロラインがお医者さんにいくの？　しかもあなたのお父さんと検察官がつれていくの？」

「そういう話だったよ」チェイスはハンドルの前にすわり、こっち側のドアの鍵をあける。「どうして？」

わたしはチェイスのとなりにすわる。「どういうことかわからない？　チェイス、キャロラインは今、家にいないの。しかも、あなたのお父さんもじゃましにこられないのよ！」

チェイスはひたいをハンドルにのせる。「ホープ、だめだ」

わたしはシートベルトをしめる。「やらなくちゃ、チェイス。これはキャロライン・ジョンソンがとんでもない嘘《うそ》つきだって証明できる、最後のチャンスなのよ」

30 キャロラインの家

二十分後、チェイスの車でキャロライン・ジョンソンの家に着く。ＴＪとふたりで馬小屋と監督《かんとく》の事務室を捜索《そうさく》したときのように、遠くに車を停める余裕《よゆう》がないから、チェイスは家の裏《うら》にまわって駐車《ちゅうしゃ》した。

玄関《げんかん》ポーチに向かいながら、わたしはまだ怒《おこ》っていた。「ジェレミーはあの人が好きじゃなかったの。ジェレミーは人を見る目があるのよ」

「そう聞いたよ。きみから何回も」チェイスはドアの取っ手をまわそうとした。「鍵《かぎ》がかかってる。もう帰ったほうがいい、ホープ」

「そう聞いたわよ。あなたから何回も」

チェイスは笑わない。

「お願い、チェイス。鍵はこのへんにかくしてあるかもしれない」わたしは玄関ポーチに置かれた鉢植《はちう》えの下や、歩道ぞいのプランターの下や、ポーチにあるブランコ型の椅子《いす》のまわりをさがした。チェイスは手伝ってくれない。見るからに、そわそわしている。あとどのくらいいっしょにいてもらえるか、わからない。

「裏《うら》のドアを試してみない？」わたしは提案する。家の裏まで走っていく。網戸《あみど》にも鍵《かぎ》がかかっている。チェイスがうしろからやってくる。わたしは網戸をガタガタさせた。「引っぱってはずせない？　網戸を切っちゃう？」

「刑務所《けいむしょ》に入ってよければね」チェイスはわたしの前に出て、ポケットから車の鍵《かぎ》を出した。「ほら。ただの掛《か》け金《がね》だ」

わたしが見ている前で、チェイスは掛け金をするりとはずしてしまった。「そんなこと、どこで覚えたの？」

チェイスは、唇《くちびる》に輪ゴムをかけられたように、口もとをひねる。「ボストンでよくない連中とつきあってたって、いったよね。それでじゅうぶんだろ？」わたしに怒《おこ》っているようにいう。

「それでじゅうぶんよ」わたしはチェイスの前に割《わ》りこんで、ドアの取っ手を試す。まわった。ドアをおして、なんとか通りぬけられるくらいにひらいた。強いにおいがただよっている――ベーコンの脂《あぶら》と、こげたクッキーと、病気のにおい。それとも、死のにおい。わたしは戸口から動けない。

「本当にやるつもり？」チェイスがきく。自分はやりたくないと宣言《せんげん》するように。

わたしはチェイスのほうをふりむく。家の中は暗い。外では、太陽がもう今日は輝《かがや》くのをやめたところだ。「やらなきゃ。ジェレミーのために。でも、チェイスはいいよ。車で待ってて」

チェイスはため息をつく。「何をさがすのか、わかってるのか？」

「リタへの小切手かな。離婚《りこん》とどけとか。それか日記。どうやって監督《かんとく》をやったか書いてあるの。

それか、暗殺者を雇《やと》った契約書《けいやくしょ》とか？」わたしはチェイスに笑ってもらいたくて、微笑《ほほえ》みかける。チェイスは笑わない。でも指で、わたしのおくれ毛をかきあげた。「それなら急がないと。今すぐにでもキャロラインをつれて帰ってくるだろうから」

わたしはチェイスの腕《うで》をぎゅっとにぎって、いっしょにいてくれてどんなに感謝しているか伝わることを願った。

明かりをつけるのがこわい。チェイスが裏のドアをさらにあけると、たそがれどきのわずかな光が、わたしたちといっしょに家にしのびこむ。この家に入ったのははじめてだ。一歩歩くごとに、床《ゆか》がきしむ。じめじめしていて、うちみたいだ。

すぐに目がさまざまな濃《こ》さの灰色《はいいろ》に慣れ、細かいところまではっきり見えるようになった。高級なカメラのレンズをまわすと焦点《しょうてん》が合っていくように。すべてをよく見ようとがんばる。薄緑色《うすみどりいろ》のソファの両はしに置かれたサイドテーブルにかかる白いレース。ランプや花瓶《かびん》の下のレースの敷物《しきもの》。レースのカーテン。家じゅうがレースでいっぱいだ。まるでおばあさんがふたり住んでいるみたい。壁《かべ》や廊下《ろうか》のテーブルには、馬と写っているキャロラインの写真がかざってある。ソファの上には片手《かたて》にポニーの手綱《たづな》を、もう片方の手に一等賞の青いリボンを持った女の子の肖像画《しょうぞうが》がかかっている。子どもの頃《ころ》のキャロラインに決まっている。

わたしがテーブルにぶつかると、何かがぐらつく音がした。そこらじゅうこわれものだらけだ。ジョンソン夫妻《ふさい》に子どもがいないのも無理はない。子どもは二分もこの家にはいられないだろう。

「チェイス？」わたしはささやく。姿《すがた》が見えなくて、心臓《しんぞう》がドキリとする。

「台所にいる」チェイスがふつうの声でいう。それはそうだ。ここに誰《だれ》かがいるなら、もうわたしたちの音は聞こえているはずだから。

わたしは足置きがあがったままの、背《せ》もたれのたおれる椅子《いす》につまずいてから、台所に向かった。

「何か見つかった？」

「さあ。でも本人がいうように寝《ね》たきりだとは思えないな。かなり動きまわれないと、こんなふうに戸棚《とだな》の上のほうまで物を入れておけないよ」

「お手伝いさんがくるのかも」

「そうだな。きみは？　何か見つけた？」

「キャロラインの写真が多すぎるくらいたくさん」わたしは冷蔵庫《れいぞうこ》のとなりの戸棚をあけた。殺人事件がどうやって起こったか想像してみる。「キャロラインは車椅子から立ちあがれないふりをしているけど、立ちあがれるの。だからあの日も朝早く起きたのかもしれない。夫とものすごいけんかをしたかもしれない――お金か、リタへの小切手のことで。それか、それ以外の百万くらいある夫婦げんかの原因のどれかで。キャロラインは馬小屋に向かった。そこにジェレミーのバットがあったから、つかんだの」わたしは頭の中ですべてを思《おも》い浮《う》かべる。キャロラインはコットンのネグリジェを着ている。ピンクの花柄《はながら》で白いレースがついている。キャロラインは夫に向かって叫《さけ》んでいる。そしてバットを見て、それに飛びついて……。

「ホープ、早くすませてここを出ないと」

チェイスのいうとおりだ。わたしには証拠《しょうこ》がいる。「わたしはここにくるときに通った書斎《しょさい》を見る。チェイスは寝室《しんしつ》を見て。キャロラインの靴《くつ》の裏《うら》を見てね！」居間に引き返し、書斎に入る。机《つくえ》までいきつかないうちに、チェイスが叫ぶ。「帰ってきたよ！」

私道《しどう》の砂利《じゃり》をふむ音が聞こえる。車のエンジンの音が、ブレーキで静まる。エンジンが切れる。

「まいったな」チェイスがつぶやく。

お願い！　それがお祈《いの》りかお願いか、自分でもわからない。わたしはチェイスの手をつかんで、裏のドアへと引っぱっていく。

「何するんだよ？」チェイスは手を引こうとするけど、わたしは放さない。

「静かに！」つまずいてソファにぶつかる。腰《こし》が痛《いた》いけど、そのまま進んで家の外に出る。ドアをしめ、網戸《あみど》をとじる。手をのばし、チェイスの髪《かみ》をひと房《ふさ》整え、それから自分の髪を直す。「しゃべるのは任せてね」

「なぜだ？　ホープ、何を……」

わたしはシーッと黙《だま》らせて、待った。

車のドアがバタンとしまる。またべつのドアも。

走って逃《に》げたい気もした。でもチェイスの車が二メートル先に停まっていて丸見えだ。玄関《げんかん》ポーチに足音が聞こえる。複数の声がまじりあう。玄関《げんかん》のドアの鍵《かぎ》がまわる。ドアがあく。中に入ったたようだ。

わたしはまだチェイスの手をにぎっている。ジェレミーから引きついだのかもしれない無言のお祈《いの》りをまたつぶやくと、わたしは手をのばして、網戸《あみど》を強くたたいた。

「ホープ?」チェイスがささやく。

わたしはかまわず、たたきつづける。たたくたびに、心臓《しんぞう》が胸《むね》の内側をドキンと打つ。「こんにちは! どなたかいらっしゃいますか?」網戸をあけ、ドアをもっと強くたたく。「こんにちは! ジョンソンさん?」

家の中で足音がバタバタと近づいてくるのが聞こえる。裏《うら》のドアがあいて、ウェルズ保安官がこっちをにらみつける。「きさまら、ここで何をしている!」

チェイスが口をひらこうとしたけど、わたしのほうが早い。「ウェルズ保安官。どなたもいないと思っていたところでした」

保安官はわたしを無視《むし》した。「答えろ、チェイス! ここで何をしているんだ」

「怒《おこ》らないで、父さん。ぼくたちはただ……」

「ただジョンソンさんに会って、おききしたいことがあったんです」どういうわけか、わたしの声はしっかりしていて、愛想がいいくらいだった。

「何だと?」ウェルズ保安官が叫《さけ》ぶ。ちらっとふりかえり、声を低くする。「おまえたちがこんなに愚《おろ》かだったとはな」

チェイスがひるむ。

「めいわくをおかけするつもりはありません」わたしは落ち着いていう。「ただジョンソンさんが今日、法廷《ほうてい》で、ジェレミーを傷《きず》つけることをおっしゃったので、少しだけお話しできたらと思って……」

ウェルズ保安官がわたしをにらみつける。「ジョンソンさんに質問したいと？　きみの家族はもうじゅうぶんやることをやったのではないか？」

「父さん！」わたしが攻撃《こうげき》されるとでも思ったように、チェイスがわたしの前に出る。攻撃してきてもおかしくないくらい、保安官は激怒《げきど》している。

保安官は深く息を吸《す》いこみ、歯の間から怒《いか》りをのみこんだ。「いいか、じょうちゃん、きみを個人的に責めているわけではない。しかしな、この気の毒なご婦人のことは放っておきなさい」

「気の毒なご婦人？」わたしがこの〈気の毒なご婦人〉のことを本当はどう思っているのか、教えてやりたかった。

保安官はわたしを見た。視線で人を殺すことができるなら、保安官は殺人容疑《ようぎ》で裁判《さいばん》にかけられているだろう。「ジョンソンさんにつきそって、医師のところからもどってきたところだ。長くても今年じゅうの命だそうだ。だからお兄さんの弁護士にいえばいい。ジョンソンさんは保険金を受け取る頃《ころ》にはこの世にいない。ましてお金を使うことなどできないとな」

これまでのことにかかわらず、自分の意思に反して、わたしはキャロラインのことを思って悲しくなった。本人はいつからこのことを知っていたのだろう。

保安官はまっすぐのばした腕《うで》でチェイスの肩《かた》をつき、チェイスはおされて一歩あとずさった。それから保安官はわたしを見る。太い眉毛《まゆげ》が鼻の上でつながっていて、上唇《うわくちびる》がめくれて歯が見える。

「ふたりとも、この件は放っておくんだ。聞こえたか？　放っておきなさい」

「聞こえたよ、父さん」チェイスがいう。わたしの手を取り、車に引っぱっていく。

わたしは抵抗《ていこう》しなかった。なぜなら急に、するどいナイフのように冷たい恐怖《きょうふ》がわたしの体をつらぬいたからだった。


走る車の中で、ふたりともずっと無言のまま、馬小屋とジョンソンさんの家から遠ざかる。二度ほどチェイスをちらっと見たけれど、わたしが車の中にいるのに気づいてもいないようだった。それくらい遠くにいる感じだった。ひたいにしわがより、ときおり唇をかみしめては、うめくような声をもらす。まるで自分自身と格闘《かくとう》しているかのように。頭の中で何が起こっているのか知りたくてたまらなかったけれど、こわくてきけなかった。

やがて、チェイスがこっちを見ないでいった。「父親のいうとおりだよ」

「何が？」

「あの人はやってない」

「キャロライン・ジョンソンのこと？　やったに決まってるじゃない！　もっと時間があれば見つ

けられたはず……」

チェイスは首を横にふり、わたしにそれ以上いわせない。「何を？　動かぬ証拠《しょうこ》をか？　警察《けいさつ》はすでに凶器《きょうき》を手に入れている。あの人は、いくらきみのお兄さんへの態度がひどかったとはいえ、誰《だれ》も殺してはいないんだ。あの人は死にかけてるんだよ、ホープ。聞いただろ？」

「死にかけてないかもしれないのよ。もしかしたらお医者さんにお金をわたして……」

「その話はやめろ。これは、医師やうちの父親やジョンソンさんがみんなでめぐらした陰謀《いんぼう》とはちがう」

「そんなこといってないでしょ。でもキャロラインには動機がある……あの人だけに動機があるのよ」

「あの人だけ？　リタは？　ボブは？　ＴＪは？」

チェイスがどうしてそんなに怒《おこ》っているのかわからない。「リタやボブやＴＪが、監督《かんとく》を殺してジェレミーのせいにすることができるなんて、わたしには信じられない」

「いいよ。きみが信じられないんなら、きっとちがうんだろう」チェイスの皮肉ないい方が心につきささる。「ジェレミーの弁護士に、ジョンソンさんに合理的な疑問《ぎもん》が向けられるようにたのめばいいだろ。でもあの人が保険金のために夫を殺したとは、誰《だれ》も思わないだろうな。理由がない。父親の話を聞いただろ。お金を使える頃《ころ》には生きてないんだ。きみはあの人の残り少ない時間をだいなしにしてるだけだ。でも、ぼくのいうことは聞かなくていいよ。どうせ誰のいうことも聞かないんだから」

のどがひりひりしている。自分が何をしてチェイスをこれほど怒《おこ》らせてしまったのか、チェイスのわたしへの態度がどうして急に変わってしまったのか、わからない。「どうしてそんなことをいうの？」砂《すな》をのみこんだような声が出た。

「もうやめよう、ホープ。父親のいうとおりだ。ぼくたちは、やることはじゅうぶんやった」

「ジェレミーが留置場から出てくるまで、わたしはやめないから！」

「どなるなよ」

自分がどなっていたことに気づかなかった。わたしは深呼吸《しんこきゅう》した。こんなのは、いやだ。チェイスとあんなに親しくなれたのに。いろんなことでいっしょだったのに。「チェイス、どうして？お父さんのせい？　家に帰ったら何をされるかわからなくてこわいの？」

「ああ、こわいよ」チェイスがわたしをにらみつける。一瞬《いっしゅん》、チェイスに見えなかった。緑色の目が黒かった。口もとが父親そっくりだ。「父親は本気で怒っているんだ、ホープ。それ相応の事情があるのかもしれない。今度はどう出るかわからない。あの父親がいる家に帰らなくていいんだから、きみはいいよな」

「そうね。リタのいる家に帰れるんだから、ずっとましよね」

「きみにはわからないんだ。無関心な母親のほうが、干渉《かんしょう》しすぎる親がおおぜいいるより、ずっといいじゃないか」

その言葉は痛《いた》かった。リタが無関心なのはわかっているけれど、チェイスにそういわれると傷《きず》つく。わたしは傷つけ返した。「わかった。そんなに保安官パパがこわいなんて知らなかった。とにかく家までつれてかえって」

「そうしてるよ」

家の前にくるまで、ひとことも口をきかなかった。車が止まる前に、シートベルトをはずした。くやしくて涙《なみだ》がこぼれそうなのを必死におさえる。「乗せてくれてありがとう」わたしはつぶやく。

「ああ、気にするな」

「気にしない。心配しないで」わたしはバタンとドアをしめ、歩道をドタドタ歩く。

それからさっとふりかえった。「今までずっと、ひとりでジェレミーのことをちゃんと見てきたの。だからチェイスの助けなんかいらない。TJも、誰の助けも、もういらないの！　いつも、わたしとジェレミーのふたりだけだった。だから、こんなふうに……」のどがつまって何もいえなくなった。わたしはきびすを返して、家に駆《か》けこみ、勢いよくドアをしめた。

家に入ってしまうと、体のふるえを止められなかった。床《ゆか》にたおれこみ、両手で頭をおさえ、テントのように髪《かみ》で顔をおおう。すべてのことから、すべての人から、自分を切《き》り離《はな》すように。

31　夜の駐車場《ちゅうしゃじょう》

音がして、わたしは顔をあげる。泣き声か、鼻をすする音。リタが床《ゆか》にいて、両脚《りょうあし》をのばし、ソファにもたれている。ひざには靴箱《くつばこ》があり、あたりには半円状に写真が広げられている。その一枚《まい》を持ちあげ、リタは顔をかたむける。わたしに気づいていないようだ。酔《よ》っぱらっているのかと思ったけれど、あたりにコップや瓶《びん》はない。

わたしの母親が泣いている。それどころか、むせび泣いている。

「リタ？　どうしたの？」

返事がない。

わたしは近づいた。リタは赤ちゃんの写真を持っている。病院で撮《と》った写真だ。白いとんがり帽《ぼう》子《し》をかぶり、白い毛布にくるまれた赤ちゃんは、いろんな病院の写真で目にする、どこにでもいる赤ちゃんのように見える。でもなぜか、それがジェレミーだとわかった。

リタのそばにすわり、カーペットにちらばる写真をぱらぱら見ていった。五、六枚は、リタが持っているのと同じ、生まれてまもないジェレミー。でもほかの写真もある。外の芝生《しばふ》の上で撮ったもの、色あせた車のうしろの席にいるもの、二歳《さい》以上には見えない同い年くらいの子たちといっしょに建物の中にいるもの。どれも見たことのない写真だ。リタはどこで手に入れたんだろう。今までどうやって保管していたんだろう。どうして持っていたんだろう。

「あたしの子よ」リタはわたしを見ないでいう。「あたしの小さな息子《むすこ》」

何といったらいいかわからなかった。これはわたしの知っているリタではない。チェイスがいってくれたことを思い出す。〈ぼくの知っているホープ〉。チェイスの知っているホープは、ジェレミーを見捨《みす》てない、といっていた。それなら、今わたしが別れてきた、車にいたチェイスは、わたしの知っているチェイス？　証言台に立った病気のキャロライン・ジョンソンは、夫に憎《にく》しみをぶつけて叫《さけ》んでいたあの女と同じ人？　ふりかえらずに走り去り、わたしをこわがらせたＴＪは、人魚の涙《なみだ》を持ってきてくれて、毎日学校でお昼をいっしょに食べてくれたのと同じＴＪ？

わたしはジェレミーの写真をじっくり見ていく。これはわたしの知っているジェレミーだ。やさしくて純粋《じゅんすい》なジェレミー。

わたしたちは生きている間、その瞬間瞬間《しゅんかん》で、ちがう人間になってしまうのだろうか？

「ジェレミーのために証言しないといけないの」リタがいう。今よりずっと若《わか》いリタとその息子の写真から目を離《はな》さない。

「え？　どうして？」

「わたしはレイモンドの最重要証人なの」

「待って。レイモンドさんが証言してほしいって電話してきたの？」

「そう。おいしいところは最後まで取ってあったってことよ」リタはソファによりかかり、深く息を吸《す》いこみ、咳《せ》きこんだ。

わたしは吐《は》きそうになった。リタが証言するなんて。それが陪審員《ばいしんいん》が聞く最後の証言になるなんて。レイモンドさんがそんなことをするなんて考えられない。いくらくだらない〈台所の流し戦《せん》略《りゃく》〉でも……。キャロライン・ジョンソンの証言にそこまでの破壊力《はかいりょく》があったのでないかぎり。

「リタ、何を話すか、レイモンドさんと打ち合わせしたの?」

リタは手の甲《こう》で目をぬぐう。ジェルと自分の写真を持っている手で。「レイモンドのところにいかないと」

わたしはボブに電話して、車を出してくれるようにたのんだ。リタは酔《よ》っぱらってはいない。飲んではいない。でも体がふるえ、動揺《どうよう》し、興奮《こうふん》している。車のハンドルの前にすわらせるほど信用できない。

かわりにお店に入ると提案したけれど、ボブは必要ないといった。わたしは二十分でリタを着がえさせ、したくをさせた。

「もう家から出るんじゃないよ!」ボブの車に乗るとき、リタがわたしに叫《さけ》ぶ。「あたしのいうことなんか聞いたためしがないけどね」そうつぶやき、いなくなった。

わたしはジェレミーの写真をしまう。リタがいないと、家の中の音が音量をあげる。換気扇《かんきせん》の低い音が大きなうなり声になる。トイレの水もれは滝《たき》になる。冷蔵庫《れいぞうこ》は拷問《ごうもん》を受けているようにうめく。わたしはドアや窓《まど》の鍵《かぎ》をかけ、ストーカーのことを考えないようにした。わたしが今、本当にひとりきりだと知られたらどうなるだろう。リタも、TJも、チェイスもいないと。

ぐったりして、きしむマットレスに横になると、チェイスのことを思い出す。すでにチェイスに会いたくなっている……助けがほしいだけなのではなくて、チェイス自身に会いたい。あの心なずも微笑《ほほえ》んでしまったかのような、ゆったりした笑顔。それからボストンの暮《く》らしについて話すときの低まった声。わたしは手を上にあげ、チェイスの大きな手がわたしの小さな手とからまりあうところを想像する。

わたしは何をしてしまったんだろう。

チェイスはとてもよくしてくれた。それなのに、〈パパ〉の圧力に屈《くっ》したことを責めてしまったなんて信じられない。そもそもチェイスはわたしを助けてくれる必要なんかなかった。それでも助けてくれた。お父さんがわたしから引《ひ》き離《はな》そうとしていたのに。

あやまらなくてはいけない。二度と会えなくても、チェイスのしてくれたことにどんなに感謝しているか、伝えないと。チェイスがいなかったら、ここまでこられなかったと思う。

最後に電話した相手がチェイスだから、わたしは携帯《けいたい》電話を取り出して、そのまま送信ボタンをおした。すぐに留守番電話になった。録音機に向かっていいたいことなんかいえない。電話を切った。数分後にまた電話をかける。それからまた。つづく一時間に何度かけたかわからない。とうとうあきらめて、メールを打つことにした。それなら読んでくれるはずだし、書きまちがえたら送信しないで削除《さくじょ》すればいい。〈ごめんなさい。ホープ〉と打った。それから〈ごめんなさい！　ホープレス〉に変えた。

送信して待っているうちに、画面が暗くなった。チェイスが着信音を聞くところを想像する。番号をちらっと見て、わたしからだと気づいて……。

返事がこない。

もう一度やってみる。〈お願い、チェイス。話ができない？〉

送信して、また待つ。ジェレミーが携帯《けいたい》をなくすまでは、ふたりでいつもメールを送りあっていた。メールでの会話は電話に負けないくらい速かった。

わたしはあきらめない。チェイス自身がそういっていた。チェイスの知っているホープはあきらめないと。もう一度送信する。〈今晩《こんばん》会えない？　これから？〉家にはきてほしくないし、もちろんチェイスの家にもいきたくない。だから打ちつづける。〈学校はどう？　運転の練習場所〉どこだかわかるはずだ。ふたりの距離《きょり》がとても近くて、おたがいが何を考えているかわかりあえたあの日のことを、覚えているはず。車に傷《きず》をつけても、わたしに腹《はら》を立てなかったときのことを。

返事を待つ。メールを打つなら、ＴＪにも打つべきだ。わたしたちは長い間、友だちだったから。わたしは画面を見つめ、何と書こうか考える。でも思いつかない。

携帯の着信音が鳴った。チェイスだ。メールがとどく。〈ＯＫ〉

ジーンズにはきかえ、髪《かみ》をとかすのに五分かかった。ふたりではじめてデートするみたいに緊《きん》張《ちょう》している。でもあまり期待しないように自分にいいきかせた。チェイスは話をすることに同意しただけ。それだけだから。

急いで外に出て、学校に向かって歩きだす。外はじめじめして、ブヨの群れが雲のように取り囲んでくる。手ではらいのけて、進みつづける。

うしろで車のエンジンがかかる。ヘッドライトがついて、こっちを照らし、わたしの影《かげ》をぎざぎざの輪郭《りんかく》の幽霊《ゆうれい》に変える。偶然《ぐうぜん》よ。それでも、わたしは足を少し速めた。

車はうしろからゆっくりついてくる。はやく通りすぎてほしい。ウォルナット通りに入る前には、ライトがなくなっていてほしい。でもヘッドライトはずっとついてくる。わたしを視界《しかい》に入れつづける、巨大《きょだい》なふたつの懐中電灯《かいちゅうでんとう》のように。足を速めた。走りださないでいるのがやっとだった。

車はわたしにぴたりとつけてきて、止まった。そして、声がした。「ホープ?」

「チェイス！　どうして……?」

「乗って」チェイスが運転席側から体をかがめると、おたがいの顔が見える。

わたしは車に乗りこむ。心臓《しんぞう》がまだドキドキしている。むしろ、さっきよりもっとかもしれない。

それから、チェイスのそばにできるかぎり近よった。「チェイス、ごめん。ごめんなさい」

「いいんだ。ぼくも、ごめん」チェイスが腕《うで》をのばしてきて、わたしはその中にたおれこむ。

目をつぶり、この瞬間《しゅんかん》のすべてに身をゆだねることにした。わたしを抱《だ》きしめる力強い両腕。

わたしが顔をうずめている、呼吸《こきゅう》に合わせて上下する胸《むね》。このまま溶《と》けてしまいたい。何もかも忘《わす》れてしまいたい。チェイス・ウェルズの中で。

急に、わたしは体を離《はな》して、チェイスの顔を見た。「あれからずっと外にいたの？」

「ああ。父親がどなるのをやめてからすぐ――やめたのは仕事に出ないといけないからだったんだけど――こっちにきた。おそらく父親がきみの家の前にパトカーを出すことはないだろうから、自分で見張ることにしたんだ。あの小型トラックがもどってくるといけないから」

「わたしを守ってくれてたのね？　あんなにひどいことをいったのに」わたしはチェイスをぎゅっと抱《だ》きしめる。

「車で帰るとき、かなり腹《はら》を立ててたことは認《みと》めるよ。でもきみをストーカーの手にわたすほどじゃない」チェイスはわたしを見おろしてにっこりする。その笑顔をそのままとっておきたい。えくぼも、温かさも。

「かっとなっても、わたしをストーカーに引きわたさないとわかってうれしいな」わたしはのびあがって、チェイスにキスし、それから身を引いた。「どうして電話に出なかったの？」

「電話くれたのか？　ごめん。父親が怒《おこ》って家を飛び出す前に、〈大きな悪いパパ〉の切《き》り札《ふだ》を切ったんだよ。外出禁止――そう――それと電話なし。携帯《けいたい》を取りあげられた。でも取りもどすよ。心配しないで」

「待って。携帯を取りあげられたの？」

「ああ。車の鍵《かぎ》や運転免許《めんきょ》を取りあげられなかったのが不思議な……」

「それなのに、ここにきたのね」何かが変だ。ものすごく変だ。

チェイスがちらっとこっちを見る。「心配するなよ。外出禁止なんて十歳《さい》のとき以来だ。父親もそのうちあきらめるよ」

「でもどうして待ち合わせのこと、知ってたの？」

「待ち合わせ？　何のこと？」

頭の中がぐるぐるまわり、ばらばらのパズルのピースをつなぎあわせようとする。「チェイスにメールを打ったの。わたしたち、高校の駐車場《ちゅうしゃじょう》で待ち合わせをすることになってるの」

「メールは読んでないよ、ホープ。電話を持ってなかったから。見張りにきたら、きみが家を出るのが見えて……」

「でも返信したでしょ？　OKって打ったでしょ？」

チェイスの顔色が変わる。目つきもけわしくなったようだ。わたしの肩《かた》をつかんで、ゆっくりと助手席にすわらせる。「ホープ、それはぼくじゃない」

ふたりとも黙《だま》りこむ。ついに沈黙《ちんもく》に耐《た》えきれなくなった。「チェイスが返信してないなら……」

最後までいえなかった。

チェイスがあとを引きとる。「うちの父親がした」チェイスは自分の両手を見つめる。「それをおそれてたんだ」

「でもどうしてそんなことをするの？　どうしてお父さんは、わたしがチェイスと学校で会うことに同意したの？」

チェイスはこっちを見ようとしない。「さあ」

チェイスは骨《ほね》が体の中で溶《と》けてしまったように、ハンドルにおおいかぶさっている。何かを知っているんだ。ジョンソンさんの家から帰るとき、チェイスはどこか変だった。「チェイス」わたしはささやく。「何が起こっているのか、教えて」

やっと、チェイスがこっちを見る。「うちの父親がストーカーなんだと思う」

「え？　まさか！　お父さんは保安官なのに！　どうしてストーカーなんかになるの？」

チェイスが首を横にふる。「ストーカーになっていたわけじゃない。今も、これまでも。厳密《げんみつ》にはね。きみを傷《きず》つけるつもりはなかったと思うよ、ホープ。ただ、おどかしたかっただけなんだ」

「それが目的なら大成功よ！　でも、意味がわからない。どうして……？」

「ぼくたちに捜索《そうさく》をやめてほしかったんだよ。父親は何でも支配したがるんだ。ぼくがいうことを聞かずに、きみに会っているのが気に入らないのはわかっていた。でもそれ以上のことは、今日の午後、キャロライン・ジョンソンの家で父親に会うまで気づかなかった。あんなに必死になっている父親を見たのははじめてだ。目つきがちがってた」チェイスはわたしの頭に手をのせ、髪《かみ》をなでる。「ホープ、父親はストーカーではない。ほかにどうしていいかわからなかっただけだと思う……弁護しているわけじゃないよ。それはわかってほしい。きみに電話しているのが父親だとわかっていたら、やめさせてた。いつもいわれてたんだ、放っておきなさい……」

「それよ！『放っておきなさい！』」その言葉がさっきから、竜巻《たつまき》のように頭の中をぐるぐるまわっていた。「チェイス、ストーカーは電話でそういったの。今日の午後、お父さんも同じことをいってた」パズルのピースがカチッとはまる。自分でとっくに考えついていてもよさそうだった。

「お父さんは警察《けいさつ》が押収《おうしゅう》した小型トラックを運転できるの？」

チェイスはうなずく。「押収車の駐車場《ちゅうしゃじょう》にあるものは何だって運転できる。誰《だれ》もわからないし、気にもかけない」

ストーカーが保安官でほっとしたのか……保安官がストーカーでぞっとしたのか、自分でもわからない。「どうして今晩《こんばん》、わたしに学校の駐車場にきてほしかったんだと思う？」

チェイスは唇《くちびる》をぎゅっと引き結ぶ。車のエンジンをかける。「さあな。でもこれからつきとめてやる」

車はファストフード店の駐車場を通りぬけて、学校の裏《うら》に出た。塀《へい》のすぐ内側に停まったから、遠すぎてあまりよく見えない。「父親はこのどこかにいて、見てるはずだ」

わたしは芝生《しばふ》の練習場を見わたし、自分が駐車場を歩いているところを想像した。チェイスを呼《よ》んでも返事はなく、生暖《なまあたた》かい八月の風が吹《ふ》いているだけ。わたしはだんだんあの木に近づいていく。きっとそこにすわって、待っている。それから？　そのあとどうしただろう？

大きなオークの木――わたしが車をこすった木――のうしろから、白いものが光った。「チェイス、あそこ！　木のうしろ」
「見える」チェイスが小声で毒づく。目つきがきつくなり、黒い筋《すじ》のようにせばまる。「ぼくは人生の大半をかけて、あの父親のようになるために努力した。あの父親が求めるものになろうとした。完璧《かんぺき》な息子《むすこ》。完璧な生徒。完璧な投手。そんなことはもうやめてやる」

「チェイス？　何をしようっていうの？　チェイス！」

チェイスは返事をしない。わたしのほうをふりむきもせず、アクセルをめいっぱいふみこむ。車はキーッと鳴って発進する。うしろのタイヤがスリップしてから向きを変え、わたしたちはトラックに向かってまっすぐつき進んでいく。

わたしは悲鳴をあげた。このままではトラックに激突《げきとつ》する。「チェイス！」

ぎりぎり手前で、チェイスが急ブレーキをかける。わたしは身がまえて、ダッシュボードに手をついた。車が横にそれる。ドスンと衝撃《しょうげき》がある。目をあけると、車は白い小型トラックのドアにつっこみ、トラックを木におしつけていた。

ウェルズ保安官の罵声《ばせい》があまりにも大きく、こっちの窓《まど》がしまっていたのに、その言葉と憎《にく》しみがはっきりと聞きとれた。チェイスは車から飛びおり、運転席のドアをあけはなしておく。両足を広げ、手を腰《こし》にあて、トラックからおりようともがく父親を待つ。でもトラックの運転席のドアは、こっちの車でふさがれ、助手席のドアは木にめりこんでいる。保安官は窓の前にひざをつき、長々と悪態《あくたい》をつきはじめた。

　チェイスの生まれた日をのろっているとちゅうで、保安官は言葉を切った。車の中にわたしがいることに、はじめて気づいたようだ。その怒《いか》りの目つきに、首筋がぞくぞくした。これほどの憎しみを誰《だれ》かから向けられたことなんかなかった。車の床《ゆか》に丸くなってしまいたかった。

「これで、やめる？」チェイスが父親にきく。三歩歩いて父親との距離《きょり》をちぢめ、向かいあう。父親はまだトラックの運転席にとじこめられている。わたしのチェイスは強くて勇敢《ゆうかん》で、一歩もあとに引くつもりはない。

　チェイスのそばにいきたかった。わたしのために、父親に立ち向かっているチェイスのそばに。ドアをあけて、外に出ようとすると、シートベルトにおさえつけられた。それをなんとかはずして、車をおりる。保安官のほうは見ないで、車をぐるりとまわり、チェイスのとなりに立つ。チェイスとお父さんは数センチのところで顔をつきあわせ、にらみあっている。

「これでやめるのかって、きいたんだけど」チェイスの声色はきびしく、抑制《よくせい》が効《き》いている。

「何をだ？」保安官は片方《かたほう》のひざからもう片方に体重をうつす。トラックにとじこめられたままだ。天井《てんじょう》にぶつけないように、頭を低くしている。トラックの窓をあけるものの、半分もさがらない。

「ホープのストーカーをやめる？」チェイスがいう。

「ストーカーなんかしてないぞ」ウェルズ保安官がわたしを見る。「きみが関係ないことに鼻をつっこむのをやめさせようとしただけだ。放っておけばよかったんだ。そうすれば、わたしは……」

「ストーカーをしないですんだのですね？」わたしは保安官の言葉を引き取る。「どうしてそんなことをしたんですか。あなたは……何というか……保護する立ち場の人ですよね。ストーカーではなくて」チェイスの手がわたしの手を包みこむのを感じる。

「父さんは本当にすごいよ」チェイスがいう。

「おまえたちにはわからないんだ。まだ子どもだからな！　おまえはただの子どもだ、チェイス！」ウェルズ保安官が叫《さけ》ぶ。そしてこっちを見る。「いいか。お兄さんの嫌疑《けんぎ》をはらそうとしているのはわかるが、これはきみの手に負えることじゃない。きみがへたに動けば、陪審員《ばいしんいん》はジェレミーを刑務所《けいむしょ》送りにする。本来いくべき精神科病院ではなくてな」

「兄がどこへいくべきかなんて、あなたにいわれる筋合《すじあ》いはありません！」わたしは大声をあげた。

「あなたはジェレミーを知らないんです。わたしのことだって知らないのに」

「父さん、ぼくがこなかったら、どうするつもりだったんだよ？」チェイスが問いただす。「父さんが計画したとおり、今晩《こんばん》ホープがひとりでここにきたら、どうするつもりだった？　え？　答えろよ！」

「どなるな！」ウェルズ保安官がどなりかえす。「たわけたことをいうな。女の子に手出しなんかしない。その子がきて、おまえがこなければ、それで終わると思っていた。その子はおまえがすっぽかしたと考える。おまえが、もうつきあうのをやめたと考える。実際、おまえはやめるべきなんだ」

「ああ、やめてやるよ」チェイスがいう。「彼女《かのじょ》ではなく、父さんとの縁《えん》を切ってやる」

32　最重要証人

家に帰ると、リタはぐっすり眠《ねむ》っていた。リタを起こして、何があったか話したい。わたしをおどしていたのは単なる子どもじゃなかったといいたい。ストーカーはマシュー・ウェルズ保安官だった。わたしみたいな子ども、ジェレミーみたいな子どもを守るはずの人間だったのだ。

リタの部屋のドアをあけて入ろうとして、自分がいわゆる〈母と娘《むすめ》の会話〉をするためにリタを起こそうとしていることに気づいた。バカみたいだ。長年、リタと話なんかしていないのに、どうして話したくなったのかわからない。

話そうとした気持ちをふりはらい、部屋の外に出てドアをしめる。わたしには睡眠《すいみん》が必要だ。リタにもだ。リタには明日、ジェレミーにとって最高の証人になってもらいたい。

朝になると、リタはまるでオーディションでも受けにいくみたいに、クローゼットの服をかたっぱしから全部着てみていた。結局、ピーチ色のブラウスに、サイズが少し小さいけどおかしくはない、すとんとした黒のスカートに決めた。クローゼットにある中で、まちがいなくいちばん法廷《ほうてい》にふさわしい服装《ふくそう》だ。髪《かみ》をあげたりおろしたりしてみたあと、リタは妥協《だきょう》し、上の部分をうしろに結び、残りは明るい金色のウェーブにしてたらすことにした。わりとまともに見えた。――わたしが反対しても、どうしてもするといいはった大きな輪っかのイヤリングをつけるまではだけど。

「あんたがよくつくってたネックレス、貸してくれない？」リタがいう。「湖で取ってきた小さい石がついてるやつよ」

わたしの人魚の涙《なみだ》について知っていること自体に驚《おどろ》いた。「いいよ。待ってて、リタ」わたしはリタのブラウスより少し濃《こ》い色のシーグラスのネックレスを見つけ、つけてあげた。

リタはネックレスを指でいじる。「すっごくきれい。すてきだね、ホープ」

リタの車でいっしょに裁判所《さいばんしょ》にいく。リタは十回以上はバックミラーで自分の姿《すがた》を確認《かくにん》し、裁判所前の交差点でパトカーに追突《ついとつ》しそうになった。「がんばってね、リタ」わたしはそういって車をおりた。

「あんたは心配しなくていいの、ホープレス。リタに任せなさい」

チェイスはもうきている。わたしはとなりにすわる。証言をしたあとから、ずっとすわっていた席に。弁護人と検察側の最終弁論《べんろん》をのぞけば、今日すべてが終わるかもしれないなんて信じられない。リタは最前列の、弁護人席のすぐうしろにすわる。ジェレミーはすでに落ち着きを失い、手は机《つくえ》にある見えないキーボードの上を飛びまわっている。ジェレミーが今から緊張《きんちょう》しているなんて早すぎる。

ジェレミーはポケットから何かを取り出す。あのアスピリンの瓶《びん》？　ずっと持たせてもらえていたことに驚く。でも、わたしのあげた瓶ではなかった。もっと大きく、形もちがう。誰《だれ》かがジェレミーにべつの空《あ》き瓶《びん》をあげたのだ。なんてありがたいんだろう。この世に小さなやさしさのしずくが残されていることを、神様に感謝した。これはそのしずくの一滴《てき》だから。

リタが聖書《せいしょ》に手を置いて宣誓《せんせい》する。オーディションを受けているように、声が大きく、芝居《しばい》がかっている。終わると席につき、足を組む。

ネクタイを片側《かたがわ》にぐいっと引っぱり、レイモンドさんが弁護人席から立ちあがる。まっすぐに証人席まで歩いていく。「おはようございます、ロングさん」レイモンドさんがあいさつする。

リタは最大のにせものの笑顔をレイモンドさんに向けたけれど、陪審員《ばいしんいん》にはにせものだとわからなかったかもしれない。「おはようございます、マンローさん」リタが応える。

レイモンドさんはゆっくりと質問をはじめたけれど……内容は地味でつまらない。リタに生い立ちの一部を話させる。グレインで育ち、三年前にジェレミーとわたしをつれてもどってきたこと。リタは両親がすでに亡《な》くコロニアル・カフェで働いていることを裁判官に向かって話す。話を聞いていると、まるで子どもを育てるために世間と闘《たたか》う、勇敢《ゆうかん》でまじめなシングルマザーのひとりであるように思えてくる。

そのあと、レイモンドさんはジェレミーの話に持っていった。

レイモンド弁護士　あなたの息子《むすこ》さんが、その、ふつうとはちがうのではないかと最初に気づいたのはいつですか。

リタ　すぐにわかりました。母親ってそういうことがわかるもんなの。息子《むすこ》は変だった。それだけよ。

レイモンド弁護士　つづけてください。

リタ　ええ。大きくなるにつれて、どんどんおかしくなったの。学校にあがったら、先生たちはどうしたらいいかわからなかった。校長先生から、ジェレミーが授業を聞いてないって電話がかかってくるの。しゃべらないし。ほかの子とうまくやっていけないし。あのね、たったひとりで子どもをふたり育てるのは、なまやさしいことじゃないのよ。なのにこういう、頭がどうかした子が生まれてきちゃうなんて。

レイモンド弁護士　ジェレミーが口をきかなくなったのは何歳《さい》のときでしたか？

リタ　六歳か七歳、かな。ううん、九歳だったかも。覚えてない。でもそれでジェレミーのことはわかるでしょ。あの子はしゃべれるの……お医者さんもみんなそういってる。ただしゃべろうとしないだけなのよ。

立ちあがってふたりに向かって叫《さけ》びたくなった。レイモンドさんとは、ジェレミーの頭がおかしいとみんなに思わせるのはやめて、監督《かんとく》を殺害した人がほかにいる可能性についてしめすと決めていたのに。レイモンドさんは陪審員《ばいしんいん》に疑問《ぎもん》を抱《いだ》かせることになっていたのに。たとえばキャロライン・ジョンソンがやったかもしれない、といった合理的な疑問を。

けれど、レイモンドさんとリタは、わたしぬきで作戦を立てたようだ。以前と同じように、わたしをしめ出したのだ。そんなの、ずるい。リタはいつだって誰《だれ》かと共謀《きょうぼう》している。ボブと、ジョンソン監督《かんとく》と、レイモンドさんと……わたし以外のみんなと。

腹《はら》が立って、チェイスに小声でいう。「どうしてあんなことをいうの？　またジェレミーが変だとみんなに思わせようとするなんて」

チェイスが小声でいいかえす。「そうするしかないんじゃないかな、ホープ。レイモンドさんはたぶんキャロライン・ジョンソンの証言が気に入らなかったんだ。証言のせいで、ジェレミーがますます犯人らしく思われたことをおそれてるんじゃないかな。どう転んでもいいように備えてるだけだと思うよ」

チェイスのいうとおりだと思いたくなかった。

リタとレイモンドさんがひねり出した〈頭のおかしなジェレミー〉の話をさらにふたつ聞く。そのあと、リタは自信過剰《じしんかじょう》な口調《くちょう》で勝手にしゃべりだした。その話がはじまったとき、わたしはたじろいだ。レイモンドさんはきっと、何を聞かされるのか想像もしていないにちがいない。

リタ　　あ、もうひとつあった。ジェレミーは神様とか教会とかが大好きなのよ――だからって頭がおかしいわけじゃないけど。まあ、わかるでしょ。赤んぼうのときからもう、賛美歌とか大きいレンガの教会なんかが大好きだったわけ。

レイモンド弁護士　なるほど。

リタ　あたしはあまり教会に熱心だったことがないのよね。だから日曜の朝は、子どもたちをむかえに、教会のバスがくるわけ。確か、シカゴに住んでた頃《ころ》よ。そう。とにかくあるとき、ジェレミーが日曜学校から帰ってきて、ものすごく興《こう》奮《ふん》してるの。あいかわらずしゃべらなかったけど、ノートに大きな字でこう書いたのよ。〈リタと神様はどこで出会ったの？〉あたしは「は？」ってききかえした。ジェレミーはまた書いた。〈リタと神様はどこで出会って、おたがいに好きになったの？〉なんのことはなくて、その日の授業は、父なる神についてだったのよ。先生がジェレミーに、神様はお父さんだと教えたの。あたしはずっとあの子に、あんたにはお父さんはいないんだよ、っていいきかせてた。だって、そのほうがあの子にとって楽でしょ。ともかく、あの子は自分の父親が誰《だれ》だかわかって、そりゃあ大興奮《だいこうふん》してた。神様だったんだ！　って。それで、あたしがどこでお父さんに会ったのか知りたかったのね。まったく、あの子は。それから、あるときなんか……。

レイモンド弁護士　ロングさん、ジェレミーと故人《こじん》との関係にもどりましょう。ジェレミーはジョ

リタ　ン・ジョンソンさんのことが好きでしたか。
そりゃあ好きだったでしょ。野球の試合を見にいくのも好きだった。馬小屋のク……糞《ふん》をかたづけるのだって好きだったんだから。あの様子を見ていたら、世界一の仕事かって思っちゃうくらい。

レイモンド弁護士　それで、あなたには、ジェレミーがジョンソン監督《かんとく》に死んでほしいと思う合理的な理由は何も思いつかないのですね？

リタ　もちろんよ。

レイモンド弁護士　ありがとうございました。

リタは立ちあがろうとしたけれど、ケラー検察官が先に立ちあがり、まっすぐリタに向かっていた。わたしを罠《わな》に引きこんだときのケラーの顔つきを思い出し、ぞくりとする。リタにも罠が待ち受けていませんようにと祈《いの》った。

ケラー検察官　こんにちは、ロングさん。長くはお引きとめしません、お約束します。いくつか確認《かくにん》したいことがあるので、少しだけ質問させてください。

リタ　どうぞ。

ケラー検察官　こちらの理解が合っているか確認させてください。あなたは息子《むすこ》さんに、父親

リタ　がいないといったのですね？

ケラー検察官　全部ことこまかに話すより、そのほうが楽でしょ？　どうせ理解できないんだから。

リタ　しかし、もちろん、ジェレミーには父親はいますよね？

ケラー検察官　そりゃそうよ。あたしは聖母《せいぼ》マリアじゃないんだから。そういう意味でしょ？でも父親なんかいないほうがよかった。ろくなことにならなかったんだから。

レイモンド弁護士　そこのところをもう少し確認《かくにん》したいのですが。ジェレミーの父親について話していただけると……。

裁判官《さいばんかん》　異議《いぎ》あり！　ジェレミーの血筋《ちすじ》は重要ではなく、本件と無関係です。

ケラー検察官　ケラーさん、ご意見は？

リタ　裁判官、これはとても重要な点であることを証明できると思います。本件との関連をしめす許可をいただけるなら、かならず納得《なっとく》していただけるものと信じています。それに、証人はみずから扉《とびら》をひらいたのです。自分から、ジェレミーの父親の話題を持ち出したのですから。

リタ　そんなことしてないわよ！

裁判官　証人は、質問に答えるとき以外は、意見をひかえてください。マンローさん、ケラーさんの発言には一理あると思います。あなたの証人は自分から扉をひらいたのです。しかし、ケラーさん、主張はすみやかにおこなって、先に進んでください。よろしいですか？　では、ロングさん、質問にお答えください。

リタ　質問って何？　覚えてない。

ケラー検察官　だいじょうぶですよ。いいなおさせてください。いや、少しだけあともどりさせてください。あなたはグレインの高校に通っていたといいましたね。

リタ　高校のとちゅうまでね。

ケラー検察官　なぜやめたのですか？

リタ　そういう気分だったから。

ケラー検察官　なるほど。あなたは高校二年のとちゅうで退学しました。そうですよね？

リタ　たぶんね。

ケラー検察官　退学したのか、しなかったのか。どちらですか、ロングさん？

リタ　わかったわよ、高校二年のとき退学しました。それでご満足？

ケラー検察官　そのとき、誰《だれ》かとおつきあいしていましたか？

リタ　これ、答えないといけないの？

レイモンド弁護士　この質問の流れに異議を申し入れます！

裁判官　ケラーさん、この一連の質問をすみやかにおこなうようにいいました。先に進んでください。異議は却下《きゃっか》しますが、時間が迫《せま》っていますよ、ケラーさん。ロ

リタ　ングさん、質問に答えてください。
ケラー検察官　ええ、おつきあいしてました。だから何なの？　あなたは高校で誰《だれ》ともつきあってなかったかもしれないけど、ほかのみんなはつきあってたのよ。この前確《かく》認《にん》したときは、犯罪じゃなかったけどね。
リタ　あなたとジョン・ジョンソン氏は同じ時期に高校に通っていました。それは事実ですよね？
ケラー検察官　この町のほかの人もおおぜい通ってたわよ。
しかしジョン――あなたはジェイ・ジェイと呼《よ》んでいたと思いますが――とあなたは、おたがいが好きだった。デートしていた、ステディーだった。当時どういう表現をしていたかわかりませんが、そういうことですよね？

わたしは大惨事《だいさんじ》のまっただなかにいる。線路にしばりつけられ、猛《もう》スピードの列車が迫《せま》ってくる。リタもそれを感じたみたいだ。いばった態度を取っているけれど、恐怖《きょうふ》が透《す》けて見える。リタがこわがっているところは、片手《かたて》で数えられるくらいしか見たことがないけれど、今がそのひとつだ。ジェレミーのほうをちらっと見ると、目の前で起こっていることを真剣《しんけん》に見ているのがわかった。空《あ》き瓶《びん》は忘《わす》れ去《さ》られたように、机《つくえ》の上に置かれている。ジェレミーはリタを見つめ、息をつめていた。これから、とんでもなくおそろしいことがはじまる。

33 暴露《ばくろ》

ケラー検察官　ロングさん、もう一度おたずねします。あなたとジョン・ジョンソン氏は高校生のとき、一対一でデートする間柄《あいだがら》でしたか？

リタ　そうよ。だから何なの？　大昔のことでしょ、いっておくけど。デートはたくさんしてたのよ。

ケラー検察官　しかしその年は、あなたは故《こ》ジョン・ジョンソン氏と一対一で交際していましたか？　それとも、多くの異性《いせい》と関係を持っていたのですか？

レイモンド弁護士　異議あり！

リタ　あたしもよ！

裁判官《さいばんかん》　異議を却下《きゃっか》します。しかしケラーさん、脱線《だっせん》はしないでください。つづけてください。

ケラー検察官　失礼しました、裁判官。ロングさん、ほかにどうきいたらよいかわかりません。この質問に気まずい思いをされるとしたら、申しわけありません。あなたはジェイ・ジェイの恋人《こいびと》でしたか？　ベッドをともにされましたか？

リタ　ええ。そうよ。ええ、恋人《こいびと》でした。ベッドをともにしたけど、ほかの人とはしてません。彼《かれ》だけよ。誰《だれ》にきいたってかまわないから。
ケラー検察官　ありがとうございます。もうききました。少しの間、話題を変えましょう。
リタ　いい考えね。
ケラー検察官　あなたがグレインを出たのは、今からどのくらい前のことですか？
リタ　二十年くらい前よ。ここにいるのが耐《た》えられなかったの。
ケラー検察官　しかし、今はここにいます。もどってこられたのです。なぜですか？

胃がむかむかしてきた。このやりとりのゆくえがわかった気がする。今になるまで思いいたらなかったなんて、わたしはなんてぬけていたんだろう。

リタはぺらぺらしゃべりつづけている。緊張《きんちょう》するといつもそうなる。レイモンドさんはリタにも、わたしと同じ注意をしたはずだ。答えは短くする。よけいなことはいわない。きかれていない情報をこちらからあたえない。けれど、リタはしゃべるのをやめない。それがリタをどう追いつめることになるのかわかる。ジェレミーをどう追いつめるのかも。

「あたしの両親は、あたしを産んだときにはもうかなり年を取っていたの。神様、どうかふたりの魂《たましい》に安らぎを」リタは十字を切ったけど、カトリック信者だったことなんかない。やり方がちがう気がする。「ふたりとももう亡《な》くなったの。だからここに帰ってきたのかもしれない。ここでまた一からやりなおせる。ウェイトレスの仕事ができると思ったの」

ケラーが、獲物《えもの》にしのびよる肉食動物のようにリタに近づく。「約二十年ですか」計算しているように、見えない指で数えているように、ケラーはうなずく。ふりむいてジェレミーを見る。

「息子《むすこ》さんは何歳《さい》ですか、ロングさん?」

ジェレミーはびくりともしない。

ケラーはリタのほうに向きなおる。「ロングさん、息子さんは何歳ですか?」

リタは天井《てんじょう》をにらんでから、吐《は》き捨《す》てるようにいった。「もうすぐ十九歳よ」

ケラーの唇《くちびる》が巻《ま》きあがる――微笑《ほほえ》んでいるのか、歯をむき出しているのか。「高校を退学し、グレインから出ていったとき、あなたは妊娠《にんしん》していましたか?」

リタは裁判官《さいばんかん》のほうを見る。「この人、こんなことをきく権利《けんり》、ないんでしょう?」

裁判官は気の毒そうな顔でリタを見る。

レイモンドさんは反応がおそいけれど、立ちあがる。「異議《いぎ》あり!」

ケラーが裁判官に微笑む。「裁判官、動機につながることです」

そうなの? 動機につながるの?

わたしはジェレミーの顔がよく見えるように、うんと身をのりだした。ジェレミーはリタを見つめている。目の色は深く、落ち着いている。ジェレミーは知っているんだ。それがわかった。ジェレミーはこのあとどんな話になるのか、ちゃんと知っている。

「異議《いぎ》を却下《きゃっか》します」裁判官《さいばんかん》がいう。「質問に答えてください」

「あたしは妊娠《にんしん》していました」リタはケラーのほうを見ないで、そっといった。

「それはジェイ・ジェイの子どもでしたか？」ケラーがたずねる。「ジェレミーはジョン・ジョンソン氏の息子《むすこ》ですか？」

法廷《ほうてい》の中は大騒《おおさわ》ぎになった。誰《だれ》もがいちどきにしゃべっている。裁判官は小槌《こづち》をたたき、静かにならなければ全員退廷だとおどした。

「質問をくりかえしたほうがいいですか？」ケラーが叫《さけ》んでいる。「あなたは宣誓《せんせい》しているんですよ」

「知ってるわよ！」リタがかみつく。「こういうことが事件とどう関係あるのか全然わからない。そうよ！　ジェイ・ジェイはジェレミーの父親よ。それでいい？　それが聞きたかったの？　でもジェレミーは知らなかったのよ」

わたしは兄から目が離《はな》せないでいた。リタはまちがっている。ジェレミーは知っていた。わたしはこの世の誰《だれ》よりも、兄の思っていることがわかる。ジェレミーはジョン・ジョンソンが自分の父親だと知っていた。いつ、どうやって知ったのかわからないけど、ジェレミーの目を見れば、それが真実だとわかる。ジェレミーは少しも驚《おどろ》いた顔をしていない。

どうして、わたしに教えてくれなかったんだろう。どうして繊細《せんさい》なかざり文字で、長いメモを書いてくれなかったんだろう。ジェレミーは何でもわたしに話してくれると思っていた。これほど大きな秘密《ひみつ》を、わたしにかくしていたなんて。わたしはなんとか視線《しせん》を兄から離す。またリタのほうに目を向けると、リタは今まで見たことがないくらい、不安そうに両手をすりあわせていた。こんなかくしごとをしていたのは憎《にく》らしいけど、少しだけかわいそうにもなった。

ケラーの尋問《じんもん》はまだ終わっていない。「ジョン・ジョンソン氏がジェレミーの父親だというのは確かですか？」

リタは侮辱《ぶじょく》されたというような反応をした。「いったでしょ！　あたしは高校でほかの人とは寝《ね》てません。あたしの赤ちゃんの父親が誰なのか、わかっていて当然でしょ」

ジェルのお父さんのことを、わたしはリタに何回たずねただろう。ふたりがいっしょにいるところを想像してみる。リタとジェイ・ジェイ。でも、想像できない。監督《かんとく》はものしずかで忍耐《にんたい》強く、おだやかだった。リタにふたこと以上しゃべっているところを見たことがない。リタは監督の話をしたことがない。でも、ジェレミーと監督がいっしょにいるところは何度も見た。馬小屋で。野球場で。馬といっしょにいる、ジェレミーとお父さん。

ケラーがリタにほかに何をいわせるのかと思って、わたしは耳をかたむけた。

ケラー検察官　グレインにもどってきたとき、あなたはジェイ・ジェイとよりをもどしたのですか？
リタ　いいえ！
ケラー検察官　しかし彼《かれ》はジェレミーに仕事をあたえたのですね？　めんどうを見てあげて、

リタ　野球の試合でも手伝いをさせた。あなたがたふたりは不倫《ふりん》の関係にあったのではないのですか？

ケラー検察官　不倫の関係にはありません！

リタ　しかしジョンソン氏はあなたにお金を払《はら》った。そうですよね？

ケラー検察官　それが何なの？　この十何年の間、養育費をくれたってよかったのよ。そのくらいの埋《う》め合《あ》わせはして当然よ。

リタ　監督《かんとく》はあなたにどのくらい支払っていたのですか？

ケラー検察官　最初はとても気前がよかったのよ。今借りている小さな家の敷金《しききん》を援助《えんじょ》してくれたの。家賃《やちん》もよ。

リタ　最初は？　最初は気前がよかった、といいましたね。それはいつですか？

ケラー検察官　あの人にジェレミーが息子《むすこ》だといったときよ。

リタ　それはいつですか？

ケラー検察官　こっちに引《ひ》っ越《こ》してきてすぐよ。だから、三年くらい前。

リタ　その前ではないのですね？

ケラー検察官　そういってるでしょ。わたしは新しい人生をはじめたの。それには夫や父親はいらなかった。彼《かれ》にあたしにくっついてきてほしくなかったの。一生この町にしばられる気なんかなかったのよ。

ケラー検察官　しかしあなたがもどってきて、ジェレミーが息子だと告げてから、事情が変わったのですね？　彼はあなたにお金を払い、家賃も援助してくれた……最初は。
リタ　そう。それからやめたの。一セントも払ってくれなくなった。
ケラー検察官　払ってくれなくなったのは、いつですか？
リタ　今年の春よ。
ケラー検察官　なぜ支払いをやめたのですか？
リタ　お金がないっていってた。病院の費用と義務があるって。あたしたちは何だっていうのよ。あたしたちだって、あの人の義務でしょ。
ケラー検察官　ジェレミーもそう思っていたのですか？
リタ　ジェレミー？　あの子はジェイ・ジェイのこともお金のことも知らなかったのよ。
ケラー検察官　それは信じがたいですね。ジェイ・ジェイはジェレミーに自分が父親だといいたかったのではありませんか？
リタ　それはないでしょ。ジェレミーに知られたくなかったのは、あの人のほうよ。あたしはどっちでもよかったの。
ケラー検察官　なぜですか？　なぜジョン、ジェイ・ジェイは、ジェレミーのことを秘密《ひみつ》にしておきたかったのでしょうか？

リタ　奥《おく》さんががんになったりしたからよ。奥さんは子どもを産むことができないって、あの人はいってた。自分にすでに息子《むすこ》がいることを、奥さんに知られたくなかったのよ。

ケラー検察官　でもあなたはそれでも自分からジェレミーに話したのですよね？

リタ　いいえ！　あたしはひとこともいってない。ジェレミーは知らなかったの。

ケラー検察官　ロングさん、生前のジョン・ジョンソン氏と最後に会ったのはいつですか？

沈黙《ちんもく》がまるまる一分間つづいたような気がした。法廷《ほうてい》じゅうが息をひそめているようだ。

ケラー検察官　裁判官《さいばんかん》、証人に質問に答えるよう指示していただけませんか。

裁判官　ロングさん、質問に答えてください。

リタ　覚えてません。

ケラー検察官　もう一度ききます。もし嘘《うそ》をついたら偽証罪《ぎしょうざい》で告訴《こくそ》されますよ。おわかりですか？　では、もう一度。故人《こじん》に最後に会ったのはいつですか？

リタ　あの朝。事件の朝です。馬小屋に立ちよったの。

息ができない。リタは監督《かんとく》に会いにいったなんて、ひとこともいっていなかった。あの朝も、それ以外のときも。「何時でしたか？」ケラーが問いただす。

「七時過ぎ」リタがつぶやく。

「大きな声でいってください」ケラーの口調には、礼儀《れいぎ》正しさのかけらもない。「何時ですか？

それから、なぜ時間を覚えているのですか？」

リタは唇《くちびる》をきつく結び、まるで歯がないように見える。「七時〇七分。なんで覚えているかというと、エンジンを切る直前に、ラジオでそういったからよ。わかった？　AM七〇七、午前七時〇七分をお知らせしますって」

「その朝、具体的にはどこでジョンソン氏に会ったのですか？」ケラーがたずねる。リタが口をひらく前から、すべての質問の答えを知っているような感じがする。

「いったとおりよ……馬小屋の中」リタは首をかたむけ、それから目をふせる。

「ジェレミーもいっしょでしたか？」ケラーがきく。

「いいえ！」リタが怒《おこ》ったようにいう。「あたしはボブの家から帰るところだった。でもとちゅうで馬小屋に立ちよって、直接ジェイ・ジェイに、まだ払《はら》ってくれてないお金の話をすることにしたの」

「それで口論《こうろん》したのですね？」ケラーがきく。

リタが身をよじる。「あの人は養育費を払う義務があったのよ。当然でしょ。もらうべきお金をもらいたいだけだった。あの人は支払いをやめる権利《けんり》なんかなかったのよ。ジェレミーは血と肉を分けた彼《かれ》の息子なんだから！　それにあたしたちにはお金が必要だった。倍の金額を請求《せいきゅう》してもよかったくらい。そうしなかったけどね」

「わかりますよ」ケラーは急にリタの味方になったようにいう。「あなたとジェレミーはそのお金をもらって当然だったのに、ジェイ・ジェイは支払《しはら》いを打ち切ったのですね」

「そのとおりよ！」リタは背筋《せすじ》をのばす。

「あなたとジェレミーはお金をもらって当然だとジェイ・ジェイにいったとき、あなたは大声を出しましたか？」ケラーがきく。

「ええ。大声を出さないで口論《こうろん》したことなんてある？」リタが切りかえす。

「その口論は、具体的にはどこでおこなわれたのですか？」

「馬小屋の奥《おく》の仕切りのそばよ。あたしはハイヒールをはいてたから、足もとに気をつけて奥までいかないといけなかったの。ジェイ・ジェイが話をしに入り口まできてくれなかったから」

「では、もしも誰《だれ》かが馬小屋の中にいたとしたら、あなたの声が聞こえたはずですね？」ケラーがきく。

「そうね。でも馬小屋には誰もいなかった」リタが答える。

「それはちがいます」ケラーがふりかえり、ジェレミーをさししめす。「あなたの息子《むすこ》さんが、そこにいたのです」

リタが息をのむ。首を横にふる。「まさか。そんなはずない。そんなこと……ジェレミーは一度も……」

レイモンドさんが勢いよく立ちあがり、たてつづけに異議《いぎ》を唱える。「証拠《しょうこ》がない」とか「審理《しんり》の無効《むこう》を求める」とか、ほかにも何かどなっているけど、誰もが叫《さけ》んでいるから聞こえない。あの朝にジェレミーが自分の父親が監督《かんとく》だと知ったことを、どうしてケラーが知っているのか見当もつかない。でもわたしは真実を聞いたときは真実だとわかる。そして今のは真実だった。ジェレミーは知っていたのだ。その朝より前は知らなかったのだから、きっとリタが大声で叫んだのを聞いたにちがいない。だからわたしに会おうとしないし、メモを書こうともしないんだ。そうしていたら、秘密《ひみつ》をかくしておけなかっただろう。

裁判官《さいばんかん》はこれまで見たことがないくらい怒《おこ》っている。小槌《こづち》をバンバンたたいて、全員に退廷《たいてい》を命じた。

わたしは、ジェレミーを見つめているリタを見た。涙《なみだ》が滝《たき》のように流れている。マスカラが頰《ほお》に筋をつくり、部族の化粧《けしょう》のようだ。何度もくりかえし、リタはつぶやいた。「ごめんなさい、ジェレミー。本当にごめんなさい。知らなかったの。本当に知らなかったのよ」

チェイスとわたしは、ほかの人たちとともに、法廷の外に送り出された。建物の外に出たとたん、わたしは走って角《かど》を曲がって吐《は》いた。何度も何度も、空《から》っぽになるまで。

リタ、何てことをしたの？　これから法廷で何が起こるのか、今の証言にどんな意味があるのか、わたしにはわからない。でもこれだけは確かだ。わたしの母親は、これまでなかったものを陪審員《ばいしんいん》に提供《ていきょう》してしまった——動機をあたえたのだ。

34　父親のこと

チェイスが車で遠まわりして、落ち着かせようとしてくれているけど、わたしの憤《いきどお》りは全然おさまらない。いくらリタでも、あそこまでのことは信じられなかった。「今までずっと」わたしはチェイスにというより、自分にいいきかせる。「リタはジェレミーの父親が誰《だれ》か知ってたのに、教えてあげなかったのよ。監督《かんとく》がジェレミーに知ってほしかったかどうかなんて、どうでもいい。ジェレミーは知りたかったの！　ジェレミーの気持ちはどうだってよかったっていうの？」

「きみは、本当に全然知らなかったんだね」チェイスはわたしに、いいたいだけいわせてくれている。わたしが怒《いか》りを吐《は》き出《だ》す間、ただグレインの町をぐるぐる運転している。

わたしはチェイスをにらみつける。「何いってるの？　もし知ってたら、かくしてなんかおかない」

「お母さんは、ジェレミーのためを思って黙《だま》っていたのかもしれないよ」

「リタが？」わたしは、ふん、と笑ったけど、本当は全然笑っていなかった。「リタは自分に都合のいいことをしただけよ。いつだってそう」監督の机《つくえ》の引き出しに入っていた、ジェレミーの写真を思い出す。事務室の壁《かべ》に貼《は》ってあったジェルの特別な色の輪も。「あのふたりはいい関係になれたかもしれないのよ、チェイス。父と息子《むすこ》のきずながうまれるかもしれない。もしもリタがジェレミーに本当のことを話していれば」

チェイスがため息をつく。「どうかな。〈父と息子のきずな〉っていうのは過大評価《ひょうか》されてると思うけどな」

「それ、本心じゃないでしょ。わたしは物心ついたときから、ずっと父親がいなくてさびしかった。父親のことをちゃんと知ってたわけでもないのに」

チェイスは手をのばし、わたしの首のうしろに置いた。「そろそろ家に帰ろうか？」


家に入ると、リタが待ちかまえていた。「何もいうんじゃないよ、ホープ」リタは、わたしがドアをしめたとたんに警告《けいこく》する。

わたしはリタをじっと見た。髪《かみ》がみだれている。いつもの白いスリップを着ている。そしてお酒を飲んでいる。コップも出さないで。リタはあごをそらせ、ぐいっと飲んだ。ウィスキーがのどをおりるのに合わせて首が波打つのを、わたしは見つめる。

「ジェレミーにあんなことをするなんて」わたしの声は静かだけど、心の中は悲鳴をあげている。

リタは首をふり、咳《せ》きこみ、むせながら答える。「あたしは、あの子に何もしてないよ」

「確かに」わたしは同意する。「ジェレミーに、とても大事にしてくれるすばらしいお父さんがいるって、いってあげなかったしね」

「ジェイ・ジェイがあの子に知ってほしくなかったからよ！」リタが叫《さけ》ぶ。

「ほかの人がどう思うかなんて、いつから気にするようになったの？」怒《いか》りがふつふつわいてきた。

「ジェレミーに黙《だま》っていたのは、監督《かんとく》がお金をくれなくなるのがこわかったからでしょ。監督はリタに黙っていてもらうためにお金をくれてたの？　それって、ゆすりじゃないの、リタ」

「そんなのじゃない」リタはソファにあおむけになり、ウィスキーの瓶《びん》をひざにはさむ。「あの人は奥《おく》さんに知られたくなかったのよ」

「それに便乗《びんじょう》したのね。黙っているかわりに、お金を払《はら》えっていったんでしょ」リタの顔を見て、わたしの考えが当たっていたことがわかった。

「あんたにはわかんないのよ」リタがうめく。

「じゃあジェイ・ジェイが払ってくれなくなったとき、ジェルに本当のお父さんが誰《だれ》なのか教えてあげればよかったじゃない。どんなにか喜んだと思うのに。ジェルはもう一生、自分を愛してくれるお父さんがいるという気持ちを味わえないんだよ。リタはちゃんと話すべきだったのよ」

「ジェレミーはあれでよかったんだよ。すでにジェイ・ジェイと長いこといっしょにすごしてたんだから。ジェイ・ジェイの気持ちを変えられると思ってた。また払ってもらえるようにね」リタは顔にかかった髪《かみ》をはらいのけ、お酒をあおる。

「監督が殺された日、リタはその話をしにいったの？　もっとお金を払えって？　何があったの、リタ？　あの朝、本当は何が起こったの？」

「あっちにいってよ」リタがいう。わたしはじりじりとコーヒーテーブルに身をのりだし、リタに面と向かいあっていた。

「本当のことを話して、リタ。かっとなったの？」リタがかんしゃくを起こすのを見たことがある。かっとなっているのを感じたことがある。「そうだったのね？」頭の中に思《おも》い浮《う》かぶ——監督の前で怒《いか》りを爆発《ばくはつ》させ、バットを取りあげてふるリタ。「リタが監督を殺したのね。それでジェレミーに罪を着せようとしてるのよ」そういいながら、パズルのピースがはまっていくのを感じる。「だから誰にもいわなかった。レイモンドさんにも黙っていた。あの朝、馬小屋にいったことも、監督と話をしたことも。リタが……」

「お黙り！　ちがうって……」

でも、何もかもがはっきりしてきた。「ジェレミーはリタを見たのよ。監督を殺すのを見たの。それで、リタを守ろうとしてるんだ！　リタをかばってるのよ！　だから、わたしに会おうとしないのね。わたしが真実を聞き出してしまうってわかってるから」

「あんたは、あの子に負けないくらい、どうかしてるよ」リタがわたしをおしのけるけど、わたしは一歩も引かない。「どうしてあたしがジェイ・ジェイを殺すのよ？」

「リタがどうして何かするかなんて、わたしにわかるわけないでしょ？　ひょっとしてジェレミーにもうひとり親がいることが、しかもいい親がいることが、がまんできなかったの？　だから殺したの？」

「ばかなこといって」リタはまたお酒をあおる。今度は長々と。

「ジェレミーにやさしくしてくれる本物の親がいるのが耐《た》えられなかったのよ。わたしのお父さんのことも、そう思ってたの、リタ？　わたしのお父さんが死んじゃったときも、うれしかった？」

自分の父親のおぼろげな姿《すがた》が頭をよぎる。速すぎて、本物か想像かわからない。「ふたりの父親、ふたつの突然《とつぜん》の死。すごい偶然《ぐうぜん》よね……それとも。ねえ、リタ、本当に偶然だったの？」

リタは肩《かた》をすくめる。「何いかれたこといってんの」

「リタ、わたしのお父さんも殺したの？」

リタは腕《うで》をあげ、手の甲《こう》をこっちに向けてねらいをつける。わたしはひっぱたかれると思って身がまえたけど、一歩も動かなかった。リタは手をさげた。「あんた、自分が何いってるのかわかってないのよ」

「覚えてるの」

「三歳《さい》だったんだよ。何も覚えてるわけない」

「お父さんは野球《やきゅう》帽《ぼう》をかぶってた。赤い帽子。いいお天気だった」

リタがさっと顔をあげる。「あんた、どうして……？」

「本当のことを教えて」

「トラックにひかれたんだよ。何回いわせれば気がすむわけ？」

わたしがたずねるたびに、リタはそう答えていた。でももうそれだけでは納得《なっとく》できない。わたしはリタにちゃんと立ち向かう。答えを知りたい。本当の答えを。「どうして？　どうやって？　お父さんはどうして道路にいたの？　自分からトラックの前に飛び出していったの？」そのときの情景が頭に浮《う》かびあがり、わたしは言葉を切る。お父さん。わたし。そしてリタ。両腕をいっぱいにのばしているリタ。とうとう、わたしは口に出す。おそらく今までずっとききたいと思っていただろうことを。「リタがおしたの？」

ふたたび、リタにひっぱたかれると思ったけど、どうでもよかった。ひるまず、よけず、衝撃《しょうげき》をやわらげるためにあとずさりもしなかった。「リタが殺したの？　トラックの前におし出したの？　お父さんのことがいやになったから？　もうお金を払《はら》ってくれなくなったから？　リタ！　わたしのお父さんのことも殺したの？」

「あんたはなんてひど……！」リタは歯を食いしばっている。目がうるんでいる。立ちあがって左右によろける。それからこっちに顔をぐいっとよせた。息がつんとくさい。口の中のアルコールがへどのよう。「あんたの父親を殺した人がいるとしたら、それはあんたよ」

わたしはどなりかえそうとして、やめる。何かが思い浮かぶ……白黒の映像《えいぞう》。白黒で思い浮かぶことなんかないのに。それに、ぼやけている。くもっているのかもしれない。でもそのあと晴れて、おひさまが照る。背《せ》が高くてすらりとした、野球帽をかぶった男の人が見える。その情景の中で色がついているのは、その赤い野球帽だけだ。わたしは男の人を見あげている。世界でいちばん背が高い人みたい……少なくともわたしの世界では。わたしは笑いながら、その人から離《はな》れていく。地面はかわいて、でこぼこしていて、つまずかずに歩くのはむずかしい。そこにほかの映像《えいぞう》がまざりこんでくる。つぎつぎと、すばやく、荒《あら》けずりなアニメーションのように。毛がもしゃもしゃの子犬がわたしの足もとにまとわりついてから、走り去っていく。わたしは笑い声をあげて、追いかける。縁石《えんせき》までくると、両腕《りょううで》を広げ、芝生《しばふ》の植わった歩道から車道に出る。車が停まっているけど、その間を通って子犬を追いかける。誰《だれ》かがうしろで叫《さけ》んでいる。これは遊びだから、わたしはそのまま子犬《パピー》を追いかけていく。うしろで足音がして、パパがさらに叫ぶ。その人はわたしに〈パパ〉と呼《よ》ばせてくれるし、ジェレミーにもそう呼んでほしがっていた。道路で轟音《ごうおん》が聞こえ、キキーッと音がして、わたしは思わず立ち止まって耳をふさぐ。つぎの瞬間《しゅんかん》、気づくと地面から持ちあげられていた。まるで天使が飛んできて、抱《だ》きあげてくれたかのように。でも天使はわたしを運んでいくかわりに、フットボールのように放り投げた。地面に強くぶつかって痛い。こわくなって泣き叫ぶ。おおぜいの人が走ってくる。わたしを通りすぎ、道路に出ていく。トラックの運転手がころがりおりてくる。運転手の顔は、今の天使を目にして、途方《とほう》に暮《く》れているように見えた。「止まろうとしたんだ！　止まろうとしたんだ！」運転手はくりかえす。そしてリタが悲鳴をあげている。やめてほしいのに、やめない。いつまでも、いつまでも、悲鳴をあげるのをやめない。

わたしは息を切らしてあえぐ。居間にすわって、空《から》っぽのソファを見つめる。めまいがして、また吐《は》きそうになっている。

リタのいうとおりだ。父親が亡《な》くなったのは、わたしのせいだったのだ。

何がいけないんだろう？　うちの家族はみんな人殺しなの？　殺人者なの？　リタが？　ジェレミーが？

わたしが？

35　新たな証拠《しょうこ》

週が明けると、検察側は二日間かけて事件のまとめをして、ケラーが最終弁論をおこなった。チェイスとわたしはすべての説明を聞いた。ケラーは自分のチーム全員を引きつれてきて、まるで舞《ぶ》台《たい》のグランドフィナーレのようだった。小柄《こがら》で太めの科学鑑定《かがくかんてい》の男の人が、犯行現場とバットに残された血痕《けっこん》――ジェルがどこまで洗《あら》ったにしろ残っていた――について、四色の図解でふたたび説明をした。長い黒髪《くろかみ》の美人で、三人の陪審員《ばいしんいん》が思わず見とれてしまったような体つきの副検事が、馬小屋の小さな模型《もけい》を設置した。馬やバットまで完璧《かんぺき》に備えている。模型は単に、事件当時に誰《だれ》がどこにいたかということを説明するとともに、これまでの検察側の主張のとおり、ジェレミー・ロングが故意《こい》にジョン・ジョンソン監督《かんとく》をバットでなぐり殺したと陪審員にしめすためのものだった。

法廷《ほうてい》の外の暮《く》らしも、法廷の中と同じくらいみじめだった。リタとは口をきいていないけど、それはべつにたいしたことじゃない。わたしはリタの立ち場になって、夫がトラックにひかれるのを見てしまったらどうなるのか、想像してみようとした。リタは長年、胸《むね》のうちに秘《ひ》めていたことを口走ったことをあやまった。たぶんリタなりに、わたしが父親を殺したといったことを、取り消そうとしたのだと思う。

でもＴＪのいうとおりだ。取り返しがつかないことというのがある。

それに、以前と同じ状態にはもどれないこともある。わたしはまたＴＪに会った。土曜日の朝、仕事に出かけるとき、ＴＪが家の前の歩道に立っていたのだ。わたしたちは一、二分顔を見合わせた。もうＴＪをこわいとは思わなかったけれど、まだ話しかける言葉が見つからなかった。結局、わたしは歩きつづけ、ＴＪのほうに顔を向けずに前を通りすぎた。

「ホープ？」

わたしは立ち止まったけれど、ふりかえらなかった。もっと何かいってほしくて、待った。でも、ＴＪはそれ以上何もいわなかった。だから、数秒してから、わたしはまた歩きだした。そのまま止まらずにコロニアルまで歩きつづけた。そしてふりむいたら、ＴＪはついてきてはいなかった。

でも最悪なのはチェイスとの間で何かが変わってしまったことだ。それが何かはわからない。チェイスにわたしが父親を殺したことを感づかれたのでもないかぎり。もちろんチェイスにはその話をしていない。裁判所《さいばんしょ》の帰りに送ってくれたとき、わたしはチェイスに残ってほしいといわなかったし、チェイスもいっしょにどこかにいこうとはいわなかった。ふたりとも疲《つか》れすぎているだけなのかもしれない。

わたしは父親のことと、父親が亡《な》くなった日のことを考えた。何度も思い返すうちに、これまでにないくらい気分が落ちこんだ。それで、何もかもジェレミーにあてて書くことにした。ジェレミーにかわって返事も書いた。いまだにきたない自分の筆跡《ひっせき》で、ジェレミーの優雅《ゆうが》にカーブする文字を書いているふりをしながら。わたしたちは議論《ぎろん》した。〈ジェレミー〉とわたしは書く。〈わたしは自分の父親を殺したのよ！〉ジェルが答える。〈きみは三歳《さい》だったんだよ、ホープ〉するとわたしが書く。〈でもわたしが道路に飛び出さなければ、お父さんは追いかけてこなかった。だから、わたしのせいなの！〉〈きみは三歳だった〉ジェレミーが答える。〈きみにどのくらい過失があっただろうか。きみは誰《だれ》も傷《きず》つけるつもりはなかったのだから〉わたしたちはさらに議論する。そして最後にジェレミーがいう。〈過失、カシツ。きみはゆるされている。神様がそういったから。神様はきみを見守ってくれている。神様はきみのお父さんでもある。知っているよね〉こうして、本当はここにいないけれど、ジェレミーのおかげでわたしは最悪の状態をのりこえられた。だけど、チェイスにはこの話をする気になれない。それでチェイスとの間の距離《きょり》が広がっているように感じるのだろうか。

夜にチェイスとメールのやりとりをした。チェイスは、リタが犯人でないと確信している。わたしはチェイスがまちがっていると思うけれど、あらそいたくない。ふたりとも口論を避《さ》けようとしている気がする。言葉に気をつけている。おたがいを警戒《けいかい》している。わたしがチェイスから離《はな》れたように、チェイスもわたしから離れている。もうすぐ裁判《さいばん》が終わり、いろんなことが今までとは変わることを、ふたりとも知っているだけなのかもしれない。

何よりも、わたしはジェレミーと話したかった。父親について、覚えていることを話したかった。監督《かんとく》について話したかった。兄は父親を亡《な》くし、たったひとりでその死を悼《いた》まなくてはならなかったのだから。

レイモンドさんが最終弁論《べんろん》をおこなう前の晩《ばん》、寝《ね》つけなかった。わたしは居間を歩きまわる。八月の月の光が、家の中まで入りこんでくるから、明かりをつけなくていい。ジェレミーに会いたくてたまらなくて、胸《むね》も、両腕《りょううで》も、のども、せつせつと痛《いた》む。会えないことがこんなに痛いなんて、知らなかった。

ジェレミーの部屋にふらふら入っていく。カーテンをあけはなつと、月の光がますます明るく輝《かがや》く。部屋を見まわす。小さな男の子の部屋だ――野球の絵柄《えがら》のカーテン、コミックの本、そしてガラス瓶《びん》。唯一《ゆいいつ》のポスターがドアに貼《は》ってある。ジェレミーの手書きで、〈これより先、ドラゴンの地〉と書いてある。ジェレミーによると、昔の地図をつくった人は、未踏査《みとうさ》の場所にそう書いて、旅人がいかないようにしたらしい。

兄がこの部屋からいなくなってから長いのに、まだにおいが残っている。季節はずれの草と、チェリー味のクールエイド（粉末ジュース）のにおい。わたしは床《ゆか》にたおれこみ、あおむけになって棚《たな》にならぶ瓶を見つめる。明日、兄が家に帰れるかどうか、陪審員《ばいしんいん》が評決《ひょうけつ》をくだすかもしれない。お祈《いの》りをしたくなった。ジェレミーはそうしているはず。ただ、ジェレミーはお祈りとはいわない。頭の中で神様と話すだけ。紙に書かなくてもいい。だからジェレミーには、神様と話すほうが、人と話すより楽なのかもしれない。

わたしにとってはそんなに楽じゃないけど、目をつぶって試してみる。

神様、わたしです。ホープです。ジェレミーのように頭の中で話しかけています。ジェルがわたしたちに話さなくなったように、わたしも神様に話さなくなってしまったみたいです。ジェルもわたしも、どこかで罰《ばっ》せられたのかもしれません。神様はジェレミーがやっていないことはご存《ぞん》じですよね。本当は誰がやったのか、見ていらっしゃいますよね。もしリタがやったのなら、何といったらいいかわかりません。神様、ジェレミーにはあなたの声が聞こえるんです――いつか歌をあたえてくださったでしょう？　全部とはいいません――でも音をひとつかふたつ、お願いできませんか。ありがとうございます。愛をこめて、ホープ。

少し気分がよくなったから、ぱっと起きあがったら、いちばん下の棚《たな》に頭をぶつけてしまった。さっとふりかえると、ジェレミーのガラス瓶《びん》がぐらぐらしている。おさえるまもなく、ひとつがスローモーションのようにかたむき、棚から落ちた。

ガシャン！　瓶が割《わ》れ、木の床《ゆか》にかけらが散っていく。おそろしくなった。これを見たら、ジェレミーはパニックになってしまう。

わたしは床に手足をついて、急いで瓶のふたを拾った。ふちに残る割れたガラスに指をこすってしまい、ガラスの破片《はへん》に血がまじる。足もとに瓶の底が裏返《うらがえ》しになっている。何かが書いてあるようだ。黒いペンで、ガラスに走り書きしてある。〈五月四日午前九時二十三分〉。消えかかって読みにくいけれど、年も書いてある。三年前、リタにつれられてオハイオ州に引《ひ》っ越《こ》してきた頃《ころ》だ。

どういうこと？　ジェレミーは瓶を手に入れた時間を記録していたの？　でも考えてみたら、理解できないのは、この部屋にあるほかのものも同じかもしれない。何度かジェレミーが瓶の底に何か書きつけているのを見た気がする。ジェレミーは集めたガラス瓶について何もいわないから、わたしもじっくり見たことがなかった。

散乱《さんらん》したガラスをかたづけはじめたとき、割れた瓶のふたの内側に、紙切れがはさまっているのを見つけた。指の傷《きず》から血がたれないように気をつけながら、引き出して広げた。ジェレミーのきちんとしたていねいな筆跡《ひっせき》で字が書いてある。文字はジェレミーの人生でただひとつ、自分でコントロールできるものなのだ。紙切れを月の光にかかげて見る。そこにはこう記されていた。〈リタが微笑《ほほえ》み、茶色いネコがゴロゴロのどを鳴らした日の空気〉

茶色いネコ。年取った茶色いネコは、わたしたちがこの家に引っ越してきたときに、ここにすみついていた。リタにいわれて、動物管理センターに引きわたさなくてはいけなかった。

どうしてジェレミーはそんなことを書いたのだろう？

べつの瓶を手に取る。細くて背《せ》が高い瓶で、リタが飲むマティーニ用のオリーブが入っていた。その夜を覚えている――たぶん一年くらい前――ジェレミーがまだほとんどへっていないオリーブの瓶の中身をあけていた。新しい瓶が必要だったのに、空《から》の瓶がもうなかったから。リタがあんなに酔《よ》っぱらっていなければ、ジェレミーを殺していたと思う。リタの怒《いか》りがおさまるまで、わたしはジェレミーを自分のベッドの下にかくまっていた。

頭の中を映像《えいぞう》が光の速さで駆《か》けめぐる。ジェレミーが頭の上に両腕《りょううで》をあげている。暗い空を背《はい》景《けい》にした細い枝のよう。ジェレミーは骨張《ほねば》った指で瓶のふたをつかみ、もう片方《かたほう》の手で瓶の本体を持ち、空にさっと弧《こ》を描《えが》く。ホタルをつかまえるように……それとも星をつかまえるように。それから天使の瞳《ひとみ》といたずらっぽい悪魔《あくま》の微笑みで、瓶のふたをまわしてきちんとしめる。ちゃんとしないと、地球が自転を止めてしまうとでもいうように。

このオリーブの瓶《びん》の底にある日づけは約一年半前。時間は午後十時二十二分。瓶のふたをあけ、裏返《うらがえ》してみる。思ったとおり。ふたの裏側に紙切れがはさんである。もどかしい思いで紙を広げる。こう書いてあった。〈完璧《かんぺき》な星空の夜に、ホープの笑い声がちりばめられた空気〉

空気？ そういうことだったんだ。空気。兄は空《あ》き瓶《びん》を集めていたのではなかった。空気を集めていたんだ。一年くらい前にふたりで星空をながめていた頃《ころ》の空気が、この瓶につめられているの？ ジェレミーはあの夜をオリーブの瓶にしまいこみ、その瞬間《しゅんかん》をとっておいたの？ 部屋の中にひんやりした空気が流れ、たくさんの星が放たれ、クールエイドと草の微粒子《びりゅうし》とまじりあっていく感じがする。

ジェレミーが集めたたくさんの瞬間をつめこんだ、いくつものガラス瓶をながめわたす。空気。わたしの頭の中で高速のスライドショーがはじまる。原っぱでまだら馬を乗りまわしながら、頭の上で弧《こ》を描《えが》くようにガラス瓶を動かし、空気を集めるジェレミー。教会の聖歌隊《せいかたい》が「アメイジング・グレイス」を歌っているときにとらえられた空気。わたしがジェレミーを公園につれていったとき、すべり台のてっぺんで集められた空気。カンザス州のサライナで、お店から貯蔵瓶《ちょぞうびん》を持ってまっすぐ麦畑へと飛び出したジェレミー。麦の香《かお》りと土ぼこりの感触《かんしょく》と太陽の光をつかまえたのだろうか。シカゴで、冷蔵庫《れいぞうこ》から瓶をつかんで、中身を床《ゆか》にぶちまけるジェレミー……あいた瓶に思い出をつめこむために。

いつから空気を集めていたの？　はじまりはいつ？　わたしは思い出そうとした。

瓶には規則性があるはず。兄のことだから、ガラスと空気の世界に秩序《ちつじょ》をあたえているはず。わたしの目の前の瓶は、三年前のものだ。はじまりがどこか知りたい。わたしは棚《たな》にそって歩きながら、ドアまでいった。最初の棚の最初の瓶、ピーナッツバターの瓶だ。ひっくりかえして底を見る。読みにくいけれど、月はわかる。二月。年は……十年前、兄が話すのをやめた年だ。ミネアポリスのせまいぼろ家に帰ると、ジェレミーがピーナッツバターの残りのひと口をすくって、そのまま食べてしまい、わたしに少しもくれなかったのを覚えている。リタに理由もなくなぐられたせいで、怒《おこ》っているのかと思っていた。

この瓶をあけてはいけないのはわかっている。わたしにそんな権利《けんり》はない。ジェレミーはあの日の空気を十年以上ずっととっておいたのだから。今この部屋に、あの日が現れてほしくないだろうから。でも、自分をおさえられない。指がふたをまわすのを止められない。ふたを持ちあげ、裏側の黄色い紙切れをはずし、秘密《ひみつ》のメッセージを明らかにする。〈ジェレミー・ロングが話すのをやめた日の空気〉

「ああ、ジェレミー」わたしは瓶を抱《だ》きしめ、床にくずれ落ちた。体を前後にゆらす。ジェレミーの部屋の中をうずまく空気が涙《なみだ》でかすむ。どうして気づかなかったのだろう。この瓶《びん》はただの空《あ》き瓶《びん》ではなく、もっと大事な意味があるものなのだと。

壁《かべ》ぞいの棚《たな》をじっくり見ると、どれもいっぱいだけど、向かい側の棚の一番下の段《だん》は、瓶が六つ新たな列をつくっているだけで、まだ空きがある。これが最後の列？　心臓《しんぞう》が高鳴る。ジェレミーは殺人事件の当日まで、瓶を集め、空気を集めていた。いつもバックパックを背負《せお》い、そこに空き瓶を入れていた。あの日の朝の空気も集めたのだろうか？

急いで立ちあがったせいで、持っていた瓶をあやうく落としそうになった。ピーナッツバターの瓶をもとの棚にもどす。それから部屋の反対側の、はじまりの棚からいちばん遠い棚にいった。最後を見つけたい、最後の瓶を。

殺人事件の朝の瓶は四つある。今すぐふたを取り、ジェレミーが何を集めたのか知りたい。監督《かんとく》が父親だったとわかったときの空気を集めただろうか。きっと集めたはず。そんな瞬《しゅん》間《かん》を逃《のが》すはずはない。いろんなことが起こるままに、空気を集めつづけたのだろうか。できごとが起こるのを止められなくても、それをとらえることはできる。四つの瓶。殺人事件の日づけが書かれた四つの瓶。その最後の瓶には、ふたの横に濃《こ》い色のしみがついている。かわいた血のしみ。

どうしても知りたい。最初の瓶のふたに手をのせる。今からふたをまわし、空気を解き放ち、ジェレミーが何を書いたのか見てみようと思った。

でも、できなかった。もしこれが証拠《しょうこ》品《ひん》になるのだとしたら？　合理的な疑《ぎ》問《もん》もなく、ジェレミーが、監督が父親だったと知っていたことが証明されるかもしれない。ジェレミーが現場にいたことが証明されるかもしれない。もしもこれが不利な証拠だったら？　有罪判決《はんけつ》を招くような証拠だったら？

のろのろと、ふたから手を放す。ジェレミーが監督を殺していないことはわかっている。まったく疑《うたが》いなく、わかっている。でも兄は目撃《もくげき》はしたのではないか。そして見たものを、この空気の瓶にとじこめたのではないか。ジェレミーは、父親を殺した殺人者を見たのだろうか？

それは母親だっただろうか？

わたしが手にしているのは、生きた証人だ。殺人事件の日に現場に存在《そんざい》した空気の粒子《りゅうし》。これらの瓶が、兄の無実を証明してくれるかもしれない。

レイモンドさんの電話番号を覚えていないから、電話帳を調べないといけなかった。もう真夜中を過ぎている。

マンローさんの奥《おく》さんが電話に出る。「もしもし？」

「おそくにすみません。でも緊急《きんきゅう》事態なんです。レイモンドさんとお話しできませんか。お願いします」

「ちょっと待っててね、ホープ。呼《よ》んできますから」

ちょっとどころでない時間がたってから、レイモンドさんの声がした。「ホープ、どうかしたのか？」

「ごめんなさい。起こすつもりじゃなかったんです。でも……」

「いや、起きていたよ」レイモンドさんがいう。「最終弁論《べんろん》の準備をしていたんでね。やはり心神《しんしん》喪失《そうしつ》の申し立てで通すしかなさそうだ」

「だめです！」

「きみが反対なのはわかっているが、ケラーの最終弁論を聞いただろう。残念ながら、きみのお母さんが、検察側に足りなかったものをあたえてしまったようだ。動機だよ。監督《かんとく》はジェレミーの父親だった。息子《むすこ》を認知《にんち》することをこばんだ父親だ。悪いね、ホープ。しかし……」

「でも、見せたいものがあるんです、レイモンドさん！　陪審員《ばいしんいん》にも見せないと。ジェレミーが監督を殺していない証明になるし、誰《だれ》が殺したかも証明できると思うんです」

「ホープ、今からではおそすぎる……」

「聞くだけ聞いてください、レイモンドさん。お願いです！」

つくり話をしていると思われたようだ。電話の向こうで沈黙《ちんもく》が流れる。それからレイモンドさんはため息をついた。「わかったよ。でも急いでくれ、ホープ。何があっても、明日で終わりだからな」

わたしはレイモンドさんに話した。瓶《びん》のこと、空気、日づけ、何もかも。ふたをあけた三つの瓶のメモを読んだ。誤《あやま》ってあけてしまったひとつと、自分からあけたふたつ。最後に四つの瓶のことを話した。殺人の瓶。

話が終わるまで、レイモンドさんは黙《だま》っていた。ようやく口をひらいたとき、声があまりに静かで、聞きとれないほどだった。「あの少年が、そんなふうに空気を集めていたとはな。それぞれの瞬間《しゅんかん》を見つめ、保存《ほぞん》していたとは」

わたしはジェルのことがほこらしくなった。「はい」

するとレイモンドさんの声色が変わった。畏敬《いけい》からべつのものへ。恐怖《きょうふ》だろうか。「ホープ、殺人事件の日づけの瓶には何と書いてある？　メモを読んでくれないか」

「あけてないんです、レイモンドさん。あけてはいけないと思って。どう思います？　ケラーに、わたしが書いたと思われませんか？　ジェレミーを救うためにでっちあげたんだって。あけなければ、わたしがメモを書かなかった証明になります。だって、瓶に何が入っているのかも知らなかったんです。瓶を検査できますよね？　あけてなかったって、調べられますよね？」

「待ってくれ、ホープ。瓶をあけてないのか？」

「あの日のはあけてません」

「ホープ、もし瓶のひとつに、血のついた瓶に、〈ぼくが父を殺した日〉と書いてあったらどうするんだ？　考えてみたのか？」

涙《なみだ》が出そうになるのをこらえる。レイモンドさんがわたしを傷《きず》つけるつもりはないとわかっている。もしジェレミーが父親を殺したなら、まさにそのように瓶のメモに書くはずだから。「それはありえないです。ジェレミーはやってません。だいじょうぶです。わたしにはわかるんです」わたしがつけくわえたくないのは、犯人が誰《だれ》だかわかった気がするということだ。メモにリタの名前が書いてあるのが、目に見えるようだった。〈リタがぼくの父を殺した日〉。リタはこれまでに、どうしようもないことをいっぱいしてきた。それでも、わたしにとってはたったひとりの母親なのだ。

「ホープ、その瓶がきみのお兄さんの潔白《けっぱく》をしめしていたとしても、使えないよ。裁判官《さいばんかん》の前に、この話を出せるかどうかもわからない。訴訟《そしょう》手つづき上、最終弁論《べんろん》で新たに根拠《こんきょ》のない証拠品《しょうこひん》を持ちだすことは認《みと》められないんだ」

「レイモンドさんは頭がいいんです。頭がいいから、瓶《びん》を法廷《ほうてい》に出す方法を思いつけます。ジェレミーの瓶に、ジェレミーを救うチャンスをあげてください。お願いします！」

「どうだろうね……」そういいつつも、レイモンドさんが考えているのがわかる。

「レイモンドさんならできます。信じてます」

長い沈黙《ちんもく》がつづいているけれど、レイモンドさんの息が聞こえる。考えてくれている。「わたしが瓶を提出することはできないだろうが」レイモンドさんがゆっくりという。「……きみならできるかもしれないな」

「え？」

「そうとも。検察側は二日間もかけて発表会をやった。最終弁論のために、ケラーは事務局のスタッフを半分くらい引きつれてきたんだ。わたしが唯一《ゆいいつ》のアシスタントに最終弁論を手伝ってもらっても、裁判官はゆるしてくれるんじゃないかね」

「レイモンドさん、うまくいくと思いますか？　わたし、しゃべるの苦手なんです。相手がひとりでも。学校でクラスの前で発表するのもへたくそだし」目をとじて、あの法廷に立って、おおぜいの傍聴人《ぼうちょうにん》の前で陪審員《ばいしんいん》に話をするところを想像した。ぞっとする。

でもその法廷にはジェレミーがいる。ジェルはわたしを必要としている。これほど誰かを必要としたことはないというくらいに。「そうするしかないなら、わたし、やります」

「よし。できるかどうか、やってみるよ」レイモンドさんがいう。

それからふたりで、どうやって瓶を陪審員に見せたらもっとも効果的か、どうやって瓶を使って事件を再現できるか話し合った。わたしはメモを取り、思いつくかぎりの質問をした。

とうとうレイモンドさんがいった。「ホープ、もう終わりにしよう。わたしは最終弁論をしあげないとならない、きみは発表の準備がある。だから明日また法廷で会おう」

「はい、明日また法廷で」

わたしは徹夜《てつや》して、陪審員に話す準備をした。昔、学校で発表するときに使っていたカードを引っぱりだし、それぞれの瓶について、メモを書いた。それから発表することを声に出して何度もくりかえし練習した。

月の光が太陽の光に変わったのに気づいたとき、わたしはシャワーを浴びて、微笑《ほほえ》んだ。朝シャワーを浴びる人と夜シャワーを浴びる人について、チェイスにいったことを思い出す。今シャワーを浴びているわたしは、そのどっちにもなるのかもしれない。

リタは二日酔《ふつかよ》いでのびていたから、服装《ふくそう》は自分で選んだ。結局、はじめて法廷《ほうてい》で証言した日と同じ、グレーのスカートと白いブラウスを選んだ。でもそれに黒い幅広《はばひろ》のベルトと、いちばん好きなシーグラスのネックレスをつけた。ガラスは緑色で、涙《なみだ》の形をしている。

鏡で自分の姿《すがた》を確認《かくにん》したら、やっぱり弁護士のアシスタントに見えないけれど、これでまにあわせるしかない。ジェレミーにはわたししかいないのだから。

36　弁護士のアシスタント

ぎりぎりまで待ってから、リタを起こす。よろめきながら部屋を出てきたリタは、死にそうに具合が悪く見えた。しらふなのはいいけど、それくらいしかいいところがない。リタをせかす言葉をかけたほかは、ふたりとも黙《だま》っていた。わたしは瓶《びん》を十個、それぞれタオルに包み、バックパックにつめこんだ。リタはわたしが何をしているのか、なぜバックパックを法廷に持っていくのかきかなかった。もし知ったら、止めようとしただろうか？

裁判所《さいばんしょ》の入り口で、警備《けいび》の女の人がバックパックの中を調べるといいはったせいで、回転ゲートを通るのに二十分もかかった。瓶には命をおびやかすものは入っていないと納得《なっとく》させるのはたいへんだった。リタはわたしを置いていってしまった。

「どこにいたんだ？」わたしを見つけたとたん、レイモンドさんがいう。汗《あせ》だくになっているから、きっといらいら歩きまわっていたのだろう。

計画の最終調整をする時間が十分しかない。そのほとんどを使って、レイモンドさんは、犯行現場を再現するために瓶を使うのだということを、どうやって裁判官に納得させたらいいか教えてくれた。それが瓶とわたしを登場させるためにレイモンドさんが考えた〈法的根拠《こんきょ》〉なのだ。

「いやな予感がするな」法廷《ほうてい》に入るとき、レイモンドさんがいう。その気分はわたしにもうつってきた。部屋はよどんだ池の水と葉巻《はまき》のにおいがする。ここは法律上《ほうりつじょう》、喫煙《きつえん》禁止なのに。傍聴人席《ぼうちょうにんせき》の間をレイモンドさんとわたしが歩くと、人々がふりむく。わたしたちの通ったあとには、ひそひそ話やハチの羽音のようなざわめきが起こる。

チェイスがすでにきているのを見てほっとした。傍聴人席のいちばん前、弁護人席のすぐうしろにすわっている。その列を通りすぎるとき、思い切ってチェイスのほうを見た。髪《かみ》がみだれているのがまたかっこよく見える。両手で頭を抱《かか》えているから、顔がよく見えないけれど、ひげをそっていないのはわかる。裁判官に向かって歩くとちゅうで、チェイスと目を合わせようとしたけれど、顔をあげてくれなかった。

今はチェイスのことを考えている場合ではない。ジェレミーのこと以外、気にかけてはいられない。

兄はもう弁護側の席についている。まるで皮膚《ひふ》が中身を支えきれず、体の中におしこめたものがいっせいに飛び出そうとしているかのように見える。

レイモンドさんとわたしが裁判官《さいばんかん》の前に立つと、法廷は静かになった。満席だ。うしろの列に目をやると、ＴＪがお母さんとならんですわっている。ＴＪがわたしに向かってうなずいたから、うなずきかえした。ＴＪの姿《すがた》を見て、うれしいかどうかわからなかった。ＴＪの親友だった頃《ころ》と、今のわたしとは、べつの人のような気がする。そんなに急激《きゅうげき》に変わってしまえるものなのだろうか。

わたしにわかるのは、以前のホープだったら、ここに立って、みんなの前で話す機会を得るために闘《たたか》わないだろうということ。でも今のわたしは、そうしている。

ケラー検察官がさっと近づいてきて、レイモンドさんとわたしの間に割《わ》りこみ、わたしより裁判官に近い位置を確保した。ケラーの眉毛《まゆげ》が上下する様子は、二匹《ひき》の毛虫が美容体操《たいそう》しているみたいだった。レイモンドさんが早口で何かいう。ケラーがさえぎる。レイモンドさんが声を大きくし、ジェレミーのように腕《うで》をふりまわす。

「裁判官、まったくバカげています」ケラーがいう。そのほかにも、レイモンドさんが法廷に無用のものを持ちこもうとしているなどと非難《ひなん》していたけど、わたしは集中していられなかった。チェイスとジェレミーのそばに早くすわりたい。「弁護人の要求はまったく笑止千万《しょうしせんばん》です」

「笑止千万？」レイモンドさんが叫《さけ》びかえす。「笑止千万なのは、ハイテク発表会のために事務局のスタッフの半数を引きつれてきたあなたのほうでしょう。それでわたしたちの実演《じつえん》を非難するのはあつかましくないですか？」

「マンローさんの主張は筋《すじ》が通っていますね、ケラーさん」裁判官が冷静にいう。

「裁判官、わたしが求めているのは、ひとりのアシスタントが、いくつかのガラス瓶《びん》を使って犯行を再現する実演をおこなう許可だけです」レイモンドさんが最後までいう。

「ガラス瓶ですか？」ケラーがあざわらう。

「ふたをあけていないガラス瓶です」レイモンドさんが説明する。「検察側の方々に、それぞれの瓶の指紋《しもん》と年代を調べていただき、弁護人とそのアシスタントが前もって瓶《びん》のふたをあけていないことを確認《かくにん》していただいてけっこうです。もし……」

「ばかばかしい！」ケラーが頭をのけぞらせて空笑《からわら》いをした。

「ばかばかしいなら、心配することはないでしょう」レイモンドさんがいう。

「心配だと？　誰《だれ》が心配だといった？」ケラーが鼻息を荒《あら》くする。「こんなことで法廷《ほうてい》の時間をむだにしたく……」

「そこまででいいでしょう」裁判官《さいばんかん》がいう。「この法廷で何が時間のむだなのかは、わたしが判断します。もう話はじゅうぶん聞きました」裁判官はゆったりと椅子《いす》の背《せ》にもたれる。「弁護人の要求を認《みと》めます」それから、まるで金メダルを勝ちとったような笑顔のレイモンドさんに向きなおる。「しかしマンローさん、よく忠告《ちゅうこく》しておきますよ。気をつけてください。アシスタントにもそう伝えてください」

わたしは裁判官に微笑《ほほえ》んだけど、微笑みかえしてもらえなかった。

それからすぐに、公判が正式に再開された。今度はレイモンドさんが陪審員《ばいしんいん》に話しかける番だった。最終弁論《べんろん》のはじめで、レイモンドさんは、宣誓《せんせい》した証人たちがジェレミーをどんなふうにほめていたかをみんなに思い出させた。聞いていたいけど、無理だ。ジェレミーと瓶のこと以外は、すべて頭からしめ出す。陪審員に背中《せなか》を向け、できるだけ静かに、弁護人席の机《つくえ》にバックパックを置いて、瓶を取り出していった。ひとつひとつ目の前に置いて、まっすぐ一列に、時系列《じけいれつ》にならべる。

それぞれの瓶に対応して、自分でメモ書きしたカードも持ってきた。裁判官がそこまでしゃべらせてくれた場合に備えて。そのカードを瓶の前にならべる。

そこまでして、やっとジェレミーのほうを見た。ジェルはわたしを見ていない。瓶を見つめている。目つきはやわらかく、口はひらき、唇《くちびる》がかすかに上を向いている。まるで長いこと会いたくてたまらなかった昔の友だちに、たった今、再会したかのように。瓶をすべてならべると、わたしはジェルのとなりの、レイモンドさんの席にすわった。

レイモンドさんはまだ性格証人たちの証言をくりかえしていたけど、陪審員《ばいしんいん》は見ていない。こっちを見ている。わたしとジェレミーを。レイモンドさんも気づいたのか、急に話を打ち切った。「こうして、みなさんがすでにお聞きになったことをいつまでもくりかえせますが、もうやめておきます。かわりに、わたしのアシスタントをご紹介《しょうかい》します。以前、みなさんの前で証言したのを覚えていらっしゃるでしょう。ジェレミーの妹、ホープ・ロングさんです。ジョン・ジョンソン氏が殺害されたあの日、本当は何があったのか、わたしたちの考えをホープがくわしくご説明いたします」レイモンドさんがそばにきて、自分がすわれるように、わたしが立ちあがるのを待った。

立ちあがったとき、ひざががくがくふるえた。胸《むね》に異物《いぶつ》があってドキドキ脈打《みゃくう》っている。二回咳《せき》払《ばら》いをしながら、机《つくえ》をまわりこんで、法廷《ほうてい》の反対側にいる陪審員に向き合う。「みなさんは、今日わたしがどうしてこの空《あ》き瓶《びん》を持ってきたのか、不思議に思っているかもしれません」わたしは話しはじめる。「兄の部屋には百以上のガラス瓶が、部屋のまわりじゅうの棚《たな》にしまってあります。

この瓶《びん》はそのほんの一部です。ジェレミーは瓶を集めています。その話はすでに法廷《ほうてい》でお聞きになっていると思います」自分の声がいやになる。弱々しくてふるえている。でも練習したとおりに、がんばってつづける。「空《あ》き瓶《びん》を集めるなんて、変わった趣味《しゅみ》ですよね。でも切手集めも、アルミ箔《はく》やひも、バービー人形やガラスの妖精《ようせい》、シーグラスを集めるのだって、変わってますよね？　わたしは今までずっと、この瓶の中は空《から》っぽで、ジェレミーは瓶そのものを集めているのだと思いこんでいました。でも昨日《きのう》の夜、そうではないことに気づいたんです。わたしがうっかり瓶の棚《たな》にぶつかってしまったときです。ガラス瓶がひとつ落ちて、割《わ》れてしまいました」わたしはジェレミーに目を向けた。「ごめんね、ジェル」

「ホープ、もっと大きな声で」レイモンドさんがささやく。

横目でケラーを見ると、今にも立ちあがって異議《いぎ》を唱えたくてうずうずしているようだった。わたしは咳払《せきばら》いをして、声を大きくした。「それでそのとき、瓶は空っぽなんかじゃなかったと発見したんです。だから、こうしていくつかの瓶を持ってきました——六月十一日、ジョン・ジョンソンさんが殺害された日のことを再現してお見せするためです」レイモンドさんに今の言葉をしっかりいうようにいわれていたから、そのとおりにした。「見てください。どの瓶の底にも、日づけと時間が記されています」わたしは最初のふたつの瓶を取りあげ、片手《かたて》にひとつずつ持って、陪審員《ばいしんいん》のそばまでいってもどってきた。「瓶の中にはメモが入っています。ふたの下にはさんであるので、外からは見えません。昨夜《さくや》、瓶を割ってしまったとき、それを発見したんです。ほかにも発見がありました。兄は空き瓶を集めていたのではありません。空気を集めていたんです。空気とその瞬《しゅん》間《かん》の思い出です」

　陪審員が今の言葉を頭にしみこませている間、わたしはふたつの瓶を机《つくえ》に置いた。「ジェレミーがどうやって完璧《かんぺき》な秩序《ちつじょ》で瓶を保管していたかわかるように、別々の年の瓶をいくつか持ってきました。ときによっては、アメリカにとって、世界にとって、重要な瞬間を集めたと思います。たとえばこの瓶には〈二〇〇八年十一月四日〉と書いてあります。瓶の底の日づけは読めますが、ふたをあけないと中のメモは読めません。できれば、このふたはあけないでおきたいのです。たぶん中のメモには〈オバマ氏が大統領に選ばれた日〉というようなことが書いてあると思います」

　わたしはつぎに保存瓶《ほぞんびん》を手に取った。ガラスの色を見たとたん、早朝に見たチェイスの目の色にそっくりだと思った。「この瓶の日づけは五年前の六月二日です。何が入っているのか見当もつきません。でも、ジェレミーさえよければ、みなさんと同時に中身を確かめてみたいと思います。そうすれば、瓶の仕組みがよくわかるからです」

　わたしはジェレミーのほうを見た。ジェレミーはあいづちを打ってくれないけれど、パニックにもなっていない。だから承知《しょうち》してくれたと考えて、ふたに手をかけた。力を入れないといけなくて、一瞬あかないかと不安になる。すると、ふたがまわった。ふちにぎざぎざのある銀色のふたを持ちあげたとき、顔にさあっと息吹《いぶき》を感じた気がして、まばたきをした。

「はい。やっぱりここに紙切れがはさまっています」ふるえる指で引き出し、メモ書きを読む。声がうわずる。

〈オクラホマ州イーニッドで、天気のいい午後に、ホープとおもしろいメモを交換《こうかん》しあったときの空気〉

唇《くちびる》をぎゅっとかんで、涙《なみだ》があふれそうになるのをこらえる。それがいつの午後のことなのか、どうして兄はその瞬間《しゅんかん》をとっておきたいくらい大切に思ったのか、わたしにはわからなかった。「ご希望があれば、こういう瓶《びん》をもうひとつあけます」わたしは裁判官《さいばんかん》にいう。「でも、できれば最後の四つの瓶にうつりたいと思います。どれも日づけが六月十一日、殺人事件の日です」

「では、その日にうつっていいですよ、ホープ」裁判官は陪審員《ばいしんいん》を見てから、わたしに視線《しせん》をもどす。「陪審員は瓶について理解したと思います」

ほっとしたけれど、つぎに何をすればいいのか思い出せなくなった。「えーと……少しお待ちください」わたしは用意していたカードをめくって、目当てのものを見つけ出した。「はい、ありました」

レイモンドさんが身をのりだして、ひそひそ声でいう。「ホープ、陪審員に話しかけなさい」

「はい」わたしは陪審員に近づいて、最初から説明をはじめる。「六月十一日の朝、ジョンソン監《かん》督《とく》は早起きしました。くもっていましたが、雨がふるとは思えませんでした。監督は、試合の朝にいつもするように、野球場まで歩いていき、その日の試合に出場する、パンサーズのメンバー表を貼《は》り出しました」頭の中にぱっと絵が浮《う》かぶ。――監督や野球場ではなく、またあのメンバー表だ。

チェイス・ウェルズが消され、ＴＪ・バウアーズが書きくわえられている。わたしはなんとか話をつづけた。「それから監督は馬小屋の仕事をしにいきました。ジェレミーがくる前に、手伝ってあげようと、先にそうじをはじめたかもしれません。今となってはわかりませんが」

わたしは弁護人席にもどって、必要な瓶を手に取る。「そこで、この瓶の出番になると思います。日づけは事件当日、時間は午前七時十分です」わたしは陪審員席まで行き、手すりにそって歩きながら瓶を見せた。陪審員たちは身をのりだしては、瓶の底に黒いペンで書かれた日づけを確かめる。陪審員第三号の女の人は、バッグから取り出した眼鏡《めがね》をかける。陪審員第八号の男の人は、わたしが近づいたとたんに、手をふって追いはらう。

「朝の七時十分です」わたしはくりかえす。「つまりこの瓶の空気は、リタが馬小屋についたすぐあとに集められたのです。リタが七時七分に馬小屋に行ったと証言していたのを覚えていますよね？　ＡＭ七〇七、午前七時〇七分をお知らせしますって」

わたしはブドウのジャムが入っていたと思われる瓶のふたを見つめ、陪審員にいう。「この瓶はまだあけていません。でも今からここであけます」一気にふたをまわして、内側の紙切れをつまみ出す。心臓《しんぞう》がドキドキするせいで、手までふるえている。はしがぎざぎざの紙切れをやっとのことで広げ、読みあげる。「〈試合の日、馬小屋へ歩くとき、空にたれこめる灰色《はいいろ》の雲〉」。心臓のドキドキがおさまった。どれだけほっとしているか、顔に出さないようにしたけれど、天に向けてさっとジェレミー式の感謝のお祈《いの》りをした。

「ジェレミーも早起きしたことがわかっています。試合の日はいつもそうだから。パンサーズのユニフォームを着るのが待ちきれないんです。ジェルは試合の日が大好きです。きっと試合のあることがうれしくて、馬小屋に歩いていくとちゅうで立ち止まり、空気を集めて、このメモを書いたのだと思います。

ジェレミーは馬小屋に着くと、いつもの場所にバットを置きました。バッティンググローブも置いたかもしれません……そこまではわかりませんが。ジェレミーは監督《かんとく》をさがそうとしたとき、声を聞きました。口論《こうろん》です。叫《さけ》び声《ごえ》……少なくともリタは叫んでいました。ジェレミーがリタの車を見たかどうかはわかりません。どっちでもいいことです。ジェレミーは叫び声のほうに歩いていきますが、口論がきらいなので立ち止まり、たぶん、かくれたと思います。

そのとき、ジェレミーは思ってもみなかったことを耳にしたのです。自分の母親が『ジェレミーはあんたの息子《むすこ》よ！　養育費を払《はら》って！』と叫んだのです。少なくともそういう意味のことを。その言葉は、ジェレミーの耳の中で鳴《な》り響《ひび》きました。あんたの息子。ジェレミーはあんたの息子。つまり、自分は監督の息子だったのです！　ジェレミーの頭の中で何が起こったか想像できますか。自分に父親がいたことがわかったんです。世界一の父親です。監督はすでにジェレミーが知っているなかで、いちばんすてきな男の人でした。それが今では、やさしくて親切で自分を愛してくれるお父さんになったのです」

ジェレミーのほうを見られない。見るつもりもない。ジェレミーはきっと話を止めようとするから。それとも泣いてしまって、わたしのほうが話をやめたくなってしまいそうだから。

「そこでジェレミーはどうしたでしょう。両親の口論《こうろん》は聞きたくありません。頭の中で、『ジェレミーはあんたの息子よ』という言葉を思《おも》い浮《う》かべていたかったのです。だから馬小屋から飛び出し、瓶《びん》の入ったバックパックを持っていきました。この日を、ほかでもないこの瞬間《しゅんかん》を、記録したかったからです。原っぱに出ると、年取ったまだら馬のシュガーがいました。ジェレミーはもう十回以上、鞍《くら》なしで、端綱《はづな》だけをつけて、シュガーに乗ったことがあります。だからそのときもシュガーに飛び乗りました。うれしくてたまらなくて、原っぱを何周もまわりました。その姿《すがた》をいろんな人が見ていました。やがてシュガーの動きがにぶくなって、ジェレミーを乗せたまま草を食べはじめます。

それでジェルは馬をおりたのかもしれません。草の中を転がったり、原っぱでくるくるまわったり、ジグを踊《おど》ったり……したかもしれないですよね。お父さんがいるなんて、まるで夢《ゆめ》みたいだから」

わたしは弁護人席の机《つくえ》にもどり、つぎの瓶を手に取る。ハチミツが入っていた瓶で、横にくぼみがある。「この日はジェレミー・ロング……ジェレミー・ジョンソン……が一生忘《わす》れたくない日です。ジェレミーの世界は一瞬で変わりました。父親がいたのです。お父さんが。ジョン・ジョンソンさんのことはすでに大好きでした。だから、バックパックからこのハチミツの瓶を取り出しました。そしていつも持ち歩いている、ガラスに書ける特殊《とくしゅ》なペンで、瓶の底に日づけを書いたのです。

それから時間を。〈午前七時四十四分〉」

わたしは陪審員《ばいしんいん》のところへ瓶《びん》を持っていき、平らな瓶底に黒いかざり文字で記された日づけと時間を見せる。「ジェレミーの姿《すがた》が見えませんか。頭の上に高く腕《うで》をのばし、瓶をゆったりふってから、さっとふたをとじて、晴れやかな空気をとらえる姿が。自分に父親がいると、自分のことを大事にしてくれるやさしい父親がいるとわかった日の空気です」

わたしは瓶のふたをぱっとあける。瓶の中の空気のせいなのか、この法廷《ほうてい》に空気が足りないせいなのか、頭がぼおっとなって体がふらふらする。先にメモに目を通すことができればよかったのに。わたしは、陪審員の前で紙切れを広げた。「では、読みます。〈ぼくにとってはじめての父の日の空気〉」胸《むね》に熱いものがこみあげてくる。のみこもうとすると痛《いた》い。

わたしは机《つくえ》にもどり、つぎにならんでいる瓶を取りあげる。瓶の底の時間はすでに知っている。「この瓶は、さっきの特別な〈父の日〉の空気をつめこんだ瓶の、たった三分後のものです」わたしは陪審員に日づけと時間を見せる。「ジェレミーの喜びがあまりにも大きくて、ひとつの瓶ではおさまらなかったんだと思います。だから、もうひとつ瓶があるのです」この瓶のメモには、父親がいる喜びがさらにいっぱい書かれているはずだとわかっていたけれど、とにかくふたをあける。法廷《ほうてい》は静まりかえり、咳《せき》ひとつ聞こえない。わたしは声に出してメモを読んだ。「〈ぼくの父の日に、太陽に向かって走るチェイス〉」

わたしは手の中の紙切れを見つめる。ジェレミーの緻密《ちみつ》なかざり文字が紙の上でまだ躍《おど》っている。

もう一度、声に出さないで自分に読んだ。

でも、チェイスはあの日、走っていなかったのに。

理解できない。チェイスと目を合わせようとしたけれど、チェイスは顔をふせている。胃がきゅっと痛む。たくさんの小さな爪《つめ》にえぐられるように。どうしてジェレミーは、その日にチェイスが走るのを見たの？　チェイスは試合のある日は走らないといっていたのに。

「ホープ」レイモンドさんが、わたしに聞こえるようにささやく。「最後の瓶《びん》をあけなさい」

わたしは動かなかった。

「わたしがあけようか？」レイモンドさんが瓶に手をのばす。返事をしないでいたら、レイモンドさんが瓶を持って立ちあがった。わたしはぼうぜんとしたまま、瓶をさかさにして陪審員《ばいしんいん》に向かいあうレイモンドさんを見つめる。「この瓶はやはり殺人事件の起きた六月十一日のものです。瓶の底に記された時間は、八時〇一分です」レイモンドさんはむずかしい顔をして、こっちを見る。

「セイラ・マクレイさんが馬小屋にいき、ジョン・ジョンソン氏の遺体《いたい》を見つける直前のことです」ゆっくりと、レイモンドさんは瓶の上下をもとにもどす。陪審員席に歩いていって、最後の瓶のふたに手をかける。

レイモンドさんにあけさせるわけにいかない。わたしはあとから走っていった。「だめ！　あけないで！」レイモンドさんの手から瓶をうばいとり、たのみこむ。「お願いです、レイモンドさん。わたしに読ませてください」

レイモンドさんはうなずいて、席にもどった。

わたしはそっと瓶《びん》をにぎる。ガラスが手に冷たい。そのときやっと、兄のほうを見た。兄に目でどなられるのではないか、やめろと訴《うった》えられるのではないかと、まだおそれていた。ところが兄はわたしのことなんか見ていなかった。かわりに、上を向いて微笑《ほほえ》みながら、わたしが法廷《ほうてい》に放った空気を深く吸《す》いこんでいた。自分の父親の空気を。目をつぶり、ずっと息を吸っているから、そのままふわふわ飛んでいってしまうかと思うほどだった。

わたしは陪審員《ばいしんいん》にもっと近づいて、ふたが見えるように瓶をかかげた。ふちに暗い赤色のかわいたしみがある。「ここについている血は……」

ケラーが異議《いぎ》を申し立て、裁判官《さいばんかん》が認《みと》めた。

でも陪審員がすでにその血を見たことはわかった。「そのとき、ジェレミーは人生でいちばん幸せだと思っていました。お父さん。大事にしてくれるお父さん。その空気を瓶にしまいこみ、馬小屋にもどっていきました。そのあとどうするつもりだったか、わたしたちにはもうわからないかもしれません。ただ、ジョン・ジョンソンさんのことを今までとはちがった目で見るようになるだけかもしれません。父親を抱《だ》きしめて、冷蔵庫《れいぞうこ》に貼《は》る絵をもっとたくさん描《か》いてあげたかもしれません。話せるようになって、『お父さん』と呼《よ》んだかもしれません。

でも、その機会は永遠になくなってしまいました。それどころか、馬小屋にもどってくると、父親が見あたりません。馬の仕切りをひとつひとつさがしていきます。そして見つけたのは、赤くどろっとした、おがくずのまじった血の中にたおれている父親でした。悲鳴をあげたでしょうか？　泣き叫《さけ》んだでしょうか？　ほかにどうしたのであれ、ジェレミーは父親のもとに走って、そばにひざまずきました。ユニフォームに血がしみこんでいきます。父親になって一時間もたっていないその人を抱《だ》きしめます。抱きしめて、ゆりうごかします。

それからどうしたでしょうか？　ジェレミー・ロングは自分の世界に秩序《ちつじょ》をもたらす、たったひとつのことをします。最後の瓶を取り出して、底に日づけと時間を書いたのです。〈六月十一日午前八時〇一分〉。そして空気をとらえました」瓶をあけると、血と死のにおいのするよどんだ空気が流れ出た気がした。死の空気が、父の日の空気に、チェイスが走る、試合の日の空気に、そして父親の最後の息とまじり、うしろにいるジェレミーがうめく。わたしはふたの内側の紙切れを引き出して読んだ。「〈血とぼくの死んだ父の空気〉」

この部屋の中で泣いているのは、わたしだけではない。傍聴人《ぼうちょうにん》がすすり泣くのが聞こえる。ぼやけた視界《しかい》の中で、立ちあがっていたTJが泣いているのが見える。そして、いちばんうしろの席のリタ。泣きじゃくっている。

この発表を最後までやりとおさないといけない。やりたくないけど、そうするしかない。「かわいそうなジェレミー。——父親がいなくなったのです。残っているのは母親だけです。最後に見たとき、その母親は、今そこにたおれている父親といいあらそっていました。母親が何をしたとしても、ジェレミーは母親のことが大好きです。母親を守らなければなりません。だからジェレミーは立ちあがり、血だらけのバットをつかみ、家に走って帰り、バットをかくそうとしました……母親を守るために」

このせりふを、わたしは、ひと晩《ばん》じゅう練習していた。こうした言葉のせいでリタがどうなるのかは、考えないようにしていた。この言葉をわたしは信じていた。レイモンドさんが信じたかどうかわからないけど、わたしは信じていた。

でも今になると、この言葉は正しくないような気がした。この法廷《ほうてい》の中では、真実らしく聞こえない。〈真実を、何ごともかくさずに、何ごともつけくわえずに〉

発表をつづけないといけない。「兄はジョン・ジョンソンさんを殺していません。兄は犯人だと思った人を、大好きな人を、守ろうとしたのです」この言葉を口にしながら、わたしはみんなに、ジェレミーではなく、リタが犯人だと伝えようとしていた。そう練習し、そう信じていた。それなのに、心の中で、何かがちがうと感じている。吸《す》いこんだ空気が頭の中をぐるぐるまわり、めまいがする――死、父親、息子《むすこ》、野球、そして走るチェイス。どうしてチェイスは太陽に向かって、馬小屋から遠ざかる方向に、走っていたのだろう。あの朝は馬小屋のそばにいかなかったとチェイスはいっていた。どうして嘘《うそ》をついたのだろう。

「あの子のいうとおりよ！」リタが法廷《ほうてい》の最後列で立ちあがる。「あたしがやったの。犯人はあたしよ！」

37　真実

法廷は蜂《はち》の巣《す》をつついたようだった。裁判官《さいばんかん》が騒《さわ》ぎを静めようと、小槌《こづち》をたたく。

わたしはリタをまじまじと見ながら、これはリタが今までしてきた中で最高のことなのだと気づいた。同時に、リタが嘘をついていることもわかった。リタの最高の瞬間《しゅんかん》、それは嘘なのだった。

それがわかったのは、チェイスがいたから。あの場にいたのに嘘をついたから。

チェイスの名前が消されている場面が、くりかえし頭の中に浮《う》かんでくるから。殺人現場の写真を忘《わす》れられないから。複数の現場写真で、遺体《いたい》のそばに、しわになった細長い紙切れが写っている。あの細長い紙は前にも見たことがある。そして今は、頭の中に浮かびあがった、監督《かんとく》の机《つくえ》の引き出しの中にも見える。メンバー表だ。そこから消された名前が見える――チェイス・ウェルズ。

これから見ることになる真実を見たくないと思いながら、わたしはチェイスのほうを見る。今度こそチェイスはわたしを見つめかえす。その顔に、その美しい顔に、その目の中に、真実があった。

「どうして?」わたしのささやく声は、まわりの騒ぎよりも大きく感じられる。法廷の中にいる全員がおかしくなり、心神喪失《しんしんそうしつ》の状態におちいってしまったかのようだ。ジェレミー以外は。

でも今ここには、チェイスとわたししかいないような感じがする。ふたりの間は一メートルあいていて、机《つくえ》と手すりにはばまれ、そこをいきかう人々もいる。けれど、わたしにはチェイスしか見えない。チェイスと、頭の中に浮《う》かぶ、ふたりですごしたたくさんの時間。

「本当にすまなかった」チェイスがいう。「ジェレミーに罪を着せるつもりはなかった」

うしろでウェルズ保安官の声が、法廷《ほうてい》じゅうにとどろく。「裁判官《さいばんかん》、閉廷《へいてい》にしたほうがいい！　混乱《こんらん》の極《きわ》みだ。少年の母親の身柄《みがら》を拘束《こうそく》しましょうか？」

「ホープ」チェイスは、ここにわたししかいないかのように話しつづける。「ジェレミーを絶対に刑務所《けいむしょ》にいかせたくなかった。それだけは知っていてほしい。ぼくは……」

ウェルズ保安官がさっと向きなおり、二歩でチェイスのとなりにきた。「黙《だま》れ！　もうひとこともいうな！」

チェイスはひっぱたかれたように身を引く。「父さん、知ってたんだろう？」

どちらの顔に浮かんだ苦しみのほうが大きいのだろう。チェイスか、お父さんか。

「だから事件を調べていたホープをおどかして、ぼくたちを引《ひ》き離《はな》そうとしたんだ」チェイスは父親の顔から視線《しせん》をそらさない。「ずっと知っていたんだ。監督《かんとく》を殺したのはジェレミーではなく……ぼくだと」

その言葉で、わたしに残っていた息はすべてなくなった。

「黙れといっている！」ウェルズ保安官がどなる。顔がマンガのように真っ赤だ。ジェレミーが好きでよく見ている、アニメの登場人物のように。「めんどうを大きくするなといったのに、聞きやしない。いうことを聞きさえすれば、何の問題もなかったんだぞ！　こっちに任せればよかったんだ」

犯行現場の写真が、頭の中を駆《か》けめぐる。何かがおかしいと、ずっと思っていた。そのわけがやっとわかった。たおれた監督のまわりにポケットの中身が散らばっている写真——保安官のファイルにあった犯行現場の写真には、レイモンドさんの写真にはなかった、細長い紙切れが写っていた。あのときは、それが何かわからなかったけど、今はわかる。メンバー表だ。たぶんあの日、監督が野球場に貼《は》ったもので……チェイスの名前が消されている。監督が自分の机に置いていた写しと同じように。あのメンバー表はレイモンドさんにわたされた写真には写っていなかった……ウェルズ保安官が持ち去ったからだ。保安官はメンバー表を見て、その場ですべてを理解したのだろう。

チェイスは父親に背《せ》を向け、わたしを見つめる。「本当にすまなかった。そういうつもりじゃなかった。ぼくは……ホープ、お願いだ」

チェイスがわたしに何を求めているのかわからない。まわりでは口論《こうろん》が炎《ほのお》のように燃えあがっているけれど、わたしにはとどかない。頭を前後にゆらしながら、わたしはチェイスを見つめる。わたしのチェイス。わたしはいろんな嘘《うそ》をつなぎあわせていく。わたしたちを取り囲む空気が、分断され、また合わさるのを感じる。通風口《つうふうこう》を通る空気のように。「どういうことなの」

「それ以上何もいうな！」ウェルズ保安官がどなる。

「ぼくはいうよ」わたしに視線《しせん》を向けたまま、チェイスは手すりをにぎりしめ、立ちあがる。声は裁判官《さいばんかん》にもほかの人にもじゅうぶん聞こえるほど大きい。群衆《ぐんしゅう》の声が、音量スイッチを切ったように静かになる。ずっと前の夜に、チェイスとふたりで聞いたコオロギの鳴き声のように。

まだわたしだけを見つめながら、チェイスがいう。「そのつもりはなかった。信じてほしい。それにジェレミーが殺人罪で逮捕《たいほ》されるとは思ってもいなかった。ジェレミーを刑務所《けいむしょ》になどいかせたくなかった。ただ……少なくとも最初は自分をそう納得《なっとく》させていたのだけど……ジェレミーは精神に障害《しょうがい》のある人の施設《しせつ》にいくほうがいいと思っていた。それでぼくも自分がするつもりのなかったことで刑務所にいかないですむと考えていた」

心の中の、そんなところがあるとも知らなかった場所が、痛《いた》い。チェイスのまわりに人がきて、話しかけている。権利《けんり》を読みあげているんだ。テレビで見るように。誰《だれ》かが保安官に手錠《てじょう》をかける。つづけてチェイスにも。裁判官がチェイスに話しかけ、チェイスが聞いている。TJが人をかきわけて近づいてきて、唇《くちびる》を動かしている。でもその言葉は、ここの空気のように、わたしの上をただよい、ぐるぐるまわるだけで、わたしは吸《す》いこむことができなかった。

「まったく計画はしていなかった」チェイスがつづける。「たぶん時間とともに、自分が本当はやっていないと、殺していないと、思いこむことができたと思う――もしきみといっしょにすごしていなければ。ホープ、きみをとおして、ジェレミーのことを知っていなければ」

「どうして?」本当にききたいことはきけない。何もかも嘘《うそ》だったの?　わたしは完全にだまされていたの?　ずっとわたしのことを見張っていたの?　わたしのことが好きだったことはあるの?

もうまったく希望《ホープレス》がないの？

チェイスは深く空気を吸《す》いこむ。ジェレミーの空気を。「あの日、ぼくは走りに出た。いつものように……試合のある日も」そう打ち明けるとき、チェイスは目をふせた。「試合の日はかならずメンバー表を確認《かくにん》していた。そうしたら、信じられなかった。監督《かんとく》はぼくの名前を消して、ＴＪを先発投手にしていた。ぼくはメンバー表にのってもいなかった。父親には、先発投手になったといってあった。父親は仲間を集めて、みんなで見にくることにしていた。花火も買っていた。こんなにほこらしげな父親を見たのははじめてだった。何週間も前から、その話しかしない――息子《むすこ》がオハイオ州最大の試合でピッチャーをつとめるんだ、と。ジョンソン監督はぼくに投げていいと約束してくれていた。なのに、試合にも出られないとは」

「何もかも、くだらない試合のためだったのか！」ウェルズ保安官が、どなり声をあげる。

チェイスは父親を見かえす。「父さんを失望させられないよね？　がっかりさせられない。ぼくは約束は守る」

「おまえはバカ者だ」ウェルズ保安官がつぶやく。でも怒《おこ》っているのではなく、傷《きず》ついているように見えた。

「わかってる。ぼくはできそこないだよ。そんなこと、誰《だれ》よりも自分がよくわかってると思わない？　父さんの目つきが耐《た》えられなかった。父さんを失望させたときに、ぼくに向けられる目つきが……毎回」

チェイスはまたこっちを見る。すべての説明をわたしだけのためにしているように。裁判官《さいばんかん》でも、父親でも、何もかも記録している法廷《ほうてい》速記者でもなく。「何かのまちがいに決まっていると思った。だからメンバー表をむしりとって、馬小屋に走った。監督はいつも早朝に馬小屋にいる。ぼくがいくと、監督《かんとく》は奥《おく》の仕切りで馬にブラシをかけていた。出てきたくないようだったけど、出てきて、疲《つか》れた感じに見えた。雲の間から太陽がのぞいて、馬小屋の中がオレンジ色に光っていた。『何だ、チェイス』監督がきいた。またぐめいわくなことがひとつ増《ふ》えたという口調だった。そう。どうせぼくはめいわくなやつなんだ。

ぼくは監督に向けてメンバー表をふりたてた。『何ですか、これは?』怒《いか》りをおさえこみながらたずねた。走ってきて、すでに呼吸《こきゅう》が荒《あら》かった。馬小屋までの間ずっと、父親が野球場に着いて、ぼくが投げないと知ったときの場面を想像していた。頭の中で何度も何度も。

『それは今朝貼《は》り出《だ》したメンバー表のようだね、チェイス』と監督は答えた。でも、ぼくの質問の意図には気づいていた。

『先発投手はぼくのはずです。今日の試合で最初に投げていいと、約束してくれましたよね!』ぼくは大声をあげていた。

監督は首を横にふった。『もしかしたら、きみのお父さんはそう約束したかもしれない。だが、わたしはしていない。バッティングのコントロールがよくなるのを期待していたが、まだそこまでじゃないようだ。チェイス、これは大きな試合なんだ。そのくらいもうわかってるだろう。ウースターに勝ちたいんだよ』監督はとても落ち着いていた。落ち着いていればいるほど、ぼくは腹《はら》が立ってきた。ここでもっと熱くならなければ、これがどんなに重大なことか理解してもらえないと思った。

『それでTJを起用するんですか？』ぼくはどなった。『じょうだんですよね！　あいつはカーブも投げられないのに』

『チェイス、きみはとても才能がある』監督は認《みと》めた。『すばらしいピッチャーになれるだろう。だがうちのリーグでは、ピッチャーも打つんだ。わかってるだろう。きみのスウィングは大きくはずれる』

ぼくはどんなに練習してきたか訴《うった》えた。何度も何度も。

『いいことだ』監督はいった。『その調子でつづけなさい。それで様子を見ようじゃないか』とりつくしまがなかった。

『いいえ！　今、見てください！』ぼくは訴えた。馬小屋に入るとき、ジェレミーのバットが壁《かべ》に立てかけてあったのを見た。走って取りにいった。ジェレミーのバッティンググローブもあったから、それをはめた。二回ほどふってから駆《か》けもどった。監督は仕切りに入っていくところだった。

『待ってください！　見てください。いわれたとおり、一定にふることができるようになりました。本当です、監督！』

『もう話は終わりだ、チェイス』監督がいった。

だけど監督は約束していた。ぼくに約束していた。

『家に帰ってお父さんに伝えなさい。きみのお父さんも負け方を知っていい頃《ころ》だ』そういうと監督《かんとく》はぼくに背《せ》を向けた。監督は約束をやぶった。そんなことをしてはいけなかった。ぼくはあの試合にかけていた。父親もかけていた。みんなが見にくることになっていた。監督にその機会をつぶさせるわけにいかなかった。

自分の中で、何かのスイッチが入った気がした。爆発《ばくはつ》のようだった。ぼくはバットをふった。バッティングケージで練習しているときのように。一回のスウィング。監督に見せようとしただけだった。それだけ。監督はくずれるようにひざをついた。お祈《いの》りをするように。それから地面にたおれた。ぼくはぼうぜんと見ていた。鼻と口から血が噴《ふ》き出《だ》した。大量の血。

ぼくはバットを放りだして走った。そのおぞましい場所からどんどん遠ざかるように、すごい速さで走った。自分のしたことが信じられなかった。本当に殺してしまったのだろうか。そんなことが可能なのか。現実にしてはおそろしすぎた。だから、本当はやっていないのかもしれない。ある程度の距離《きょり》を、ある程度の速さで走っていると、頭の中が空《から》っぽになっていく。ランナーズ・ハイになる。ありえないことを想像したりする。これもそんな想像かもしれない。

家にたどりついて、まだバッティンググローブをはめていたと気づいた。家には誰《だれ》もいなかった。靴《くつ》とランニングパンツと手袋《てぶくろ》をごみ袋に入れて、ほかのごみといっしょに出した。それから父親が帰ってきてぼくを逮捕《たいほ》するのを待った。

だけど、そうならなかった。チームのお母さんのひとりから電話があった……選手全員にかかってきた」チェイスがこっちに一歩ふみ出すと、法廷《ほうてい》の係官が近づいて阻止《そし》した。「その日の午後になるまで、ジェレミーが逮捕《たいほ》されたことも知らなかった。翌日《よくじつ》には釈放《しゃくほう》されると思っていた。つぎの日も。それから数週間が過ぎた。

はじめは、ジェレミーが犯人でないことはすぐわかると思っていた。やっていないのだから、証拠《しょうこ》が見つかるわけがない。ところがジェレミーは釈放されなかったから、今度は無罪放免《むざいほうめん》になるだろうと自分にいいきかせた。父親は、陪審員《ばいしんいん》がジェレミーを養護施設《ようごしせつ》のようなところに入れるだろうとくりかえしていた。そこで幸せに暮《く》らせると」

チェイスに、ジェレミーについてきかれたことをすべて覚えている。精神科病院に入ったら、ジェレミーは死んでしまうといったら、驚《おどろ》いていたことも。チェイスは、ジェレミーがああいうところで一生幸せに暮らせると信じたかったのだ。

チェイスが話していることが、すべてわたしの頭の中に浮《う》かんでくる。——監督《かんとく》といいあらそうチェイス。バットをつかむチェイス。バットをふって……。でも、ほかのことも思い浮かぶ。——わたしを毛布にくるんで、ココアを持ってきてくれるチェイス。わたしに腕《うで》をまわし、わたしのあごを持ちあげ、唇《くちびる》をそっと重ねるチェイス。

わたしにはふたつの心がある。ひとつは兄が帰ってこられることがわかって、うれしくて飛びはねている。これで、ジェレミーは罪を犯していないし、頭もおかしくないと、みんなにわかってもらえる。でももうひとつの心は傷《きず》つき、こなごなにこわれてしまった。だって、わたしはチェイスのことが大好きだったと思うから。「どうしてわたしを手伝うふりをしたの？　気にかけているふりをしたの？」

「ふりじゃなかったよ、ホープ。ぼくがきみにかかわりたいと思ってたと思う？　やめようとした。きみから離《はな》れようとした……けど、できなかった。きみを手伝いたかった。そばにいたかった。ジェレミーの話をしてくれてからは、ジェレミーが釈放《しゃくほう》されるように力になりたかった。覚えてる？　合理的な疑問《ぎもん》のこと」

チェイスのことを信じたかった。同時に、信じたくないとも思った。わたしは真実が知りたい。でもそれはおぞましい事実の中にとじこめられて、わたしの手にとどかない。瓶《びん》の中の空気のように。「何もかも嘘《うそ》だったの？　あなたも。わたしも。わたしたちのことも」

「ちがう！」チェイスが叫《さけ》ぶ。「神様にかけて、ちがう！」

神様という言葉が法廷《ほうてい》をおおい、空気にこだまする。

「ホープ？」裁判官《さいばんかん》が呼《よ》びかける。その一瞬《いっしゅん》、それが質問に思えた。希望《ホープ》？　わたしはわっと泣きだした。大地をゆるがすような涙《なみだ》。弁護人席によりかからなければ、このまま床《ゆか》にくずれ落ちて二度と立ちあがれない気がした。

あっというまに、いろんなことが起きた。記者たちが口ぐちに疑問《ぎもん》の声をあげている。裁判官が小槌《こづち》をたたく。ケラーがレイモンドさんに、ジェレミーの釈放について同意する。係官のひとりがチェイスのひじをつかむ。べつの係官がチェイスのお父さんを取りおさえる。TJとお母さんが近づいてきて、友だちとして力になってくれようと、手をさしのべる。

何かが肩《かた》にふれた。その感触《かんしょく》を知っている。兄だ。こわばった指で、わたしの手のひらに、かたくてひんやりしたものをおしこむ。アスピリンの瓶《びん》だ。瓶の横に、細かい曲線的なかざり文字で、こう書いてある。〈ホープの涙《なみだ》——詩編56編8節〉。顔をあげて微笑《ほほえ》むと、兄はわたしのほっぺたの涙をふいてくれた。

リタが近よってきた。こんなに近くにきたことなんか、長いことなかった。わたしはジェレミーの顔を見あげる。ジェレミーはリタに向かって微笑んでいた。父親を殺したのが母親ではないとわかって、ほっとしたようなおだやかな顔だった。

リタはわたしに何かいおうとしてやめて、ジェレミーに向きなおる。

そのとき、聞こえた。それを聴《き》いてから十年たっていたけれど、今朝《けさ》聴いたばかりのようにはっきりと覚えている。わたしは目をつぶり、法廷《ほうてい》のほかの音をすべてのみこむ、ひとつの音に聴きいった。その音は、恥辱《ちじょく》や怒《いか》りや嘘を消し去っていった。そしてなめらかにたくさんの音へとうつりゆき、まわりをとびまわる言葉とまじりあい、空気になって部屋を満たした。

目をあけると、チェイスはもうわたしを見ていなかった。ジェレミーをじっと見つめている。なぜなら、その歌はもちろん、ジェレミーの口から発せられていたから。ジェレミーの心から。魂《たましい》から。

兄が歌い終わったとき、法廷《ほうてい》はしんと静かなままだった。わたしたちはジェレミーを見て、そしておたがいを見た。この部屋の誰《だれ》にとっても、何かが永遠に変わったのだった。わたしたちはみんな、それがわかっていた。

やっと裁判所《さいばんしょ》から出たとき――レイモンドさん、リタ、ジェレミー、そしてわたし――外の空気が変わっていた。わたしたちは階段《かいだん》のてっぺんで立ち止まり、この瞬間《しゅんかん》を吸《す》いこんだ。日光のような明るさ、雨のような正しさ、歌のような真実を。

エピローグ

「ホープ！　ホープ！」

わたしはすぐには返事をしない。土曜日の朝。ジェレミーがまた話しはじめてから、もうすぐ八か月たつけれど、いまだに兄に名前を呼《よ》ばれるとうれしくてたまらない。もう一度、呼ばせる。それから家の前の庭にいるジェレミーのところまでいった。うちの犬──動物管理センターから助け出した白黒の雑種──が走ってむかえにきて、またジェレミーのほうにもどる。ジェレミーは子犬にメープルという名前をつけたけど、理由は本人にしかわからない。

外では、芽吹《めぶ》きはじめた木々に白い霞《かすみ》がかかっている。ドアがバタンとしまる音がして、レイモンドさんが車からおりてきた。奥《おく》さんと赤ちゃんも出てくる。ジェルとわたしは出むかえに駆《か》けよった。「クリスティーちゃんは元気ですか？」わたしは赤ちゃんに髪《かみ》の毛《け》が生えてきたか確かめながらきいた。ピンクの服を着ているから、女の子だということはちゃんとわかる。正式な名前は、クリスティーナ・ホープ・マンロー。希望《ホープ》はいくらあってもいいからな、とレイモンドさんはいう。

「ジェレミー、だっこしてみる？」ベッカ・マンローが自分の宝物《たからもの》をさしだす。

ジェレミーは首を横にふる。赤ちゃんは大好きだけど、だっこするのはこわいのだ。「明日は、歌う日です」ジェレミーはにこにこする。

「そうね」奥さんがこたえる。ふたりは聖歌隊《せいかたい》に入っていて、明日は教会の復活祭で歌うことになっている。

わたしは家のほうをふりかえる。リタが窓《まど》から手をふる。外には出てこない。二日酔《ふつかよ》い。少なくとも今では、酔っぱらうのは、はずかしいと思うようになった。リタとボブは長い時間いっしょにすごしている。コロニアルや、夜だけではない。先週は動物園にいって、ジェレミーもつれていった。裁判《さいばん》のあと、リタは三週間しらふだった。これからまたそうなるかもしれない。

「それで」レイモンドさんはメープルを抱《だ》きあげ、耳をかいてやる。「ウェイン・カウンティに入学できたんだね？」

「はい、ありがとうございます」レイモンドさんには、オハイオ州立大学に出願するようにすすめられたけれど、わたしはまだジェレミーと離《はな》れる決心がつかなかった。だから当面はウェイン・カウンティ短期大学にＴＪと通学することにした。レイモンドさんはわたしに法律《ほうりつ》を専攻《せんこう》してほしいらしい。そうするかもしれない。でも今は、私立探偵《しりつたんてい》になりたい気持ちのほうが強い。可能性はいくらでもある。

今でもチェイスのことを考える。思いもかけないときに、ぱっと頭に浮《う》かびあがってきて、あの緑色の目や、日焼けした顔、そしてゆったりした微笑《ほほえ》みが見える。――もう会えないと思うと胸《むね》がしめつけられそうになる。チェイスは少年院に入っていて、これからも長い長い間そこにいるだろう。あれから会ってもいないし、話してもいない。一度だけ手紙を書いたけれど、送らなかった。もしかしたら一生を刑務所《けいむしょ》ですごすことになるかもしれない。

ジェレミーが家に走っていき、わたしが一か月以上前に洗《あら》ってあげた、約一リットルのピクルスの瓶《びん》を持って出てきた。瓶の底に日づけを書くと、紙切れを折りたたんで、ふたの下にしまいこむ。何を書いたのか、きかなかった。だけど、想像はできる。

兄の記憶《きおく》の一部になろうとして、霞《かすみ》がさっとおりてくる。両手を上にあげるジェレミーの姿《すがた》に、わたしは見入った。空中に弧《こ》を描《えが》いたとたん、顔つきが変わる。歯茎《はぐき》が見えていて耳が大きくてぶかっこうな兄から……秘密《ひみつ》の知識を持つ、かしこくてハンサムな兄に。そしてその瞬間《しゅんかん》、ジェレミーは瓶の中に、春の霞と希望の約束をつめこんだ。

なんぢの革嚢《かわぶくろ》にわが涙《なみだ》をたくはへたまへ
——旧約聖書《きゅうやくせいしょ》　詩編56編8節（文語訳）

訳者《やくしゃ》あとがき

十六歳《さい》の少女ホープには、ジェレミーという大好きな兄がいます。ジェレミーは十八歳で、特別な個性をもち、ガラス瓶《びん》を集め、この十年くらいは口をきいていません。そのジェレミーが、野球チームの監督《かんとく》を殺害した容疑《ようぎ》で裁判《さいばん》にかけられてしまいました。ジェレミーの無罪を信じているのは、ホープただひとり。はたしてホープは真実をつきとめ、沈黙《ちんもく》を続ける兄の容疑をはらすことができるでしょうか。

アメリカ探偵《たんてい》作家クラブがすぐれたミステリーに贈《おく》るエドガー・アラン・ポー賞（MWA賞）を、二〇一二年にヤングアダルト小説部門で受賞したこの作品は、まさに王道をいく本格推理小説といえます。主人公ホープが殺人事件の真相をさぐるために法廷《ほうてい》に通い、手がかりを求め、恐《きょう》怖《ふ》と闘《たたか》う様子に、読者ははらはらしながら最後まで一気に読みとおすことでしょう。

しかし作品の魅力《みりょく》はそれだけにとどまりません。物語には家族、親子の関係、思春期の恋愛《れんあい》、といったさまざまなテーマがしっかり描《えが》かれているのです。それぞれ恵《めぐ》まれているとはいえない家庭の事情を抱《かか》えているホープ、TJ、チェイスの三人の高校生が、事件を通してかかわりあうことで変化したり成長したりするところは大きな読みどころです。結末はせつなくもありますが、希望を感じさせるものでもあります。ホープの名前が「希望」をあらわしているのには、作者の希望も託《たく》されているのでしょう。そしてやはり読者の心に残るのは、ホープとジェレミーのおたがいを想う心ではないでしょうか。じつは作者は、最初からミステリーを書くつもりではなく、ホープとジェレミーのことを書こうと掘《ほ》りさげているうちに、いつのまにかこのような物語へとふくらんでいったのだそうです。作品の中で、ジェレミーは日常のなにげないものの中に美しさを見いだし、繊細《せんさい》なかざり文字で言葉を書きあらわします。その描かれ方がとても印象的だったので、作者にインスピレーションをあたえてくれた人がいるのですかとたずねたところ、ジェレミーの魂《たましい》をもつ十代後半のお嬢《じょう》さんがいらっしゃると教えてくれました。

作者は一九四九年に米国ミズーリ州で生まれ、現在はオハイオ州の田園地帯で夫と三人の子どもと馬や犬や猫《ねこ》と暮《く》らしています。これまでに子どもの本から大人の読み物まで四百以上の作品を世に出し、十以上の国で翻訳《ほんやく》出版もされています。本格的なミステリーを執筆《しっぴつ》したのは初めてだという作者ですが、子どもの頃《ころ》には父親といっしょに、ミステリーや冒険《ぼうけん》の物語をつくりだしたり、テレビの「弁護士ペリー・メイスン」シリーズを見ては、コマーシャルになるたびに推理を披露《ひろう》しあったり、十二歳までに地元の図書館にあるアガサ・クリスティーの作品をすべて読破《どくは》したりするほど、ミステリーが大好きだったそうです。

原書には、つぎのような献辞《けんじ》が記されています。「言葉とウィットと上質なミステリーを愛することを教えてくれた父、フランク・R・デイリー医学博士《はかせ》の思い出に。私はすばらしい両親に恵まれ、もったいないくらい幸せな人生のスタートを切ることができました」。作品を読んだうえで、あらためてこの言葉を読むと、感慨《かんがい》深いものを感じます。

なお、本文の最後に、作中では番号しか記されない、聖書《せいしょ》の詩編の一節が引用されています。原文は、〝You have collected all my tears in your bottle.〟つまり「あなたの瓶《びん》には、わたしの涙《なみだ》のすべてがたくわえられています」という意味に読めます。原書でここを読んだとき、じんとなりました。日本語の聖書において、〝bottle〟は「革袋《かわぶくろ》」ですが、この「革袋」を「瓶」に置きかえて、本文の場面を思いおこしていただけたらうれしく思います。

最後になりましたが、YANBARU《やんばる》のハンドルネームで人格障害《しょうがい》と発達障害などのネット相談をつづけていらっしゃる沖縄・うるま記念病院の後藤健治先生に心からお礼を申しあげます。この作品の翻訳原稿《ほんやくげんこう》を読んでくださり、精神科医の視点《してん》からアドバイスをしてくださいました。タイトルの「沈黙《ちんもく》」は裏《うら》の主ともいうべきもうひとりの人物の「沈黙」もあらわしている、という先生の読み方に、はっとさせられました。法律《ほうりつ》用語については、竹下あすかさんに助言していただいたことを心から感謝いたします。そして、すばらしい原作を訳す機会をあたえてくださった評論社の竹下宣子さん、編集の岡本稚歩美さん、訳者の質問に温かさと優《やさ》しさをもって答えてくださった作者のダンディ・デイリー・マコールさん、本当にありがとうございました。

二〇一三年一月　武富博子

ダンディ・デイリー・マコール Dandi Daley Mackall
アメリカ、オハイオ州在住の作家。10歳で作文コンテストに入賞して以来、創作をつづけている。これまでに、子どもの本からYA作品、大人の読み物まで、あらゆるジャンルの作品を400作以上、世に送り出している。ラジオやテレビのトーク番組出演、学校を訪問しての講演会なども精力的におこなう。『沈黙の殺人者』で、2012年のエドガー・アラン・ポー賞（YA小説部門）を受賞。

武富博子 Hiroko Taketomi
東京生まれ。幼少期にメルボルンとニューヨークで暮らす。上智大学法学部国際関係法学科卒業。訳書に『バレエなんて、きらい』などの「ウィニーシリーズ」、『13の理由』、『アニーのかさ』（以上講談社）、『ラメント』『バラッド』（共に東京創元社）、『闇のダイヤモンド』（評論社）、共訳書に「アンドルー・ラング世界童話集」（東京創元社）などがある。

海外ミステリーBOX

沈黙の殺人者
2013年3月20日　初版発行

●——著　者　ダンディ・デイリー・マコール
●——訳　者　武富博子
●——装　幀　水野哲也（Watermark）
●——写　真　©Solus-Veer/Corbis/amanaimages
●——発行者　竹下晴信
●——発行所　株式会社評論社
〒162-0815 東京都新宿区筑土八幡町2-21
電話　営業 03-3260-9409／編集 03-3260-9403
URL　http://www.hyoronsha.co.jp
●——印刷所　凸版印刷株式会社
●——製本所　凸版印刷株式会社

ISBN978-4-566-02430-4　NDC933　412p.　188mm×128mm

海外ミステリーBOX

エドガー・アラン・ポー賞傑作選

危険ないとこ

ナンシー・ワーリン 作
越智道雄 訳

あやまってガールフレンドを死なせてしまったデイヴィッド。高校生活をやり直そうとやってきた街でまた新たな悪夢が……傑作サイコ・サスペンス。

344ページ

ラスト★ショット

ジョン・ファインスタイン 作
唐沢則幸 訳

カレッジバスケットボールの準決勝と決勝戦に記者として招待されたスティービー少年。そこで思わぬ事件に巻きこまれ……さわやかなスポーツ・ミステリー。

336ページ

深く、暗く、冷たい場所

メアリー・D・ハーン 作
せな あいこ 訳

屋根裏部屋で見つけた一枚の写真。そこから破り取られた少女は一体誰？ 楽しいはずの夏休みが恐怖の日々に変わる！ ゴースト・ストーリーの傑作。

336ページ

闇のダイヤモンド

キャロライン・B・クーニー 作
武富博子 訳

フィンチ家では、アフリカからの難民家族を一時あずかることになった。ところが、この難民家族には、誰も想像もしなかったある「秘密」が……。

344ページ